Die Augen des Bösen

KAY HOOPER

Die Augen des Bösen

Deutsch von Alice Jakubeit

Weltbild

Originaltitel: *Touching Evil*
Copyright © 2001 by Kay Hooper

Besuchen Sie uns im Internet:
www.weltbild.de

Die Autorin

Kay Hooper lebt in North Carolina. Sie ist die preisgekrönte Autorin zahlloser erfolgreicher Romane. Ihre Bücher, von denen einige bereits auf Deutsch vorliegen, wurden weltweit über sechs Millionen Mal verkauft. »Die Augen des Bösen« ist der Auftakt einer Thrillerserie um das Profiler-Team von Noah Bishop, die in deutscher Erstausgabe im Weltbild Buchverlag erscheint.

Wie immer meiner Familie gewidmet

Prolog

Es war kalt.

Sie spürte, wie der Wind an ihren Haaren zerrte, hörte, wie er ums Dachgesims heulte und mit irgendetwas klapperte, das wie ein loses Stück Blech klang. Ihre Haut war klamm von der feuchtkalten Luft, die Kälte ging ihr durch Mark und Bein.

Vermutlich stand sie unter Schock. Das war ein sonderbares Gefühl, dieser Schock. Ein seltsamer Schwebezustand, wo ihr eigentlich nichts Sorgen machte.

Also hatte sie wohl weniger die Sorge als vielmehr ihr Instinkt getrieben, sich zu bewegen, trotz der Schmerzen weiterzukriechen. Die Unebenheit des Bodens kam ihr dabei zu Hilfe, war aber auch Folter. Ihre Finger fanden darin Halt, doch zugleich scheuerte sie sich grausam die Haut auf, schienen lauter kleine Meißel ihren Körper zu quälen.

Einer ihrer Fingernägel riss schmerzhaft ein. Sie war sich des Schmutzes und verkrusteten Blutes unter den wenigen noch unversehrten Nägeln bewusst. *Wahrscheinlich vernichte ich gerade Beweise oder so was. Wahrscheinlich vermassele ich noch alles.*

Doch auch dies schien unwichtig. Sie konzentrierte sich auf das, was war. Streck einfach immer wieder die Hand aus, eine nach der anderen. Halte dich an irgendwas fest, egal, wie weh es tut. Schlepp dich weiter, egal, wie weh es tut.

Sie bewegte sich nun mechanisch, wie ein Automat. Hand ausstrecken. Zupacken. Ziehen. Hand ausstrecken. Zupacken. Ziehen. Da ging ein weiterer Fingernagel dahin. Mist. Hand ausstrecken. Zupacken. Ziehen.

Als sie unvermittelt ins Leere griff, tastete sie mehrere Minuten ungeschickt umher, ehe sie begriff, dass sie sich an einer Treppe befand.

Eine Treppe.

Schon die Vorstellung, dass ihr geschundener Körper eine harte Stufe nach der anderen hinabholperte, ließ sie erschaudern, und sie hörte, wie ihren geschwollenen Lippen ein schwacher Laut des Grauens, kaum lauter als ein Wimmern, entwich.

Es würde höllisch wehtun.

Es tat höllisch weh.

Als sie beinahe unten angelangt war, verließen sie die Kräfte. Die letzten Stufen legte sie in einem qualvollschmerzhaften Rutsch zurück. Danach lag sie kraftlos auf dem alten Fliesenboden, der nach Schmutz, gekochtem Kohl und Urin stank, und schluchzte lautlos vor sich hin.

Sie mochte eine Weile geschlafen haben, oder vielleicht war sie auch ohnmächtig gewesen, denn ihr Körper weigerte sich, sich weiterzuschleppen. Doch schließlich kehrte derselbe Instinkt zurück, der sie bis hierher getrieben hatte, und drängte sie, sich wieder in Bewegung zu setzen.

Ich muss. Ich muss.

Ja. Du musst.

Das war merkwürdig, diese andere, fremde Stimme in ihrem Kopf. Sie dachte eine Weile darüber nach und krümmte sich dabei wie ein Fötus zusammen, obwohl diese Art der Seitenlage schmerzhafter war. Das Atmen fiel ihr immer schwerer. *Eine gebrochene Rippe vermutlich.*

Drei gebrochene Rippen. Und ein Loch in der Lunge. Hör mir zu, Hollis. Du darfst nicht liegen bleiben. In ein paar Minuten wird jemand vorbeikommen. Wenn du dann noch nicht draußen bist, wird man dich erst morgen finden.

Wie sonderbar. Die Stimme kannte ihren Namen.

Morgen ist zu spät, Hollis.

O ja, das glaubte sie auch.

Willst du weiterleben?

Wollte sie das? Sie glaubte schon. Allerdings würde es nicht das Leben sein, das sie vorher gelebt hatte. Vielleicht würde es sogar überhaupt kein richtiges Leben mehr sein. Aber … verdammt … sie wollte es. Und wenn sie nur lange genug lebte, um …

Rache?

Gerechtigkeit.

Unter Schmerzen drehte Hollis sich wieder auf den Bauch und robbte Zentimeter für Zentimeter weiter. Sie hatte den Eindruck voranzukommen, zumindest, bis sie auf eine Wand traf.

Verdammt.

Sie lauschte und glaubte, aus der Ferne Verkehrsgeräusche zu hören; das war ihr einziger Anhaltspunkt im Hinblick darauf, wo sich die Tür befinden mochte, durch die sie aus dem Gebäude entkommen konnte. An der Wand entlang tastete sie sich auf die Geräusche zu.

Es wurde kälter. Der Wind, der die ganze Zeit durchs Haus gepfiffen hatte, während sie sich treppab gequält hatte, blies ihr nun ins Gesicht. Sie vermutete, dass das Gebäude vor langer Zeit die meisten Fenster und Türen eingebüßt hatte. Nun hatte der Wind freie Bahn und wirbelte den Staub und Moder vieler Jahre der Vernachlässigung auf, während er ihr zugleich in die Knochen fuhr.

Nur noch ein kleines Stückchen, Hollis.

Sie fragte sich, warum die Stimme nicht einfach einen Notruf tätigte. Doch das war wohl ein wenig zu viel verlangt von einem Fantasieprodukt.

Da ist die Tür. Spürst du sie?

Unter ihren wunden Fingern spürte sie die Schwelle, eine alte Dichtungsleiste oder etwas, das größtenteils verrostet war. Dahinter befand sich der verwitterte Beton eines Hauseingangs oder Gehwegs. Hollis hoffte, dass keine Stufen mehr folgten.

Grimmig robbte sie über die Schwelle und aus dem Gebäude hinaus. Als die volle Wucht des kalten Windes draußen ihr in die Glieder fuhr, begann sie heftig zu zittern. Eine qualvolle Stufe musste sie noch überwinden, dann kam ein Gehweg, der eher aus Kieseln und Kies zu bestehen schien denn aus Beton. Es schmerzte höllisch, als sie über diese zerklüftete Oberfläche kroch; doch immerhin brachte er sie zur Straße.

Hoffte sie.

Nicht mehr lange, Hollis. Du hast es gleich geschafft.

Gleich geschafft?, fragte sie sich. Raus auf die Straße, wo ein Auto sie überfahren konnte?

Er ist ganz nah. Jetzt sieht er dich gleich.

Ehe Hollis sich fragen konnte, wer sie da sehen sollte, hörte sie eine Männerstimme einen Ausruf des Entsetzens ausstoßen, dann Schritte, die auf sie zukamen.

»Bitte«, hörte Hollis sich mit einer ungewohnten, belegten Stimme sagen. »Bitte helfen Sie mir …«

»Schon gut.« Die Männerstimme war nun ganz nah. Sie klang ebenso belegt wie ihre eigene. Und schockiert und entsetzt und voller Mitgefühl. Mit einer warmen Hand berührte er sie sanft an der Schulter. Dann sagte er: »Ich möchte Sie lieber nicht bewegen, bis der Rettungsdienst hier ist, aber ich decke Sie jetzt mit meinem Mantel zu, okay?«

Sie spürte die rettende Wärme und murmelte einen Dank. Dann ließ sie erschöpft ihren Kopf auf den Unterarm sinken. Sie war sehr müde. Sehr müde.

Schlaf jetzt, Hollis.

Das hielt sie für eine gute Idee.

Sicherheitshalber maß Sam Lewis ihr den Puls. Dann entfernte er sich einige Schritte und sprach mit eindringlicher Stimme in sein Handy. »Um Himmels willen, *beeilen Sie sich!* Sie ist … in keinem guten Zustand. Sie hat viel Blut verloren.« Sein Blick folgte der erstaunlich hellen Blutspur, die anzeigte, wo sie sich von der weit offenen Haustür des seit langem leer stehenden Hauses den ganzen Weg über den verwitterten Beton bis zu ihm geschleppt hatte.

Er versuchte, der professionell sachlichen Stimme an seinem Ohr zuzuhören, doch schließlich schnitt er der Person, die den Notruf aufnahm, das Wort ab und sagte heftig: »Ich weiß nicht, was ihr zugestoßen ist, aber sie ist grün und blau geschlagen, sie hat Schnittwunden und blutet – und sie ist nackt. Vielleicht wurde sie vergewaltigt, das weiß ich nicht, aber … ihr ist noch etwas angetan worden. Sie ist … Ihre Augen sind weg. Nein, verdammt, nicht *verletzt*. Weg. Jemand hat ihr die Augen herausgeschnitten.«

1

Donnerstag, 1. November 2001

»Das wird ihr nicht gefallen.« Andy Brenner klang eher unglücklich denn besorgt.

John Garrett trat hinter ihm in den kleinen kahlen Raum. »Ich stehe dafür gerade«, sagte er, den Blick bereits auf den Spionspiegel geheftet, der die hintere Wand beherrschte und ihnen einen unbemerkten Einblick in einen weiteren kleinen Raum ermöglichte.

Dieser beinahe leere Raum enthielt einen verschrammten Holztisch und mehrere Stühle. Am Tisch saßen drei Frauen – zwei davon mit Blick zum Spionspiegel eng beieinander in einer Haltung, die wirkte, als klammerten sie sich aneinander, obwohl sie sich gar nicht berührten. Die jüngere der beiden trug eine sehr dunkle Sonnenbrille mit schwerem Gestell und saß ausgesprochen steif auf ihrem Stuhl. Die ältere Frau betrachtete sie besorgt.

Die dritte Frau saß mit dem Rücken zum Spionspiegel im rechten Winkel zu den anderen am Tisch. Die beiden Männer konnten ihr Gesicht nicht sehen. Es war unmöglich, ihre Figur zu erraten, denn sie trug ein sehr weites Flanellhemd und ausgeblichene Jeans. Doch ein Wust ziemlich wilder langer dunkelroter Haare ließ sie schmächtig erscheinen.

Andy seufzte. »Ich mache mir keine Sorgen, dass ich dafür gerade stehen muss. Der Boss tut gerne so, als ob Maggie zu unseren Bedingungen für uns arbeitet, aber wir hier an der Basis wissen es besser: Was Maggie will, bekommt sie auch – und sie will, dass niemand anders dabei ist, wenn sie mit einem Opfer spricht.«

»Sie wird gar nicht wissen, dass wir hier sind«, meinte John.

»Das versuche ich Ihnen ja schon die ganze Zeit klarzumachen – sie wird es wissen.«

»Wie denn? Ich drücke auf diesen Knopf, und dann können wir hören, was da drin passiert, aber sie werden uns nicht hören, richtig? Wir können reinsehen, aber sie nicht raus. Also woher soll sie wissen, dass wir hier sind?«

»Weiß der Geier, woher, aber sie wird es wissen.« Andy beobachtete, wie der andere Mann näher ans Fenster heranging, und verkniff sich einen weiteren Seufzer. Bei jedem anderen wäre er hart geblieben, aber zu John Garrett konnte man nicht so einfach nein sagen. Andy suchte nach einem Argument, das er noch nicht vorgebracht hatte. Doch ehe ihm etwas einfiel, hatte John schon den rechten Knopf gedrückt, und eine leise, merkwürdig angenehme Stimme erreichte sie klar und ohne den hohlen blechernen Beiklang, der so typisch für Sprechanlagen ist.

»... wie schwer das für Sie ist, Ellen. Wenn ich könnte, würde ich viel lieber warten und Ihnen mehr Zeit geben für die ...«

»Heilung?« Die Frau mit der Sonnenbrille lachte, ein sprödes, freudloses Lachen. »Mein Ehemann schläft im Gästezimmer, Miss Barnes. Mein kleiner Junge hat Angst vor mir. Ich finde mich in meinem eigenen Haus nicht mehr zurecht, ständig werfe ich Möbel um oder laufe gegen die Wand, und meine Schwester muss für meine Familie kochen und mir morgens beim Anziehen helfen.«

»Ellen, du weißt, ich helfe dir gerne«, beteuerte ihre Schwester. Ihre sanfte Stimme klang halb flehend, halb erschöpft. »Und Owen würde nicht im Gästezimmer schlafen, wenn es nicht dein Wunsch wäre, das weißt du auch.«

»Ich weiß genau, dass er es nicht ertragen kann, mich zu berühren, Lindsay.« Ellens Stimme klang gepresst, es fehlte nicht viel, und sie hätte schrill geklungen. Ihre Hände lagen fest ineinander verschränkt auf dem Tisch, die langen, blassen Finger gekrümmt. »Aber ich mache ihm keinen Vorwurf. Ich kann es ihm nicht vorwerfen. Wie soll er mich auch anfassen wollen nach …«

Maggie Barnes legte eine Hand auf Ellens Hände. »Hören Sie, Ellen.« Sie sprach immer noch mit leiser Stimme, doch nun schwang etwas Neues darin mit, ein merkwürdig wohltuender, beinahe hypnotischer Rhythmus. »Was diese Bestie Ihnen angetan hat, kann nicht mehr ungeschehen gemacht werden, aber Sie dürfen nicht zulassen, dass es sie zerstört. Hören Sie mich? Geben Sie ihm nicht solche Macht über sich. Lassen Sie ihn nicht gewinnen.«

John lauschte und legte unwillkürlich den Kopf schräg, um sich auf den sonderbar unwiderstehlichen Beiklang in ihrer Stimme zu konzentrieren. Es war beinahe … es war, als würde er den Klang kennen, als wäre es etwas, woran er sich nur undeutlich erinnerte, ein Lied aus Kindertagen oder die letzten schwachen Töne der Musik aus einem Traum, den der Morgen vertrieben hatte. Unvergesslich.

Ellen zog ihre Hände nicht weg, und ihre steife Haltung schien ein wenig – ein klein wenig – nachgiebiger zu werden. »Ich möchte mich nicht erinnern«, sagte sie leise, beinahe im Flüsterton. »Bitten Sie mich nicht darum.«

»Ich muss.« Das Bedauern in Maggies Stimme war aufrichtig. »Ich brauche Ihre Erinnerungen, ich brauche jedes Fitzelchen Information, das Sie mir geben können. Ich muss Sie bitten, sich alles ins Gedächtnis zu rufen, was Sie noch wissen, Ellen. Jedes Geräusch, jeden Geruch, jede Berührung.«

Ellen erschauerte deutlich sichtbar. »Er hat … Ich kann es nicht ertragen, daran zu denken, wie er mich berührt hat. Bitte zwingen Sie mich nicht dazu …«

»Zwingen Sie sie nicht dazu.« Mit gequältem Gesicht legte Lindsay ihrer Schwester zögernd die Hand auf den Arm.

»Ich habe keine andere Wahl«, erwiderte Maggie. »Die Polizei kann diese Bestie nicht fangen, wenn sie keine Ahnung hat, wer er ist, wie er aussieht. Wir können nicht einmal andere Frauen warnen, nach wem sie Ausschau halten sollen. Ellen, irgendeine Kleinigkeit, an die Sie sich erinnern, könnte mir helfen, ihm ein Gesicht zu geben. Ich …«

Urplötzlich wandte sie den Kopf nach hinten. John fuhr tatsächlich überrascht zusammen, so unvermittelt kam die Bewegung – zudem hatte er das beunruhigende Gefühl, dass sie ihm direkt in die Augen sah, trotz des Spionspiegels. Sie hatte sehr helle braune Augen, das einzig ungewöhnliche Merkmal in einem angenehmen, jedoch nichts sagenden Gesicht.

Und diese hellen Augen sahen ihn nun genau an, da war er sich sicher. Er spürte es.

Hinter ihm murmelte Andy: »Hab's Ihnen ja gesagt.«

John war sich kaum bewusst, dass er laut sprach: »Sie sieht mich. Wie kann sie …«

»Röntgenblick. Woher zum Teufel soll ich das wissen?« Andy klang so verärgert, wie er war. Er hasste es, wenn Maggie wütend auf ihn war – und sie würde definitiv wütend auf ihn sein.

Maggie wandte sich wieder den beiden Frauen zu und sprach mit sanfter Stimme. »Es tut mir Leid, aber ich muss eben etwas erledigen. Ich bin gleich zurück.«

Lindsay blickte sie anklagend an, dann lehnte sie sich näher zu ihrer Schwester hinüber, als wollte sie sie stützen. Ellen sagte kein Wort, aber sie sah aus wie jemand, der an einer Schwelle stand, erstarrt, unfähig, sich vor- oder zurückzubewegen.

John wandte der Spionscheibe den Rücken zu, als Maggie das Vernehmungszimmer verließ. »Sie muss uns gehört haben«, sagte er.

»Nein«, erwiderte Andy. »Sie hat uns nicht gehört. Dieser Raum ist schalldicht, das habe ich Ihnen doch gesagt. Sie weiß es, so einfach ist das.«

Die Tür des Beobachtungsraums öffnete sich, und Maggie

Barnes kam herein. John war verblüfft, wie groß sie war – mindestens eins fünfundsiebzig, wenn er sich nicht sehr täuschte. Doch sie war wirklich schmächtig, da hatte er sich nicht geirrt. Sie war nicht unnatürlich dünn, nur eine dieser sehr schlanken, beinahe ätherischen Frauen. Er fragte sich, ob sie sich in solch weite Kleidung hüllte, um einem Bedürfnis nach mehr Gewicht oder Substanz nachzukommen.

Als er ihr nun ins Gesicht sah, erkannte John, dass es keineswegs nichts sagend war, wie er zunächst gedacht hatte. Sehr ebenmäßig, nicht eigentlich hübsch, aber angenehm und durch jene schrägen goldenen Katzenaugen alles andere als unscheinbar. Zudem wohnte ihrem Gesichtsausdruck etwas Besonderes inne, war ihm eingeprägt, etwas, das mehr war als Mitgefühl und weniger als Mitleid, die besondere Fähigkeit, sich in andere Menschen einzufühlen. Er wusste, dass dies weitaus seltener und wertvoller war als hohe Wangenknochen oder eine perfekt geformte Nase.

Sie musterte ihn flüchtig von oben bis unten, wobei sie nichts ausließ. Danach hatte er die verwirrende Gewissheit, sehr genau abgeschätzt und analysiert worden zu sein.

Andy versuchte nach Möglichkeit mit der Wand zu verschmelzen, ehe sie sich ihm zuwandte. Doch als diese Katzenaugen sich nun auf ihn hefteten, fühlte er sich geradezu aufgespießt. Mit nach oben gerichteten Handflächen streckte er die Hände aus und zuckte entschuldigend mit den Achseln. »Andy?« Ihre Stimme war sehr sanft.

»Entschuldige, Maggie.« Verlegen trat er von einem Fuß auf den anderen, wobei ihm bewusst war, dass er aussah wie ein gescholtener Schuljunge.

John trat auf sie zu. »Es ist meine Schuld, Miss Barnes. Ich habe Andy gebeten, die Regeln großzügig auszulegen. Ich heiße …«

»Ich weiß, wer Sie sind, Mr Garrett.« Ihr Blick war direkt, ihr Tonfall sachlich. »Aber manche Regeln gelten auch für Sie, ob Sie wollen oder nicht.«

»Es hat nichts damit zu tun, dass die Regeln nicht für mich gelten. Ich habe eine Sondergenehmigung, die Ermittlungen zu beobachten.« Es gelang ihm irgendwie, nicht defensiv zu klingen, was ihn überraschte.

»Und dazu gehört auch, wie ein Voyeur zuzusehen und zu lauschen, wenn eine gebrochene Frau sich zwingt, einen Albtraum noch einmal zu durchleben, den Sie sich nicht im Ansatz vorstellen können? Ist das die Beobachtung, für die Sie die Genehmigung besitzen?«

John erstarrte, doch ihr Vorwurf hatte einen wunden Punkt berührt und ihn zumindest vorübergehend zum Verstummen gebracht. Maggie wartete nicht auf eine Antwort, sondern fuhr kühl fort: »Wie würden Sie sich fühlen, Mr Garrett, wenn zwei fremde Männer zugesehen und gelauscht hätten, während eine Person, die Ihnen wichtig ist, noch einmal in allen grässlichen Einzelheiten durchlebt, wie sie bestialisch vergewaltigt und zum Krüppel gemacht wurde?«

Das traf ihn noch weit mehr. Er atmete tief durch. »Sie haben Recht. Es tut mir Leid.«

Andy sagte: »Es klang für einen Moment, als würdest du zu ihr durchdringen. Die Unterbrechung ist nicht sehr hilfreich, was?«

»Nein. Nein, überhaupt nicht. Ich versuche es noch einmal, aber sie wird heute vielleicht nicht mehr mit mir sprechen wollen.«

John spürte den Tadel, obwohl sie ihn nicht ansah. »Es tut mir Leid«, sagte er erneut. »Ich wollte nicht stören. Das ist das Letzte, was ich wollte.«

»Schön. Dann haben Sie sicher nichts dagegen zu gehen.« Sie trat zurück und hielt die Tür auf, eine Aufforderung an die beiden Männer – wenn nicht gar der Befehl – zu gehen.

Andy gehorchte unverzüglich, doch John blieb in der Tür stehen und blickte ihr fest in die Augen. »Ich würde gerne mit Ihnen reden, Miss Barnes. Wenn möglich heute.«

»Wenn Sie auf mich warten wollen, nur zu.« Ihr Tonfall

war gleichgültig, doch den festen Blick ihrer goldenen Augen wandte sie nicht einen Moment von ihm ab. »Es kann ein Weilchen dauern.«

»Ich werde warten«, sagte John.

Hollis war wach, gab diesen Umstand jedoch mit keiner Bewegung und keinem Geräusch zu erkennen. In den ersten Sekunden war es immer so – Anspannung und Entsetzen, bis ihr verwirrter Verstand den Albtraum hinter sich ließ und zur Wirklichkeit aufschloss.

Die ebenfalls ein Albtraum war. Der Verband über ihren Augen – über der Stelle, an der einst ihre Augen gewesen waren – wurde allmählich zu einem vertrauten Gewicht. Sie wusste noch nicht, was sie davon halten sollte, dass sich unter dem Verband nun die Augen von jemand anderem befanden. Einem Unfallopfer, das gestorben war, jedoch einen unterschriebenen Organspenderausweis hinterlassen hatte.

Der Chirurg war stolz auf seine bahnbrechende Arbeit. Er war überrascht und recht betrübt gewesen, als Hollis nur eine einzige Frage gestellt hatte, die zudem seiner Meinung nach irrelevant war.

»Welche Farbe sie haben? Miss Templeton, ich glaube, Sie begreifen nicht, wie komplex ...«

»Ich begreife es, Doktor. Ich begreife, dass Sie glauben, die Medizin sei so weit fortgeschritten, dass ich mit den Augen dieser armen Frau werde sehen können. Und ich begreife, dass es noch Tage, wenn nicht gar Wochen dauert, bis wir wissen, ob Sie Recht haben. Einstweilen frage ich Sie, welche Farbe meine ... neuen ... Augen haben.«

Blau, hatte er gesagt.

Ihre alten waren braun gewesen.

Würde sie wieder sehen können? Sie wusste es nicht, und sie vermutete, dass auch ihr Arzt, all seinem Vertrauen in seine Fähigkeiten zum Trotz, über das Resultat im Ungewissen war. Der Sehnerv war eine heikle Angelegenheit, das brauchte er ihr nicht zu sagen. Und dann waren da all die anderen Nerven, die Blutgefäße, die Muskeln. Viel zu viele winzige Verbindungen, als dass man sicher sein könnte. Sie gingen nicht davon aus, dass ihr Körper die neuen Augen abstoßen würde, und die Medikamente zur Unterdrückung der Immunabwehr würden es wahrscheinlich auch verhindern, aber niemand schien sich auch nur annähernd so sicher zu sein, wie ihr Gehirn reagieren würde.

Sehen war schließlich ebenso sehr die Interpretation von Bildern durch den Verstand wie alles andere. Die komplizierte Verbindung zwischen dem Organ und dem Gehirn war unterbrochen und mühevoll wiederhergestellt worden – wer wollte da sagen, wie die Reaktion ihres Gehirns aussehen würde?

Verdammt noch mal, vielleicht war es gar kein Wunder, dass sie nicht wusste, wie sie in dieser Hinsicht empfand!

Die meisten übrigen körperlichen Verletzungen waren erstaunlich geringfügig gewesen, wenn man bedachte, was sie durchgemacht hatte. Die gebrochenen Rippen heilten, auch wenn sie noch sehr vorsichtig atmete, und die Ärzte hatten das Loch in der Lunge geflickt. Einige Stiche hier und da. Kratzer und blaue Flecke.

Ach – und sie würde nie Kinder bekommen können. Na und? Kein Kind verdiente es, dass man ihm eine wahrscheinlich blinde, auf jeden Fall aber emotional zerrüttete Mutter aufbürdete, richtig? Richtig.

Ich weiß, dass du wach bist, Hollis.

Sie bewegte sich nicht, nicht einmal den Kopf. Wieder diese Stimme, ruhig und beharrlich wie praktisch jeden Tag in den vergangenen drei Wochen. Sie hatte einmal eine Krankenschwester gefragt, wer das sei, der sie immer besuchen käme und Stunde um Stunde an ihrem Bett säße. Doch die Schwester hatte gesagt, das wisse sie nicht, sie habe niemanden gesehen außer den Polizisten, die regelmäßig kamen, um ihr sanft Fragen zu stellen, die Hollis nicht beantwortete.

Bisher hatte Hollis sich ebenso geweigert, die Stimme zu befragen, wie sie sich weigerte, mit der Polizei zu sprechen oder mehr als das absolut Notwendige mit den Ärzten und Schwestern zu reden. Sie war noch nicht bereit, darüber nachzudenken, was mit ihr geschehen war, geschweige denn darüber zu reden.

Du wirst bald nach Hause können, sagte die Stimme. *Was wirst du dann tun?*

»Mich vor einen Bus zu werfen wäre vielleicht eine gute Idee«, sagte Hollis ruhig. Sie sprach laut, um sich daran zu erinnern, dass ihre Stimme wirklich die einzige Stimme im Raum war. Selbstverständlich war sie das. Denn die andere Stimme war logischerweise nur ein Produkt ihrer Fantasie.

Wenn du wirklich sterben wolltest, wärst du niemals aus diesem Gebäude gekrochen.

»Und wenn ich rationale Plattitüden von einer Ausgeburt meiner Fantasie wollte, würde ich weiterschlafen. Oh, warte – ich schlafe schon. Ich träume. Das ist alles nur ein schlimmer Traum.«

Du weißt es besser.

»Meinst du, was passiert ist? Oder meinst du, du wärst überhaupt kein Produkt meiner Einbildung?«

Statt darauf zu antworten, sagte die Stimme: *Wenn ich dir einen Klumpen Ton gäbe, was würdest du daraus machen, Hollis?*

»Was ist das für eine Frage? Eine von diesen Tintenfleckfragen? Psychoanalysiert mich mein Hirngespinst hier etwa?«

Was würdest du machen? Du bist Künstlerin.

»Ich war Künstlerin.«

Vorher hast du Kunst geschaffen mit deinen Händen und deinen Augen und deinem Verstand. Ob die Operation nun erfolgreich war oder nicht, du hast immer noch deine Hände. Du hast immer noch deinen Verstand.

Hollis fiel auf, dass die Stimme auch nicht daran glaubte,

dass sie mit diesen geborgten Augen würde sehen können. »Ich soll mich also einfach in eine Bildhauerin verwandeln? Ganz so einfach ist das nicht.«

Ich habe nicht gesagt, es sei einfach. Ich habe nicht gesagt, es sei leicht. Aber es wäre ein Leben, Hollis. Ein erfülltes, kreatives Leben.

Nach einem Augenblick sagte Hollis: »Ich weiß nicht, ob ich das kann. Ich weiß nicht, ob ich den Mut habe, noch einmal von vorne anzufangen.«

Dann musst du es eben herausfinden, oder?

Gegen ihren Willen musste Hollis lächeln. Ihr Hirngespinst hatte also doch mehr zu bieten als Plattitüden. Und die Herausforderung empfand sie als unerwartet erfrischend. »Ich denke schon. Entweder das oder mich doch noch vor den Bus werfen.«

»Miss Templeton? Haben Sie mit mir geredet?« Die Tagesschwester näherte sich zögernd.

Hollis lernte allmählich, Schritte zu erkennen, auch die beinahe lautlosen der Krankenschwestern. Die Schwester fürchtete um Hollis' geistige Gesundheit; nicht zum ersten Mal ertappte sie ihre Patientin bei Selbstgesprächen.

»Miss Templeton?«

»Nein, Janet, ich habe nicht mit Ihnen gesprochen. Habe nur wieder mit mir selbst geredet. Es sei denn, es sitzt jemand auf dem Stuhl da an meinem Bett.«

Argwöhnisch erwiderte Janet: »Nein, Miss Templeton, auf dem Stuhl sitzt niemand.«

»Ah. Tja, dann muss ich wohl Selbstgespräche geführt haben. Aber machen Sie sich deswegen keine Sorgen. Das habe ich auch vor dem Überfall schon getan.« Sie hatte gelernt, es so zu nennen, den »Überfall«. Das war die Bezeichnung, welche die Ärzte, die Schwestern und die Polizisten verwendeten.

»Kann ich ... kann ich Ihnen irgendetwas bringen, Miss Templeton?«

»Nein, Janet, danke. Ich denke, ich mache ein Nickerchen.«

»Ich sorge dafür, dass Sie keiner stört, Miss Templeton.«

Hollis hörte, wie die Schritte sich entfernten, und gab vor zu schlafen. Das fiel ihr nicht schwer.

Der schwere Teil war, nicht laut zu fragen, ob die Stimme noch da war. Denn das konnte selbstverständlich nicht sein.

Es sei denn, sie wäre wirklich verrückt.

»Wir sind kein bisschen weiter als vor sechs Wochen, als Sie hier waren.« Lieutenant Luke Drummond, der Leiter dieser Abteilung der Seattler Kriminalpolizei, war es gewohnt, seinen Vorgesetzten Bericht zu erstatten. Doch es missfiel ihm, dass er gezwungen war, einem Zivilisten gegenüber Einzelheiten aus einer laufenden Ermittlung preiszugeben, und sein Unwille war ihm anzumerken. Zumal er keine Fortschritte zu verzeichnen hatte.

»Seither hat es zwei weitere Opfer gegeben.« John Garrett sprach mit ruhiger Stimme. »Und immer noch kein Beweis, keine Spuren, die Sie der Identifizierung dieses Schweins näher bringen?«

»Er ist sehr gut in dem, was er tut«, versetzte Drummond.

»Und Sie nicht?«

Drummonds Augen wurden schmal, und er lehnte sich trügerisch entspannt auf seinem Stuhl zurück. »Ich habe hier eine Truppe äußerst fähiger und erfahrener Kriminalpolizisten, Mr Garrett. Wir haben außerdem ein paar verdammt gute Spurensicherungsexperten auf unserer Gehaltsliste, und unsere Ausrüstung ist auf dem neuesten Stand der Technik. Aber das alles nutzt uns gar nichts, wenn es keine Spuren gibt und keine Zeugen, die man befragen könnte, und wenn die Opfer, um es vorsichtig zu formulieren, traumatisiert sind und uns nicht groß weiterhelfen können.«

»Was ist mit Maggie Barnes?«

»Was soll mit ihr sein?«

»Hat sie nicht irgendwas Brauchbares gefunden?«

»Nun, wie mich immerzu alle erinnern: Was sie da macht, ist Kunst – und die kann man offenbar nicht hetzen.« Er zuckte mit den Achseln. »Fairerweise muss man sagen, dass Maggie nicht viel mehr hat, womit sie arbeiten kann, als wir anderen. Die ersten beiden Opfer sind – na ja, das muss ich Ihnen nicht sagen. Aber keine von ihnen hatte nach dem Überfall viel für uns. Die dritte ist jetzt erst physisch in der Lage, sich mit Maggie hinzusetzen und zu unterhalten. Und die vierte liegt nicht nur immer noch im Krankenhaus, sondern war bisher nicht bereit, einem von uns auch nur die simpelsten Fragen zu beantworten. Die Seelenklempner sagen alle, wenn wir diese Frauen bedrängen, können wir jede Hoffnung darauf fahren lassen, jemals relevante Informationen von ihnen zu bekommen.«

»Warum haben Sie nicht das FBI dazugerufen?«, wollte John wissen.

»Weil die nichts tun können, was wir nicht auch tun könnten«, erwiderte Drummond kurz und bündig.

John war sich da nicht so sicher, doch er wusste, noch einen Schritt weiter und er würde Drummond vollständig brüskieren. Da wollte er ihn lieber nicht weiter bedrängen. Indem John die richtigen Fäden gezogen hatte, hatte er sich Zugang zu den Ermittlungen verschafft, doch Drummond konnte diesen Zugang ziemlich unbrauchbar machen, wenn er wollte.

Ruhig sagte er: »Also besteht Einigkeit darüber, dass Maggie Barnes Ihre größte Chance ist, etwas aus den Opfern herauszubekommen?«

»Wenn irgendwer diese Frauen noch einmal durch die Hölle führen kann, die sie erlebt haben, ohne sie noch weiter zu verletzen, dann Maggie. Ob sie dabei was herauskommt, das uns hilft, ist eine andere Frage. Wir müssen eben abwarten und Tee trinken.« Er sah, dass John Garrett beinahe unbewusst auf seinem Stuhl hin und her rutschte, und verspürte zum ersten Mal einen Anflug echter Sympathie für den anderen Mann. Im Augenblick mochte er eine Nervensäge sein, doch seine Gründe waren nachvollziehbar, und Drummond konnte es ihm kaum verübeln, dass er sich in die Ermittlungen gedrängt hatte. An Garretts Stelle, dachte Drummond, hätte er vermutlich das Gleiche getan.

Vorausgesetzt natürlich, er hätte rund eine Milliarde Dollar und jede Menge politischen Einfluss. Die hatten nämlich dafür gesorgt, dass sowohl der Polizeichef als auch der Bürgermeister sich beinahe ein Bein ausgerissen hatten, um dem Mann gefällig zu sein.

Luke Drummond hätte gern zumindest den politischen Einfluss gehabt. Er beabsichtigte, eines Tages im Amtssitz des Gouverneurs zu residieren. Er hatte nie einen Hehl aus seinen politischen Ambitionen gemacht. Zwar war er kein gewählter Staatsbediensteter, doch reagierte er in den meisten Situationen eher als Politiker denn als Polizist. Bisher hatte dies jedoch weder seiner gegenwärtigen Laufbahn noch seinen höheren Zielen geschadet. Er war Cop genug, um seine Arbeit zu machen, und zwar gut.

Jedenfalls bis dieser verdammte Psychopath aufgetaucht war.

Einstweilen jedoch hatte Drummond weder Garretts politische Beziehungen noch dessen Geld, daher lag es im Interesse des Polizisten, zumindest höflich zu dem Mann zu sein.

»Maggie braucht Zeit, um die beiden überlebenden Opfer zu befragen«, sagte er gleichmütig. »Wir müssen Geduld haben.«

»Er hat Hollis Templeton vor gut drei Wochen überfallen. Was glauben Sie, wie lange er noch wartet, bis er wieder zuschlägt?« John hörte die nervöse Anspannung in seiner Stimme, doch es war ihm unmöglich, sie zu verbergen.

Drummond seufzte. »Glaubt man den Seelenklempnern, könnte er sich schon morgen wieder eine Frau schnappen – oder in sechs Monaten. Bisher hat er kein zeitliches Muster erkennen lassen. Zwischen den ersten beiden Opfern lagen zwei Monate, doch das dritte hat er sich schon zwei Wochen später geschnappt. Dann hat er fast drei Monate gewartet, ehe er wieder zugeschlagen hat.«

»Kein Muster«, wiederholte John.

»Und auch sonst nichts, wo wir ansetzen könnten. Keine Blutspuren außer von den Opfern, und er war clever genug, Kondome zu benutzen, sodass man auch keinen Samen gefunden hat. Man hat nichts unter den Fingernägeln der Opfer gefunden, kein Haar, keine Fasern an ihnen oder irgendwo in ihrer Nähe, nichts, woran man feststellen könnte, wo er sie fest gehalten hat. Er lädt sie immer irgendwo anders ab, in einem abgelegenen oder wenigstens unbewohnten Gebäude. Ellen Randall erinnert sich, dass er sie in irgendetwas transportiert hat, im Kofferraum eines Autos, glaubt sie, aber da er auf dem Asphalt geblieben ist, haben wir keine Reifenspuren gefunden.«

»Wie wurde Hollis Templeton transportiert?«

»Das wissen wir nicht, noch nicht. Ich habe Ihnen ja gesagt, sie antwortet nicht auf unsere Fragen. Ihre Ärzte sagen, in ein paar Tagen könnte Maggie versuchen, mit ihr zu reden. Wenn sie einverstanden ist, heißt das, und das wird sie wahrscheinlich nicht sein, jedenfalls war sie bisher ja nicht begierig, mit uns zu reden.«

»Und dann?«

»Ich weiß es nicht.« Drummond seufzte erneut. »Sehen Sie, Garrett, es tut mir höllisch Leid, aber mehr kann ich Ihnen nicht sagen, jedenfalls nicht im Augenblick. Wir tun unser Bestes. Und das ist alles.«

Andy wartete um die Ecke von Drummonds Büro auf Garrett und brachte ein sarkastisches »Hab ich Ihnen ja gesagt« hervor.

»Ich sehe schon, ich mache mich hier richtig beliebt«, sagte John.

»Ach was, kümmern Sie sich nicht um Drummond. Er ist ein ganz netter Kerl, für einen Politiker.«

»Ich wünschte, er wäre einfach nur ein ganz normaler Cop.«

»Ja, das wünschen sich die meisten von uns. Aber wir trösten uns damit, dass er nicht lange hier sein wird, gerade lange genug, um eine solide Basis aufzubauen, von der aus er höher in der Nahrungskette klettern kann. Solange müssen wir uns eben mit ihm abfinden.«

Andy ging voran in seine Ecke des Großraumbüros – auch Legebatterie genannt. Im Vorbeigehen kassierte er zwei Kaffee ein.

»Mensch, Andy, nimm einfach alles!«, grummelte ein jüngerer Polizist in ihrer Nähe. »Du könntest wenigstens eine neue Kanne aufsetzen.«

»Ich hab die letzte gekocht, Scott. Du bist dran.«

John setzte sich in Andys Besucherstuhl und nahm einen der Pappbecher entgegen. Er trank einen Schluck, verzog das Gesicht und sagte: »Dieser Kaffee ist wirklich miserabel, Andy.«

»Ist er immer, egal, wer ihn macht.« Ungerührt trank Andy einen großen Schluck von seinem Kaffee und zuckte mit den Achseln. »Wollen Sie auf Maggie warten?«

»Glauben Sie, sie wird mit mir sprechen?«

Andy dachte darüber nach. »Na ja, sie ist stinksauer auf Sie, da kann man nie wissen. Was hoffen Sie denn von ihr zu erfahren, John?«

Darauf gab es keine einfache Antwort, und John ließ das Schweigen einige Augenblicke wachsen, ehe er schließlich die Frage mit einer Gegenfrage beantwortete. »Warum sind Sie alle so davon überzeugt, dass sie Ihre beste Möglichkeit ist, dieses Schwein zu fangen? Was ist so besonders an Maggie Barnes?«

Andy lehnte sich auf seinem Stuhl zurück, bis dieser protestierend knarrte, und nahm noch einen Schluck Kaffee. Er musterte den Mann ihm gegenüber und überlegte, wie viel er sagen sollte. Fragte sich, wie viel Garrett ihm glauben würde. John Garrett war ein knallharter, realistisch denkender Geschäftsmann, der ein Vermögen gemacht hatte, weil er die kalte Logik des Geldes verstand. Andy kannte ihn noch nicht lange, aber sein gesunder Menschenverstand sagte ihm, dass John kein Mensch war, der ohne weiteres Dinge hinnahm, die er nicht mit eigenen Augen sehen oder mit Händen greifen konnte.

»Andy?«

»Maggie hat ... ein Talent, John. Nennen Sie es eine außergewöhnliche Fähigkeit oder eine an Genie grenzende Begabung oder erstaunliches Einfühlungsvermögen. Aber egal wie Sie es nennen, das Ergebnis ist, dass sie mit den gebrochenen Opfern von Verbrechen spricht und uns mit dem wenigen, das sie ihr sagen können, ein Gesicht gibt, nach dem wir suchen können.«

»Ich dachte, die Polizei arbeitet gar nicht mehr mit Zeichnern. Gibt es dafür kein Computerprogramm?«

»Keins, das so gut ist wie Maggie.«

»So begabt ist sie?«

Andy zögerte, dann seufzte er. »Begabung ist nur eine Seite, obwohl sie davon auch massenweise hat. Sie könnte als Künstlerin ein Vermögen verdienen, stattdessen verbringt sie ihre Tage in beengten Vernehmungszimmern und hört sich Horrorgeschichten an, die Sie sich hoffentlich nie anhören müssen. Sie hört zu und sie spricht mit diesen Leuten und irgendwie hilft sie ihnen, ihren Albtraum noch mal zu durchleben, ohne dass es sie vernichtet. Und dann kommt sie da raus und fängt an zu zeichnen, und in neun von zehn Fällen liefert sie uns eine Skizze, die so genau ist, dass der Kerl sie für seinen Führerschein benutzen könnte.«

»Klingt wie Zauberei«, meinte John trocken.

»Ja. Stimmt. Manchmal sieht es auch so aus. Ich weiß nicht, wie sie es macht. Hier weiß keiner, wie sie es macht. Aber wir haben gelernt, ihr zu vertrauen, John.«

»Okay. Und warum haben Sie dann noch keine Skizze von dem Vergewaltiger?«

»Weil nicht einmal Maggie mit nichts arbeiten kann. Die Frauen haben nichts *gesehen*. Und außerdem – das erste Opfer ist gestorben, ehe jemand mit der Frau sprechen konnte, das letzte Opfer liegt noch im Krankenhaus, und Sie haben ja selbst gesehen, in was für einem Zustand Ellen Randall ist.«

»Sie haben Christina vergessen«, zwang John sich zu sagen.

Andy sah ihm fest in die Augen. »Ich dachte, ich bräuchte sie nicht zu erwähnen. Sie hat versucht, uns so gut es ging zu helfen, aber auch sie hatte nichts gesehen.«

»Maggie Barnes hat mir ihr gesprochen, oder? Das haben Sie mir gesagt, so steht es im Bericht.«

»Ja, sie hat mit Christina gesprochen.«

»Ohne Zeugen?«

Andy verzog das Gesicht. »Ohne jemand im Beobachtungsraum, falls Sie das meinen.«

»Dann kann sie mir ja vielleicht etwas sagen, was sonst niemand von Ihnen mir sagen kann.«

»Wie zum Beispiel?«

»Wie zum Beispiel, warum Christina sich umgebracht hat.«

2

Wie erwartet stellte Maggie rasch fest, dass Ellen Randall sich wieder in ihre starre Schale zurückgezogen hatte. Wenn Sie sie bedrängte, würde sie es nur schlimmer machen. Also wandte Maggie nichts ein, als Lindsay verkündete, sie werde ihre Schwester nach Hause bringen, und versuchte auch nicht, einen neuen Termin zu vereinbaren.

Obwohl sie innerlich hörte, wie die Uhr tickte. Die Zeit lief ihnen davon, das wusste sie. Sie spürte es. Jeder Tag, an dem die Polizei der Festnahme des Perversen, den die Medien nun den Augenausreißer nannten, wieder kein Stück näher kam, brachte sie einem weiteren Opfer näher.

Einem weiteren zerstörten Leben.

Einer weiteren fürs Leben gezeichneten Seele.

Schlimmer noch: Maggie wusste, dass er mit der Zeit immer brutaler werden würde. Es würde immer mehr Gewalt erfordern, das widernatürliche Verlangen, das ihn zu seinen Taten trieb, zu befriedigen. Bald, sehr bald, würde er beginnen, seine Opfer zu töten. Und wenn das geschah, wenn der Polizei sogar die verschwommenen Erinnerungen lebender Opfer verwehrt blieben, dann würden sie überhaupt keine Chance mehr haben, ihn aufzuhalten – es sei denn, er machte einen Fehler.

Bisher hatte er nicht einen einzigen gemacht.

Maggie warf einen Blick ins Großraumbüro und sah John Garrett an Andys Schreibtisch sitzen. Sie wollte nicht mit Garrett reden, nicht jetzt. Noch nicht. Sie zog sich in ein freies Büro in der Nähe der Vernehmungszimmer zurück und setzte sich, den Skizzenblock geöffnet vor sich.

Auf der aufgeschlagenen Seite befand sich nicht sehr viel.

29

Nur der undeutliche Umriss eines von so langem Haar umgebenen Gesichts, dass Maggie den Verdacht hatte, er habe eine Perücke getragen. So viel hatte Ellen Randall Maggie bei ihrem ersten Treffen einige Tage zuvor angegeben. Recht langes Haar. Sie hatte gespürt, wie es ihr über die Haut strich, als er sich über sie gebeugt hatte.

Doch keine weiteren nützlichen Einzelheiten, nichts, worauf sie aufbauen konnte. Maggie hatte kein Gespür für die Gesichtsform – ob seine Stirn hoch oder niedrig war, die Kieferpartie stark oder schwach wirkte, das Kinn vorragte oder fliehend war. Sie wusste nicht einmal, ob seine Haut glatt oder rau war. Sowohl Ellen als auch ein anderes Opfer meinten, sie hätten über seinem Gesicht kühles, hartes Plastik gespürt, als hätte er eine Maske getragen.

Schon die Möglichkeit verstörte Maggie, sowohl instinktiv als auch unter analytischen Gesichtspunkten. Welcher Mann wäre so argwöhnisch, dass man ihn entdecken, ihn identifizieren könnte, dass er sogar dann noch eine Maske trug, nachdem er seine Opfer geblendet hatte? Natürlich wollten Verbrecher im Allgemeinen nicht identifiziert werden, doch Maggie hatte mit den Polizisten gesprochen, die den Fall bearbeiteten, und alle waren sich einig gewesen, dass dieser spezielle Verbrecher es mit der Geheimhaltung seiner Identität besonders genau nahm.

Warum?

War da etwas an seinem Gesicht, das noch ein blindes Opfer bei Berührung erkennen würde? Narben vielleicht oder irgendeine andere Missbildung?

»Maggie?«

Sie sah nicht auf und verfluchte ihn innerlich dafür, dass er ihre Grübelei unterbrochen hatte, die in der Vergangenheit schon häufig Ergebnisse gezeitigt hatte. »Hi, Luke.«

Er kam ins Büro und setzte sich auf den Besucherstuhl ihr gegenüber. »Irgendwas entdeckt?«

»Nein, es sei denn, du zählst nichts als etwas.« Mit einem

Seufzer schloss sie den Skizzenblock. »Ellen hat wieder dicht-gemacht. Wir wurden … unterbrochen, und das hat die Ver-bindung abbrechen lassen, die ich versucht habe herzustel-len. Jetzt müssen wir ein paar Tage warten und sie dann wieder herholen.«

»Ich habe gerade mit Hollis Templetons Arzt gesprochen«, sagte Drummond. »Es geht ihr schon besser, als er gehofft hatte, jedenfalls körperlich. Er hofft, die Operation war ein Erfolg. Falls ja, falls sie wieder sehen kann, dann …«

»Dann was?« Maggie sah ihm fest in die Augen. »Dann ist sie vielleicht nicht ganz so traumatisiert und kann uns hel-fen?«

»Möglich wär's doch, Maggie.«

»Ja, klar, ich weiß, es wäre möglich. Es ist auch möglich, dass ihr Dinge aufgefallen sind, die die anderen Opfer über-sehen haben. Weil sie ja Künstlerin war, meine ich.«

»Würdest du zu ihr gehen und mit ihr reden? Sie hat noch keinen Ton zu uns gesagt, aber mit dir spricht sie vielleicht.«

»Ich würde lieber warten, bis sie aus dem Krankenhaus kommt. Die Atmosphäre da ist nicht gerade förderlich für die Art Gespräch, die ich brauche.«

»Ich weiß, aber … ich bekomme eine Menge Druck, jeden Tag mehr. Die Zeitungen, Bürgerinitiativen, der Bürgermeis-ter. Da draußen baut sich eine Panik auf, Maggie, und ich kann nichts dagegen tun. Besorg mir irgendwas, womit ich das aufhalten kann.«

»Ich kann keine Wunder wirken, Luke.«

»Du hast es schon einmal getan.«

Sie schüttelte den Kopf. »Das war was anderes. Dieser Kerl ist finster entschlossen, dafür zu sorgen, dass seine Opfer nie-mals gegen ihn aussagen können. Er lässt sie ihn nicht sehen, er spricht nicht mit ihnen, er stellt verdammt sicher, dass sie ihn nicht mit den Händen berühren können. Der einzige Sinn, der ihnen bleibt, ist der Geruchssinn, und bisher weiß ich nur, dass er nach Dove-Seife riecht. Das ist natürlich Ab-

31

sicht. Er benutzt den Seifengeruch, um alles andere zu über-
decken, das sie sonst vielleicht riechen könnten.«

»Ja, ja, ich weiß, er hat bisher keinen Trick ausgelassen.
Aber wie du schon gesagt hast, sein neuestes Opfer war
Künstlerin, und es heißt doch, Künstler lernen, ihre Sinne an-
ders als wir Normalsterblichen zu gebrauchen. Hollis Tem-
pleton kann dir vielleicht mehr Infos liefern. Versuch es,
Maggie. Bitte.«

Sie fragte sich längst nicht mehr, ob er irgendeine Vorstellung davon hatte, was er von ihr, von den Opfern verlangte.
Hatte er nicht. Luke Drummond war ein ganz guter Cop,
aber was Fantasie oder Einfühlungsvermögen betraf, hatte er
nicht viel mitbekommen, nicht wenn es um Opfer ging.

Ob er auch nur ahnte, dass sie ebenso sehr Opfer war wie
die Frauen, mit denen sie sprach? Nein, vermutlich nicht.

»Ich gehe morgen hin«, gab sie nach. »Aber wenn sie nicht
mit mir sprechen will, kann ich sie nicht dazu zwingen.«

»Versuch es einfach, mehr verlange ich ja gar nicht.« Sichtlich erleichtert stand er auf. Sie konnte beinahe sehen, wie er
innerlich entschied, was er dem Polizeichef und dem Bürgermeister sagen würde. Er würde sie nicht namentlich erwähnen, Gott bewahre, er würde einfach sagen, dass sie »einer
heißen Spur in den Ermittlungen« nachgingen.

Es war nicht so, dass Luke Drummond die Lorbeeren nicht
teilen wollte. Er misstraute einfach dem, was er nicht verstand, und er verstand nicht, wie sie tat, was sie tat. Er würde
es auch dann nicht verstehen, wenn sie es ihm erklärte – aber
das hatte sie ohnehin nicht vor.

»Ich versuch's«, sagte Maggie, denn etwas anderes würde
er gar nicht hören.

»Großartig. Hör mal, hast du schon mit Garrett gesprochen?«

»Nein, noch nicht.«

»Er wartet da draußen in der Legebatterie, glaube ich.«

»Ich weiß.«

32

Drummond sah mit leicht gerunzelter Stirn zu ihr herab. »Sag ihm nicht mehr, als du musst. Er mag den Bürgermeister und den Polizeichef in der Tasche haben, aber ich mag es nicht, wenn Zivilisten sämtliche Einzelheiten einer laufenden Ermittlung erfahren.«

»Was für Einzelheiten?«, murmelte Maggie.

»Du weißt verdammt gut, dass wir ein paar Dinge vor der Öffentlichkeit geheim halten. Zum Beispiel das mit der Dove-Seife. Mir wäre lieber, das würde weiterhin internes Wissen bleiben – und wenn nur, um Nachahmungstäter auszuschließen. Ich meine es ernst, Maggie.«

»Das weiß ich. Mach dir keine Sorgen. John Garrett möchte mit mir nicht über diese Dinge sprechen.«

Drummond hatte sich gerade abwenden wollen, doch ihre Worte erregten noch einmal seine Aufmerksamkeit. »Ich dachte, du hättest noch nicht mit ihm gesprochen.«

»Habe ich auch nicht.«

»Woher willst du dann …« Er brach ab und zog eine Grimasse. »Oh, natürlich. Es ist vermutlich logisch, dass er nur eins im Sinn hat, zumindest wenn er mit dir spricht. Du warst die Letzte, die mit Christina Walsh gesprochen hat, nicht wahr?«

»So hat man mir gesagt.«

»Ich habe den Bericht gelesen«, sagte er überflüssigerweise. »Garrett hat ihn gelesen. Ich weiß nicht, was der arme Kerl denkt, das du ihm sagen kannst.«

»Ich auch nicht«, log Maggie.

»Nimm dich in Acht, Maggie. Er kann uns eine Menge Ärger machen, wenn er will.«

Sie nickte, sagte aber nichts mehr, und Drummond ließ sie im Büro allein. Sie schob jeden Gedanken an John Garrett beiseite – zumindest für den Augenblick –, schlug ihren Skizzenblock wieder auf und starrte auf den undeutlichen Umriss des Gesichts dieses Mannes.

»Wer bist du?«, murmelte sie. »Wer bist du diesmal?«

Andy sagte: »Ich bezweifle, dass Maggie weiß, warum Christina sich umgebracht hat, John. Sie hat nichts davon gesagt, und ich glaube schon, dass sie das getan hätte.«

»Vielleicht auch nicht. Wenn es nichts mit den Ermittlungen zu tun hatte, hat sie es vielleicht für sich behalten.«

Vorsichtig, sich dessen bewusst, dass er hier an eine offene Wunde rührte, sagte Andy: »John, nach dem, was Christina zugestoßen war, war Selbstmord vielleicht der einzige Ausweg, den sie zu haben glaubte.«

»Seine anderen Opfer haben sich nicht umgebracht.«

»Er hat ihnen nicht angetan, was er ihr angetan hat, das wissen Sie. Der Kerl hat da offenbar noch herumexperimentiert, wie er seine Opfer blenden kann, und die Säure hat ihr nicht nur das Augenlicht genommen. Mein Gott, John – ich kenne eine Menge starker Männer, die unter solchen Umständen den gleichen Ausweg gewählt hätten.«

»Nicht Christina.« Johns Stimme war ruhig, seine Beherrschung so stabil wie Nitroglyzerin. »So schlimm es auch war, es hätte mehr, viel mehr gebraucht, ehe sie aufgegeben hätte. Sie war eine der stärksten Persönlichkeiten, die mir je begegnet sind. Da bin ich mir hundertprozentig sicher, Andy.«

»Okay. Aber jeder hat einen Punkt, an dem er zusammenbricht, und keiner von uns kann mit Sicherheit sagen, wo der von jemand anderem liegt. Ich meine ja nur, erwarten Sie sich nicht zu viel von Maggie.«

»Ich erwarte lediglich die Wahrheit.«

Andy verzog das Gesicht. »Tja, ich bin mir ziemlich sicher, dass Sie die von ihr bekommen. Wenn Sie überhaupt mit Ihnen spricht, wird Sie Ihnen die Wahrheit sagen, so wie sie sie sieht. Aber ...«

»Aber?«

»Wenn ich Ihnen raten darf – aber das wollen Sie vermutlich nicht: Seien Sie vorsichtig, wie Sie fragen. Maggie ist sehr unabhängig, John, und in dem Punkt ist sie ziemlich reizbar. Soweit ich es erlebt habe, lässt sie sich nichts gefallen, von niemandem. Ich glaube zwar nicht, dass Sie sie so verärgern könnten, dass sie ihre Arbeit hier aufgibt, aber ich möchte lieber kein Risiko eingehen. Sie ist entschlossen, uns zu helfen, und ich hätte gern, dass das so bleibt.«

»Warum?«

»Warum ich das möchte?«

»Warum ist sie so entschlossen, Ihnen zu helfen? Sie haben gesagt, sie muss sich da Horrorgeschichten anhören, obwohl sie als Künstlerin ein Vermögen verdienen könnte. Also warum tut sie das?«

»Ich weiß es nicht.«

»Sie haben sie nie gefragt?«

»Natürlich habe ich das. Ebenso wie die anderen. Aber welche Gründe sie dafür auch haben mag, sie sind offenbar geheim. Diesmal nehmen Sie bitte meinen Rat an: Lassen Sie die Finger davon.«

Es lag nicht in Johns Natur, sich von etwas abhalten zu lassen, insbesondere nicht, wenn seine Neugier geweckt war. Zumal ihm die gesamte Situation ein ungewohntes Gefühl frustrierender Ohnmacht einflößte. Doch er sagte nur: »Ich behalte es im Hinterkopf.«

Andy wusste, wann man ihn beschwichtigte. »Ja, klar. Wollen Sie noch mehr miserablen Kaffee?«

»Ich möchte nur mit Maggie Barnes sprechen.«

»Ich habe Ellen Randall und ihre Schwester vor einer Weile gehen sehen, also hat Maggie vermutlich Zeit. Aber ich weiß nicht …«

»Ich habe Zeit«, sagte Maggie hinter Johns linker Schulter. »Sie wollten mich sprechen, Mr Garrett?«

Er stand rasch auf. »Wenn Sie ein paar Minuten erübrigen könnten, wäre ich Ihnen dankbar.«

»Drummonds Büro ist gerade leer«, schlug Andy vor. »Er ist am anderen Ende der Stadt wegen einem Meeting.«

»Mit wem?«, fragte Maggie.

»Keine Ahnung, aber vermutlich wieder mit so einer Bürgerinitiative. Er bekommt im Moment eine Menge Druck, Maggie.«

»Hat er mir erzählt.«

»Klar, kann ich mir denken.«

Maggie zuckte mit den Achseln. »Ich kann es ihm wirklich nicht verübeln, dass er versucht hat, Druck zu machen. Und nicht begriffen hat, dass das gar nicht nötig war.«

Andy seufzte zustimmend.

Maggie wandte sich ab. Sie ging offenbar davon aus, dass Garrett ihr schon folgen werde, als sie nun voranging zu Drummonds Büro. Drinnen nahm Maggie einen der Besucherstühle vor dem Schreibtisch und drehte ihn so, dass er dem anderen zugewandt war. John schloss die Tür, nahm den anderen Stuhl und drehte ihn ebenfalls um.

Die geschlossene Tür würde dafür sorgen, dass niemand sie belauschen konnte, doch das war auch schon alles an Privatsphäre. Die Trennwände zwischen diesem Büro und der Legebatterie waren von der Hüfte an aufwärts aus Glas. Es gab zwar Rollos, doch sie waren alle offen. John war sich mehrerer neugieriger Blicke bewusst, die auf sie gerichtet waren, doch Maggie schien nichts zu bemerken.

»Ich weiß nicht, was Sie hoffen, von mir zu erfahren, Mr Garrett«, sagte sie. »Ich kann Ihnen nichts sagen, das nicht schon in den zahlreichen Berichten steht, die Sie sicher gelesen haben.«

Er ertappte sich dabei, dass er mehr auf ihre Stimme achtete denn auf das, was sie sagte, und versuchte, den schwer fassbaren Eindruck, sie erinnere ihn an etwas längst Vergessenes, dingfest zu machen. »Ich weiß, was in den Berichten steht.«

Sie nickte und sah auf den Skizzenblock auf ihrem Schoß herab. »Dann wissen Sie ja alles.« Sie wollte wirklich nicht so mit ihm sprechen. Sie wollte nicht auf die Frage antworten, von der sie wusste, dass er sie ihr stellen wollte.

»Miss Barnes …« Er schüttelte den Kopf. »Hören Sie, ich

werde hier bleiben, bis man diesen Perversen zur Strecke gebracht hat, auch wenn ich offiziell nicht an den Ermittlungen beteiligt bin. Wollen wir da nicht die Förmlichkeiten lassen? Meine Freunde nennen mich John.«

Sie zwang sich, ihn anzusehen, und nickte erneut. Versuchte, sich mit der automatischen Bestandsaufnahme der Künstlerin abzulenken. Er war ein gut aussehender Mann, eine gebieterische Erscheinung. Groß, breitschultrig, athletisch oder zumindest gut trainiert. Im Anzug zweifellos beeindruckend und einschüchternd zugleich, verliehen ihm die legere Jeans und die schwarze Lederjacke eine leicht bedrohliche Ausstrahlung, die vermutlich, dachte Maggie, nicht im Mindesten trog.

Sein Haar war sehr dunkel, doch sie wusste, im Sonnenlicht bekäme es einen gewissen Rotschimmer. Augen in einem ungewöhnlichen Blaugrünton saßen tief unter Augenbrauen, die an den äußeren Rändern leicht aufwärts geschwungen waren – so perfekt, das ein Künstler sie hätte gemalt haben können.

Wenn er finster dreinblickte, würde er höllisch bösartig wirken, dachte sie versonnen. Vermutlich *war* er auch höllisch bösartig, wenn er wütend wurde. Doch im Schwung seines Mundes, in den Lachfalten um seine Augen lag Humor, und in diesen Augen fand sie auch mehr als genügend Intelligenz und Selbstbeherrschung, um sein Temperament zu mäßigen, wie es auch beschaffen sein mochte.

Jedenfalls meistens.

»Okay, dann John. Ich bin Maggie«, sagte sie und wünschte, sie wäre an diesem Tag nicht hier gewesen, oder er nicht. Alles, was dieses Gespräch noch ein wenig hinausgeschoben hätte. »Aber ich kann Ihnen immer noch nichts über die Ermittlungen sagen, was Sie nicht bereits wissen.«

»Darüber wollte ich gar nicht mit Ihnen reden. Zumindest nicht direkt.« Er holte tief Luft. »Ich wollte Sie eigentlich etwas fragen.«

Obwohl sie es nicht beabsichtigt hatte, nickte Maggie. »Ja. Über Christina.«

»Ich schätze, es ist keine große Überraschung, dass ich Sie nach ihr fragen will«, sagte er nach kurzem Zögern.

»Nein. Aber ich kann Ihnen nichts sagen.« Bis zu diesem Augenblick hatte Maggie nicht gewusst, was sie sagen würde. Sie hatte nicht gewusst, dass sie lügen würde. Sie musste sich Mühe geben, um seinem Blick standzuhalten.

»Sie waren die Letzte, die sie gesehen hat. Die Letzte, die mit ihr gesprochen hat, ehe sie starb.«

»Ich habe mit ihr gesprochen. Genau wie ich heute mit Ellen Randall gesprochen habe. Ich habe ihr Fragen gestellt, sie gebeten, noch einmal zu durchleben, was mit ihr geschehen war. Es war schmerzlich für sie.«

»So schmerzlich, dass sie zwölf Stunden später beschloss, sich umzubringen?«, wollte John in plötzlich schroffem Tonfall wissen.

Maggie blinzelte nicht, noch zuckte sie zusammen. »Es war nicht unser erstes Gespräch. Wir gingen noch einmal durch, was wir bereits besprochen hatten, nichts Neues. Keine neuen Eindrücke von ihr, keine neuen Fragen von mir. Sie wirkte … wie immer, als ich sie verließ.«

»Sie haben sie allein gelassen.«

Nun zuckte sie doch zusammen. »Die Krankenschwester war immer da gewesen, gleich nebenan. Ich ging davon aus, dass sie an jenem Tag auch da sein würde, obwohl ich sie nicht gesehen hatte. Ich habe erst später herausgefunden …«

John ließ von ihr ab, er wusste selbst nicht, ob der Grund seine Gewissheit war, dass sie keine Schuld daran trug, oder aber ihre betörende Stimme, die ihn in verblüffendem Maße berührte. »Sie konnten nicht wissen, was sie tun würde. Sie war immer … eine sehr gute Schauspielerin.« Er blickte in diese fremdartigen Augen und begriff plötzlich, dass hier noch eine Frau war, die in der Lage war, ihre Gedanken völlig vor ihm zu verbergen. Doch ehe er mehr tun konnte, als sich zu fragen, ob er dem nachgehen wollte, sprach sie wieder im selben gleichmütigen Tonfall.

»Wie auch immer, ich kann Ihnen nichts Hilfreiches sagen. Es tut mir Leid, dass Sie Ihre Zeit vergeudet haben.«

»Ich habe sie nicht vergeudet. Ich wollte Sie kennen lernen, seit Andy mir erzählt hat, dass eine einzigartig talentierte Künstlerin an den Ermittlungen mitwirkt. Ich bin neugierig zu erfahren, wie Sie arbeiten – deshalb bin ich heute auch in Ihre Befragung geplatzt. Das tut mir übrigens wirklich Leid.«

Sie nahm die Entschuldigung nur mit einem knappen Nicken zur Kenntnis. »Da ist nichts Außergewöhnliches an meiner Art zu arbeiten. So haben Polizeizeichner immer gearbeitet. Ich spreche mit den Opfern, stelle ihnen Fragen, gewinne Eindrücke, und dann zeichne ich, was ich denke, das sie gesehen haben. Manchmal habe ich Glück.«

»Wenn man Andy fragt, ist es mehr als Glück. Und öfter als manchmal.«

Maggie zuckte mit den Achseln. »Andy ist ein Freund. Der ist voreingenommen.«

»Und der Polizeichef ist also auch voreingenommen? Der hat nämlich gestern ein Loblied auf Sie gesungen.«

Sie ließ den Blick flüchtig auf den Skizzenblock auf ihrem Schoß sinken, dann sagte sie in nüchternem Tonfall: »Man hat seine Nichte vor etwa fünf Jahren vom Schulhof entführt, und ich habe geholfen, den Kerl zu finden, ehe er ihr etwas antun konnte.«

»Mit einer Skizze? Gab es Zeugen?«

»Die anderen Kinder. Das älteste war erst neun, deshalb war es … schwierig. Kinder neigen dazu, Dinge dazu zu erfinden, indem sie ihre Fantasie benutzen, deshalb mussten wir erst sieben, was sie angeblich gesehen hatten, um die Wahrheit herauszufinden.«

»Wie haben Sie das denn gemacht?«

Maggie zögerte nur ganz kurz. »Ich habe ihnen zugehört.«

»Und wie haben Sie die Wahrheit von den Hinzuerfindungen getrennt?«

»Ich … weiß nicht. Ich meine, ich weiß nicht, wie ich es erklären soll. Andy nennt es Intuition, Instinkt. Ich schätze, diese Bezeichnungen sind so gut wie andere auch. Ich mache das schon sehr lange.«

Überrascht sagte John: »So lange kann das aber nicht sein. Wie alt mögen Sie sein? Fünfundzwanzig?«

»Danke, aber ich bin einunddreißig. Als ich zum ersten Mal ein Gesicht für die Polizei skizziert habe, war ich achtzehn. Ich mache das also schon fast mein halbes Leben lang.«

»Ist achtzehn nicht furchtbar jung, um bei der Polizei anzufangen?«

»Ich habe damals nicht bei der Polizei gearbeitet, nicht offiziell.« Maggie seufzte. »Ich war zufällig Zeugin bei einem Verbrechen, und ich war die Einzige, die irgendetwas gesehen hatte. Zufälligerweise konnte ich auch zeichnen. Eins führte zum anderen, und als ich aufs College ging, stand ich schon offiziell auf der Gehaltsliste der Polizei.«

John hatte noch mehr Fragen, doch ehe er sie stellen konnte, klopfte Andy an die Tür, öffnete sie und sagte: »Entschuldigt die Störung, aber … Maggie, wir haben gerade einen Anruf bekommen. Hollis Templeton sagt, sie will am Samstagnachmittag im Krankenhaus mit dir reden.«

Maggie stand auf. »Sie hat uns angerufen?«

»Ja. Nachdem sie uns wochenlang ignoriert hat.«

»Hat sie gesagt, warum?«

»Nein, aber …« Andy trat von einem Fuß auf den anderen wie immer, wenn er verunsichert war. »Ihr zwei habt euch nie getroffen, richtig?«

»Richtig.«

»Habt ihr vielleicht irgendwann gegenseitig voneinander gehört?«

»Ich kenne ihre Arbeit nicht. Ich wüsste nicht, woher sie meine kennen sollte. Warum?«

»Sie hat explizit nach dir gefragt, Maggie. Hat gesagt, sie will nur mit dir sprechen.«

John stand auf. »Was ist daran komisch?«, fragte er.

»Dass«, sagte Andy, »keiner von uns ihr Maggies Namen genannt hat. Und es ist nicht öffentlich bekannt, dass sie unsere Phantombildzeichnerin ist. Wir halten das geheim. Also dürfte Hollis Templeton eigentlich nicht wissen, nach wem sie fragen muss.«

Freitag, 2. November

Das Hotelzimmer in Pittsburgh war wie jedes andere Hotelzimmer, in dem er je gewesen war, und Quentin Hayes fragte sich versonnen, ob es wohl eine Vereinigung der Hotelinnenausstatter geben mochte, die im Geheimen zwei oder drei Mal im Jahr tagte und beschloss, wie sämtliche Hotels in Amerika aussehen würden. Es konnte einfach kein Zufall mehr sein, dass alle Tagesdecken und Vorhänge Variationen ein und desselben Blumenmusters aufwiesen und überall die gleichen nichts sagenden Landschaften an den Wänden hingen. Und überall war die Einrichtung auf die unplausibelste Weise angeordnet: Steckdosen waren nie dort, wo man sie benötigte. Stets musste man eine Lampe ausstöpseln, wenn man einen Computer oder ein Faxgerät in Betrieb nehmen wollte.

Nein, das war eindeutig eine Verschwörung. Er äußerte sich in diesem Sinne gegenüber seiner Zimmergenossin. Sie hatte eine sarkastische Antwort parat.

»Du bist schon zu lange unterwegs«, sagte Kendra Eliot.

»Das spricht nicht gegen die Möglichkeit«, sagte Quentin, »dass ich Recht habe.«

Kendra tippte einen weiteren Satz in ihren Bericht. Den Blick auf ihren Laptop geheftet, sagte sie: »Urlaub, das brauchst du. Einen schönen langen. Ein paar Wochen, in denen du *nicht* hinter den Bösen herjagst oder dir fantasievolle Gründe dafür ausdenkst, warum du weißt, was du weißt.«

»Wie kannst du reden und dabei weitertippen? Wenn ich das versuche, tippe ich, was ich sage.«

»Mein einzigartig flexibler Verstand. Ich sage Bishop, dass du eine Pause brauchst.«

»Einen Tapetenwechsel, den brauche ich.« Quentin ließ sich auf dem Bett zurücksinken und verschränkte die Hände im Nacken. Den blonden Kopf lehnte er ans Kopfteil. »Ich habe diese Stadt allmählich satt. Heute Nacht wird es übrigens schneien.«

»Den Wetterberichten zufolge?«

»Nein. Es wird schneien.«

Sie warf ihm einen Blick zu, dann schrieb sie weiter. »Nun, es sollte uns gelingen, hier abzuhauen, ehe das schlechte Wetter aufkommt. Richtig?«

»Hm-hm.«

»Und vielleicht ist unser nächster Auftrag ja irgendwo, wo es warm und sonnig ist.«

»Hm-hm.«

Kendra hörte auf zu tippen. Diesmal wandte sie sich um und musterte ihn. Er schien an die Decke zu schauen, doch sie kannte diesen nach innen gerichteten Blick, die völlige Reglosigkeit, und so wartete sie geduldig.

Schließlich sagte Quentin sanft: »Scheiße.«

»Ärger?«

Er setzte sich auf, fuhr sich mit den Fingern durch sein recht zotteliges Haar und fluchte nochmals leise. Er sah zu seinem Handy, das auf dem Nachttisch lag. Fünf Sekunden später klingelte es.

Kendra hob eine Augenbraue, dann wandte sie sich wieder ihrem Bericht zu.

Quentin meldete sich: »Hallo, John.«

»Ich wünschte, du würdest das nicht immer tun«, sagte John Garrett.

»Das Telefonat annehmen? Es hat geklingelt, also bin ich rangegangen. Dafür sind die Dinger da, weißt du.«

»Ich weiß, wofür sie da sind, und du weißt, was ich meine. Auch wenn du weißt, dass ich es bin, wünschte ich, du würdest es dir nicht anmerken lassen.«

»Aber warum sollte ich mein tiefstes Inneres verleugnen?«, fragte Quentin ernst.

John seufzte.

Quentin grinste, dann sagte er: »Okay, okay. Aber es macht so einen Spaß, deine Überzeugungen zu durchkreuzen.«

»Oh, das tust du also seit Jahren?«

»Ich versuche es. Ohne sichtbaren Erfolg. Eines schönen Tages, mein Freund, wirst du zugeben, dass es mehr Dinge zwischen Himmel und Erde gibt, als man in deinen Bilanzen findet.«

»Das habe ich nie geleugnet.«

»Nein, du leugnest nur die Existenz von Präkognition.«

»Wie willst du etwas sehen, das noch gar nicht passiert ist?«, wollte John wissen.

»Ich *sehe* gar nichts. Ich weiß einfach, was passieren wird, ehe es passiert.«

»Schwachsinn.«

»Ich wusste, dass du anrufen würdest.«

»Richtig geraten.«

Quentin lachte. »Klar, ich habe erraten, dass nur du mich an einem Freitagmorgen im November anrufen würdest, nachdem wir seit über einem Monat nicht mehr miteinander gesprochen haben. Benutz mal deinen dicken Schädel zum Denken und gib zu, dass das Übersinnliche existiert.«

Es klang wie ein alter Streit, und Kendra blendete Quentins Anteil daran aus, bis er einige Minuten später etwas sagte, das wieder ihre Aufmerksamkeit erregte und ihr verdeutlichte, dass das freundschaftliche Geplänkel vorüber war.

»... wieder? Dann sind es jetzt also vier Opfer?« Er schüttelte den Kopf. »Ich hatte keine Ahnung, John. Die letzten paar Wochen waren wir in eine Sache in Pittsburgh verwickelt, und ich habe kaum mal einen Blick in eine Zeitung geworfen. Sie sind sicher, dass es derselbe Kerl ist?«

»Ja. Zum einen blendet er seine Opfer immer noch. Und ich habe so ein Gefühl, dass es noch ein paar Gemeinsamkeiten gibt, die sie nicht in ihre Berichte geschrieben haben. Zumindest nicht in die, die ich gelesen habe.«

»Du hast gesagt, die Kriminalpolizisten, die den Fall bearbeiten, seien gut.«

»Nicht gut genug. Quentin, sie wissen kein bisschen mehr als damals, als Christina starb, und das war vor drei Monaten. Zwei weitere Frauen sind für den Rest ihres Lebens verstümmelt, und die Cops haben nicht einmal eine halbwegs brauchbare Täterbeschreibung, die sie veröffentlichen können, damit die übrigen Frauen in Seattle wissen, wovor sie sich in Acht nehmen müssen. Es macht im Augenblick keinen großen Spaß, in dieser Stadt ein Mann zu sein, das kann ich dir verraten.«

»Du bist dort?«

»Bis die Sache erledigt ist.«

Überrascht sagte Quentin: »Ich weiß ja, all diese Unternehmen, die du da hast, laufen dieser Tage praktisch von allein, aber ist es klug, so viel Zeit fern von L.A. zu verbringen?«

»Ich kann zur Not runterfliegen. Ich muss jetzt hier sein, Quentin.«

»Okay, aber die Cops da sind vielleicht nicht glücklich darüber, dass du ihnen ständig im Nacken sitzt, John. Zieh dich doch ein bisschen zurück und lass ihnen Raum zum Arbeiten.«

»Sie können nicht arbeiten, wenn sie keine Ansatzpunkte haben.« John atmete tief durch. »Wenn du wirklich überzeugt bist, dass diese neue FBI-Einheit, bei der du bist, Resultate erzielt, indem ihr ... unkonventionelle Methoden einsetzt, dann ist es jetzt an der Zeit, das zu beweisen. Die üblichen fünf Sinne erreichen nämlich überhaupt gar nichts.«

Quentin verzog das Gesicht. »Hast du den verantwortlichen Lieutenant überredet, uns hinzuzuziehen?«

»Nicht direkt.«

»Mit ›nicht direkt‹ meinst du, er ist unschlüssig? Oder meinst du damit, dass es nur deine Idee ist?«

»Letzteres.«

»Mensch, John!«

»Schau mal, ich weiß, das sollte eigentlich über den Dienstweg gehen, aber der verantwortliche Lieutenant ist ein sturer Bock, der schreit erst nach Hilfe, wenn er bis zum Hals in wütenden Bürgern steckt. Bisher steht er zwar unter Beschuss, kann aber damit umgehen und drängt seine Leute einfach, noch härter zu arbeiten. Aber ohne Ansatzpunkte können die nur dumm rumsitzen und darauf warten, dass dieses Schwein einen Fehler macht. Das bedeutet weitere Opfer, Quentin.«

»Ich weiß, was das bedeutet. Aber das fällt nicht in unsere Zuständigkeit, das weißt du. Und ohne offizielles Hilfsgesuch auf dem Dienstweg wird das FBI uns nicht hinschicken. Selbst wenn man uns ruft, ist das immer ein ungeheurer Drahtseilakt für uns, wir sind höllisch vorsichtig, damit die Leute vor Ort nicht etwa auf die sonderbare Idee verfallen, dass wir Hexerei benutzen, um Verbrechen aufzuklären.«

»Ich sorge schon dafür, dass man euch nicht auf dem Scheiterhaufen verbrennt.«

»Sehr witzig.« Quentin seufzte und sah quer durchs Zimmer zu Kendra, die ihn mit erhobenen Augenbrauen und ihrem patentierten »Tu nichts, was du hinterher bereust«-Blick beobachtete. Er seufzte erneut. »Du hast immer noch politischen Einfluss da unten, richtig? Können der Bürgermeister oder der Gouverneur Druck auf den Polizeichef ausüben, damit er uns ruft?«

45

»Nur ungern. Der Lieutenant ist selbst nicht ohne Einfluss, und er will, dass sein Team die Sache durchzieht.«

»Weil er ein guter Cop und sich seines Teams sicher ist?«

»Nein. Weil er selbst eines Tages im Sitz des Gouverneurs residieren will.«

»Scheiße.«

»Eben. Ich glaube einfach nicht, dass er um Hilfe ersuchen wird. Jedenfalls nicht offiziell.«

»Ich wusste, dass du das sagen würdest.«

»Dann weißt du auch, was ich als Nächstes sagen werde. Wahrscheinlich steht dir gerade Urlaub zu.« John sprach in beschwörendem Tonfall.

»Verbring einen Teil davon hier. Du warst seit Jahren nicht mehr für länger als eine Stippvisite hier. Ich bezahle alles – schicke dir den Jet, reserviere dir die beste Hotelsuite, was immer du willst.«

»Beste Hotelsuite, hm?« Quentin musterte die bedrückend einfallslose Zimmerausstattung um sich herum.

Kendra murmelte: »O Gott.«

John sagte: »Die absolut beste. Sag ja, und ich schicke dir den Jet. Wo hast du gesagt, bist du?«

»Pittsburgh.«

»Warum?«

Quentin hätte beinahe über den erstaunten Tonfall seines Freundes gelacht.

»Ich habe dir doch gesagt, wir hatten einen Fall. Unglücklicherweise war das hier.«

»Ist der Fall abgeschlossen?«

»Ja. Wir halten den Überstundenrekord.«

»Gut. Dann brauchst du auf jeden Fall mal eine Pause.«

»Da stimme ich dir zu – aber ich bin mir nicht sicher, ob ich im Moment eine machen kann, John. Das hängt davon ab, ob schon ein neuer Auftrag auf mich wartet. Ich kläre das mit dem Büro ab und rufe dich zurück.«

»In Ordnung. Ruf mich auf meinem Handy an.«

»Ich hoffe, ich kann dir bis heute Nachmittag Bescheid geben. Bis dahin, John.« Quentin beendete das Gespräch und
legte das Handy zurück auf den Nachttisch.

Geduldig wandte Kendra ein: »Wir sollen nicht auf eigene
Faust arbeiten, Quentin, das weißt du.«

»Das weiß ich.«

»Das wird Bishop nicht gefallen.«

»Das weiß ich auch.«

»Seattle, hm?«

Langsam verzog sein Gesicht sich zu einem Lächeln.
»Seattle.«

»Weil er dein Freund ist?«

»Ja. Und weil seine Schwester eine Freundin war.«

3

Maggie war gezwungen, bis Samstagnachmittag zu warten, ehe sie Hollis Templeton sehen konnte, und sie wusste, dass der Versuch, einen neuen Termin mit Ellen Randall zu vereinbaren, aussichtslos war. So stellte sie am Freitag fest, dass sie nichts mit sich anzufangen wusste. Ihr kleines Haus war zu still, das Atelier, in dem sie malte, lockte sie nicht. Deshalb nahm sie am späten Vormittag ihren Skizzenblock, den sie praktisch überall hin mitnahm, und fuhr quer durch die Stadt zu einem anderen, ziemlich heruntergekommenen Haus.

Sie ging zur Hintertür, die nie abgeschlossen war, stieß sie auf und rief: »Hallo.«

»Atelier«, rief er zur Antwort.

Maggie bahnte sich durch das übliche Chaos aus Büchern, Zeitschriften, Zeitungen und halb vollendeten kunstgewerblichen Projekten einen Weg zum Atelier, einem Anbau, der in krassem Gegensatz zum Rest des Hauses stand. Der Raum war nicht nur geräumig und aufgrund zahlreicher Fenster und Oberlichter sehr hell, sondern er war auch äußerst ordentlich und aufgeräumt. Farben und Pinsel standen alle an ihrem Platz, und die Leinwände waren in Holzkisten verstaut. Verschiedene Requisiten und Stoffe für Draperien lagen auf Regalen zwischen den Fenstern bereit, und die verschiedenen Stühle, Sofas und Tische, die oft im Bildhintergrund eingesetzt wurden, waren so arrangiert, dass der große Raum gemütlich möbliert war.

In der Mitte des Zimmers stand ein Künstler an einer Staffelei und arbeitete an einem beinahe vollendeten Gemälde. Der Gegenstand des Bildes war eine Frau, und obwohl sie

48

nicht körperlich anwesend war, machten die an die Wand gehefteten Kohlezeichnungen deutlich, dass sie dem Künstler mehr als ein Mal Modell gestanden hatte.

Der Künstler selbst war um die dreißig, ein großer, schlaksiger Mann mit dem Gesicht eines Engels – jedenfalls fand das Maggie. Sie hatte noch nie einen Engel gesehen, aber sie hatte gesehen, wie der Verkehr wortwörtlich zum Erliegen kam und Münder aufklappten, wenn dieser Mann vorüberging. Sie nahm an, dass er himmlischer Perfektion so nahe kam, wie Sterbliche ihr überhaupt kommen konnten. Er hatte langes weizenblondes Haar, das er im Nacken zusammengebunden hatte, und seine ausgeblichenen Jeans und sein Arbeitshemd waren wie üblich voller Farbkleckse.

»Eine halbe Minute«, sagte er, ohne sie anzusehen. Seine Aufmerksamkeit war auf das sorgfältige Schattieren einer Stelle unterhalb des linken Ohres seines Sujets gerichtet.

»Lass dir Zeit. Ich war meine eigene Gesellschaft leid, und da bin ich dich einfach besuchen gekommen«, sagte Maggie.

Er warf ihr einen raschen Blick aus sehr hellen blauen Augen zu, die beinahe enervierend scharfsichtig waren, dann fuhr er mit der Arbeit fort. »Sieht dir nicht ähnlich, dich zu langweilen«, sagte er.

Maggie setzte sich auf einen sauberen, aber zerkratzten Holztisch und beobachtete ihn. »Es ist nicht unbedingt Langeweile. Eher Ruhelosigkeit. Ich soll morgen mit dem letzten Opfer sprechen, und bis dahin gibt es nicht viel für mich zu tun. Einfach nur herumzusitzen und auf den nächsten Überfall zu warten ist ziemlich zermürbend.«

»Ich habe dich gewarnt«, murmelte er.

»Das weiß ich. Aber warum hast du mich dann nicht auch davor gewarnt, dass Hollis Templeton namentlich nach mir fragen würde?«

Er hielt in seiner Arbeit inne und sah sie prüfend an. »Niemand hat ihr deinen Namen gesagt?«

»Nein.«

»Was weißt du über sie?« Maggie zuckte mit den Achseln. »Sie ist Künstlerin, aber sie ist neu in Seattle, und ich glaube, was sie früher an der Ostküste gemacht hat, war hauptsächlich kommerzieller Kram, deshalb können wir eigentlich nicht von ihr gehört haben. Ende zwanzig, Single. Von dem Foto her, das ich gesehen habe, war sie vor dem Überfall attraktiv. Was jetzt ist, weiß ich nicht.«

»Er hat ihr die Augen genommen.«

»Ja. Er hat sie ... offenbar sehr sauber entfernt, sagen ihre Ärzte. Keine Säure diesmal. Er hat ein Messer oder ein Skalpell benutzt und scheint gewusst zu haben, was er da tat. Sehnerv, Augenhöhle und Lider wurden kaum beschädigt. Deshalb haben sie sich auch zu einer Transplantation entschlossen.«

»War sie erfolgreich?«

»Sag du's mir.«

Er lächelte flüchtig und wandte sich wieder seinem Gemälde zu.

»Ich hasse es, wenn du das tust«, erklärte Maggie.

»Was tue?« Sein Tonfall war unschuldig.

»Eine Frage ignorieren. Ich kriege mittlerweile wirklich die Panik, wenn du nicht antworten willst.«

»Ob Hollis Templeton wieder sehen kann, liegt ganz an ihr.«

»Hübsch rätselhaft. Bringen Sie euch das in der Seherschule bei?«

»Ich war nicht auf der Seherschule.«

»Dann eben auf der Prognostikerschule.«

Er kicherte. »Da war ich auch nicht.«

Als ihr klar wurde, dass er nichts mehr sagen würde, wenigstens im Augenblick nicht, seufzte Maggie und schlug ihren Skizzenblock auf.

Eine Weile starrte sie auf das grob umrissene Gesicht des Vergewaltigers, dann fluchte sie leise und schloss den Block wieder.

»Ich hasse das wirklich, Beau«, schnaubte sie völlig entnervt.

»Das weiß ich. Es tut mir Leid.«

»Aber nicht so sehr, dass du weniger rätselhaft wärst.«

»Dass es einem Leid tut, hat damit nichts zu tun.«

»Freier Wille.«

Er nickte und trat von der Staffelei zurück, um die Pinsel auszuwaschen. »Freier Wille. Du musst deine Entscheidungen aus deinem eigenen freien Willen heraus treffen.«

Maggie betrachtete ihn verstimmt. »Trotzdem weißt du, wie diese Entscheidungen ausfallen werden. Demzufolge ist das Schicksal der Menschen festgelegt, meines ist bereits verplant – und so was wie freier Wille existiert gar nicht.«

»Dann nenn es die Illusion des freien Willens.«

»Du kannst einen manchmal wahnsinnig machen, weißt du das?«

»Du sagst es mir schließlich oft genug.« Beau verschwand kurz in der Küche und kehrte mit zwei Dosen eines Erfrischungsgetränks zurück. »Dieses Zeug ist sehr schlecht für uns«, sagte er wenig präzise. »Habe ich irgendwo gelesen.«

Er reichte ihr eine Dose, setzte sich ihr gegenüber und öffnete seine Dose.

Maggie tat es ihm nach. »Du schwörst mir, dass du mir nicht sagen kannst, wer der Vergewaltiger ist?«

Beau verzog das Gesicht. »Ich spüre da keine Identität, und ich kann sein Gesicht nicht sehen. Das ist etwas, was ich dir sagen würde, wenn ich könnte, Maggie, glaub mir. Im Seherhandbuch steht nichts davon, dass man Ungeheuer schützen soll.«

»Und er ist eines. Unmenschlich.«

»Ich weiß.«

»Ich muss ihn aufhalten.«

»Du meinst, du musst es versuchen.«

»Ja. Ja, natürlich, das meine ich doch.«

»Du hilfst, Maggie.«

»Ja? Ich habe noch keine Zeichnung.«

»Das vielleicht nicht, aber du hilfst diesen Frauen. Wenn sie hinterher so etwas wie ein Leben haben, dann verdanken sie das größtenteils dir.«

»Und warum fühle ich mich dann nicht besser?«

Leise sagte er: »Weil du zugelassen hast, dass sie dir zu nahe kommen. Du wirst deine Arbeit nicht mehr lange machen können, wenn du dich nicht ein bisschen rausziehst. Versuche, nicht alles zu fühlen, was sie fühlen.«

»Bring mir bei, wie man das macht, dann versuche ich es mal damit.« Sie lachte, doch es war ein freudloses Lachen. »Uns wird die Zeit knapp. Ab jetzt wird es nur immer noch schlimmer werden, Beau, das wissen wir beide.«

»Trotzdem, versuch nicht immer alles alleine zu schultern. Du kannst das nicht alleine machen, das habe ich dir schon mal gesagt. Du musst jemandem vertrauen und dir helfen lassen.«

»Jemand anderem als dir.«

»Ich … bin außen vor. Mein Job ist es, kryptische Warnungen auszusprechen, weißt du noch?«

»Ja, ja, schon klar.«

Beau lächelte flüchtig, doch es war eher ein mitfühlendes denn ein amüsiertes Lächeln. »Ich wünschte, ich könnte mehr tun.«

»Dann tu auch mehr, verdammt!«

»Das Seherhandbuch, weißt du noch? Wir müssen uns alle an die Regeln halten, Maggie. Einen Schritt nach dem anderen gehen, das Terrain sondieren, unseren Weg erspüren, die Zeichen lesen. Sich sehr davor hüten, etwas zu tun, das alles nur noch schlimmer macht. Das hast du bisher auch getan. Sonst hättest du ihnen längst die Wahrheit gesagt.«

»Und wie soll ich ihnen die Wahrheit sagen? Andy, den anderen Cops? Wie sollen sie das jemals begreifen? Ach, verdammt – wie sollen sie mir überhaupt auch nur glauben?«

»Wenn du dir nicht einmal selbst richtig glaubst«, murmelte er.

»Es ist auch nicht leicht, das zu glauben, zu akzeptieren.«

»Ich weiß.«

»Du könntest dich irren«, sagte sie. Es war weniger eine Feststellung als eine Frage.

»Ich wünschte wirklich, das wäre so, Maggie. Um deinetwillen.« Eine Weile blickte er sie schweigend an. Dann sagte er: »Ist Garrett schon hier?«

»Ja. Er war gestern auf der Polizeiwache. Wollte mit mir über Christina reden.«

»Hast du es ihm gesagt?«

»Die Wahrheit? Nein. Ich habe gelogen. Ich habe dem Mann ins Gesicht gelogen, was den Tod seiner Schwester betrifft.«

»Warum?«

»Weil … Ich weiß nicht, warum. Weil er nicht weniger leiden würde, wenn er die Wahrheit kennt. Weil er sich Vorwürfe machen würde wegen etwas, das er getan oder eben nicht getan hat. Weil Christina nicht gewollt hätte, dass er es weiß. Weil er mir nicht glauben würde.« Wie zum Gruß hob sie die Hand mit dem Getränk. »Oder vielleicht auch nur, weil ich ein Feigling bin.«

»Ich glaube nicht, dass es das war.«

»Nein? Ich weiß es nicht. Ich habe Angst, Beau. Ich habe totale Panik.«

»Vor der Zukunft?«

»Vor dem Jetzt. Was, wenn ich nicht stark genug bin? Oder clever genug oder schnell genug? Das war schon einmal so.«

»Diesmal gelingt es dir.«

»Spricht da der Seher? Oder einfach nur du?«

»Einfach nur ich.«

Maggie seufzte. »Das habe ich mir gedacht.« Mehrere Minuten brütete sie schweigend vor sich hin. Dann sagte sie unvermittelt: »Garrett. Du irrst dich in ihm.«

»Tatsächlich?«

»Ja.«

»Tja«, sagte Beau gutmütig, »das wäre nicht das erste Mal. Wohlgemerkt, oft ist das noch nicht passiert, aber es soll schon vorgekommen sein. Die Zeit wird es zeigen, Maggie.«

»Klar«, sagte sie. »Ja, die Zeit wird es zeigen.«

Andy Brenner war seit beinahe fünfzehn Jahren bei der Polizei. Er liebte seine Arbeit, auch wenn sie ihn seine Ehe gekostet hatte – wobei es nicht ungewöhnlich war, dass ein Cop diesen Preis zahlte. Die Hälfte der Jungs in der Dienststelle waren entweder geschieden oder bemühten sich darum, dass ihre zweite Ehe besser funktionierte als die erste. Und den Polizistinnen schien es nicht besser zu ergehen.

Wie die meisten Ehepartner hatte auch Andys Frau sich daran gestört, dass ihr Mann so lange Arbeitszeiten hatte und dafür lausig bezahlt wurde, und sie hatte unter dem Wissen gelitten, dass er praktisch jeden Tag knöcheltief im Dreck watete und vielleicht nur noch in einer fahnengeschmückten Kiste zurückkehren würde. Doch mehr als alles andere hatte Kathy seine Hingabe an die Arbeit gehasst.

Nun, das konnte Andy wohl kaum ändern. Du liebe Güte, er konnte sich nicht einmal dafür entschuldigen. Ein Cop, der seinen Beruf nicht engagiert ausübte, war niemandem von großem Nutzen.

Eben.

Deshalb blieb er an diesem Freitag wieder bis spätabends im Büro. Ging Akten durch, die er schon so oft gelesen hatte, dass die Informationen sich praktisch in seine Gehirnwindungen eingegraben hatten. Bloß wartete jetzt zu Hause niemand mehr auf ihn, ging unruhig auf und ab oder trank nach einem einsamen Abendessen zu viel Wein.

»Andy?«

Er sah auf. »Ich dachte, du wärst schon seit Stunden weg, Scott.«

Scott Cowan schüttelte den Kopf. »Nein, Jenn und ich waren nur hinten und haben uns durch ein paar von den alten

Akten gewühlt.« Er trug einen schmuddeligen grauen Ordner mit sich.

»Warum zum Teufel?«

»Wir sind einfach so einem Gefühl gefolgt.«

»Und worum ging es da? Um den Vergewaltiger?« Allerdings bestand nicht viel Aussicht, dass es um etwas anderes gehen könnte, dachte Andy. In der letzten Zeit waren sie alle besessen von diesem Fall.

»Tja, tatsächlich.«

»Also? Lass hören.«

Scott war noch nicht so lange Detective, dass er großes Vertrauen in seine Eingebungen gehabt hätte. Unter Andys Blick errötete er leicht. »Tja, ich weiß, wir haben den Computer auf der Suche nach ähnlichen Verbrechen mit allen Informationen gefüttert, die wir über diesen Vergewaltiger haben. Aber Jenn und ich haben heute darüber gesprochen, und wir haben uns gefragt, was mit den alten Akten ist. Einige von denen sind fünfzig Jahre alt oder älter, und von der Info ist nichts im Computer.«

Geduldig sagte Andy: »Ich bezweifle, dass unser Vergewaltiger schon vor fünfzig Jahren Frauen überfallen hat, Scott. Dann wäre er jetzt – wie alt? Fünfundsiebzig oder achtzig? Nicht mal 'ne kleine blaue Pille könnte so einem Opa helfen, ihn noch mal hochzukriegen.«

»Nein, das haben wir nicht gemeint. Die Psychotante hat gestern bei der Besprechung etwas gesagt. Sie meinte, ihr scheint, als würde der Vergewaltiger bereits fest etablierte Rituale befolgen, als würde er das schon viel länger als nur die sechs Monate treiben, die er jetzt unseres Wissens aktiv ist. Also dachten wir, vielleicht hat er sich ja Rituale gesucht, die schon fix und fertig waren, indem er eine viel ältere Verbrechensserie kopiert.«

»Und die entsprechende Info hat er dann direkt hier aus unseren alten Akten?«

»Nicht unbedingt. Jenn hat das gecheckt. Einiges ist im

Lauf der Jahre in Büchern behandelt worden, besonders die ungelösten Verbrechen. Das ist ein beliebtes Thema, Andy, das weißt du doch. Und es besteht zumindest die Möglichkeit, dass unser Typ hier nach dem Drehbuch von jemand anders vorgeht, oder?«

»Alles ist möglich.« Mit geschürzten Lippen erwog Andy die Idee. »Nicht schlecht, Scott. Aus diesem Blickwinkel haben wir es noch gar nicht betrachtet. Schon was gefunden?«

»Wir sind uns nicht sicher.«

»Was Interessantes?«

»Was Seltsames. Oder zumindest finden wir das. Vielleicht siehst du das ja anders.« Er öffnete die Akte und zog ein vergilbtes Blatt Papier hervor, das er über den Schreibtisch reichte. »Aus Jux und Dollerei haben wir gleich mit den richtig alten Akten angefangen, mit denen, die mehr als fünfzig Jahre alt sind. Besonders die von 1934. Jenn hat das hier in einer davon gefunden, zwischen den Aktennotizen zu einer Mordermittlung.«

Andy starrte auf die Skizze und erfuhr ein ihm völlig neues Gefühl – als krieche ihm ein kalter Finger langsam die Wirbelsäule hinauf. Das herzförmige Gesicht und die zarten Gesichtszüge, das lange schwarze Haar … »Wer ist das? Ich meine – wer war sie damals?«

»Sie war das Opfer, Andy. Eine junge Lehrerin, in einer Gasse erstochen. Sie war wohl ziemlich brutal zusammengeschlagen worden, so schlimm, dass sie einen Zeichner baten, eine Skizze von ihr zu machen, so wie sie glaubten, dass sie unversehrt ausgesehen hatte, damit sie was hatten, was sie herumzeigen konnten, um sie zu identifizieren. Sie haben dann auch herausgefunden, wer sie war, aber … man hat den Fall nie gelöst.«

»Das muss Zufall sein«, murmelte Andy. »Der Zeichner hat sie falsch gezeichnet, hat sich in ihrem Aussehen geirrt. Oder da sind irgendwelche familiären Verbindungen. Wie hieß sie?«

Scott schlug erneut die Akte auf. »Sie hieß ... Pamela Hall. Unverheiratet, zweiundzwanzig. Keine Angehörigen in Seattle, zumindest konnte die Polizei keine ermitteln.«

»Wurde sie vergewaltigt?«

»Ja, wurde sie. Damals wurden Vergewaltigungen allerdings kaum jemals gemeldet, und wenn, dann ging man ihnen nicht nach, zumindest soweit ich weiß. Es wurde nur vom Arzt in seinem Obduktionsbericht erwähnt. Die Cops haben es als Mord behandelt, schlicht und einfach. Sie haben nicht nach einem Sexualtäter gesucht.«

Jennifer Seaton gesellte sich gerade rechtzeitig zu ihnen, um das hören. Sie sagte: »Ich glaube nicht mal, dass es damals schon diesen Begriff gab.« Sie schüttelte den Kopf, eher müde denn wütend. »Sie glaubten, Vergewaltigung sei einfach ein etwas heftigerer Geschlechtsakt – mehr nicht.«

»Habt ihr andere Überfälle aus dieser Zeit gefunden?«, fragte Andy.

Erneut schüttelte Jennifer den Kopf. »Noch nicht. Aber dieser hier geschah sehr früh im Jahr, und es gibt noch mehr Akten, die wir durchsuchen können. Wir dachten nur, wir sollten mit dir Rücksprache halten, bevor wir weitermachen. Es war gar nicht so sehr der Überfall selbst, der unsere Aufmerksamkeit erregt hat – damals wurden in Seattle eine Menge Frauen umgebracht. Es war die Skizze, an der ich einfach nicht vorbeikam.«

Andy atmete tief durch. »Ich sehe, was du meinst. Scheiße. Wenn diese Zeichnung zutreffend ist, war sie das Abbild unseres ersten Opfers Laura Hughes.«

»Genau das fanden wir auch.«

Andy lehnte die Skizze gegen sein Telefon und betrachtete sie. Wahrscheinlich nur Zufall. Zum Teufel, es musste Zufall sein. Allerdings ... »Hört mal, ihr zwei, es ist spät, ihr solltet nach Hause gehen. Aber wenn ihr wieder im Dienst seid, hättet ihr dann vielleicht Lust, noch mal in diesen alten Akten zu wühlen? Vielleicht ist da ja noch mehr.«

Scott nickte, begierig, stärker in die Ermittlungen eingebunden zu werden, in denen er seinem Empfinden nach bisher eher ein besserer Laufbursche gewesen war. »Klar, kann ich machen. Jenn?«

»Gern. Das ist um Längen besser, als an meinem Schreibtisch zu sitzen und einen panischen Anruf nach dem anderen entgegenzunehmen.«

Scott fragte: »Hey, Andy, meinst du, wir haben hier was? Vielleicht kopiert dieser Kerl alte Verbrechen, indem er nach ähnlich aussehenden Opfern sucht?«

»Vielleicht«, meinte Andy. »Aber freuen wir uns lieber nicht zu früh, Leute, okay? Eine Skizze hat nicht viel zu sagen, außer dass wir vielleicht alle irgendwo auf der Welt Doppelgänger haben – oder hatten. Sucht einfach weiter und zeigt mir alles, was ihr findet.«

»Da kannst du dich drauf verlassen, Andy. Sollen wir die Akte dalassen?«

»Ja.« Andy nahm die Akte entgegen und wünschte den jüngeren Polizisten einen schönen Abend. In ein Gespräch vertieft gingen die beiden hinaus, und Andy vergeudete vielleicht eine Minute auf die Frage, ob die beiden miteinander schlafen mochten. Falls ja, wäre das keine große Überraschung, sie wären nicht das erste Pärchen in der Abteilung. Aber er hoffte, sie wären klüger.

Als er wieder allein war, starrte er die Skizze einer jungen Frau an, die schon lange tot und vergangen war. Von wegen – *zweifach* tot und vergangen, zumindest sah es so aus. Pamela Hall, 1934 erstochen, nachdem sie brutal vergewaltigt worden war; Laura Hughes, im Jahre 2001 brutal vergewaltigt und geschlagen, geblendet, wenige Tage später ihren Verletzungen erlegen.

Die beiden Frauen sahen sich nicht einfach ähnlich – sie waren praktisch identisch, bis hin zu dem kleinen Muttermal am linken Mundwinkel. Doch die Skizze hatte ein Zeichner erstellt, dessen einziger Anhaltspunkt das übel zugerichtete

58

Gesicht des Opfers gewesen war, und Andy sagte sich, dass Künstler wohl kaum unfehlbar waren.

Außer Maggie jedenfalls.

Andy durchkämmte die Akte, doch sie enthielt äußerst wenig Informationen. Aus dem Tonfall der Notizen ging hervor, dass der Mord an dieser jungen Frau den ermittelnden Polizisten nahe gegangen war, sie aber nicht überrascht hatte. Man hatte es eindeutig für ihre eigene Schuld gehalten, sie hatte sich eben in Gefahr begeben. Dennoch hatten sie eine Weile methodisch ermittelt – und waren dann zum nächsten Verbrechen übergegangen, das ihre Aufmerksamkeit erfordert hatte.

Der Obduktionsbericht war ebenso wenig hilfreich. Das Opfer war am Blutverlust und am Schock gestorben. Es gab Anzeichen für *gewaltsame geschlechtliche Handlungen*, und man hatte sie grün und blau geschlagen. Nach Meinung des Arztes hatte sie sich gegen ihren Angreifer gewehrt, was die Verletzungen an Armen und Händen belegten, doch sie war ihm ganz eindeutig nicht gewachsen gewesen.

Andy musterte die Skizze erneut. Hatten Scott und Jennifer Recht mit ihrer Mutmaßung? Wählte ihr heutiger Serienvergewaltiger seine Opfer anhand von alten ungelösten Verbrechen aus?

Es war selbstverständlich absurd, diese Vermutung auf ein einziges Beispiel zu gründen, doch Andy konnte nicht anders, als selbst Vermutungen anzustellen. Bisher hatten sie noch kein Muster und keine innere Logik darin erkennen können, wie und wo der Vergewaltiger seine Opfer auswählte. Eine der Frauen war aus einem gut besuchten Einkaufszentrum entführt worden, eine andere aus ihrer Wohnung in einem gut gesicherten Wohngebäude.

Das Kriterium »leichte Zugänglichkeit« war somit ausgeschlossen, und dies bedeutete, dass er seine Opfer anders und mit Bedacht wählte.

Konnte es sein, dass er alte ungelöste Verbrechen benutzte?

Und falls ja, hatte er seine Informationen aus Büchern? Oder aus den Ermittlungsakten?

Andy hoffte, dass im Zweifelsfall Ersteres der Fall wäre. Das hoffte er wirklich. Denn er war ziemlich sicher, dass die einzigen Menschen, die sich Zugang zu den alten Akten hätten verschaffen können, ohne Aufmerksamkeit zu erregen, Polizisten waren.

Samstag, 3. November

Maggie war nicht sonderlich überrascht, John Garrett im Krankenhaus anzutreffen, als sie dort um kurz nach zwei Uhr eintraf, um mit Hollis Templeton zu sprechen. Sie war außerdem nicht sonderlich erbaut davon.

»Das Gespräch ist vertraulich«, sagte sie ihm.

»Das weiß ich. Ich dachte nur, hinterher könnten wir vielleicht irgendwo eine Tasse Kaffee auftreiben. Reden.«

Sie machte sich nicht die Mühe, ihn darauf hinzuweisen, dass sie nach solchen Gesprächen normalerweise nicht gerade gesellig war. »Ich bezweifle, dass ich etwas Neues erfahre«, warnte sie ihn stattdessen vor. »Das erste Gespräch mit einem Opfer ergibt selten brauchbare Informationen.«

»Das verstehe ich. Trotzdem würde ich gerne mit Ihnen reden. Und – es gibt da jemanden, mit dem ich Sie gerne bekannt machen würde.«

Das erregte Maggies Neugier immerhin so weit, dass sie nickte und sich einverstanden erklärte, ihn nach dem Gespräch im Wartebereich in der Nähe der Aufzüge zu treffen. Dann ging sie zu Hollis Templetons Zimmer, wappnete sich, so gut sie konnte, und klopfte leise an, ehe sie hineinging.

»Miss Templeton?«

»Ja?« Sie saß am Fenster, mit dem Gesicht zum Fenster, obwohl sie einen Verband über den Augen trug. Sie trug Jeans und einen weiten Pullover, war also ähnlich wie Maggie gekleidet – bis hin zu den bequemen Laufschuhen. Ihr braunes

Haar trug sie kurz und zu einem lässigen Look frisiert – nichts, was viel Arbeit erforderte.

Maggie ging durch den kleinen Raum zu dem Stuhl, der offenbar für sie bereitstand. »Ich bin Maggie Barnes.«

»Schau an.« Sie wandte Maggie das Gesicht zu. Ihre Lippen mit einer verheilenden Schnittverletzung verzogen sich zu einem Lächeln. »Ich kann das ja leider nicht. Haben Sie je darüber nachgedacht, wie oft wir Wörter wie *sehen* und *schauen* verwenden, obwohl wir gar nichts Visuelles beschreiben wollen?«

Maggie glitt auf den Stuhl. »In letzter Zeit habe ich viel darüber nachgedacht«, sagte sie.

Erneut lächelte Hollis. Ihr Gesicht wirkte bemerkenswert unversehrt bis auf den verheilenden Schnitt – und die verbundenen Augen. »Ja, ich kann mir vorstellen, dass Sie in Ihren Gesprächen mit geblendeten Opfern überall auf Minenfelder stoßen. Ich heiße übrigens Hollis. Ein lächerlicher Name. Mein Vater versuchte, ihn zu Holly abzukürzen, als ich klein war, aber das fand ich noch grässlicher.«

Maggie hatte schon mit zu vielen Opfern von Gewaltverbrechen gesprochen, um dieses Gespräch auch nur ansatzweise merkwürdig zu finden. Manche Opfer mussten zuerst über Belanglosigkeiten sprechen, teils weil sie einen Aufschub wollten, bis sie die Qualen dessen, was ihnen geschehen war, nochmals durchleben mussten, teils auch, um wenigstens ein Gefühl von Normalität zu erzeugen. Daher konnte sie leicht und ohne jeden Anflug von Ungeduld darauf reagieren.

»Die meisten glauben, Maggie wäre eine Abkürzung von Margaret. Ist es aber nicht. Ich war immer schon Maggie.«

»Es ist ein guter Name. Er bedeutet ›Perle‹, wussten Sie das?«

»Ja.«

»Hollis bedeutet: ›lebt bei den Stechpalmen‹. Was für ein Name für eine erwachsene Frau!« Sie schüttelte den Kopf und sagte unvermittelt: »Was für ein blödes Thema. So trivial. Entschuldigen Sie, ich möchte nicht Ihre Zeit vergeuden.«

»Das tun Sie nicht, Hollis. Ich bin froh, dass Sie uns angerufen haben.«

»Uns.« Sie nickte, als hätte sich ein geheimer Verdacht bestätigt. »Sie halten sich also für eine von den Cops, hm?«

»Ich schätze schon.«

»Das ist wahrscheinlich kein großes Vergnügen, sich Horrorgeschichten anzuhören über ... die Unmenschlichkeit des Menschen gegen den Menschen.«

»Nein, dieser Teil ist kein Vergnügen.«

»Warum tun Sie das?«

Maggie musterte die andere Frau und bemerkte deren steife Haltung: Die Hände, die immer noch verblassende Kratzer und Prellungen aufwiesen, umklammerten angespannt die Stuhllehnen. Langsam sagte sie: »Ich ... habe eine Gabe. Ich höre grundverschiedene Einzelheiten und kann sie zu einem Bild zusammenfügen. Einem Gesicht.«

Hollis legte den Kopf leicht schräg. »Ja, aber warum tun sie das? Waren Sie selbst Opfer?«

»Nein.«

»Jemand, der Ihnen nahe stand?«

Maggie hätte beinahe den Kopf geschüttelt, ehe ihr einfiel, dass Hollis sie nicht sehen konnte.

Sonderbar.

Überrascht stellte sie fest, dass sie beinahe einen Blick spüren konnte. Die Aufmerksamkeit der Frau war so vollständig auf sie gerichtet, dass es wirkte, als *könnte* sie sie sehen. »Nein«, murmelte sie zur Antwort, während sie noch überlegte, ob sie sich hier etwas einbildete – oder ob da mehr war.

»Ist es Mitleid?«

Falls Hollis eine rasche Verneinung erwartet hatte, wurde sie enttäuscht. Ruhig sagte Maggie: »Ich glaube, das ist es zum Teil. Mitleid, Mitgefühl, nennen Sie es, wie Sie wollen.«

62

Hollis lächelte. »Sie sind aufrichtig. Gut. Das gefällt mir gut.«

»Ich versuche es.«

Hollis lachte leise auf. »Und ehrlich genug, um zu wissen, dass es unmöglich ist, anderen Menschen gegenüber völlig ehrlich zu sein.«

»Die Lektion war schmerzhaft.«

»Das Leben wimmelt von solchen Lektionen.« Unvermittelt sagte Hollis: »Ich weiß, ich bin das vierte Opfer. Ich erinnere mich, in der Zeitung gelesen zu haben, dass die ersten beiden Opfer starben.«

»Ja.«

»Aber er hat sie nicht tot zurückgelassen. Sie sind später gestorben.«

»Laura Hughes ist ihren Verletzungen erlegen. Christina Walsh hat etwa einen Monat nach dem Überfall Selbstmord begangen.«

»Hatte eine von ihnen Kinder?«

»Nein.«

»Was ist mit der dritten Frau?«

»Sie hat einen kleinen Sohn.«

»Ich hatte mich noch nicht mal entschieden, ob ich Kinder will. Jetzt muss ich mich damit nicht mehr auseinander setzen.«

Maggie sparte sich jegliche Gemeinplätze. Stattdessen fragte sie: »Ist das für Sie das Schlimmste? Dass Sie nie eigene Kinder haben werden?«

»Ich weiß es nicht.«

Wieder huschte dieses kleine geheimnisvolle Lächeln über ihre Lippen.

»Ich schätze, das hängt vielleicht davon ab, ob die Transplantation erfolgreich war. Der Arzt ist zuversichtlich, aber ... ich weiß nicht, was Sie auf der Kunsthochschule gelernt haben, aber uns haben sie beigebracht, dass die Augen wie das Rückrat direkt mit dem Gehirn verbunden sind. Deshalb hat es bisher auch keine erfolgreichen Transplantationen gegeben. Sie können natürlich die Hornhaut transplantieren, aber nicht den Augapfel – jedenfalls dem herkömmlichen medizinischen Wissen zufolge. Mein Arzt möchte gerne Pionier sein.«

»Sie sind dann aber auch eine Pionierin«, erinnerte Maggie sie.

»Ich bin mir nicht sicher, ob ich das will. Aber ich will wieder sehen, also habe ich die Papiere unterzeichnet. Auch die kleinste Chance ist besser als gar keine, oder?«

»Würde ich sagen.«

»Ja. Aber niemand weiß, was passieren kann. Mein Körper scheint die Augen nicht abzustoßen, aber die Chancen stehen außerordentlich schlecht, dass sie so arbeiten, wie sie sollen. Das Komische ist …«

»Ja?«

Sie atmete tief durch.

»Es heißt doch, wenn man einen Arm oder ein Bein verliert, bekommt man Phantomempfindungen – man spürt das Bein oder den Arm immer noch, spürt, wie er sich bewegt. Oder wehtut.«

»Davon habe ich gehört.«

»Ich habe meinen Arzt gefragt, ob das mit Augen auch so ist. Ich glaube, er hat mich erst verstanden, als ich ihn gefragt habe, ob ich sie bewegen können sollte. Weil das nämlich das Gefühl war, das ich hatte, dass die Augen sich unter dem Verband bewegen, hinter meinen Augenlidern. Wie jetzt, wenn ich daran denke, zur Tür zu sehen … ich spüre, wie sie sich bewegen.«

»Was hat Ihr Arzt gesagt?«

»Dass es vermutlich Phantomempfindungen seien, die Muskeln und Nerven hätten in der kurzen Zeit noch nicht heilen können. Das war kurz nach der Operation, also hatte er wohl Recht. Aber es fühlt sich immer noch so an, es sind die gleichen Empfindungen.«

»Wann wollen sie den Verband entfernen?«

»In etwa einer Woche. Bis dahin kann ich nur hier sitzen ...
und warten. Ich war noch nie gut im Warten.«

»Haben Sie uns deshalb angerufen?«

»Vielleicht. Wenn ich irgendwie helfen könnte, dieses ...
Ungeheuer ... zu fangen, dann möchte ich das tun.« Sie hielt
inne und schluckte heftig. »Wenigstens war das der Plan.
Jetzt bin ich mir nicht mehr so sicher, dass ich darüber reden
kann. Es tut mir Leid, aber ...«

»Hollis, das ist in Ordnung. Sie müssen das machen, wann
und wie es gut für Sie ist. Schauen Sie, ich könnte morgen
wiederkommen, dann reden wir weiter. Wir reden über alles,
was Sie wollen, so lange Sie wollen. Bis Sie so weit sind.«

»Wenn es Ihnen nichts ausmacht?«

»Tut es nicht. Dann komme ich morgen wieder, okay?«

»Danke, Maggie.«

Nachdem die Tür sich hinter ihrer Besucherin geschlossen
hatte, saß Hollis reglos da. Sie wandte das Gesicht wieder
dem Fenster zu und dachte unbestimmt, wenn sie schon wieder in New England wäre, hätte sie vielleicht selbst im November Sonnenschein auf dem Gesicht gespürt. Aber die
Krankenschwestern hatten ihr gesagt, es sei ein typischer Tag
für Seattle, bedeckt und trist, ohne jeden Sonnenstrahl. Sie
hatten nicht verstanden, warum sie trotzdem am Fenster
hatte sitzen wollen.

Du hättest mit ihr sprechen sollen, Hollis.

»Ich habe mit ihr gesprochen.«

Ich habe dir gesagt, du kannst ihr vertrauen.

Sie lachte leise. »Ich weiß doch nicht mal, ob ich dir trauen
kann.«

Du weißt es.

»Ich weiß nur, dass ich den Schwestern unheimlich werde,
weil ich mit jemandem rede, der nicht da ist.«

Ich bin hier.

Und du weißt, dass ich real bin.

Hollis drehte den Kopf, sodass er dem Stuhl ihr gegenüber zugewandt war. »Wenn ich sehen könnte, würde ich dich dann sehen?«

Vielleicht.

»Und vielleicht nicht. Ich glaube, ich bilde mir meine eigene Meinung darüber, wem ich trauen kann, wenn es dir nichts ausmacht, Produkt meiner Fantasie.«

Bilde dir deine Meinung schnell, Hollis.

Uns rennt die Zeit davon.

4

»Ich konnte sie nicht bedrängen«, sagte Maggie. »Ich kann sie nicht bedrängen. Wir müssen eben warten, bis sie so weit ist, darüber zu reden.«

»Und wann wird das sein?«, fragte John. Er lehnte sich zurück, damit die Kellnerin ihnen den Kaffee servieren konnte, und fragte sich, ob Maggie dieses Café gegenüber dem Krankenhaus vorgeschlagen hatte, weil sie es mochte oder weil sie möglichst wenig Zeit mit ihm verbringen wollte.

»Ich schätze, ein paar Tage. Sie wird besser damit fertig, als ich erwartet hatte, vielleicht weil sie darauf hoffen kann, wieder zu sehen. Aber emotional ist sie immer noch … sehr labil.«

»Haben Sie sie gefragt, woher sie wusste, nach wem sie fragen musste?«

»Nein. Ich wollte nichts fragen, das sie als … Misstrauen hätte auslegen können.«

»Schlecht für den Rapport?«

»So kann man es auch nennen. Wenn ich kein starkes Band des Vertrauens aufbauen kann, wird sie sich mir nicht anvertrauen. Besonders solange sie nicht sehen kann.«

John war nicht fantasielos, und es fiel ihm nicht schwer, sich zumindest ansatzweise das Grauen vorzustellen, das einen überfallen musste, wenn man plötzlich ins Dunkle gesperrt wurde, besonders im Umgang mit anderen Menschen. »Keine optischen Anhaltspunkte«, sagte er langsam. »Wir benutzen unsere Augen so viel, wenn es darum geht, andere und den Wert dessen zu beurteilen, was sie uns sagen.«

Ein wenig überrascht stimmte Maggie ihm zu: »Genau.«

Er lächelte, ging jedoch nicht weiter auf ihre Überraschung

ein. »Also haben Sie nicht herausbekommen, wie sie von Ihnen erfahren hat? Glauben Sie, sie hat etwas gesehen, bevor er sie geblendet hat?«

»Ich weiß es nicht. Sie hat irgendwas im Sinn, aber ich habe keine Ahnung, was das sein kann.« Hätte sie ihm nicht gerade direkt in die Augen gesehen, wären ihr das kurze Zögern und die Entscheidung, ihr zu sagen, was ihm auf dem Herzen lag, entgangen.

»Also brauchen wir«, sagte er leichthin, »einen guten Hellseher.«

»Und Sie haben wohl ein paar auf der Gehaltsliste, was?« Ihre Stimme klang sachlich.

»Nicht auf meiner Gehaltsliste, nein. Zumindest nicht, dass ich wüsste. Aber ich habe einen Freund, der vielleicht bereit wäre zu helfen. Nur wenn er kann, natürlich.«

»Sie zweifeln an seinen Fähigkeiten?«

»Ich zweifle«, sagte John bedächtig, »an der Vorstellung an sich, dass es so etwas gibt, wenn ich ehrlich sein soll. Es fällt mir schwer, an das so genannte Übersinnliche zu glauben. Aber ich habe gesehen, dass Quentin Antworten gefunden hat, als niemand anders das konnte, und auch wenn ich nicht sicher bin, wie er das macht, ist seine Methode zumindest eine Möglichkeit. Besonders in einer Situation, in der es so wenig Informationen und so viel Bedarf daran gibt.«

Maggie trank von ihrem Kaffee, um Zeit zu gewinnen. Dann sagte sie: »Luke Drummond wird sich garantiert dagegen sträuben, dass eine weitere Privatperson offiziell an den Ermittlungen beteiligt ist.«

»Da bin ich mir sicher. Deshalb kann Quentin auch nur *inoffiziell* einbezogen werden.«

»Das bedeutet, der Zugang zu den Ermittlungen wird ein Problem sein. Haben Sie es mir deshalb erzählt? Erwarten Sie von mir, dass ich ihm Zugang zum Opfer verschaffe?«

Sogleich schüttelte John den Kopf. »In diese Lage möchte ich Sie nicht bringen. Ebenso wenig möchte ich diese Frauen bitten, mit einem weiteren Fremden zu sprechen, geschweige denn mit einem fremden Mann. Nein, ich habe Ihnen das erzählt, weil ich nach allem, was Andy über Sie gesagt hat, so ein Gefühl habe, dass Sie einstweilen im Mittelpunkt der Ermittlungen stehen werden – und ich meine damit nicht, dass Sie in einem Vernehmungszimmer in der Innenstadt sitzen.«

»Was meinen Sie dann?«

»Andy sagt, Sie haben da, wo man die ersten drei Opfer gefunden hat, jeweils eine Ortsbegehung gemacht. Stimmt das?«

Sie nickte langsam.

»Warum?«

Maggie fiel keine schlichte Antwort ein, also zuckte sie schließlich mit den Achseln. »Um Eindrücke zu sammeln, schätze ich. Ich habe Ihnen ja gesagt, ein Großteil dessen, was ich tue, ist Intuition.«

»Andy zufolge vertiefen Sie sich immer völlig in die laufenden Ermittlungen. Sie befragen nicht nur die Opfer und Zeugen und untersuchen die Tatorte. Sie lesen sämtliche Berichte, reden mit den Polizisten, arbeiten die Akten gründlichst durch, gehen sogar auf die Straße, um Ihren Eingebungen zu folgen. Sie sprechen mit Angehörigen und Freunden der Opfer und erstellen eigene Schaubilder vom Tatort. Andy schwört, Sie hätten bei sich zu Hause irgendwo einen Aktenschrank stehen, in dem Sie Ihre eigenen Akten zu den Ermittlungen aufbewahren, an denen Sie beteiligt waren.«

Beinahe wäre Maggie zusammengezuckt. »Andy schwatzt zu viel.«

»Vielleicht – aber hat er gelogen?«

Sie verschränkte die Finger um ihre Tasse und starrte sie einen Moment an, ehe sie ihm schließlich wieder in die Augen sah. »Okay, ich engagiere mich also. Was hat das mit Ihnen und Ihrem Freund zu tun? Ich werde keine vertraulichen Einzelheiten aus den Ermittlungen weitergeben.«

»Das erwarte ich auch nicht von Ihnen. Sehen Sie, an den

Großteil der Informationen aus den offiziellen Ermittlungen komme ich selbst heran, jedenfalls an das, was Andy mir geben kann. Ich möchte Sie vielmehr bitten, unabhängig davon – unabhängig von den offiziellen Ermittlungen – mit Quentin und mir zusammenzuarbeiten.«

Maggie verzog das Gesicht. »Sie wollen eigene Ermittlungen anstellen?«

»Warum nicht? Mir stehen Mittel zu Verfügungen, mit denen die der Polizei nicht mithalten können. Ich kann hingehen, wo die Polizei nicht hin kann, Fragen stellen, die man der Polizei ankreiden würde.«

Ruhig sagte sie: »Als Bruder eines Opfers?«

John presste die Lippen zusammen, doch dann nickte er und erwiderte ruhig: »Als Bruder eines Opfers. Es wird kaum jemanden überraschen, wenn ich versuche, selbst Antworten zu finden. Die meisten Leute werden Verständnis dafür haben. Das können wir ausnutzen, wenn wir müssen.«

»Skrupellos.«

»Praktisch«, widersprach er. »Daran ist nichts Kaltblütiges, merken Sie sich das. Dieser Perverse hat Christina zerstört. Er hat sie genauso ermordet, wie wenn er es mit seinen eigenen Händen getan hätte. Ich habe vor, dafür zu sorgen, dass er dafür bezahlt.«

»Ich halte nicht viel von Selbstjustiz.«

»Das habe ich auch nicht vor. Wenn wir auch nur die Spur eines tragfähigen Verdachts haben, übergeben wir diese Information sofort an die Polizei. Ich will nicht die Arbeit der Polizei machen, Maggie, das verspreche ich Ihnen. Aber ich glaube, dass die Ermittlungen einen Neuanfang brauchen, einen frischen Blickwinkel. Es ist beinahe sechs Monate her, dass das erste Opfer überfallen wurde. Glauben Sie, die Polizei weiß heute viel mehr als damals?«

Widerwillig entgegnete sie: »Nein, nicht viel mehr.«

»So sehe ich das auch.«

»Okay, aber wieso glauben Sie, dass Sie – wir – mehr erreichen können, wenn wir unabhängig von der Polizei arbeiten?«, fragte sie zweifelnd.

»Nennen Sie es eine Eingebung.«

Sie schüttelte den Kopf. »Für einen Mann, der das Übersinnliche leugnet, haben Sie ziemlich viel Vertrauen in eine bloße Eingebung.«

Er lächelte. »Nein, ich bringe Quentin ziemlich viel Vertrauen entgegen. Und Ihnen. Und … ich kann nicht einfach herumsitzen und Däumchen drehen, Maggie. Ich muss wenigstens *versuchen*, diesen Kerl hinter Gitter zu bringen, ehe er wieder zuschlägt.«

Diesen Drang konnte sie nur allzu gut nachvollziehen, doch sein Vorhaben bereitete ihr immer noch Unbehagen. Um Zeit zu gewinnen, sagte sie: »Müssen Sie sich nicht um ein Geschäftsimperium kümmern?«

»Was ich da tun muss, kann ich per Telefon, Fax oder E-Mail erledigen. Ich habe in den letzten Wochen alles so eingerichtet, dass ich mir hierfür frei nehmen konnte.«

»Und Sie erwarten jetzt von mir, dass ich mir ebenfalls Zeit nehme?«

»Ich erwarte von Ihnen, dass Sie genauso weitermachen wie bisher – nur manchmal mit Begleitern.« John beugte sich etwas vor. »Mit nützlichen Begleitern. Das war kein Witz mit den Mitteln, die mir zur Verfügung stehen. Und obendrein können wir Ihnen bei der Lauferei, den Aktennotizen, der Recherche helfen – was immer nötig ist. Quentin und ich können einen Teil der Last schultern.«

… versuch, nicht immer alles alleine zu schultern.

Maggie musste sich nicht fragen, ob es Zufall war, dass Beau dasselbe Wort benutzt hatte. Es gab in diesem Bereich nicht viele Zufälle.

Sie atmete tief durch. »Und wenn Andy und die anderen Cops rausfinden, dass ich in private Parallelermittlungen verwickelt bin? Wie lange, glauben Sie wohl, dauert es dann, bis sie uns *allen* die Tür vor der Nase zuknallen?«

»Das werden sie nicht – wenn wir Ergebnisse erzielen. Und ich gehe davon aus, dass wir Ergebnisse erzielen.«

Sie fluchte leise und starrte in ihren Kaffee.

»Sie werden sowieso auf eigene Faust ermitteln, stimmt's?«

Maggie war nicht bereit, zuzugeben, dass sie bereits damit begonnen hatte. Sie zuckte mit den Achseln.

Nun war es an John zu fluchen, ebenso leise wie zuvor Maggie. »Würde ich glauben, dass ich Sie mit Geld motivieren kann, ich würde Sie jetzt nach Ihrem Preis fragen. Aber das glaube ich nicht. Was würde Sie also dazu bringen, Maggie? Was kann ich sagen, um Sie zu überzeugen, mir zu helfen?«

Sie trank ihren Kaffee aus und setzte die Tasse ab. Dann sah sie ihm mit einem Gefühl der Unvermeidlichkeit fest in die Augen. »Sie haben es gerade gesagt.« Und ehe er ihr scheinbar plötzliches Nachgeben infrage stellen konnte, fügte sie hinzu: »Sie haben Recht, ich würde ohnehin auf eigene Faust ermitteln. Da kann ich genauso gut im Team arbeiten.«

Er legte seine Hand auf ihre. »Danke. Sie werden es nicht bereuen, das verspreche ich Ihnen.«

Der körperliche Kontakt traf sie unvorbereitet, und in diesem einen ungeschützten Augenblick, ehe sie sich dem entziehen konnte, spürte sie seine Entschlossenheit wie auch seine Überzeugung, dass sie ihm helfen konnte. Und noch etwas spürte sie, etwas Warmes, sehr Männliches, verstörend Vertrautes.

Sie lehnte sich zurück und entzog ihm sanft ihre Hand, indem sie vorgab, ihre Kaffeetasse zur Seite schieben zu wollen. »Wie lautet der Schlachtplan? Ich gehe davon aus, dass Sie einen haben.«

John verzog flüchtig das Gesicht, als verwirre ihn etwas, auf das er nicht den Finger legen konnte. »Die Anfänge eines Schlachtplans jedenfalls. Andy hat gesagt, Sie hätten das Gelände, auf dem man Hollis Templeton gefunden hat, noch nicht erkundet.«

»Nein, noch nicht.«

»Das wäre doch ein guter Ort, um anzufangen. Ich habe Quentin gebeten, uns dort zu treffen.«

So wenig sie es auch nur sich selbst eingestehen wollte – Maggie hatte diese Aufgabe hinausgeschoben, weil es ihr vor dem graute, was sie dort erwartete. Sie war sich allerdings nicht sicher, ob Begleiter ihr den Besuch erleichtern würden – oder erschweren.

Trotzdem – vielleicht war es an der Zeit, dass John Garrett einen ersten Eindruck von ihrer »Magie« gewann. Es wurde Zeit, dass er wenigstens begann zu verstehen.

»Wir haben nicht mehr lange Tageslicht«, sagte sie in energischem Tonfall. »Wenn Sie so weit sind – ich bin bereit.«

»Tja«, meinte Jennifer, »wir sind eindeutig auf was gestoßen. Aber ich fresse einen Besen, wenn ich weiß, worauf.«

»Es muss Zufall sein«, entgegnete Scott. »Das muss ein Zufall sein, oder, Andy?«

Andy konnte es den beiden nicht verdenken, dass sie verwirrt waren. Ihre Ausbeute bis zur Mitte des Samstagnachmittags waren drei weitere Akten über Mordermittlungen aus dem Jahre 1934. Alle drei Opfer waren junge Frauen gewesen, alle drei waren brutal überfallen, vergewaltigt und so gut wie tot zurückgelassen worden, und alle drei Morde waren unaufgeklärt geblieben.

In zwei der drei Ordner hatten sie mehr als knappe Notizen vorgefunden. Sie hatten die Skizzen der Opfer gefunden, welche die Polizei zu deren Identifizierung benutzt hatte, da ihre Gesichter erneut übel zugerichtet gewesen waren – das war selbst aus den körnigen Tatortfotos ersichtlich. Eine der Skizzen war eher laienhaft angefertigt worden und hatte der Polizei auch nicht geholfen, die tote Frau zu identifizieren. Namenlos hatte man sie ins Armengrab gelegt.

Doch die zweite Skizze hatte das Opfer gut getroffen und konnte später durch ein Foto untermauert werden, nachdem man das Opfer identifiziert hatte. Das Opfer war die Tochter eines örtlichen Geschäftsmanns gewesen. Nicht nur war ihr Ruf tadellos gewesen, obendrein war sie auch noch knapp zwanzig Meter von ihrer eigenen Hintertür entfernt überfallen worden – im angesehensten Teil der Stadt. Sie hieß Marianne Trask.

Und der Skizze zufolge sah sie Hollis Templeton auf geradezu unheimliche Weise ähnlich. Das gleiche mittelbraune Haar, die gleichen ausgeprägten attraktiven Gesichtszüge, das gleiche ovale Gesicht, der gleiche schlanke Hals.

»Nicht identisch«, bemerkte Jennifer, »aber verdammt nahe dran. Und wenn man die Beschreibungen der anderen Opfer liest, auch ohne Skizzen, an die man sich halten könnte, dann klingt das sehr nach Christina Walsh und Ellen Randall. Zufall. Was sonst?«

»Das kann man vertreten«, meinte Andy. »Vier Frauen überfallen, und jeder Fall passt zu einem von unseren – zumindest, was das Aussehen der Opfer betrifft. Aber es gibt auch Unterschiede.«

»Klar. 1934 starben alle Opfer innerhalb weniger Stunden.« Jennifer seufzte und holte einen Zahnstocher mit Zimtgeschmack aus der Tasche. Sie hatte vor kurzem das Rauchen aufgegeben, und nun behauptete sie, auf den Zahnstochern herumzukauen befriedige ihre orale Fixierung. Keiner der Männer hatte eine unanständige Erwiderung für sie gehabt, zumindest nicht laut – ein Zeichen dafür, dass sie sie respektierten.

»Das ist noch nicht alles«, sagte Andy. »In den Akten steht nichts davon, dass eine von ihnen geblendet worden wäre.«

Scott schlug vor: »Das könnte die persönliche Note unseres Mannes sein. Ich meine, er sucht sich vielleicht Doppelgängerinnen als Opfer aus, aber er stellt verdammt sicher, dass sie ihn nicht ansehen können.«

»1934«, betonte Jennifer, »reichte es, sie fast tot liegen zu lassen, da musste der Mörder sich keine Sorgen machen, dass die Opfer ihn womöglich identifizieren könnten.«

»Warum bringt unser Mann seine Opfer nicht um?«, fragte Scott. Die Frage war an Jennifer gerichtet. »Er macht sich solche Mühe damit, sie zu blenden. Wäre es nicht unglaublich viel einfacher, sie einfach umzubringen?«

»Was fragst du mich das?« Sie schob den Zahnstocher in den anderen Mundwinkel und fügte hinzu: »Wenn ich raten müsste, würde ich sagen, er ist noch nicht ganz so weit – bisher –, um die Grenze zum Mord zu überschreiten. Aber ich bin keine Expertin, und wenn ihr mich fragt, dann ist es genau das, was wir brauchen. Unsere Psychotante ist gut, aber sie ist kein Profiler.«

Andy grunzte. »Drummond wird das FBI nicht hinzuziehen, und ihr wisst, was der Polizeichef von Cops hält, die sich dafür entscheiden.«

»Wenn wir das hier nicht aufklären, muss er aber«, wandte Jennifer ein.

»Du kennst unseren Luke nicht«, erwiderte Andy säuerlich.

Jennifer verdrehte die Augen. »O doch, ich kenne ihn. Aber ich hoffe immer noch, dass ich mich irre. Das ist alles.«

Scott gab ein noch eben hörbares rüdes Geräusch von sich.

»Ich hätte nichts dagegen, mich in dieser Frage zu irren«, erklärte sie ihm sanft.

»Zurück zur Sache, Leute«, meinte Andy. »Vier Opfer. Das war's in dem Jahr?«

»Na ja, da sind wir nicht sicher.« Jennifer wechselte einen Blick mit Scott und zuckte mit den Achseln. »Es fehlen Akten, Andy.«

»Was zum Teufel meinst du damit – fehlen?«

»Ich meine, dass von Juni – direkt nachdem das vierte Opfer tot war – bis Ende des Jahres keine Aufzeichnungen existieren. Und der Karton ist so voll, dass man schwer sagen kann, ob Akten rausgenommen wurden oder nie da waren.«

»Sie müssen da gewesen sein, Jenn, zumindest 1934 noch. Das Verbrechen geht doch nicht im Juni in Urlaub.«

Erneut zuckte sie mit den Achseln. »Tja, jetzt sind sie jedenfalls nicht da. Mensch, was glaubst du, wie oft man die Kartons mit den Akten hin- und hergetragen hat? Hier war früher nicht die Verbrechensaufklärung, und sogar dieses Gebäude ist mindestens drei Mal neu aufgebaut oder umgebaut worden. Die Stadt ist gewachsen, die Anzahl der Bezirke hat sich vervielfacht. Die Polizeiberichte für Seattle sind vermutlich auf ein Dutzend unterschiedliche Gebäude verteilt.«

Scott ließ sich auf Andys Besucherstuhl fallen und stöhnte. »Daran habe ich gar nicht gedacht … Aber du hast natürlich Recht. Jede Wache hat vermutlich Aktenkartons im Keller oder in irgendwelchen Lagerräumen stehen.«

»Und nichts davon ist im Computer«, erinnerte Jennifer die beiden. »Wir haben ja gerade genügend Arbeitskräfte, um die aktuellen Berichte zum Abgleich auf Computer zu sichern. Falls der alte Kram jemals in die EDV kommt, dann jedenfalls nicht heute oder morgen.«

Andy lehnte sich auf seinem Stuhl zurück und betrachtete die beiden gegen seine Lampe gelehnten Skizzen. »Zwei ziemlich überzeugende Doppelgängerinnen«, sagte er langsam, »und zwei weitere, die den Beschreibungen nach sehr gut Doppelgängerinnen sein könnten. Vier Opfer, die in weiten Teilen die Gegenstücke unserer vier Opfer sind. Wisst ihr, Leute … ich würde wirklich gern die Akten des restlichen Jahres sehen, vielleicht auch die des nächsten Jahres.«

Jennifer begriff zuerst. »Für den Fall, dass es noch mehr Vergewaltigungen mit Mord gegeben hat. Du glaubst, wenn es noch mehr Opfer gab, dann … bekommen wir auch noch welche. Und vielleicht könnten wir versuchen, mögliche Opfer rechtzeitig zu identifizieren?«

»Ach, Scheiße, ich weiß es nicht.« Andy blickte finster

drein. »Auch mit Skizzen und Fotos bestehen keine großen Chancen, in einer so großen Stadt Doppelgänger zu finden. Aber mehr Akten verschaffen uns vielleicht mehr Informationen, und die könnten wir verdammt gut brauchen, also würde ich sagen, wir suchen danach.«

»Mir ist gerade ein ganz gruseliger Gedanke gekommen«, sagte Jennifer. »Was ist, wenn dieses Schwein nur mit uns spielt, wenn er nur so lange alte Verbrechen kopiert oder Doppelgängerinnen als Opfer nimmt, wie wir nicht draufkommen?«

»Woher soll er wissen, dass wir draufgekommen sind?«, wandte Scott ein.

»Sagen wir, wenn es uns gelingt, ein potenzielles Opfer zu identifizieren.«

»Ein Albtraum nach dem anderen«, schlug Andy vor. »Ihr zwei hängt euch ans Telefon und versucht rauszufinden, wo diese fehlenden Akten gelandet sind, okay?«

Das Gebäude, in dem die blutende Hollis Templeton abgeladen worden war, stand eigentlich nicht in einem schlechten Teil der Stadt. Es lag einfach nur ein wenig abgeschieden und war in sehr schlechtem Zustand. Es sollte abgerissen werden, damit an seiner Stelle ein moderner neuer Wohnkomplex errichtet werden konnte, und nun stand es seit mindestens sechs oder acht Monaten leer.

Maggie war aus ihrem Auto ausgestiegen und stand am Bordstein. Geistesabwesend drückte sie ihren Skizzenblock an die Brust, während sie darauf wartete, dass John sein Auto abstellte und zu ihr kam. Es war frostig, ein unsteter Wind heulte wie etwas Verlorenes, Einsames, und der bedeckte Himmel sorgte dafür, dass es noch früher als gewöhnlich dunkel wurde.

Maggie war das alles zuwider. Ihr war dieser einsame Ort zuwider, ihr war zuwider, dass sie hier war, obwohl die Dunkelheit immer näher herankroch. Ihr waren die kalte Angst in ihrer Magengrube zuwider und das Grauen, das ihre Haut überempfindlich machte, als lägen ihre Nerven blank.

»Maggie?«

Gegen ihren Willen schrak sie zusammen und riss ihren Blick von dem Schottergehweg los, der zum Gebäude führte. John stand neben ihr.

»Geht's Ihnen gut?«

Sie nickte rasch. »Ja, sicher. Ich habe nur … geträumt. Wo ist Ihr Freund?«

»Nun, da auf der anderen Straßenseite ein Mietwagen parkt, würde ich sagen, er ist bereits da.« Er musterte sie und verzog zwar nicht gerade das Gesicht, doch war er eindeutig besorgt über das, was er sah. »Sind Sie sicher, dass Sie da reingehen wollen?«

»Wollen? Nein. Aber ich werd's tun.«

Er lächelte schwach. »Entschlossenheit oder einfach nur Sturheit?«

»Gibt es da einen Unterschied?« Maggie wartete keine Antwort ab, sondern ging festen Schrittes den Gehweg entlang zum Gebäude.

John ging neben ihr. »Das habe ich jedenfalls immer gedacht. Laufen Sie die Tatorte nach einem festen Muster ab, oder ist es jedes Mal anders?«

»Ich denke, es ist jedes Mal anders. Übrigens ist das hier auch eigentlich kein Tatort. Er hat sie hier zurückgelassen, aber nicht hier überfallen.«

Er zögerte, als sie schon kurz vor der Tür war, und sah auf sie hinab. »Aber ihr Angreifer war hier, wenn auch nur gerade so lange, um sie drinnen abzuladen. Ist es das, was Sie … intuitiv … aufschnappen wollen?«

So angespannt Maggie war, musste sie doch lächeln. »Es bereitet Ihnen wirklich Unbehagen, über Intuition zu sprechen, stimmt's?«

»So wie Sie und Quentin sie offenbar verwenden – ja.«

»Ich bin keine Hellseherin.« – »Sicher?«

Ehe Maggie antworten konnte, erschien unvermittelt ein großer blonder Mann in der Tür und begrüßte sie fröhlich.

»Ich hoffe, irgendwer hat an eine Taschenlampe gedacht. Denn sonst stehen wir da drin ganz schnell im Dunkeln, wenn wir uns nicht verdammt beeilen.«

»Ich dachte, sie hätten euch beigebracht, für alles gewappnet zu sein«, meinte John.

»Das sind die Pfadfinder. Ich war nicht bei den Pfadfindern. Bei den Marines übrigens auch nicht.«

Letzteres stellte John nicht infrage, sondern seufzte nur und sagte, er habe mehrere Taschenlampen im Auto.

»Ich hab's gewusst. Deshalb habe ich auch keine mitgebracht.«

»Beschwer du dich noch. Maggie, das ist Quentin Hayes, der behauptet, Dinge zu wissen, bevor sie geschehen sind.« In seiner Stimme lag kein Hohn, nur ein gewisser amüsierter Spott. Er überließ es ihr, damit etwas anzufangen, und holte die Taschenlampen aus seinem Wagen.

»Sie sind also der Seher?«, fragte sie.

»Nicht im wörtlichen Sinne von einem, der sieht. Das tue ich nämlich nicht. Keine Visionen.« Er zuckte mit den Achseln. »Ich weiß einfach manches. Ein bisschen so, wie andere manchmal Zugang zu einer Erinnerung oder Fragmenten von Wissen bekommen, das sie einmal gelernt haben. Der Unterschied ist, wenn mir das passiert, ist es oft das Wissen um etwas, das noch nicht geschehen ist.«

»Das muss beunruhigend sein.«

»Es hat gedauert, bis ich mich daran gewöhnt hatte.« Er betrachtete sie nachdenklich. »Ich habe gehört, was Sie tun, wird die reinste Zauberei genannt.«

»Ich würde es nicht so nennen.«

»Ach? Und wie nennen Sie es?«

»Eine Fähigkeit, an der ich schon beinahe mein halbes Leben arbeite. Zufällig kann ich zeichnen. Ebenfalls zufällig kann ich zuhören, wenn Leute beschreiben, was sie gesehen haben, und dann kann ich es zeichnen. Das hat nichts mit Zauberei zu tun.« Mittlerweile spulte sie diese rationale Erklärung ihrer Fähigkeiten schon automatisch ab.

»Wenn Sie es so formulieren«, sagte Quentin liebenswürdig, »klingt es völlig normal.«

»Weil es so ist.«

John kehrte zu ihnen zurück und reichte ihnen Taschenlampen. »Quentin, wie lange bist du schon hier?«

»Eine halbe Stunde, vielleicht ein bisschen länger. Ich bin eine Weile nach oben gegangen entlang der Strecke, über die sie sich nach draußen geschleppt hat.«

Maggie warf ein: »Es ist immer noch zu sehen, oder? Das Blut.« Mit einer Hand umklammerte sie die Taschenlampe, mit der anderen drückte sie ihren Skizzenblock eng an sich.

Quentin blickte sie an, und für einen Augenblick hatte sie das Gefühl, er hätte sie mit einer warmen Hand körperlich berührt – dabei hatte er sich nicht bewegt. Doch der Augenblick ging vorüber, und er nickte, nunmehr ernüchtert.

»Ich fürchte, ja, zumindest stellenweise. Getrocknet und braun jetzt, aber immer noch da. Diejenigen von uns mit einer lebhaften Fantasie – oder etwas mehr – können es sogar riechen. Es tut mir Leid, Maggie.«

Sie wusste nicht, ob er damit Mitgefühl zum Ausdruck bringen oder sich für irgendetwas entschuldigen wollte. Sie beschloss, nicht zu fragen. Stattdessen sagte sie: »Ich möchte sehen, wo er sie zurückgelassen hat.«

»Hier entlang.« Quentin wandte sich um, und sie folgten ihm ins Gebäude.

Maggie war derartig daran gewöhnt, sich zu schützen, dass es nun eine bewusste Anstrengung erforderte, die inneren Barrieren abzubauen und mit sämtlichen Sinnen ihre Umgebung abzutasten. Sie mochte nicht, was sie dann wahrnahm, doch mittlerweile wusste sie immerhin, was sie zu erwarten hatte, als sie widerwillig ihre Deckung aufgab.

Durch die vielen zerbrochenen Fenster gelangte genug

Licht ins Haus, dass sie sehen konnten, wenn auch nicht gut. An der rechten Wand des Eingangsbereichs führte eine Treppe nach oben. Dahinter erstreckte sich ein Korridor zur Rückseite des Gebäudes. Türrahmen säumten den Korridor, zumeist ohne oder mit stark beschädigten Türen. Abblätternde Farbe bedeckte das Holz, und fleckige Tapeten hingen in Fetzen von den Wänden.

Einrichtungsgegenstände wie Türknäufe und Lampen fehlten. Auch alles andere von Wert war bereits vor langem entweder legal oder von Vandalen aus dem Haus geschafft worden. Die knarrenden Dielen unter ihren Füßen waren kaum noch von altem Linoleum bedeckt. Das ganze Haus roch nach Schmutz, Moder, dem Muff von jahrelangem Kochen und Leben.

Und Blut.

Schwer stieg ihr der kupferartige Gestank in die Nase und drohte, sie zu ersticken. Am Boden sah sie nur die schwache braune Spur, von der Quentin gesprochen hatte, doch was sie roch, war noch immer warm und feucht und klebrig.

Unauffällig bemühte sich Maggie, durch den Mund zu atmen. Konnte Quentin das wirklich riechen, oder hatte er nur gewusst, dass sie es konnte?

»Den Berichten zufolge«, sagte John, schaltete seine Taschenlampe ein und leuchtete damit ihre Umgebung aus, »hat die Polizei hier nichts gefunden. Zumindest nichts, was sie als Beweis betrachtet hätten.«

»Genau wie seine anderen Abladeplätze, was?« Quentin sprach so sachlich wie John. Er schaltete seine eigene Taschenlampe ein und ging neben der immer wieder unterbrochenen Blutspur voran zur Treppe.

»So hat man mir gesagt. Drummond behauptet, er habe ein sehr leistungsfähiges Spurensicherungsteam, und sie haben einen soliden Ruf. Ihren Berichten zufolge haben sie das gesamte Gebäude durchkämmt und noch einen Häuserblock weit im Umkreis gesucht. Nichts.«

Nichts, dachte Maggie, außer Hollis Templetons Blut. Sie konzentrierte sich darauf, ihre Taschenlampe einzuschalten, darauf, hinter Quentin und vor John die Treppe hinaufzugehen, wobei sie alle vermieden, auf die Blutspur zu treten. Sie verspürte das vertraute innere Beben, den kalten Klumpen in der Magengrube, und ihre Beine fühlten sich steif und unbeholfen an. Dann wurde sie sich, zunächst nur von ferne, stechender wie auch dumpfer Schmerzen bewusst, die langsam zunahmen, bis sie in ihr pulsierten.

Die Dunkelheit kam anfallartig, dauerte aber nur je ein, zwei Sekunden. Maggie ging stetig weiter, ohne sich diese flüchtigen Augenblicke von Blindheit anmerken zu lassen.

Der Geruch wurde stärker.

Sie hatte gehofft, dass durch den zeitlichen Abstand von drei Wochen alles ferner und unwirklicher sein würde, dass sie dies durchstehen könnte, ohne diesen beiden Männern ihren Schmerz zu offenbaren, doch das schien immer unwahrscheinlicher.

Oben angekommen, leuchtete Quentin mit der Taschenlampe einen Korridor entlang zur Rückseite des Hauses. »Sie wurde in einem Zimmer an der Rückseite des Hauses zurückgelassen. Sonderbar, wirklich. Warum hat er sie die ganzen Stufen raufgetragen? Warum hat er sie nicht einfach unten liegen gelassen?«

Leise und halb unbewusst antwortete Maggie: »Er wollte, dass sie sich den ganzen Weg bis zur Tür schleppen muss.«

Beinahe ebenso leise fragte Quentin: »Warum wollte er das?«

Sich der Frage nur undeutlich bewusst, ging Maggie an ihm vorbei. Sie folgte der Blutspur den Korridor entlang, die Taschenlampe auf den Boden gerichtet, bis sie sich in einem Zimmer wiederfand. Wie das übrige Haus hatte es außer abblätternder Farbe und zerfetzten Tapeten nicht viel zu bieten. Durch ein zerbrochenes Fenster erhielt der Raum Licht, wenn auch nicht viel. Sie ging in die Zimmermitte und richtete die Taschenlampe auf eine der hinteren Ecken. Dort endete die Blutspur, und eine grob rechteckige weniger staubige Stelle am Boden deutete darauf hin, dass hier eine Weile etwas gelegen hatte.

»Da war eine Matratze«, sagte John. Er sprach leise, dennoch ließ seine Stimme sie in der Stille zusammenschrecken. »Da hat er sie zurückgelassen. Die Polizei glaubt, dass er sie nicht mitgebracht, sondern hier vorgefunden hat. Natürlich haben sie sie mitgenommen.«

Eine Weile stand Maggie steif da, hätte am liebsten gegen alles angekämpft, was sie fühlte, und versuchte doch, es nicht zu tun. Es überkam sie in Wellen: der Gestank nach Blut, das, zuerst warm und klebrig, unter der Berührung des eisigen Windes gerann und abkühlte. Und die Schmerzen, in sämtlichen Abstufungen, heftige Stiche und dumpfe Schmerzen, und die wachsenden Qualen, die ebenso psychisch wie körperlich waren. Und die immer wiederkehrenden Anfälle von Dunkelheit, die jetzt mehrere Sekunden dauerten, grauenvolle Dunkelheit voller Entsetzen und Panik und Verlust – solch ein Verlust …

Ihre Begleiter hatte sie vergessen. Sie schrak zusammen, als John sie am Arm packte. Sie hustete. Wann hatte sie begonnen zu husten?

»Maggie?«

»Ich muss … raus aus …« Sie riss sich los und torkelte auf die Tür zu. Beinahe wäre sie gestolpert.

John wollte ihr nachgehen, doch Quentin hielt ihn am Arm fest.

»Hoppla«, murmelte er leise.

John betrachtete ihn im Dämmerlicht und sah überrascht so etwas wie Ehrfurcht im lebhaften Gesicht seines Freundes. »Was?«, wollte er wissen. »Was stimmt nicht mit Maggie?«

»Was nicht stimmt? So würde ich das nicht nennen.« Quentin atmete tief durch. »Aber ich beneide deine Maggie nicht, das kann ich dir sagen.«

83

John sagte nichts zu dem besitzanzeigenden Fürwort. »Warum?«

»Das erklärt vieles«, sinnierte Quentin. »Wie sie eine so starke Verbindung zu den Opfern herstellen kann, wie sie so genau zeichnen kann, was sie sehen. Junge, Junge, kein Wunder, dass es für die Leute um sie herum aussieht wie Zauberei.«

»Sie ist eine Hellseherin?«

»So einfach ist das nicht, John. Es gibt Hellsehen … und dann gibt es Begabung. Beziehungsweise Fluch. Hast du gerade ihr Gesicht gesehen? Sie hat fürchterliche Qualen gelitten. Wirkliche körperliche Schmerzen.«

»Warum? Was hat sie verletzt?«

»Er hat sie verletzt. Der Vergewaltiger. Er hat sie überfallen, sie vergewaltigt und geschlagen, ihr die Augen genommen – und sie dann einfach hier liegen gelassen.« Quentin schüttelte den Kopf. »John, das hat Maggie gefühlt. Sie hat alles gefühlt, was Hollis Templeton vor mehr als drei Wochen hier in diesem Raum gefühlt hat.«

5

Jennifer Seaton war eine gute Polizistin. Doch obendrein war sie eine Polizistin mit Intuition, die gelernt hatte, auf eine Eingebung zu hören. Während Scott also am Telefon versuchte, den fehlenden Akten auf die Spur zu kommen, setzte sie sich an ihren Computer, rief den Bibliothekskatalog des Bundesstaats Washington auf und führte eine ganz andere Art von Recherche durch.

Sie stieß vor Scott auf eine viel versprechende Spur, doch da es später Samstagnachmittag war, benötigte sie eine weitere halbe Stunde, ehe sie eine Bibliothek gefunden hatte, die noch geöffnet hatte.

»Ich verstehe Ihren Wunsch, Detective«, sagte die Bibliotheksleiterin, deren verwirrter Tonfall diese Aussage Lügen strafte, »aber wir schließen in zehn Minuten ...«

»Polizeilicher Notfall«, sagte Jennifer und missbrauchte so skrupellos ihre Autorität. »Wenn Sie sie mir zurücklegen könnten, bis ich komme, wäre ich Ihnen sehr verbunden. Ich fahre jetzt gleich los.«

Als sie das Gespräch beendete und aufstand, meinte Scott säuerlich: »Na klar, lass mich einfach mit dem Kram hier sitzen, super.«

»Irgendwas gefunden?«, fragte sie, blieb an seinem Schreibtisch stehen und kramte in ihrer Tasche nach einem weiteren Zahnstocher mit Zimtgeschmack.

»Bis jetzt habe ich nur eine immer länger werdende Liste mit Polizeiwachen, bei denen alte Akten im Keller lagern. Keiner weiß so richtig, was sie da haben, und niemand bietet an, dass er mal nachsehen geht, besonders nicht an so einem kalten Samstagnachmittag. Und ich kann's ihnen nicht verdenken.« Er fuhr sich mit den Fingern durch die Haare und sah zu ihr hoch. »Machst du für heute Schluss?«

»Nein, ich bin in etwa einer halben Stunde zurück. Vielleicht habe ich eine Abkürzung für uns gefunden – oder zumindest eine weitere Informationsquelle, die wir nutzen können.«

»Hm, bring mir was zu essen mit, ja? Ich hab das Mittagessen verpasst, und hier gibt es nur noch altbackene Sandwiches und *richtig* altbackene Donuts.«

Jennifer nickte. »Ich schaue mal, was ich finde. Wo ist Andy?«

»Frag mich was Leichteres. Vor einer Minute war er noch an seinem Schreibtisch.«

»Falls er vor mir wieder da ist, sag ihm, er soll nicht nach Hause gehen, bevor ich nicht mit ihm gesprochen habe, ja?«

»Geht klar.«

Jennifer verließ die Polizeiwache und ging zu dem Parkplatz an der Seite des Gebäudes, wo ihr Auto stand. Die Straßenlaternen waren schon an, obwohl man im Zwielicht noch ausreichende Sicht hatte. Neben ihrem Wagen blieb sie einen Augenblick stehen. Ihr war unbehaglich zumute, ohne dass sie dafür einen Grund hätte anführen können. Dass sie aus dem Bauch heraus handelte, hieß nicht, dass sie übermäßig fantasievoll gewesen wäre. Deshalb überraschte es sie, als sie merkte, dass sie unleugbar eine Gänsehaut hatte.

Sie spürte es ganz plötzlich, ein Frösteln, dass ihr langsam über den Körper kroch und ihr die Haare im Nacken zu Berge stehen ließ. Ihre Mutter hatte dazu gesagt: »Da läuft jemand über mein Grab.« Es war kein gewöhnliches Gefühl. Jennifer hatte gelernt, auf so etwas zu achten und vorsichtig zu sein. Denn wie ihr klar geworden war, bedeutete es immer, dass ihr Unterbewusstsein etwas Wichtiges und/oder Gefährliches bemerkt hatte, das ihrem Bewusstsein bisher entgangen war.

Den Instinkt eines Cops nannte Scott das.

Was war es also? Alles sah völlig normal aus: Ein paar Polizisten betraten das Gebäude oder kamen heraus, ein paar Zivilisten gingen flott auf dem Bürgersteig vorbei. Sonst geschah nicht viel. Ein leichter Wind bewegte die Bäume in der Nähe, die kahlen Äste rieben aneinander, und die letzten toten Blätter, die ihnen noch blieben, raschelten trocken.

Jennifer erschauerte und zog den Reißverschluss ihrer Jacke ganz hoch. »Du wirst allmählich schreckhaft, Seaton«, murmelte sie. Als ob sie hier auf dem Parkplatz der Polizeiwache auch nur theoretisch in Gefahr sein könnte. Das war absurd. Doch sie musste einfach einen Blick über die Schulter werfen, als sie ihren Wagen aufschloss, und sie unterwarf die Rückbank einer genauen Prüfung, ehe sie einstieg.

Natürlich war da niemand. Doch als sie den Zündschlüssel ins Schloss steckte, erblickte sie ein gefaltetes Stück Papier auf dem Armaturenbrett, das hundertprozentig nicht da gelegen hatte, als sie allein vom Mittagessen zurückgekommen war und den Wagen abgeschlossen hatte. Wie immer um diese Jahreszeit trug sie Handschuhe, und so zögerte sie nicht, den Zettel vorsichtig auseinander zu falten.

Auf dem Papier standen zwei handgeschriebene Zahlen. Jahreszahlen?

1894
1934

Lange starrte Jennifer das Papierchen an und dachte fieberhaft nach. Das Jahr 1934 – immer vorausgesetzt natürlich, es handelte sich um Jahreszahlen – war das Jahr der unvollständigen Akten, dessen Mordfälle sie gerade recherchierten, und das konnte kein Zufall sein.

Oder?

Bezeichnete die andere Jahreszahl ein Jahr, indem ähnliche Verbrechen stattgefunden hatten? Kopierte ihr brutaler Vergewaltiger tatsächlich Verbrechen aus der Vergangenheit, wählte seine Opfer so aus, dass sie den bedauernswerten Frauen, die ein früherer bestialischer Vergewaltiger überfallen und sterbend zurückgelassen hatte, stark ähnelten? Verlieh er dem Ganzen nur noch eine persönliche Note, indem er seine Opfer blendete?

Wenn ja, warum? Welche krankhafte Regung veranlasste ihn dazu, zumindest teilweise alte, unaufgeklärte Verbrechen nachzuahmen? Weil sie unaufgeklärt waren? Weil er glaubte, auch er könne diese Verbrechen begehen und damit davonkommen?

Konnte es so einfach sein?

Die Möglichkeit an sich war beunruhigend genug. Noch verstörender fand Jennifer die Gewissheit, dass jemand diese Notiz in ihr Auto gelegt hatte, während es abgeschlossen wenige Meter von der Polizeiwache entfernt gestanden hatte. Jemand, der anscheinend deutlich mehr über diese Serie brutaler Vergewaltigungen wusste, als die Polizei bisher herausgefunden hatte.

Wer? Und stellte diese Notiz den Versuch dar, der Polizei zu helfen?

Oder war es die direkte höhnische Herausforderung eines Raubtiers, das mehr Jäger war … als Gejagter?

»Sie ist weg«, sagte John, als er sich in dem kalten leeren Zimmer im ersten Stock wieder zu Quentin gesellte.

»Das habe ich dir doch gesagt.« Quentin ging langsam im Zimmer umher, die Taschenlampe auf den Boden gerichtet. Dieser Untersuchung schien der Großteil seiner Aufmerksamkeit zu gelten. Dennoch sprach er mit sachlicher Stimme weiter. »Kämpfen oder fliehen. Kämpfen konnte sie nicht, also ist sie weggelaufen. Ich könnte mir vorstellen, dass sie einen Ort hat, an dem sie sich halbwegs sicher und geborgen fühlt. Da muss sie jetzt hin und wenigstens für eine Weile bleiben.«

John runzelte die Stirn, während er seinen Freund beobachtete. Es war noch nicht völlig dunkel im Zimmer, und er konnte Quentin recht gut sehen. »Hast du mich deshalb festgehalten, als ich ihr hinterherlaufen wollte? Weil sie irgendwohin musste, wo sie sich sicher fühlt?«

»Und weil ich wusste, dass du sie bedrängt hättest.«

»Wovon redest du? Sie bedrängen, wie denn?«

»Sie bedrängen, dir zu erzählen, was auch immer sie in diesem Raum erfahren hat – Informationen, die uns helfen könnten, Antworten zu finden. Du bist davon überzeugt, dass sie uns helfen kann, diese Antworten zu finden, und du neigst dazu vorzupreschen, ohne Zeit zu verlieren, wie du es auch bei deinen Geschäften tust. Und ich sage dir, dass das bei Maggie die falsche Taktik wäre. Ob's dir gefällt oder nicht, bei ihr müssen wir sehr vorsichtig sein. Sie wird uns helfen, in ihrer eigenen Geschwindigkeit und auf ihre Weise – genauso wird es geschehen.«

»Warum? Weil sie *begabt* ist?«

»So ziemlich, ja. John, um mit dieser Sache leben zu können, entwickeln die meisten von uns Abwehrmechanismen zur Bewältigung. Wenn wir ... verständnisvolle oder wenigstens mitfühlende Angehörige und Freunde haben, sind diese Mechanismen normalerweise schlicht. Aber wenn wir das Gefühl haben, allein zu sein, isoliert, das Gefühl, uns von den Menschen um uns herum zu unterscheiden – besonders, wenn das schon ein Leben lang so geht –, dann können diese Abwehrmechanismen komplexer und umfassender sein. Ich vermute, Maggie gehört zur zweiten Gruppe.«

»Isoliert? Sie ist umgeben von Menschen, die bewundern, was sie tut«, wandte John ein. »Nicht einer von den Cops, mit denen ich gesprochen habe, hat etwas anderes als Respekt und Dankbarkeit gezeigt. Mensch, das war doch fast Ehrfurcht.«

»Ich bin sicher, dass sie dankbar sind. Und ich bin sicher, dass sie sie respektieren, weil sie ihnen dabei hilft, die Verbrecher zu fangen. Aber diese Ehrfurcht, die dir da aufgefallen ist, kann man auch anders interpretieren. Du kannst darauf wetten, dass die meisten dieser Cops nicht verstehen, wie sie das tut, was sie tut, und wo Unverständnis ist, ist häufig auch Angst. Besonders vor etwas, das aussieht wie Zauberei. Du kannst außerdem darauf wetten, dass Maggie genau weiß, was sie empfinden.«

»Es scheint ihr nichts auszumachen«, meinte John. »Auf der Wache war sie sehr selbstbewusst, überhaupt nicht unsicher.«

»Logisch – dort. Ich schätze, sie kann sich gut in die Leute einfühlen und sie bekommt bestimmt relativ leicht einen guten Draht zu ihnen, wenn sie das will. Aber am stärksten ist ihre Wahrnehmung an einem Ort, an dem etwas Gewaltsames geschehen ist. Wie hier.« Quentin ging für einen Augenblick in die Hocke, um den Boden dort, wo die Matratze gelegen hatte, genauer zu untersuchen.

»Wie ist das möglich?«

»Nun, eine Theorie lautet, dass Gedanken und Emotionen eine regelrechte elektrische Signatur innewohnt, eine Energie, die sich in Gegenständen oder in einem bestimmten Gebiet speichert, besonders wenn das, was in diesem Gebiet erlebt wurde, sehr intensiv oder gewalttätig war. Wenn man es recht bedenkt, dann erklärt das eine ganze Menge der so genannten Geistersichtungen von Schlachten oder Soldaten. In Europa gibt es Orte, von denen manche Leute schwören, dass dort immer noch römische Soldaten aus der Antike herummarschieren.«

»Du glaubst nicht an Geister?«

»Wenn du damit meinst, ob ich glaube, dass die Toten eine Existenz jenseits des Körperlichen haben – doch, das glaube ich. Aber ich bin auch davon überzeugt, dass, was die meisten Menschen für Geister halten, eigentlich jene elektrischen Signaturen sind, von denen ich gesprochen habe. Es gibt Orte, an denen sich gewalttätige Dinge ereignet haben, und manche dieser Orte speichern – aus Gründen, die wir noch nicht kennen – diese Energie. Die meisten können sie wohl nicht sehen, weil die Menschen dazu tendieren, ihre Sinne nur auf die einfachste und beschränkteste Weise einzusetzen. Aber manche Menschen sind offenbar empfindsam genug. Sie können diese Energie fühlen und möglicherweise auch interpretieren. Ein grober Vergleich: Denk mal an die statische Aufladung an einem kalten, trockenen Tag. Sie tritt erst in Erscheinung, wenn du etwas berührst und die Energie sich entladen kann.«

»Willst du damit sagen, Maggie sei eine Art Kanal?«

»Mehr oder weniger. Wenn Gegenstände elektrische Energie aufnehmen *können*, dann ist es nur logisch, davon auszugehen, dass sie sie für gewisse Zeit speichern, bis sie auf natürliche Weise abgeleitet wird oder sich durch irgendeinen Kontakt entladen kann.«

»So wie du es formulierst, klingt es wie eine logische Gleichung.«

Quentin richtete sich auf und dehnte geistesabwesend verkrampfte Muskeln. »In gewisser Weise ist es das auch. Hör auf, es für Zauberei, für etwas Übernatürliches zu halten; nimm das, von dem du weißt, dass es wissenschaftlich erwiesen ist, und erweitere das noch ein Stückchen, dehn es aus bis zum nächsten logischen Schritt. Im Grunde sind unsere Gedanken doch nichts anderes als elektrische Energie, die vom Gehirn interpretiert wird. Richtig?«

»Richtig.«

»Okay. Dann ist es doch absolut rational, davon auszugehen, dass es nicht nur unglaublich talentierte Musiker und Wissenschaftler gibt – Menschen, die mit erstaunlichem Wissen und verblüffenden Fähigkeiten geboren zu sein scheinen –, sondern dass auch Menschen mit einer außergewöhnlichen Sensibilität für die Art von Energie geboren werden könnten, über die wir gerade sprechen. Einfach ein anderes Talent, eine andere Fähigkeit, völlig menschlich, wenn auch selten. Während du dieses Zimmer betrachtest und Schmutzspuren, Flecken und sich ablösende Tapete siehst, sehen Menschen, die besonders sensibel für die elektrischen Abdrücke der Gedanken und Gefühle sind, vielleicht viel mehr.«

John schüttelte den Kopf. »Selbst wenn ich das akzeptieren könnte, erklärt das immer noch nicht Maggie und was sie gerade durchzumachen schien. Du erwartest ernsthaft von mir, dass ich dir glaube, dass sie die Fähigkeit hat zu fühlen – körperlich zu erleben –, was einem anderen Menschen hier in diesem Raum vor Wochen geschehen ist?«

»Du hast doch dasselbe gesehen wie ich«, erinnerte ihn Quentin.

»Ja, schon, aber ...«

»Aber du glaubst es nicht.«

»Ich glaube schon, dass sie sensibel genug ist, um ... sich vorzustellen ... was Hollis Templeton hier in diesem Raum durchgemacht haben muss, aber zu sagen, dass sie es tatsächlich *gefühlt* hat – nein. Das glaube ich nicht. Ich kann es nicht glauben, Quentin.«

»Das ist noch ein Grund, wieso ich dir gesagt habe, du sollst ihr nicht nachgehen.« Quentin schloss seine Überprüfung des Raums ab und wandte sich John zu. »Eins der größten Probleme, mit denen man fertig werden muss, wenn man weiß, man kann etwas, das über die Fähigkeiten der meisten anderen Menschen hinausgeht, sind der Unglaube und oft auch die Angst der Leute. Niemand nennt dich rundheraus einen Lügner – aber der Argwohn ist unübersehbar. Und deutlich spürbar. Besonders wenn man nicht richtig beweisen kann, was man kann. Sie kann dir ebenso wenig beweisen, dass sie eine Empathin ist, wie ich dir beweisen kann, dass ich manche zukünftigen Ereignisse kenne, ehe sie geschehen sind. Obwohl ich es immer wieder versuche.« Quentin musterte seinen Freund schwach lächelnd. »Seit fast zwanzig Jahren lachen und witzeln wir darüber. Und in all der Zeit hast du meine Fähigkeit, dir zu sagen, was geschehen wird, ehe es passiert, auf mein Glück geschoben, meine

Intuition, darauf, dass ich gut geraten habe oder auf eine logische Abfolge von Ereignissen – auf alles außer auf das, was es wirklich ist: Präkognition. Hellsehen. Kenntnis von noch nicht Geschehenem.«

»Das hast du ziemlich gut erfasst«, räumte John ein.

»Danke«, entgegnete Quentin trocken.

»Aber wie kann man etwas wissen, ehe es geschehen ist? Erklär *das* mal, indem du das nimmst, was die Wissenschaft weiß, und es bis zum nächsten logischen Schritt ausdehnst.«

»Das kann ich nicht. Die Wahrheit ist, ich habe keine Ahnung, wieso ich es kann. Wenn ich es verstehen würde, könnte ich es wohl auch beherrschen. Ich könnte mir sagen, Quentin, alter Junge, wie wird der Aktienmarkt, sagen wir, Ende des Jahres aussehen? Welche Lottozahlen werden diese Woche gezogen? Welches Dotcom-Unternehmen ist eine Investition *wirklich* wert? Wer gewinnt den Superbowl?« Er zuckte mit den Achseln. »Aber so funktioniert es nicht. Ich wünschte, es wäre so – aber so ist es nicht.«

»Und deshalb kannst du mir auch nicht sagen, ob die Polizei diesen Vergewaltiger fangen wird.«

»Eben deshalb. Ich weiß nur, was mein unberechenbarer Verstand beschließt, mir mitzuteilen – und das gehört nicht dazu. Bisher jedenfalls. Wenn ich mich erst richtig in eine Sache vertieft habe, kann ich manchmal Fakten aufschnappen, die mit der Zukunft dieser Sache zu tun haben – aber diese Kontrolle lässt sich am besten als höllisch unberechenbar beschreiben.«

»Das ist keine große Hilfe.«

»Sag bloß. Weißt du, mein Chef sagt, sollte jemals ein Hellseher geboren werden, der seine – oder ihre – Fähigkeiten völlig unter Kontrolle hat, wird das die ganze Welt verändern. Damit hat er vermutlich Recht. Er hat für gewöhnlich Recht. Verdammt.«

John regte sich. »Da wir gerade von Bishop sprechen – wie lange wird es wohl dauern, bis er stocksauer hier auftaucht?«

»Ich hoffe, das tut er gar nicht.« Quentin seufzte. »Realistisch betrachtet schätze ich, wir haben vielleicht achtundvierzig Stunden, bis er den Fall, an dem er arbeitet, aufgeklärt hat oder bis er ein, zwei freie Minuten hat und merkt, dass ich längst wieder in Quantico sein sollte. Ich wollte eigentlich Kendra bitten, uns Schützenhilfe zu leisten, aber dann dachte ich, wir könnten sie hier brauchen. Sie ist ein fantastischer Profiler und erstklassig in der Recherche, außerdem telepathisch begabt, und es kann gut sein, dass wir alle ihre Fähigkeiten brauchen.«

»Ist sie im Hotel?«

»Ja, am Computer, sie zapft sämtliche Datenbanken an, von denen wir denken, dass sie uns vielleicht weiterhelfen. Und ich schlage vor, dass wir dahin zurückfahren. In diesem Haus bekomme ich eine Gänsehaut.«

»Als Polizist oder als Hellseher?«

»Beides. Ich bin kein Empath, deshalb spüre ich nur, dass der Kerl diesen Ort sehr sorgfältig ausgesucht hat – aber ich weiß nicht, warum. Der Cop in mir sieht Anzeichen dafür, dass andere Cops hier alles sehr gründlich durchkämmt haben. Ich würde nichts finden, was sie übersehen hätten. Hast du den Bericht der Spurensicherung?«

»Eine Kopie, ja.« In stillschweigender Übereinstimmung wandten sich beide Männer um und machten sich auf den Weg aus dem verlassenen Gebäude hinaus. »Ich weiß natürlich nicht, wie vollständig der ist. Aber ich wette, Drummond hat Anweisung gegeben, zumindest manche Informationen wegzulassen.«

»Wahrscheinlich. Das ist eine Standardvorgehensweise, ein paar Fakten nicht aus der ermittelnden Einheit hinauszugeben – zumindest, um Nachahmer auszuschalten und sich schneller auf gleichartige Verbrechen konzentrieren zu können.«

»Vielleicht, aber ich denke, das hier ist was Persönliches.«

»Jetzt werde mal nicht paranoid.«

»Das ist es nicht. Ich habe genug Konkurrenten über Sitzungstische hinweg beurteilt, um zu wissen, wann jemand mich kleinkriegen will. Drummond will, dass seine Leute diesen Perversen finden, er will es unbedingt. Da ist er sich nicht zu schade, mir ein paar Infos vorzuenthalten, damit er sicher sein kann, dass ich im Nachteil bin.«

»Seine politischen Ambitionen?«

»Zum Teil. Und er ist von Natur aus ehrgeizig.«

»Na ja«, meinte Quentin, »dem können wir aus dem Weg gehen. Hoffentlich. Dir ist klar, dass wir sehr, sehr vorsichtig vorgehen müssen, damit wir nicht die offiziellen Ermittlungen behindern?«

»Das ist mir klar.«

»Und dass deine Maggie einen ziemlichen Balanceakt vollführen muss, solange sie sowohl uns als auch der Polizei hilft?«

»Nach dem, was hier geschehen ist, bin ich mir nicht so sicher, ob sie überhaupt noch willens ist, uns zu helfen«, versetzte John.

»Wollen«, entgegnete Quentin, »hat sehr wenig damit zu tun. Wenn ich nicht komplett falsch liege, hat Maggie Barnes das Gefühl, dass sie uns helfen muss. Sie hat einfach keine andere Wahl.«

»Das gefällt mir nicht«, sagte Andy. Er blickte auf den Zettel, der nun in einer Plastikhülle für Beweismaterial steckte. Seine Stimmung entsprach seiner grimmigen Miene. »Jenn, du bist *sicher*, dass das hier nicht schon in deinem Wagen war, als du heute vom Mittagessen zurückkamst?«

»Absolut. Irgendwer muss es da reingelegt haben, als mein Auto – mein abgeschlossenes Auto – auf einem Polizeiparkplatz stand. Miserabler Sicherheitsstandard hier, Andy.«

Über den Schreibtisch hinweg sah er Jennifer an. Der flapsige Tonfall vermochte ihn nicht zu täuschen. Und er konnte es ihr nicht verübeln, dass sie erschüttert war. Er war ja selbst ziemlich beunruhigt. »Vorausgesetzt, das hier sind nützliche Informationen und nicht bloß zufällig gewählte Zahlen, *und* vorausgesetzt, es hat überhaupt mit diesem speziellen Fall zu tun, denke ich, hier will uns vielleicht jemand helfen. Vielleicht war hier aber auch nur ein besonders findiger Vertreter der Pressezunft am Werk, der uns zu einer Reaktion provozieren will«, mutmaßte er. »Es ist zumindest denkbar, dass einer von denen über die Morde von 1934 gestolpert ist.«

Scott, der gegenüber von Jennifer auf Andys anderem Besucherstuhl saß, sagte widerstrebend: »Ist das nicht ein bisschen an den Haaren herbeigezogen? Ich meine, selbst wenn ein Reporter diese ähnlichen Morde ausgegraben hätte, warum sollte er uns das sagen, und dann auch noch anonym? Warum sollte er die Story nicht einfach ganz groß bringen?«

»Ja, es ist an den Haaren herbeigezogen«, räumte Andy ein. »Ehrlich gesagt kann ich mir einfach nicht vorstellen, warum jemand das tun sollte. Außer unser Täter natürlich.«

Darüber hatte Jennifer gründlich nachgedacht. Nun schüttelte sie den Kopf. »Das sehe ich anders. Er hat sich unglaubliche Mühe gegeben, sich vor uns zu verbergen – warum sollte er jetzt hervorkommen und das tun? Wenn er uns verhöhnen wollte, würde er das, glaube ich, anders machen. Vielleicht etwas bei einem Opfer zurücklassen oder seine Vorgehensweise ändern. Aber eine Notiz im Auto eines Cop? Nein, ich glaube nicht, dass er das war.«

»Wer dann?«, wollte Scott wissen. »Du und ich, wir sind doch drüber gestolpert, indem wir einfach mit Ideen rumgespielt haben, aus Frust darüber, dass wir sonst nichts tun konnten. Wie wahrscheinlich ist es, dass jemand anders auch so was macht und zum gleichen Ergebnis kommt?«

»Nicht sehr«, gab sie zu. »Außerdem, wenn diese Notiz uns helfen soll, warum gibt er sie uns dann anonym und geht dabei ganz sicher, dass keine Fingerabdrücke drauf sind? Warum kommt er nicht einfach zu uns und erklärt alles?«

Bedächtig sagte Andy: »Außer derjenige weiß, dass da eine

Verbindung besteht, weil er – oder sie – weiß oder vermutet, wer der Vergewaltiger ist. Das wäre nicht das erste Mal, dass ein Familienmitglied, eine misstrauische Ehefrau oder Freundin gerade so viel weiß, um sich Sorgen zu machen, aber zu viel Angst hat, um offen zu uns zu kommen, oder sich ihrer Verdächtigungen schämt.«

»Gut möglich. Aber warum zum Teufel musste man dazu in mein Auto einbrechen? Und wie hat er es geschafft, die Tür zu öffnen und wieder zu verschließen, ohne die geringste Spur zu hinterlassen, verdammt?«

Andy zuckte mit den Achseln. »Weiß der Geier. Vielleicht war es zufällig jemand, der genug von Autos versteht, um deins zu knacken, Jenn. Oder er hat einen elektronischen Schlüssel, der auch bei deinem Auto funktioniert. Heute, wo überall Elektronik eingesetzt wird, ist es doch eher leichter als schwerer, Autos zu klauen, warum also nicht? Solange wir nicht wissen, von wem der Zettel stammt, werden wir das nicht herausfinden.«

»Diese Ungewissheit gefällt mir überhaupt nicht«, sagte Jennifer bedrückt.

Andy nahm den Zettel und musterte ihn eingehender. »Sind in deinen Büchern auch Morde von 1894 aufgeführt?«

»Nichts, was unseren Vergewaltigungen ähnelt, jedenfalls nicht für mein Empfinden. Vielleicht finde ich noch andere Bücher, aber als ich die hier rausgesucht habe, schienen sie die einzigen über lokale unaufgeklärte Verbrechen zu sein, die verfügbar sind.«

»Das heißt, wir sind auf unsere Polizeiakten angewiesen. Und wir müssen bis 1894 zurückgehen.«

Scott stöhnte. »Scheiße. Ich kann euch jetzt schon sagen, dass wir die Laufarbeit selbst machen und überall in den Polizeiwachen im Keller und in den Lagerräumen nach diesen Akten wühlen müssen, wenn hier nicht irgendwer ein Gesuch um vorrangige Behandlung einreicht, damit wir ein paar bereitwilligere Helfer bekommen. Andy, bisher war ich ziemlich zugeknöpft bei meinen Erkundigungen – ich wollte nicht sagen, für welchen Fall das ist, weil es alles so …«

»Wischiwaschi ist?«, schlug Jennifer trocken vor.

»Unheimlich«, korrigierte Scott. »Wir wollen das Kind doch beim Namen nennen. Wie auch immer, ohne handfestere Informationen wollte ich den Büroangestellten in den anderen Bezirken nicht erklären, warum ich an den alten Akten interessiert bin. Und mit den Detectives möchte ich ganz bestimmt nicht darüber reden – jedenfalls erst, wenn wir sicher sind, dass es da eine Verbindung gibt.«

»Auch dann nicht«, ordnete Andy nach kurzem Nachdenken an. »Das bleibt erst mal unter uns. Wenn unser Täter ein Nachahmer ist und wir hier auf sein Drehbuch gestoßen sind, dann will ich auf keinen Fall unsere Karten offen legen. Das Letzte, was wir gebrauchen können, ist, dass jemand außerhalb unseres Teams entdeckt, was wir herausgefunden haben, und alles ausposaunt.«

»Das heißt, wir müssen die Laufarbeit selbst machen.« Jennifer wirkte nicht halb so entmutigt wie Scott. Ihre Augen blitzten. »Wir brauchen irgendeine Ausrede, Andy, wenn wir nicht wollen, dass die anderen Cops sich fragen, was wir vorhaben. Ich meine, wie oft muss man schon Akten ausgraben, die mehr als hundert Jahre alt sind?«

Andy schürzte die Lippen und erwog verschiedene Möglichkeiten. Dann lächelte er. »Ich hab's. Alle Welt weiß, dass Drummond höllisch ehrgeizig ist und immer wieder mit irgendeiner Theorie oder einem Plan daherkommt, wie man die Effizienz der Polizeiarbeit steigern kann, damit die maßgeblichen politischen Stellen es auch merken. Also sagen wir, wenn jemand fragt, einfach, dass er neue Grillen im Kopf hat und uns alten Aufzeichnungen über Verbrechen aus der Vergangenheit nachjagen lässt, um eine Vergleichsstudie zu erstellen. Solange ihr fragt und nicht ich, kann das eigentlich niemand mit laufenden Ermittlungen in Verbindung bringen, schon gar nicht mit der hier.«

»Weil wir bessere Laufburschen sind«, sagte Scott seufzend.

»Nein«, berichtigte ihn Andy, »weil man mir als dem Detective, der diese Ermittlungen leitet, schon die TV-Kameras vor die Nase gehalten hat. Der Rest unseres Teams ist glücklicherweise unsichtbar für die Öffentlichkeit – und für die meisten Cops außerhalb dieses Bezirks. Lasst eure Anfrage möglichst beiläufig klingen, und tut so, als fändet ihr das Ganze todlangweilig.«

»Wirst du Drummond hiervon erzählen?«, fragte Jennifer.

»Noch nicht. Erst wenn – falls – wir ein paar tragfähige Verbindungen zwischen den heutigen und den damaligen Opfern haben.«

Jennifer brachte einen Zweifel zum Ausdruck: »Was, wenn wir uns die ganze Arbeit machen und am Ende trotzdem nur Informationen bekommen, die uns nicht helfen, diesen Perversen aufzuhalten? Wenn wir wissen, wie viele Frauen er überfallen will, hilft uns das noch nicht, mögliche Opfer rechtzeitig ausfindig zu machen. Bei so alten Aufzeichnungen können wir uns doch glücklich schätzen, wenn wir Skizzen und halbwegs brauchbare Beschreibungen der Opfer bekommen, und die können wir nur mit Verbrechen in Verbindung bringen, die er bereits begangen hat.«

»Was nutzt es uns also, wenn wir die ganzen Akten finden?«, hakte Scott nach.

»Es könnte uns sehr helfen«, meinte Andy. »Überlegt doch mal. Wenn dieser Kerl alte Verbrechen kopiert, muss er seine Informationen irgendwoher haben. Und wenn wir Glück haben, dann sind das entweder Bücher wie die, die Jenn gefunden hat – oder unsere Akten. So oder so finden wir dann vielleicht etwas – einen Namen auf einer Bibliothekskarte oder die Notiz eines Polizeiarchivars, dass eine bestimmte Akte von wem auch immer zu Recherchezwecken ausgeliehen wurde. Irgendetwas, das uns auf seine Spur bringt.«

»Würde er so unvorsichtig sein?«, fragte sich Jennifer.

Andy lächelte. »Unvorsichtig? Welches Indiz oder welche

99

Spur sollte uns denn darauf bringen, einhundert Jahre in der Vergangenheit nach Hinweisen zu suchen? Allein die Idee ist absurd.«

In seinem Atelier am anderen Ende der Stadt arbeitete Beau Rafferty an dem Gemälde, das sein neuester Auftrag war. Er benutzte einen außergewöhnlich feinen Pinsel, um auch die kleinsten Details noch präzise malen zu können. Er war Perfektionist. Schon immer gewesen.

Und er hatte ein stets waches Gespür für seine Umwelt, ein eingebautes Radar, das ihm sagte, wenn Leute in der Nähe waren. Auch wenn diejenigen kein Geräusch beim Öffnen der Eingangstür oder beim Gang durchs Haus zum Atelier machten.

»Eines Tages fange ich doch noch an, die Eingangstür abzuschließen«, sagte er, ohne sich umzudrehen.

»Gute Idee. Wir leben in gefährlichen Zeiten.«

»Die Zeiten sind immer gefährlich. Die Menschen ändern sich nicht.« Über die Schulter warf Beau einen Blick auf seinen Besuch. »Sind Sie deshalb hier?«

»Sie wissen es nicht?«

Beau wandte seine Aufmerksamkeit wieder dem Bild zu und schattierte sehr sorgfältig eine Charakterfalte in dem hübschen Gesicht. »Nein, ich habe Sie nicht vorhergesehen. Hätte ich vermutlich tun sollen. Sie sind eigentlich immer in der Nähe, wenn etwas Schlimmes passiert.«

»Schlimme Dinge passieren hier aber schon seit einer ganzen Weile.«

»Ja. Also, was führt Sie jetzt her? Maggie?«

»Würde Sie das überraschen?«

»Nein, eigentlich nicht. Sie waren wieder im Osten, als es anfing, stimmt's?«

»Ja.«

»Am Anfang haben sie da keine Verbindung gesehen.« Beau schüttelte den Kopf. »Kaum verwunderlich, schätze ich. Er hatte schon immer mehr Glück als Verstand. Dabei gibt er sich solche Mühe.«

»Er will nicht, dass sie ihn sehen.«

Schließlich wandte Beau sich doch von seinem Gemälde ab und begann mit gerunzelter Stirn, die Pinsel zu reinigen. »Aber Maggie wird ihn sehen. Früher oder später. Sie ist finster entschlossen. Die Frage ist nur, wird sie ihn sehen, bevor er sie sieht?«

»Ich weiß.«

»Ich will ihr helfen.«

»Das weiß ich. Aber Sie dürfen nicht.«

»Ich könnte ihr zumindest sagen, worauf sie achten muss. Wem sie vertrauen kann.«

»Nein. Das dürfen Sie nicht, und das wissen Sie. Freier Wille. Sie haben ihr schon zu viel erzählt.«

Beau räumte seine Pinsel weg und musterte seinen Besuch sarkastisch. »Von Ihnen habe ich ihr nicht erzählt.«

»Das weiß ich zu schätzen.«

»Wirklich? Ich weiß nicht.« Beau schüttelte den Kopf. »Egal. Ich glaube, ich will es gar nicht wissen. Sind Sie heute aus einem besonderen Grund zu mir gekommen?«

»Ja. Ich möchte mit Ihnen über Christina Walsh reden. Und warum sie gestorben ist.«

6

Montag, 5. November

Quentin sah sich in dem geräumigen Zimmer um und sagte:
»Es gibt Hotelzimmer, und dann gibt es Hotelzimmer.«

Ohne von ihrem Laptop aufzublicken, meinte Kendra:
»Das ist schon das dritte Mal, dass du so was sagst. Mach
nur so weiter, dann denkt John, das FBI bringt seine Agenten in Hinterhofabsteigen voller Kakerlaken und Ratten
unter.«

»Ich habe nie gesagt, dass es so schlimm ist.« Quentin ging
in die Kitchenette und kam mit einer frischen Tasse Kaffee
zurück ins Wohnzimmer. »Aber du musst zugeben, das hier
ist viel, viel besser als unsere üblichen Absteigen.«

Da sah Kendra doch auf und blickte sich ein wenig geistesabwesend im geräumigen, luftigen Wohnzimmer ihrer
Zwei-Schlafzimmer-Suite um.

Der Raum war für Geschäftsleute konzipiert. Ein großzügig geschnittener Schreibtisch mit sämtlichen modernen
technischen Errungenschaften – darunter eine Telefonanlage
mit mehreren Leitungen, ein Faxgerät und ein Computer, die
vom Hotel gestellt wurden – sowie ein Konferenztisch für
acht Personen nahmen die Hälfte des Raumes ein. Auf der
anderen Seite des Zimmers verhieß eine um einen großen
Fernseher angeordnete Sitzgruppe Entspannung, Gespräche
oder Unterhaltung.

Der Raum war luxuriös im wahren Sinne des Wortes
Luxus – keine Verzierungen, nichts Vergoldetes, sondern
schöne, gut gemachte und bequeme Möbel und Einrichtungsgegenstände, dazu eine dezente, geschmackvolle Deko-

ration. Eigentlich nicht überraschend beim besten Hotel der Stadt.

Kendra lächelte, als sie sah, wie Quentin befriedigt das Ölgemälde über dem Schreibtisch betrachtete, sagte jedoch mild: »Bei deinem Faible für Luxus weiß ich wirklich nicht, warum um alles in der Welt du zum FBI gegangen bist.«

»Ich habe kein Faible für Luxus, ich genieße es einfach nur, in einem Zimmer zu wohnen, das nicht das Duplikat jedes anderen Zimmers in diesem Haus ist.«

Kendra gab wie immer vor, nicht bemerkt zu haben, dass er der impliziten Frage nach seiner Vergangenheit elegant ausgewichen war. »Nun, könntest du mir bitte trotzdem die Akte der Spurensicherung geben? Wenn ich die auch noch komplett in unsere eigene kleine Datenbank mit Ermittlungsergebnissen eingegeben habe, haben wir alles, von dem die Polizei *sagt*, das sie es hat.«

»Du bist genauso paranoid wie John«, schalt er sie, nahm die Akte vom Stapel auf dem Schreibtisch und reichte sie ihr über den Konferenztisch hinweg.

»Das nehme ich dir übel«, sagte John, der aus Quentins Schlafzimmer kam und sein Handy zuklappte. Seine Lederjacke hing über einem der Stühle im Wohnzimmer, und er steckte das Handy in eine Jackentasche, ehe er sich am Konferenztisch zu ihnen gesellte.

»Die Wahrheit solltest du nie übel nehmen«, erwiderte Quentin. »Hast du Maggie erwischt?«

»Ich habe ihre Voicemail erreicht. Habe sie gebeten, wenn möglich in den nächsten vier Stunden hier vorbeizukommen oder mich um vier auf der Wache zu treffen.« John warf Quentin einen sarkastischen Blick zu. »Ich war sehr höflich und zurückhaltend. Kein Druck, keine Forderungen, nur eine freundliche Bitte.«

Quentin sagte ernsthaft: »Die Zeit für Forderungen wird schon noch kommen, John, glaub mir.«

»Wie meinst du das?«

Die Antwort gab Kendra. Sie hob den Blick nicht von den Akten, deren Informationsgehalt sie in die Datenbank auf dem Laptop eingab. Ihre Finger flogen über die Tastatur, während sie sprach. »Bei Ermittlungen dieser Art verstärken sich die Gefühle aller Beteiligten normalerweise mit der Zeit immer mehr, sie werden unberechenbar. Logisch. Nicht nur die der Opfer, auch die der Ermittler. Es wird für uns alle schwer werden, aber für eine Empathin ganz besonders. Es wird ein Punkt kommen, an dem Maggies Selbsterhaltungstrieb sie zwingt, sich von all den Schmerzen um sie herum zu distanzieren.«

»Und dann stellen wir unsere Forderungen?«, fragte John und beobachtete Kendra, unwillkürlich fasziniert. Dies war seine erste Begegnung mit Quentins Partnerin, und bisher war es ihm noch nicht recht gelungen, aus ihr schlau zu werden. Sie war eine ruhige, beherrschte Frau mit üppigem braunem Haar und sanften braunen Augen, hübsch, doch nicht außergewöhnlich – was sie natürlich unübersehbar doch war.

»Das müssen wir dann. Natürlich immer vorausgesetzt, sie ist uns bei unseren Ermittlungen eine Hilfe und kein Hindernis.«

»Warum sollte sie ein Hindernis sein?«

»Starke Gefühle vernebeln einem oft den Verstand und beeinträchtigen das Urteilsvermögen, um nur zwei Punkte zu nennen. Bei einem Empathen ist es natürlich noch schlimmer. Vielleicht hat sie gelernt, damit umzugehen, vielleicht auch nicht. Falls nicht, treiben die ganzen Schmerzen, die sie spürt – ihre eigenen plus die der anderen – sie womöglich dazu, etwas zu tun, was sie normalerweise nicht tut.«

»Was zum Beispiel?«

»Sie könnte leichtsinnig handeln oder unbedacht Informationen weitergeben. Sich auf einen bestimmten Ermittlungsstrang versteifen, zuungunsten aller übrigen, oder im Gegenteil zunehmend Schwierigkeiten haben, sich Dinge auch nur von einem auf den anderen Tag zu merken. Sie könnte auf die Menschen in ihrer Umgebung losgehen.«

Quentin murmelte: »Also auf uns.«

Kendra nickte, fügte jedoch hinzu: »Sie könnte sich auch getrieben fühlen, die Situation so schnell wie möglich zu klären, egal, welchen Preis sie dafür zahlen muss.«

»Sie haben gesagt, ihr Selbsterhaltungstrieb würde sie schützen«, wandte John ein.

»Letzten Endes schon. Aber nach allem, was wir über sie herausfinden konnten, macht Maggie das jetzt seit einigen Jahren, und das heißt, sie muss stark motiviert sein, um das durchzustehen. Aber das hier sind vermutlich die schlimmsten Ermittlungen, an denen sie je beteiligt war, gemessen an der Tiefe und dem Spektrum des Leidens der Frauen. Es ist für jede Frau schlimm genug, sich eine Vergewaltigung auch nur vorstellen zu müssen. Das körperliche und emotionale Trauma auch nur aus zweiter Hand zu empfinden muss die reine Hölle sein. Wenn der Schmerz stark genug ist, tut man beinahe alles, damit er nur endlich aufhört.«

»Sie könnte einfach weggehen.«

»Könnte sie das?« Kendra blickte auf, ihre Finger hielten einen Moment inne. Doch schon nahmen sie ihre Arbeit wieder auf, und Kendra sprach ruhig weiter: »Ganz gleich, ob Sie glauben, dass sie eine Empathin ist oder nicht, John, Sie können nicht leugnen, dass jemand, der sich absichtlich regelmäßig den schlimmsten Schmerzen und Traumata, die andere Menschen erlebt haben, aussetzt, ein unglaubliches Maß an Entschlossenheit und Hingabe an den Tag legt. Irgendetwas tief in ihr drin treibt sie dazu, und was es auch sein mag, es wird ihr nicht gestatten, einfach so wegzugehen.«

»Also wird sie durchhalten, so lange sie es irgend ertragen kann«, sagte Quentin. »Wird sich ganz bewusst Schmerzen und Gefühlen öffnen, die niemand von uns aus freien Stücken empfinden würde – wenn wir die Wahl hätten. Der

Kampf gegen sich selbst und ihre Instinkte wird härter sein als jeder Kampf gegen jemand oder etwas anderes.«

»Mit anderen Worten, sie ist eine geladene Kanone«, meinte John.

»Eher Nitroglyzerin in einem Pappbecher.«

John seufzte. »Aber kann sie uns helfen?«

Quentin nickte. »Doch, sicher, damit hattest du Recht. Sie kann uns helfen. Sie kann sich vielleicht sogar selbst helfen, wenn diese Sache erst vorbei ist. Aber bis dahin wird es wahrscheinlich ... für alle Beteiligten ziemlich schmerzhaft.«

»Ich habe vor ein paar Monaten meine Schwester begraben«, sagte John mit fester Stimme. »Schmerzhafter als das?«

Quentin zögerte. Er wechselte einen raschen Blick mit Kendra und sagte: »Könnte sein, John. Ich weiß, das ist für dich schwer zu glauben, aber Tatsache ist, wenn neuer Schmerz auf alten Schmerz folgt, dann wiegt das im Ergebnis normalerweise deutlich schwerer als jede Verletzung für sich allein genommen.«

Die Augen wieder auf die Akte der Spurensicherung gerichtet, sagte Kendra: »Vier Opfer bisher, und der Vergewaltiger hat uns praktisch keine stichhaltigen Beweise hinterlassen. Kein auch noch so schwacher Anhaltspunkt, auf den wir unsere Aufmerksamkeit richten könnten. Das bedeutet, wir müssen unsere Ermittlungen auf die beteiligten Personen konzentrieren. Die Opfer, ihren Hintergrund, Freunde und Angehörige. Leidende Menschen, überall um uns herum. Verängstigte, wütende, trauernde, verletzte Menschen.«

John sah mit gerunzelter Stirn von einem zur anderen. »Versucht ihr zwei, mich zu überreden, dass wir Maggie außen vor lassen?«

»Unmögliches versuchen wir gar nicht erst«, erwiderte Quentin.

»Fast nie«, berichtigte Kendra.

Darüber dachte Quentin nach, dann zuckte er mit den

106

Achseln und sagte zu John: »Jedenfalls versuchen wir nur, dich vorzuwarnen, dass alles wahrscheinlich noch viel schlimmer wird, ehe es besser wird, auch für dich.«

»Wie soll denn da noch was schlimmer werden?«

Quentin zuckte zusammen. »Frag das nie, nie wieder. Es kann immer alles noch schlimmer werden – und normalerweise tut es das auch. Da draußen läuft ein bösartiger Verrückter herum, und er hat uns nicht gerade eine Spur aus Brotkrumen hinterlassen, der wir folgen könnten, um ihn aufzuhalten. Wir haben bis jetzt vier Opfer und keinen Anlass zu glauben, dass es nicht noch mehr werden. Wir haben überhaupt keine Ahnung, wie er besagte Opfer auswählt, die nichts gemeinsam zu haben scheinen, außer dass sie alle weiblich und weiß sind – womit wir uns um circa die halbe Bevölkerung einer Großstadt Sorgen machen müssen. Wir haben einen Police Lieutenant mit politischen Ambitionen, der einer Polizeiabteilung vorsteht, die so ziemlich an ihre Grenzen gekommen zu sein scheint. Wir haben eine völlig verängstigte Stadt, wir haben eine zunehmend militante Presse – und wir dürfen bei unseren Ermittlungen natürlich nur auf Zehenspitzen gehen, weil wir uns eigentlich gar nicht einmischen dürften.«

Quentin atmete tief durch, wechselte noch einen Blick mit Kendra und schloss: »Wie da noch was schlimmer werden soll? Mensch, John – wie denn nicht?«

»Okay, es ist angekommen.«

Quentin beließ es dabei. »Wenn Kendra mit unserer Datenbank fertig ist, gleichen wir unsere Daten mit allem ab, was das FBI an unaufgeklärten Fällen von schwerer Vergewaltigung hat. Die meisten dieser scheinbar allein stehenden Verbrechen fallen zwar genau genommen nicht in die Zuständigkeit des FBI, aber in den letzten Jahren haben wir angefangen, so viele wie möglich zu verfolgen, einfach weil solche chronischen Triebtäter normalerweise immer brutaler vorgehen, je länger sie auf freiem Fuß bleiben. Und sie haben für gewöhnlich eine Vorgeschichte – wenn wir sie denn finden und zurückverfolgen können.«

»Wie meinst du das?«

»Hier in Seattle ist er jetzt seit rund sechs Monaten aktiv, soweit die Polizei sagen kann. Aber sein Ritual ist zu fest gefügt, als dass es neu sein könnte.«

»Ich dachte, du wärst kein Profiler?«

»Ich bin nicht gerade der Beste. Aber ich arbeite mit einigen der Besten zusammen, und ich habe das eine oder andere aufgeschnappt. Kendra ist da mit mir einer Meinung. Unser Mann ist kein Anfänger.«

»Also war er schon ... woanders ... aktiv?«

»Wahrscheinlich.«

»Hätte die Polizei das nicht überprüft?«

Quentin nickte. »Sicher. Den Berichten zufolge haben sie das getan. Aber als sie die entsprechenden Datenbanken zu Strafregister, vermissten Personen et cetera sowie verschiedene andere Quellen überprüft haben, scheinen sie nur nach den augenfälligsten Gemeinsamkeiten der Überfälle gesucht zu haben: dass er seine Opfer blendet und verstümmelt, dass er nie mit ihnen spricht, dass er sie irgendwo an einem relativ abgelegenen Ort ablädt, wenn er mit ihnen fertig ist. Das sind unserer Erfahrung nach bei weitem nicht genug Eigentümlichkeiten und Übereinstimmungen, um eine gründliche Durchsuchung aller verfügbaren Akten zu ermöglichen.«

»Was gibt es denn sonst noch für Übereinstimmungen?«

Diesmal antwortete Kendra. »Er gibt sich eine unglaubliche Mühe, um sicherzustellen, dass diese Frauen ihn garantiert nicht identifizieren können, aber ganz eindeutig beobachtet er sie eine Zeit lang, bevor er sie überfällt. Er hat ganz spezielle Kriterien für seine Auswahl, und die haben nichts damit zu tun, wie leicht er an die Frauen herankommt. Er hat die Methode, mit der er sie blendet, gewechselt, man könnte sagen, er wird geschickter darin, was darauf hindeutet, dass es sich dabei um einen vergleichsweise neuen Teil seines Rituals handelt. Es kann gut sein, dass er seinen Opfern am Anfang einfach die Augen verbunden oder sie besinnungslos geschlagen hat, ehe er sie vergewaltigte: Diese Möglichkeit muss man in Betracht ziehen. Dass er sie jetzt blendet, könnte eine natürliche Entwicklung und Eskalation seines Rituals sein – oder er tut es, weil in der Vergangenheit zumindest ein Opfer ihn gesehen hatte und in der Lage gewesen war, ihn zu identifizieren.«

Nach kurzem Zögern meinte John: »Sie meinen, dieses Schwein wurde schon einmal festgenommen? Und eingesperrt?«

»Möglich.«

»Und dann was? Ist er entkommen?«

»Vielleicht. Oder vielleicht hat er seine Zeit auch abgesessen. Ich schätze, er ist jetzt zwischen dreißig und vierzig, er könnte also auf jeden Fall irgendwann mal eine Gefängnisstrafe abgebüßt haben.«

»Glauben Sie das?«

Kendra hielt lange genug im Tippen inne, um die Seite in dem Bericht umzublättern, den sie gerade studierte. Dann antwortete sie: »Nein, aus irgendeinem Grund glaube ich nicht, dass er schon mal ein Gefängnis von innen gesehen hat. Ich glaube, er zieht herum, er ändert seinen Standort nach einer gewissen Zeit oder einem bestimmten Ereignis oder wenn sein Ritual in eine neue Phase geht.«

»Also«, sagte Quentin, »wir gleichen sämtliche Informationen, deren wir habhaft werden können – plus begründete Vermutungen und Mutmaßungen – mit den Akten ab, die das FBI aus den Polizeiwachen des ganzen Landes bezogen hat. Wenn wir Glück haben, finden wir genug, um dem Kerl eine Vorgeschichte zu geben. Und mit einer Vorgeschichte, die wir durchleuchten können, haben wir bessere Chancen, aus ihm schlau zu werden, herauszufinden, wo und wann wir nach ihm suchen müssen.«

Kendra sagte: »Sobald die Datenbank steht, dauert es

wahrscheinlich ein, zwei Tage, den Abgleich durchzuführen, jedenfalls mit den Informationen, die wir jetzt haben, und dann haben wir womöglich erst mal eine lange Liste mit möglichen Kandidaten, die wir eingrenzen müssen.«

John sah zu Quentin. »Wie macht sie das? Tippen und dabei reden?«

»Ihr einzigartig flexibler Verstand«, murmelte Quentin.

»Es ist ein bisschen beängstigend«, bemerkte John.

»Eben. Ich glaube, sie macht es nur, um mich zu zermürben.«

Kendra lächelte, wandte den Blick jedoch nicht von der Akte ab. »Wahrscheinlich wäre es auch eine gute Idee, bei der Polizei vorbeizuschauen und herauszufinden, ob sie was Neues haben.«

»Deshalb habe ich Maggie gebeten, mich auf der Wache zu treffen«, sagte John. »Nicht, dass ich glaube, sie hätten was Neues, aber Andy würde sich garantiert fragen, was los ist, wenn ich nicht alle ein, zwei Tage auftauche und Fragen stelle.« Er sah Kendra an, doch als sie plötzlich aufhörte zu tippen und zu Quentin sah, folgte er ihrem Blick und verspürte ein sonderbares schwaches Frösteln.

Quentins Blick schien auf nichts im Besonderen gerichtet zu sein, es sei denn auf etwas, das nur er sehen konnte. Seine Augen blickten ins Leere, allerdings merkwürdig starr, ohne zu blinzeln, und dabei verharrte er völlig reglos.

»Quentin?«, fragte Kendra leise. »Was ist los?«

Er antwortete nicht sofort. Eine volle Minute ging schweigend vorüber, ehe er sich regte und die beiden ansah, sie wirklich sah. Sein Gesichtsausdruck war unverändert, doch in seinem Blick lag Freudlosigkeit. Schleppend sagte er: »Die Polizei wird etwas Neues haben, John. In den nächsten Minuten.«

Hollis wusste, dass Maggie entspannt war. Sie hörte es am unbekümmerten Tonfall der anderen Frau. Es war eine inte-

110

ressante Stimme, etwas merkwürdig Zwingendes ging von ihr aus, so leise und angenehm sie auch war und so trügerisch gütig wie die unbewegte Oberfläche eines tiefen Wassers. Doch was lag unter der Oberfläche? Dort war immer etwas.

»Wir können reden, worüber Sie wollen«, sagte sie gerade. »Wie gestern. Sie suchen das Thema aus. Das Wetter, Sport – Kohlköpfe und Könige.«

Hollis lächelte. »Mein Lieblingszitat war immer das, wo es darum ging, vor dem Frühstück sechs unmögliche Dinge zu glauben. Das schien mir immer eine gute Einstellung zu sein.«

»Ich weiß, was Sie meinen. So wie die Welt heute beschaffen ist, ist es fast unbegreiflich, wie jemand mit unveränderlichen Glaubenssätzen durchs Leben gehen kann. Beinahe jeden Tag scheint doch eine Geschichte in den Nachrichten zu kommen, die eine unserer Gewissheiten über den Haufen wirft.«

»Vielleicht ist Menschsein eben das«, schlug Hollis vor. »Unsere Gewissheiten immer wieder infrage zu stellen.«

»Vielleicht«, stimmte Maggie zu. »Diese Definition ist so gut wie jede andere, schätze ich.« Sie hielt inne, dann fuhr sie fort: »Nur noch ein paar Tage, dann kommt der Verband ab. Wie fühlen Sie sich bei dem Gedanken?«

»Sie klingen wie die Seelenklempner hier aus dem Krankenhaus«, bemerkte Hollis und wich so elegant einer Antwort aus.

»Entschuldigung. Berufsrisiko, nehme ich an. Ich verbringe so viel Zeit damit, Menschen zu fragen, wie sie sich in Bezug auf dies oder jenes fühlen. Aber ich möchte es wirklich wissen. Wenn die Operation erfolgreich war und Sie wieder sehen können, glauben Sie, das wird Ihnen helfen, das hier zu bewältigen und mit ihrem Leben fortzufahren?«

Hollis wollte eigentlich nicht darauf antworten, hörte sich dann aber sagen: »In mancher Hinsicht, sicher. Wenn ich

111

wieder sehen kann, hat er nicht … alles zerstört. Ich hätte immer noch meine Kunst und immer noch so wie vorher, das wäre sicher hilfreich. Es würde mir etwas geben, auf das ich mich konzentrieren könnte.«

»Aber Ihre Kunst wird sich auf jeden Fall verändern«, sagte Maggie. »Niemandem widerfährt Gewalt, ohne dass er aus dieser Erfahrung fundamental verändert hervorgeht.«

»Sie meinen die Träume?« Hollis stieß die Frage geradezu hervor.

Maggie hielt ihre Stimme leise, unbeschwert, als sprächen sie über nichts Ungewöhnliches. »Ihre Träume sind heftiger und lebhafter geworden, Sie haben oft Albträume. Sie wachen oft mitten in der Nacht auf, plötzlich, sogar ohne Albtraum. Die meisten Ihrer Sinne sind schärfer geworden, und Sie reagieren schneller auf Reize. Und es wird lange dauern – wenn es denn je gelingt –, ehe Sie sich wieder sicher fühlen.«

»Sie sind schonungsloser als die Psychotante.«

»Ich wüsste nicht, warum ich um den heißen Brei herumreden sollte. Sie sind eine intelligente Frau, und Sie hatten in den letzten Wochen viel Zeit, darüber nachzudenken. Sich zu befragen. Sich zu fragen, was jetzt anders ist, was anders sein wird. Ihre Kunst auf jeden Fall. Ich muss nicht wissen, was Sie gezeichnet oder gemalt haben, um mir dessen sicher zu sein.«

»Ja, ich weiß.« Hollis umklammerte die Stuhllehnen, ihre Finger verkrampften und lösten sich unablässig. »Aber in welcher Weise anders?«

»Das lässt sich nicht sagen, das müssen Sie selbst herausfinden. Ich schätze, wenn Sie malen, werden Sie eine Tendenz zu schlichteren Bildern und kräftigeren Farben bemerken. Sie werden Sujets wählen, denen Sie früher aus dem Weg gegangen sind, oder vielleicht werden sie auch auf ein, zwei Bilder fixiert sein, auf Kosten aller anderen.«

»Wie das Skalpell, mit dem er mir die Augen genommen hat?«

»Mag sein. Oder irgendein anderes Bild, das für Sie Gewalt oder Ihren Verlust ausdrückt. Vielleicht hat es auch überhaupt keine Verbindung zu dem, was Ihnen zugestoßen ist – dem äußeren Anschein nach jedenfalls. Aber es wird einen Zusammenhang geben. Und Sie werden wissen, welchen, oder Sie müssen es herausfinden. Die Bilder werden Sie nicht in Ruhe lassen, bis Sie sich mit Ihnen befasst haben.« Maggies Stimme blieb sachlich, war jedoch nicht ohne Mitgefühl oder Verständnis.

Hollis tat einen zittrigen Atemzug. »Mein Denken war auch vor dieser Sache schon von Bildern in Anspruch genommen. Aber wie soll es Bilder, sichtbare Bilder, hiervon geben? Was mir zugestoßen ist, war ausschließlich … Dunkelheit. Ich habe überhaupt nichts gesehen.«

»Ihre übrigen Sinne werden die Leerstellen ausfüllen. Was Sie gehört und gefühlt, was Sie gerochen haben, was Sie berührt haben und was Sie berührt hat.«

»Das Böse hat mich berührt. Wie soll ich das malen?«

»Ich weiß es nicht. Aber Sie werden es wissen. Irgendwann werden Sie es wissen. Sie werden wissen, wie Sie es entweder malen oder ihm sonst Gestalt geben können. So etwas tun Künstler.«

»Tun Sie so was? Dem Bösen Gestalt geben?«

»Ich … nehme es an. Oder zumindest ein Gesicht.«

Hollis lachte leise. »Wissen Sie, was daran besonders ironisch ist? Ich bin hierher gekommen, weil ich ganz von vorne anfangen wollte. Ich hatte genug Geld geerbt, um meinen stupiden Job im kommerziellen Kunstgewerbe endlich aufzugeben und ein paar Jahre lang herauszufinden, ob ich wirklich genug Talent habe, um eine richtige Künstlerin zu sein. Und dann hatte ich gerade erst mein Atelier eingerichtet, als das passierte. Das Schicksal tritt uns gern in den Arsch.«

»Ja, ist mir schon aufgefallen.« Maggie hielt inne, dann fuhr sie fort: »Ich nehme an, es hat keinen Sinn, wenn ich Sie frage, ob Sie sich daran erinnern, dass Sie vor dem Überfall jemand beobachtet hat. Ihnen gefolgt ist.«

»Ich erinnere mich an nichts Ungewöhnliches. Falls er mich also beobachtet hat, habe ich ihn nicht gesehen. Und das ist eine ganz, ganz fiese Vorstellung. Warum hat er – wissen Sie, warum er mich ausgewählt hat?«

»Die Polizei hat bisher keinen brauchbaren gemeinsamen Nenner bei allen Opfern gefunden. Unterschiedliche äußere Erscheinungen, verschiedene Berufe und Lebensweisen, ein relativ breites Altersspektrum – er scheint allerdings zu Frauen zwischen zwanzig und dreißig zu tendieren. Es hatte wahrscheinlich nichts mit irgendetwas zu tun, was Sie gemacht haben, Hollis, es war keinesfalls Ihre Schuld. Sie haben einfach bloß dem Anforderungsprofil entsprochen, das er in seinem kranken Hirn entwickelt hat.«

»Glauben Sie … er tut es noch mal?«

»Ja.«

Die umgehende, ruhige Antwort ließ Hollis zögern, doch nur einen Augenblick. »Bis man ihn aufhält. Ja, natürlich. Aber warum? Warum tut er das?«

Nun war es an Maggie zu zögern, dann antwortete sie langsam: »Ich bin sicher, ein Psychologe oder Profiler könnte alle möglichen Motive herleiten. Und läge damit sicher richtig. Es gibt immer Gründe, die man zumindest nachvollziehen, wenn auch nicht verstehen kann. Sogar bei einem solchen Ungeheuer.«

»Aber es gibt nur einen wirklichen Grund, oder? Einen wirklichen Antrieb hinter seinen Taten?«

»Ja. Es gibt immer einen einzigen treibenden Grund bei einem Triebtäter wie diesem.«

Hollis legte den Kopf schräg und lauschte dieser Stimme, die eine so trügerische verlässliche Ruhe ausstrahlte. Sie fragte sich, was es war, dessen Bewegungen sie beinahe in den unsichtbaren Tiefen unter Maggies ruhiger Oberfläche hörte.

Etwas … Kaltes. Nein, eigentlich nicht kalt. Etwas, dem kalt war. Etwas Dunkles, dem kalt war.

Furcht? Wissen? Verstehen?

Aus irgendeinem Grund mochte Hollis nicht laut fragen. Vielleicht weil sie Maggie nicht gut kannte. Möglicherweise war sie auch halb überzeugt, dass sie sich viel zu viel einbildete im Dunkeln unter dem Verband.

Oder vielleicht hatte sie auch nur Angst vor der Antwort.

Sie zwang sich, sich auf die Frage zu konzentrieren, was diese Bestie antreiben mochte. »Was ist es? Warum tut er uns das an, Maggie?«

»Weil er es will. Weil es ihm gefällt.«

Hollis atmete tief durch. »Ja. Das … habe ich gespürt. Daran, wie er mich berührt hat. Als ob schon die Beschaffenheit meiner Haut ihn faszinieren würde. Daran wie er … an mir gerochen hat.«

»Er hat es genossen, an Ihnen zu riechen?«

»Muss er wohl. Oder er wollte sich hinterher an den Geruch erinnern. Er hat immer wieder … geschnüffelt. Ich habe seinen Atem auf meiner Haut gespürt, dann habe ich ihn schnüffeln gehört. An meinem Arm, meiner Kehle, meinen Brüsten. Überall. Da hatte ich … schon aufgehört … zu flehen.« Hollis hörte ihre eigene Stimme, als gehörte sie jemand anderem. Die Worte kamen schneller und schneller, bis sie beinahe aus ihr heraussprudelten.

»Ich war gefesselt, konnte mich nicht bewegen. Als ich das erste Mal zu mir kam, begriff ich, dass er mir die Augen genommen hatte. Da habe ich gekämpft, gegen ihn angekämpft. Habe ihn verflucht. Aber es war vergeblich. Egal, wie laut ich geschrien habe oder wie heftig ich gekämpft habe, es schien ihn nicht zu interessieren. Er … tat, was er tun wollte. Hat mich vergewaltigt. Und danach, nachdem ich aufgehört hatte zu schreien und zu fluchen, da … hat er mich geschlagen – fast methodisch. Ich hatte das Gefühl, als bräuchte ich meine ganze Willenskraft, um die Schmerzen ohne zu schreien zu ertragen. Ich wollte nicht, dass er mich vor Schmerzen schreien hört. Die Befriedigung habe ich … ihm nicht gegönnt. Also war ich ganz still, habe mich nur darauf konzentriert, ihm zuzuhören.«

»Was haben Sie sonst noch gehört, Hollis?«

»Ihn. Atmen. Er war sehr leise, aber ein, zwei Mal habe ich ihn summen gehört. Die Melodie kannte ich nicht, obwohl sie mir irgendwie vertraut war. Es war eigentlich gar keine Melodie. Nur so ein Summen. Und …«

»Und?«

»Da war noch etwas, aber … ich kann mich nicht erinnern. Ich weiß, dass ich noch ein Geräusch gehört habe, etwas, das mich irgendwie gestört hat. Weil ich es wiedererkannt habe oder dachte, ich müsste es wiedererkennen. Aber jetzt erinnere ich mich nicht.«

Hollis wusste, dass Maggie sich zu ihr vorgebeugt hatte, und schrak nicht zusammen, als sich eine kühle Hand auf ihre legte.

»Sie werden Sich erinnern, wenn Sie können, Hollis.«

»An alles andere erinnere ich mich. Ich erinnere mich in allen gottverdammten Einzelheiten daran, was er mit mir getan hat. Ich erinnere mich daran, wie sein Atem in meinem Gesicht roch, wie Pfefferminzkaugummi. Wie er selbst nach Dove-Seife gerochen hat. Wie seine Haut sich auf meiner angefühlt hat, heiß und glitschig vor Schweiß. Wie er … so ganz hinten aus der Kehle gestöhnt hat, während er mich vergewaltigt hat. Ich erinnere mich an … alles. Außer daran. Warum nicht daran?«

»Es gibt einen Grund dafür. Es gibt immer einen Grund.«

»Sie meinen, mein Kopf will nicht, dass ich mich daran erinnere? Aber warum? All die grauenvollen Dinge, die er mir angetan hat – und dann kann ich mich an ein Geräusch nicht erinnern? Nur ein Geräusch? Warum?«

»Ich weiß es nicht. Aber wir finden es heraus. Das verspreche ich Ihnen, Hollis, wir finden es heraus.« Maggie atmete

116

einmal kurz durch, und Hollis dachte, sie hätte in dem Geräusch ein Stocken gehört, doch die Stimme der anderen Frau war fest wie immer: »Können Sie am Anfang anfangen? Können Sie mir alles erzählen, was Ihnen geschehen ist, von dem Moment an, als er Sie entführt hat?«

»Ja«, sagte Hollis. Sie drehte die Hand um und packte Maggies mit festem Griff. »Ich denke, jetzt kann ich es.«

Hollis Templetons Zimmer lag um die Ecke am Ende eines ungewöhnlich ruhigen Korridors auf einer ruhigen Station des Krankenhauses. Ihre Ärzte glaubten, es wäre besser für sie, wenn sie nicht von dem Trubel im Rest des Gebäudes gestört würde. Als John aus dem Aufzug trat und am stillen Wartezimmer vorbeiging, merkte er, dass er in dem menschenleeren Korridor unwillkürlich besonders leise auftrat, um die friedvolle Atmosphäre nicht zu beeinträchtigen.

Ohne eine Menschenseele gesehen zu haben, bog er um eine Ecke und blieb wie angewurzelt stehen, als er nun doch jemanden erblickte. Maggie. Sie lehnte mit dem Rücken an der Wand neben der geschlossenen Tür zu Hollis' Zimmer. Mit beiden Armen drückte sie ihren Skizzenblock an sich, den Kopf gesenkt. Das lange Haar verbarg ihr bleiches Gesicht größtenteils, doch selbst aus der Entfernung konnte John sehen, wie ihre Schultern bebten, und ihr ersticktes, aber heftiges Schluchzen hören.

Ehe sie ihn sehen oder spüren konnte, ging John geräuschlos um die Ecke zurück bis zur Tür des Wartezimmers, erschütterter, als er sich selbst eingestehen mochte.

Zauberei. Nein, es war keine Zauberei, was sie da tat. Ob ihre Fähigkeit nun paranormal war, wie Quentin behauptete, oder lediglich eine übermäßig entwickelte Sensibilität für die Gefühle anderer Menschen, es ließ sich nicht leugnen, dass Maggie mit den Gewaltopfern, denen sie zu helfen versuchte, mitlitt. Er fragte sich, ob er das Recht hatte, sie zu bitten, dies durchzumachen. Ob irgendjemand dieses Recht hatte.

117

Und nicht zum ersten Mal fragte er sich, warum sie es tat. Er hatte daran gedacht, Nachforschungen über ihre Vorgeschichte anzustellen, was gewiss kein Problem für ihn gewesen wäre, doch er pflegte eigentlich nicht auf diese Art an Informationen über Menschen zu gelangen. Zumal über Menschen, mit denen er arbeiten wollte. In jemandes Vergangenheit zu wühlen, ohne auch nur um Erlaubnis zu bitten, war sicher kein guter Anfang für eine vertrauensvolle Zusammenarbeit.

Sowohl Quentin als auch Kendra hatten unnachgiebig daran festgehalten, dass Maggies Motive sehr stark wie auch tief empfunden sein müssten, und nun sah John dies mit eigenen Augen. Um sich aus freien Stücken dem zu unterziehen, was sie tat, *musste* sie starke Gründe haben.

Doch welche Gründe mochten das sein? Was könnte eine sensible Frau – intelligent und mit genügend künstlerischer Begabung, um zu werden, was sie wollte – dazu bringen, sich solchen Torturen zu unterziehen?

John steckte die Hände in die Taschen seiner Jacke und lehnte sich wartend an die Wand neben der Tür. Er war sich bewusst, dass nur Maggie selbst seine Frage beantworten konnte. Und es brauchte ihm niemand zu sagen, dass sie darüber nicht gerne reden würde, zumal mit jemandem, der ihr noch beinahe völlig fremd war.

Sowohl die Frage als auch das Widerstreben, sie zu beantworten, waren schwer zu akzeptieren, und er dachte über beides nach. Das nahm ihn so in Anspruch, dass er sie erst hörte, als sie ihn ansprach.

»Was tun Sie hier?« Bis auf eine leichte Rötung um die Augen und eine kaum hörbare Anspannung in der Stimme, hatten die Gefühlswallungen, die John kurz mit angesehen hatte, keine weiteren Spuren hinterlassen.

»Ich hatte bei der Polizei angerufen. Andy meinte, Sie seien vermutlich hier, um mit Hollis Templeton zu sprechen. Er hat gesagt, er würde versuchen, Sie anzurufen.«

»Ich habe mein Handy abgeschaltet. Das mache ich bei solchen Gesprächen eigentlich immer.« Maggie runzelte leicht die Stirn. »Aber ich hatte Ihre Nachricht bekommen. Ich wollte Sie um vier treffen.«

Er nickte. »Tja, hm, vielleicht wäre es eine gute Idee, wenn wir jetzt dorthin gehen?«

»Warum?«

Er wollte es ihr nicht sagen, aber er hatte keine andere Wahl. »Die Polizei glaubt, es hat einen weiteren Überfall gegeben, Maggie. Eine Frau wurde vor ein paar Stunden als vermisst gemeldet. Ihr Mann war gerade von einer Dienstreise zurückgekehrt und entdeckte, dass sie fort war und die Eingangstür sperrangelweit offen stand.«

Völlig reglos blickte Maggie zu ihm hoch. »Da ist noch etwas, stimmt's? Was noch?«

Er wollte es ihr wirklich nicht sagen.

»John! Was?«

»Sie ist schwanger. Im siebten Monat.«

Hollis blieb auf dem Stuhl am Fenster sitzen, doch nur, weil sie zu erschöpft war, um sich zu bewegen. Über den Überfall zu sprechen, Maggie all die grauenvollen, schmerzhaften Einzelheiten zu erzählen, selbst die, an die sie nicht zu denken gewagt hatte, hatte sie völlig ausgelaugt. Allerdings bei weitem nicht so schlimm, wie sie befürchtet hatte.

Und ihre psychische Verfassung war weit besser, als sie eigentlich hätte sein dürfen, das wusste sie. Sie verspürte eine eigentümliche innere Ruhe, beinahe … Frieden.

Wegen ihr.

»Wegen Maggie?« Mittlerweile schien es ihr beinahe normal, mit dem Fantasieprodukt zu sprechen. Sogar beruhigend.

Ja.

»Warum? Bloß, weil sie zugehört hat? Weil sie mitfühlend und verständnisvoll war?«

119

Nein. Weil sie dir einen Teil deiner Schmerzen genommen hat.

Hollis runzelte die Stirn. »Wie meinst du das?«

Sie hat sie dir genommen. Hat sie in sich aufgenommen, damit es dir nicht so wehtut.

»Du kannst ... du meinst doch nicht etwa, sie hätte wirklich *körperlich* absorbiert, was ich gefühlt habe?«

Sie hat eine einzigartige Gabe. Deshalb wollte ich, dass du mit ihr sprichst. Damit deine Heilung beginnen kann.

»Aber ... sie hat es gefühlt? Die ganzen Schmerzen?«

Ja.

Hollis war entsetzt. Das hätte sie niemandem gewünscht, und dass Maggie so leiden musste, wo sie doch nur helfen wollte ... »Verdammt, warum hast du mich nicht vorgewarnt?«

Ich konnte dich nicht warnen. Sie auch nicht. Wir wussten beide, dass du mit aller Macht versuchen würdest, jemand anderem nicht solche Schmerzen zuzufügen. Wir wussten beide, dass du ihr nicht sagen würdest, was sie wissen musste, wenn man dich gewarnt hätte, dass es sie verletzt.

So erregt sie war, begriff Hollis doch eins, und sie war überrascht, dass ihr das nicht vorher klar geworden war.

»Du kennst sie, nicht wahr? Du kennst Maggie.«

Ja. Ich kenne Maggie. Ich kenne sie sehr gut.

7

»Die Spurensicherung knöpft sich dieses Haus Zentimeter für Zentimeter vor, aber bisher ohne Erfolg. Ich habe Leute darauf angesetzt, die Nachbarschaft zu durchkämmen, aber an einem normalen Montag sind die meisten bei der Arbeit oder in der Schule, die Gegend ist also fast ausgestorben – heute jedenfalls.«

»Wie lange war der Ehemann denn weg?«, wollte John wissen.

»Seit letzten Donnerstag. Er sagt, auf einer Geschäftstagung an der Ostküste. Er ist heute Morgen wieder in Seattle gelandet, so viel ist sicher. Und ich würde meine Pension darauf verwetten, dass er außer sich ist vor Sorge, ich halte ihn also nicht für verdächtig. Er sagt, er hat sie gestern Abend noch vom Hotel aus angerufen. Die Aufzeichnungen bestätigen, dass er zu Hause angerufen hat und dass es ein längeres Telefonat war, also haben wir vermutlich ein Zeitfenster von zwölf Stunden für ihr Verschwinden. Den Freunden und Angehörigen nach wäre sie nicht einfach weggelaufen …«

Maggie versuchte, sich auf das zu konzentrieren, was Andy erzählte, doch das war nicht leicht. Das Gespräch mit Hollis, das wider Erwarten so produktiv verlaufen war, hatte sie völlig ausgelaugt. Der Schmerz und die Angst der Frau, die heute zum ersten Mal seit dem Überfall bei Licht und klarem Verstand betrachtet worden waren, waren eine im wörtlichen Sinne offene Wunde gewesen. Davon musste Maggie sich eigentlich erst erholen. Unglücklicherweise hatte sie diesmal weder die Zeit noch die Abgeschiedenheit, die sie dafür benötigt hätte.

Also tat sie so als ob. Oder versuchte es zumindest.

»… der Mann sagt, man würde nicht darauf kommen, dass sie schwanger ist. Offenbar eine dieser Frauen, denen man es bis zur Geburt kaum ansieht.«

»*Er* weiß es«, hörte Maggie sich sagen.

Andy sah sie über seinen Schreibtisch hinweg stirnrunzelnd an. »Der Vergewaltiger? Wenn man es ihr nicht ansieht, woher …«

»Er hat sie beobachtet. Dann wird er gesehen haben, dass sie alles Mögliche für ein Baby vorbereitet hat.«

»Alles Mögliche?«, fragte John.

Maggie sah ihn nicht an.

»Arztbesuche, Einkäufe, neu tapezieren. Es ist das erste Kind. Da gibt es natürlich viel zu tun.«

Andy meinte: »Aber vielleicht hat er nicht begriffen, wie weit sie ist?«

»Vielleicht nicht. Aber dafür würde ich meine Hand nicht ins Feuer legen.«

Andy verzog das Gesicht und rieb sich den Nacken. »Nein, ich auch nicht. Ist das jetzt sein neuester Spaß, der ultimative Kick? Mein Gott. Wenn sich herausstellt, dass Samantha Mitchell von unserem Vergewaltiger entführt wurde, dann haben wir hier bald völlige Panik in der Stadt.«

Maggie atmete tief durch und sagte mit bemüht fester Stimme: »Euch ist doch klar, dass sie wahrscheinlich nicht überleben wird?«

»Das hättest du auch für dich behalten können.«

»Es ist aber so, und du weißt es. Hollis sagt, er hat sie beinahe methodisch geschlagen und mindestens drei Mal vergewaltigt. Sie hatte so starke innere Verletzungen, dass sie niemals Kinder bekommen kann. Jetzt nimm noch den schrecklichen körperlichen und seelischen Schock dazu, wenn jemand geblendet wird, und dann stehen die Chancen ziemlich gut, dass weder die schwangere Frau noch ihr ungeborenes Kind diese Tortur überleben.«

Mit grimmigem Gesicht schüttelte Andy den Kopf, doch

er sagte: »Hast du in dem Gespräch mit Hollis irgendetwas Brauchbares erfahren?«

»Ich weiß noch nicht. Vielleicht. Kleinigkeiten, aber nicht von der Sorte, die der Polizei hilft, jedenfalls bis jetzt noch nicht.«

»Wie zum Beispiel?«

Maggie atmete tief durch. Sie versuchte, sich ihre Erschöpfung nicht anmerken zu lassen. »Er hat Pfefferminzkaugummi oder irgendwelche Bonbons für frischen Atem benutzt. Er hat manchmal vor sich hingesummt, aber Hollis kannte die Melodie nicht. Er war fasziniert von der Beschaffenheit ihrer Haut und von ihrem Geruch.«

John regte sich auf seinem Stuhl und murmelte: »Der Wichser.«

Maggie warf ihm einen um Verzeihung heischenden Blick zu. Für ihn musste es die Hölle sein, so etwas mit anzuhören und zu wissen, dass seine Schwester von demselben abartigen Kerl gefangen gehalten und gequält worden war. In solchen Situationen konnten wenige Informationen für einen fantasievollen Kopf viel schlimmer sein als überhaupt keine.

Zum ersten Mal wurde Maggie klar, dass er wahrscheinlich nicht besser schlief als sie selbst und dass seine Albträume gewiss von Mal zu Mal lebhafter wurden, mit jeder brutalen Einzelheit, die er über das erfuhr, was seine Schwester wirklich durchgemacht hatte.

Andy, der mehr Übung als sie beide darin hatte, sich von seinen Gefühlen nicht ablenken lassen, sagte zu Maggie: »Das klingt nicht mal nach Details, die dir weiterhelfen. Oder? Bekommst du allmählich ein Bild von dem Typen?«

»Jedes Detail hilft mir, mir ein Bild von ihm zu machen. Irgendwann.« Jedes Detail, jedes Pochen der Höllenqualen und der Todesangst, die sie mit Hollis zusammen empfunden hatte. Und mit Ellen. Und Christina.

»Hast du schon eine Skizze?«

»Nein. Noch nicht.«

John sagte: »Andy, ich weiß, deinem Boss würde es gar nicht gefallen, aber besteht irgendwie die Möglichkeit, dass wir uns heute noch das Haus der Mitchells ansehen?«

»Wir?«

»Maggie und ich.«

Maggie wollte erst protestieren, doch dann verkniff sie sich den Einwurf. Bisher war es ihr stets gelungen, ihre Reaktionen auf die Orte, an denen Akte von Gewalt und Leiden stattgefunden hatten, vor Andy zu verbergen, und so würde sie es auch am liebsten weiter halten. Es war schon schwierig genug, auch ohne dass sie zusätzlich mit dem wachsenden Unbehagen oder sogar der Furcht der Cops fertig werden müsste, wenn sie eine ihrer kleinen ... Vorstellungen gesehen hätten.

Sie hatte keine Ahnung, was John dachte, das er am Samstag gesehen hatte, aber sie zweifelte nicht daran, dass er und sein Freund über sie gesprochen hatten. Sein angeblich paranormal begabter Freund.

Ihr war kalt. Und sie machte sich Sorgen. Ging sie womöglich zu schnell vor? Konnte sie es sich andererseits erlauben, es nicht zu tun? Es war so unglaublich wichtig, dieses Ungeheuer aufzuhalten, ehe es noch mehr Menschenleben zerstörte. Aber wie hoch würde der Preis sein, wenn sie sich für den falschen Weg entschied? Und wer würde ihn bezahlen müssen?

»Maggie, schaffst du das?«, fragte Andy.

Sie nickte. »Mir geht es gut.« Eine Lüge, aber eine ziemlich überzeugende, fand sie.

»Ich weiß, dass Maggie immer irgendwann den Tatort abgeht«, sagte Andy langsam. »Aber warum Sie, John?«

Weil er mir zusehen will. Aber das sagte Maggie natürlich nicht. Sie wartete einfach schweigend.

»Ich nehme an«, sagte John, »weil ich versuchen will ... mich ganz in die Ermittlungen zu vertiefen. Alles zu sehen. Und wer weiß, Andy – vielleicht sehe ich ja etwas, das ihr

Cops überseht. Ich habe zwar keine Polizeiausbildung, aber mir entgeht normalerweise nicht viel, wenn ich mich auf etwas konzentriere.«

Das war die Wahrheit, dachte Maggie. Allerdings nicht die ganze.

Andy trommelte mit den Fingern auf seinem Schreibtisch und musterte John aufmerksam. Dann zuckte er mit den Achseln. »Ich gebe Ihnen die Erlaubnis. Ich wollte sowieso, dass Maggie durch das Haus geht, und Sie können ruhig mitgehen, auch wenn ich nicht glaube, dass Sie irgendetwas finden, das wir übersehen haben. Die Spurensicherung sollte mehr oder weniger fertig sein, wenn ihr da ankommt, und Mitchell hat uns erlaubt, alles zu tun, was nötig ist, um seine Frau zu finden, also denke ich mal, dass er nichts dagegen haben wird. Falls es ihm überhaupt auffällt, was ich bezweifle.«

Maggie stand auf, als John aufstand. Doch sie hatte noch eine Frage an Andy: »Gibt es sonst noch was? Irgendwas Neues?«

Nur jemand, der ihn gut kannte, hätte bemerkt, dass er vor der Antwort kurz zögerte: »Nein, nichts. Jedenfalls nicht, bis wir später den Bericht der Spurensicherung bekommen.«

Maggie tat so, als kennte sie ihn nicht gut, und nickte, während sie sich abwandte. Sie würde eben später wiederkommen und Andy zur Rede stellen müssen. Es sei denn, sie war es, der er es nicht erzählen wollte, nicht John Garrett.

Das gefiel ihr nicht. Wenn es hart auf hart kam, wem gegenüber sollte sie dann loyal sein? Der Polizei oder John gegenüber? Diese Frage dürfte sie sich eigentlich gar nicht stellen, aber sie tat es. Und sie wusste auch, warum.

Maggie schob diese beunruhigenden Gedanken erst einmal beiseite und folgte John hinaus. Er sprach erst, als sie auf der Treppe waren. Es war eine verschrobene Bitte.

»Hätten Sie etwas dagegen, wenn wir in meinem Wagen fahren? Ich bringe Sie nachher wieder hierher, damit Sie ihr

125

Auto holen können.« Er verzog das Gesicht, als sie ihn befremdet ansah. »Ich weiß nicht, ob es Ihnen aufgefallen ist, aber dieser Tage zieht ein Mann, der alleine durch die Stadt fährt, einige argwöhnische Blicke auf sich, besonders in einem Viertel wie dem, in das wir jetzt fahren. Zum einen gefällt mir gar nicht, wie ich mich dann fühle, zum anderen würde ich auch gerne jede überflüssige Aufmerksamkeit vermeiden.«

Maggie nickte knapp und ging mit ihm zu seinem Auto. Erst als sie schon unterwegs waren, sagte sie: »Das ist natürlich, weil man nichts weiß. Für die meisten Frauen in der Stadt könnte jeder Mann, den sie nicht kennen, der Vergewaltiger sein – und traurigerweise gibt es vermutlich viel zu viele Frauen, die sich nicht einmal bei ihrem eigenen Mann sicher sein können.«

»Das ist traurig. Es muss grauenvoll sein, jemanden anzusehen, von dem man einmal geglaubt hat, dass man ihm vertrauen kann, und zu merken, dass man sich da nicht mehr sicher ist. Und genauso grauenvoll für den, den dieser Blick trifft.«

»Kann ich mir vorstellen.«

Er warf ihr einen Blick zu. »Vorstellen? Können Sie es nicht fühlen? Wenn es passiert, meine ich.«

»Warum fragen Sie mich? Sie glauben doch gar nicht, dass das geht.« Entgegen ihrer Gewohnheit klang Maggies Stimme leicht spöttisch, aber immer noch ungezwungen. »Wollten Sie übrigens deshalb, dass ich mit Ihnen zum Haus der Mitchells fahre? Damit Sie noch eine ... Vorstellung sehen und wegerklären können?«

John schwieg kurz, dann sagte er: »Ich mag es nicht, wenn Quentin Recht hat. Er hat gesagt, Sie würden wahrscheinlich schon den Großteil Ihres Lebens mit solchen Zweifeln und solchem Unglauben konfrontiert.«

»Er muss es wissen, er ist ein Seher. Aber daran glauben Sie natürlich auch nicht.« Ihr fiel plötzlich auf, dass Sie nicht zu der Adresse fuhren, die Andy für die Mitchells genannt hatte, sondern in eine andere Richtung. Wo ...

»Das ist ein altmodischer Begriff, nicht wahr, Seher?«

Maggie zuckte mit den Achseln und spürte, wie ihr ganz langsam ein kalter Schauer über die Haut lief. »Vermutlich. Aber er hat ja auch gesagt, er sieht die Dinge nicht, er weiß sie.«

»Und Sie?«

»Was ist mit mir?« Sie behielt ihr beiläufiges Desinteresse bei und kämpfte dabei gegen die wachsende Panik.

John atmete tief durch und sagte leise: »Wenn Sie durch ein Haus gehen, in dem ein Gewaltverbrechen geschehen ist, sehen Sie dann etwas? Wissen Sie es? Oder spüren Sie es?«

Maggie wiederholte ihre Antwort von vor einigen Minuten: »Warum fragen Sie mich? Sie glauben doch gar nicht, dass es möglich ist.«

»Bisher habe ich nicht geglaubt, dass es möglich ist, aber das heißt doch nicht, dass ich nicht meine Meinung ändern könnte, Maggie. Kurz bevor ich Andy anrief und von Ms Mitchell erfuhr, erzählte mir Quentin, eine weitere Frau sei überfallen worden. Er wusste es.«

»Ich bin sicher, Sie haben es wegerklärt. Er könnte einfach geraten und Glück gehabt haben.« Sie wusste jetzt, wohin sie fuhren. Verdammt. *Verdammt.*

»Hätte sein können. Aber dann hätte er im Lauf der Jahre ziemlich oft richtig geraten, dann hätte er viel zu oft Dinge gewusst, ehe er sie eigentlich wissen konnte. Und dann sind da noch Sie.«

Gleichmütig sagte Maggie: »Ich bin doch einfach nur übersensibel, das ist alles. Zu viel Fantasie.«

»Das haben Sie wohl schon ziemlich oft in Ihrem Leben gehört.«

»Oft genug.«

»Okay. Aber zumindest bemühe ich mich, aufgeschlossen zu sein. Das könnten Sie mir zugute halten.«

Nach kurzem Zögern sagte sie leise: »Bestimmt benutzen Sie für Ihre Geschäfte Rechenmaschinen und Computer und andere Geräte. Müssen Sie denn bis ins Detail verstehen, wie die funktionieren, damit Sie mit den Informationen und Antworten, die sie liefern, zufrieden sind?«

»Nein. Aber ich muss darauf vertrauen, dass die Informationen, die sie liefern, korrekt und verlässlich sind, und dafür braucht man manchmal zumindest ein gewisses Maß an Kenntnissen. Und Sie sind keine Maschine. Ich möchte Sie wirklich verstehen, Maggie.«

Bedächtig wandte Maggie sich ihm zu und sah ihm fest in die Augen: »Wenn Ihr Freund Quentin es in all den Jahren nicht geschafft hat, Sie zu überzeugen, worauf kann ich dann hoffen? Was er Ihnen sagt, kann zumindest überprüft werden. Vorhersagen können von den Tatsachen untermauert werden, wenn die Vorhersagen eintreffen. Aber was ich mache? Was ich mache, wird eigentlich durch nichts gestützt. Es ist alles subjektiv. Außerdem habe ich wirklich nicht genügend Kraft, auch noch für Sie durch den Reifen zu springen, John. Sagen Sie sich einfach, ich hätte eine eigentümliche Begabung, die ich in einem halben Leben Zusammenarbeit mit der Polizei vervollkommnet habe, und lassen Sie es gut sein. Ich kann Ihnen nichts beweisen.«

»Wirklich nicht?«

»Nein.«

Er fuhr an den Straßenrand und hielt an. Dann sah er sie mit angespannter Miene an. »Ich wüsste eine Methode.«

Sie musste nicht sehen, wo Sie sich befanden.

»Nein. Ich kann es nicht.«

»Weil das Interview mit Hollis Sie zu viel Kraft gekostet hat?«

Sie musste aufrichtig sein. »Nein.«

»Weil Sie sich Ihre Kraft für das Haus der Mitchells aufsparen müssen?«

»Zum Teil.«

Er nickte, als habe sich eine innere Überzeugung bestätigt. »Aber das ist nicht alles. Was ist also mit dem anderen Teil der Antwort, Maggie? Andy hat mir gesagt, dass Sie nach Christinas Tod nicht durch ihre Wohnung gegangen sind. Warum nicht?«

Maggie atmete kurz durch. »Ich habe meine Gründe.« Gründe, die er nicht verstehen würde, geschweige denn glauben.

»Welche Gründe?«

»Persönliche Gründe.«

»Maggie …«

»John, ich werde nicht durch Christinas Wohnung gehen. Nicht heute.«

»Und Sie werden mir nicht sagen, warum.«

Sie schüttelte flüchtig den Kopf, eine kurze, aber endgültige Ablehnung.

»Ich versuche ja, es zu verstehen«, sagte er mit leiser Stimme, als wählte er seine Worte mit Bedacht. »Weil es so eine einfache Frage ist, Maggie – warum hat meine Schwester sich umgebracht? Ich glaube, Sie könnten diese Frage beantworten, deshalb muss ich mich fragen, warum Sie es nicht einmal versuchen. Ist das so viel verlangt? Gehen Sie einfach durch Ihre Wohnung und sagen Sie mir, was Sie sehen. Oder wissen. Oder fühlen.«

Andy legte auf und blickte Jennifer finster an, als sie zu seinem Schreibtisch kam. »Bitte sag mir, dass du was hast«, flehte er.

Sie setzte sich auf einen Besucherstuhl. »Wir haben doch gar nicht erwartet, dass die Spurensicherung irgendwas findet, schon gar nicht so schnell. Also muss etwas anderes an deiner miesen Laune Schuld sein. Oder jemand. Drummond?«

Andys finsterer Blick verdüsterte sich noch. »Ich weiß nicht, ob ich mich auf den Tag, an dem er endlich auf dem

Stuhl des Gouverneurs sitzt, freuen oder mich davor fürchten soll. Wenigstens hätte ich ihn dann die meiste Zeit aus den Füßen – aber Gott helfe diesem Bundesstaat!«

»Lass mich raten – Samantha Mitchell oder ihr Mann hat einen sehr einflussreichen Freund in der Regierung?«

»Ach, Scheiße, die kennen einfach jeden. Wenn man Luke glaubt jedenfalls. Und *jeder* fordert ihn laut auf, die Dame zu finden, und zwar fix.«

»Ich schätze, du hast ihm gesagt, dass wir genau das versuchen.«

»Ich hab's erwähnt, ja.«

Jennifer lächelte. »Tja, hier kommt noch was, das dir den Tag verschönert.«

Er wappnete sich sichtlich. »Was?«

»Während Scott versucht, diesen fehlenden Akten auf die Spur zu kommen, habe ich mir das Buch aus der Bibliothek mal näher angesehen. Es bringt nicht so sehr viele prägnante Details über die Mordserie von 1934, aber ich habe etwas sehr Interessantes entdeckt. Die Cops waren nämlich offenbar unschlüssig, ob sie von sechs Opfern sprechen sollten – oder von acht. Sechs lautete die offizielle Version, aber die ermittelnden Polizisten hatten offenbar eine Menge Bedenken.«

»Was für Bedenken?«

»Sie waren ganz sicher, dass die ersten sechs Opfer vom selben Mann ermordet wurden, wegen der Übereinstimmungen. Die Frauen waren jedes Mal an einem Ort vergewaltigt und ermordet worden, und dann waren ihre Leichen anderswo, an entlegenen oder einsamen Stellen, abgeladen worden. Er hat sie immer schlimm zusammengeschlagen, die Frauen wiesen immer Abwehrverletzungen auf, aber nie war ihre Kleidung zerrissen.«

Andy blickte verständnislos drein. »Nie?«

»Nein. Man fand die Leichen immer voll angezogen, alle Knöpfe waren geschlossen, nichts war zerrissen. Und das ist in verschiedenerlei Hinsicht interessant. Zum einen fand man die Frauen immer ohne Unterwäsche. Keine BHs oder Höschen, keine Hüfthalter oder Strümpfe oder Unterröcke. Nur in Oberbekleidung. Und an diesen Kleidern fand sich für gewöhnlich kaum Blut oder Schmutz.«

»Also hat er sie ausgezogen – und sie hinterher wieder angezogen, aber ohne die Unterwäsche. Vielleicht hat er die ja als Trophäe behalten?«

»Vielleicht. Aber überleg mal, wie schwierig es gewesen sein muss, das zu bewerkstelligen. Wenn er mit ihnen fertig war, waren die Frauen entweder tot oder lagen im Sterben. Und anstatt sie nun einfach nackt irgendwo abzuladen, was sicher am einfachsten gewesen wäre, nimmt er sich die Zeit und macht sich die Mühe, ihnen die Oberbekleidung wieder anzuziehen. Beinahe als ob ... er versucht hätte, ihre Sittsamkeit zu wahren.«

»Hast du mit unserer Psychotante gesprochen?«, wollte Andy wissen.

»Nein, aber ich habe sie schon über solche Sachen sprechen gehört und fühle mich deshalb durchaus in der Lage, Vermutungen darüber anzustellen. Ich glaube, dieses Detail ist wichtig, Andy. Es könnte eine ganz einfache Ursache haben, nämlich dass der Mörder 1934 in einer ... sittsameren Zeit lebte. Oder es war eine Marotte: Er hat sie in jeder Hinsicht geschändet, aber das war zu seinem eigenen Vergnügen. Wenn andere Männer die Frauen sahen, sollten sie anständig bekleidet sein.«

»Klingt wie eine typische Marotte für so ein krankes Hirn. Okay, das ergibt für mich einen Sinn. Es klingt eindeutig so, als wären diese sechs Frauen von ein und demselben Mann umgebracht worden. Und bei zwei weiteren Opfern gab es Bedenken?«

»Hm-hm.«

»Warum denn? War die Vorgehensweise etwa so radikal anders?«

»Zwei junge Frauen, die an abgelegenen Orten aufgefunden wurden, offensichtlich woanders vergewaltigt und ermordet, schwer zusammengeschlagen, mit Abwehrverletzungen, die ihre praktisch unbeschädigte Oberbekleidung trugen, alle Knöpfe ordentlich geschlossen.«

»Klingt, als wär's derselbe Kerl.«

»Ja, bis auf einen Zusatz.«

»Und der wäre?«

»Ihnen fehlten die Augen. Herausgeschnitten – ohne jede Kunstfertigkeit.«

Andy starrte sie an. Nach einer Weile atmete er tief durch. »Scheiße.«

»Du sagst es. Nach dem, was wir jetzt über Eskalation und Weiterentwicklung bei dieser Sorte krankem Triebtäter wissen, würde ich sagen, diese beiden letzten Opfer gehören zu den ersten sechs. Er ist einfach noch brutaler geworden, und kreativer. Das bedeutet acht, Andy. Innerhalb von rund achtzehn Monaten ermordet.«

»Was bedeutet – oder auch nicht –, dass wir noch ein Jahr und noch vier – oder drei – Opfer vor uns haben.«

»Wenn unser Mann diese alten Verbrechen nachahmt, ja. Die Morde, die 1934 begannen, kommen mir verdammt bekannt vor. Alle unsere Opfer haben die Überfälle überlebt, und nur eine ist wirklich an ihren Verletzungen gestorben, aber das könnte genauso gut einfach Glück gewesen sein. Man hat sie gefunden, bevor sie verbluten konnten, im Gegensatz zu den Frauen 1934. Wir haben hier nackte Opfer, aber das kann auch daran liegen, dass unser spezieller Perversling weniger Ticks hat als sein Vorgänger. Oder mehr über Spurensicherung weiß.«

»Das tut er eindeutig«, sagte Andy mit schwerer Stimme. »Und es klingt immer mehr danach, als hätte er sich zumindest ein paar dieser alten Verbrechen genau angesehen. Zur Inspiration, verflucht sei seine Seele!«

»Er hat keine«, erklärte Jennifer.

132

Andy grunzte zustimmend. »Was ist mit der früheren Jahreszahl, 1894?«

»Bis jetzt nichts, jedenfalls nicht in diesem Buch. Wir haben auch noch keine Akten aus dem Jahr gefunden – nicht hier und auch in keiner anderen Polizeiwache. Es ist einfach sehr lange her, Andy.«

»Was du nicht sagst.« Er seufzte. »Wir können nur weitersuchen. Sonst haben wir ja nichts.«

Jennifer seufzte und stand auf. »Ja, du hast Recht. Übrigens – ich weiß, wir behalten das einstweilen für uns, aber willst du es Maggie sagen?«

»Ich habe mich noch nicht entschieden. Was meinst du denn?«

»Sag es ihr.«

Andy lehnte sich zurück und blickte sie neugierig an. »Warum?«

»Weil Maggie umso besser arbeitet, je mehr Informationen wir ihr geben können. Und weil … sie kann sehr gut mit vagen, unklaren Angaben arbeiten. Die Opfer vermitteln ihr ihre subjektiven Eindrücke und Gefühle und Schmerzen – und in diesem Chaos findet Maggie ein Gesicht, nach dem wir suchen können. Meiner Meinung nach arbeitet sie nur mit ihren Instinkten und ihrer Intuition. Sie geht anders an die Fälle heran als wir. Vielleicht hätte sie eine Idee oder eine Beobachtung, auf die wir nie kämen.«

»Ja.« Er nickte langsam. »Ja, vielleicht.«

»Willst du es Garrett erzählen?«

»Das weiß ich auch noch nicht.«

»Dann hätte er vielleicht etwas anderes, worauf er sich konzentrieren könnte, neben dem Tod seiner Schwester.«

»Vielleicht. Und wir brauchen vielleicht die Quellen, die er anzapfen kann. Ich weiß es nicht. Mal sehen.«

»Ich bin froh, dass es deine Entscheidung ist und nicht meine«, sagte Jennifer, grüßte lässig und kehrte an ihren Schreibtisch zurück.

Andy wünschte, jemand anderes müsste das entscheiden. Er war ein guter Polizist, und vielleicht war es sein Instinkt als Polizist, der ihn warnte, die Aufklärung dieses besonderen Falls könnte seine Möglichkeiten übersteigen. Nicht nur, weil der Kerl seine Opfer so quälte und sich solche Mühe gab, seine Identität geheim zu halten, sondern wegen der eiskalten, methodischen Art, mit der er seine krankhaften Bedürfnisse befriedigte.

Andy hätte den ganzen Schlamassel liebend gern jemand anders übergeben. Doch das konnte er nicht. Es war sein Schlamassel, und er musste sich einen Weg da hindurchbahnen. Was bedeutete, dass Jennifer Recht hatte, er würde Maggie von diesen neuesten Puzzleteilchen erzählen müssen.

Schlimmer noch, er würde vielleicht sogar gegen die Vorschriften verstoßen und Drummonds Anordnungen missachten müssen, indem er John Garrett vollständig in die Ermittlungen mit einbezog. Er benötigte sämtliche Hilfsquellen, deren er habhaft werden konnte. Angesichts von Drummonds sturer Weigerung, das FBI hinzuzuziehen, bot John einen willkommenen Breitbandzugang zu praktisch jeder verfügbaren Datenbank und Informationsquelle.

Vielleicht sogar zu Quellen, die bis zurück ins Jahr 1894 reichten.

Maggie fragte sich, ob er auch nur die geringste Vorstellung davon hatte, was er von ihr verlangte. Sie kam zu dem Schluss, dass er zumindest eine dunkle Ahnung haben müsse. Aber er glaubte nicht an ihre Fähigkeiten. Würde er nämlich daran glauben, hätte er sie niemals gebeten, eine Wohnung zu betreten, in der eine verzweifelte, gepeinigte Frau gestorben war, und zuzulassen, dass deren Gefühle in sie eindrangen. Zumindest ... hoffte sie, dass er es dann nicht könnte.

»Auch wenn ich es täte, wäre das kein Beweis«, sagte sie kategorisch. »Weil Christina nicht hier ist, um zu bestätigen, was ich sagen würde.«

»Ich werde wissen, ob es die Wahrheit ist«, sagte er überzeugt.

»Ach ja? Und woher wollen Sie das wissen? Weil Sie ihr Bruder waren? Sie haben die letzten zehn Jahre in L. A. gelebt, und sie ist vor mehr als fünf Jahren zurück nach Seattle gezogen. Woher wollen Sie da so viel über ihr Leben wissen? Ich wette, Sie wissen nicht besonders viel.«

»Maggie ...«

»Sie hat ehrenamtlich in einer Kindertagesstätte bei sich in der Nachbarschaft gearbeitet, wussten Sie das? Und im örtlichen Tierheim. Sie ist immer noch nachts aufgewacht und hat nach ihrem Mann gegriffen, obwohl der seit fast zwei Jahren tot war. Sie hat mit ihren Pflanzen gesprochen, manchmal hat sie ihnen sogar vorgesungen. Sie lernte sogar, mit dem Computer umzugehen. Weil Simon nicht mehr da war, hatte sie nicht mehr das Gefühl, auf diesem Gebiet mit ihm konkurrieren zu müssen. Sie hat abends im Bett alte Filme angesehen, und kurz bevor sie überfallen wurde, war sie mitten in einer wunderbaren Serie von Kriminalromanen.«

Maggie holte tief Luft. »Wussten Sie das? Wussten Sie irgendetwas davon?«

John starrte durch die Windschutzscheibe, in seiner angespannten Kinnpartie bewegte sich ein Muskel. »Nein«, entgegnete er schließlich. »Davon wusste ich nichts.«

Maggie blickte auf den Skizzenblock auf ihrem Schoß und lockerte dann bewusst den Griff, mit dem sie ihn gepackt hielt. Sie musste sich wirklich ein wenig davon lösen, dachte sie unbestimmt. Es war tatsächlich ein schlechtes Zeichen. »John, wenn ich glauben würde, wirklich glauben, dass ich Ihnen helfen könnte, indem ich rauf in Christinas Wohnung gehe, dann würde ich es tun. Aber nichts, was ich dabei herausfinden könnte, würde Ihnen irgendwie weiterhelfen.« *Vorausgesetzt, ich würde überleben und könnte es Ihnen erzählen.* Aber das sagte sie natürlich nicht.

Leise fuhr sie fort: »Wir sollten versuchen, zum Haus der Mitchells zu kommen, solange die Cops noch da sind.«

Wortlos legte John den Gang ein und fuhr auf die Straße.

Maggie spürte keine Feindseligkeit von ihm ausgehen, deshalb sorgte sie sich nicht wegen seines Schweigens. Stattdessen nutzte sie die Zeit, so gut sie konnte, um ihre wenigen Abwehrmechanismen in Stellung zu bringen. Nicht dass sie je viele gehabt hätte. Sie war lediglich halbwegs in der Lage, ihren Gesichtsausdruck unter Kontrolle zu halten. Hinzu kam das, was Beau ihre reizbare Rühr-mich-nicht-an-Haltung nannte.

An diesen beiden Mechanismen arbeitete sie also, zumindest in den rund zehn Minuten, die sie für die Fahrt zum Haus der Mitchells benötigten. Die Polizei hatte das Verschwinden dieser Frau eigentlich geheim halten wollen, bis man wusste, ob Samantha Mitchell tatsächlich vom Augenausreißer entführt worden war, doch die Presse hatte zumindest Wind davon bekommen. Nun lungerten Reporter gleich hinter der langen Auffahrt herum, wo die Polizei sie zurückhielt.

Andy hatte sie angekündigt. Deshalb wurden sie gleich durchgewinkt und konnten beinahe ohne anzuhalten in die Einfahrt fahren. Aber eben nur beinahe, und so gelang es einem Fotografen unglücklicherweise, ein Foto von John zu machen.

»Scheiße«, fluchte er leise.

Maggie, die nach Kräften versucht hatte dafür zu sorgen, dass man ihr Gesicht nicht sehen konnte, meinte: »Morgen sind Sie in der Zeitung. Ich frage mich, ob Andy klar war, dass die Reporter ihren Verdacht, es könnte sich hier um das neueste Opfer handeln, so ziemlich bestätigt sehen, wenn sie Sie hier entdecken.«

»Es wird keine offizielle Bestätigung sein, also können sie nur mutmaßen. Aber das macht mir keine Sorgen.«

»Was denn?«

»Drummond.« John warf ihr einen gequälten Blick zu. »Er war nicht besonders glücklich darüber, dass ich Zugang zu den Ermittlungen bekommen habe, und ich habe ihm mehr oder weniger versprechen müssen, dass ich mich unauffällig verhalte.«

»Aua.«

»Ja.« Ohne weiteren Kommentar stellte John den Wagen ab und stieg aus.

Es war ein großes Haus im spanischen Stil in einem Wohnviertel der oberen Mittelklasse, wo praktisch jedes Haus seinen ganz einzigartigen Stil hatte. Manikürter Rasen, erlesene Gartengestaltung. Maggie sah sich um, während sie sich einen Weg durch die Polizeiwagen bahnten, die den oberen Teil der Auffahrt verstopften, und murmelte: »Man würde doch meinen, dass ein Fremder in so einem Viertel sofort auffällt.«

»Denke ich auch, ja. Außer er hatte sich als Mitarbeiter irgendeiner Dienstleistungsfirma verkleidet. Unter aller Augen und doch nicht zu sehen.«

Maggie wusste, dass die Polizei diese Möglichkeit garantiert berücksichtigt hatte. Weder Andy noch seine Mitarbeiter waren dumm. Dennoch kam es ihr ausgesprochen sonderbar vor, dass ein Vergewaltiger, der zu solchen Mitteln griff, um seine Identität vor seinen Opfern geheim zu halten, es sich erlauben konnte, ganz offen in Wohngebieten und Einkaufszentren herumzulaufen, wo irgendjemand ihn einfach bemerken musste – auch wenn er gut getarnt war.

Der Polizist an der Tür sagte, sie hätten die Erlaubnis, durchs Haus zu gehen, und da die Spurensicherung gerade zusammenpacke, könnten sie hereinkommen, wann sie wollten.

»Wo ist Mr Mitchell?«, fragte Maggie.

»Er ist mit ein paar Detectives in der Küche.«

Maggie nickte und ging an ihm vorbei in den Eingangsbereich. Mehrere Kisten mit Ausrüstung standen offen oder geschlossen auf dem polierten Holzboden und legten Zeugnis ab von der Anwesenheit der Leute von der Spurensicherung. Aus der oberen Etage waren hin und wieder Stimmen zu hören. Im Erdgeschoss war man aber offenbar bereits fertig geworden.

Einen Moment lang war sie sich der Tatsache sehr bewusst, dass John gleich hinter ihr stand, doch sie zwang sich, sich auf das zu konzentrieren, was vor ihr lag. Auch nach all den Jahren war es noch schwierig genug, sich auf den schmerzhaften, verstörenden Gefühlsansturm vorzubereiten, zumal sie das Spurensicherungsteam hören konnte. Einer der Gründe, weshalb sie stets versuchte, die Begehung des Tatorts aufzuschieben, bis alle anderen mit der Arbeit fertig waren, war der, dass die Gefühle anderer Anwesender ihre Arbeit beeinträchtigen konnten.

Einer der Gründe.

»Hier gibt es keine Blutspur.« John klang sachlich. »Wo fangen Sie also an?«

Sie warf ihm einen Blick zu und wünschte, sie müsste sich ihm nicht auf diese Art beweisen. Doch wenn er dies hier nicht akzeptieren und glauben konnte, wie sollte er dann je den Rest akzeptieren und glauben? Und gleichgültig, wie die Dinge sich entwickeln würden, er würde das alles glauben müssen.

Oder?

In Windeseile traf Maggie ihre Endscheidung und gab ihre mantraähnliche Ausrede, sie sei nur eine übersensible Person, auf.

»Ich bin eine menschliche Wünschelrute für Gewalt«, sagte sie im gleichen Tonfall wie er. »Wenn hier welche stattgefunden hat, spüre ich auf, wo.«

Seine Miene war völlig ausdruckslos. »Verstehe.«

»Das bezweifle ich.« Maggie drückte den Skizzenblock an sich wie die Schmusedecke, die er ja praktisch war, und ging ins Wohnzimmer zu ihrer Linken. Die bequemen und teuren Möbel würdigte sie keines Blickes, ebenso wenig die Dekoration. Vielmehr stellte sie sich in die Zimmermitte, schloss für einen Augenblick die Augen und öffnete dann widerstrebend die innere Tür zu jenem zermürbenden zusätzlichen Sinn.

Wie immer war es ein ganz eigentümliches Gefühl, zuerst ein fernes Gemurmel, begleitet von blitzartig aufscheinenden Bildern, als ließe ein Stroboskop sie vor ihrem geistigen Auge aufflackern.

Dann erhaschte sie einen Hauch von Weinaroma, den beißenden Geruch von Holzrauch, ein Eau de Cologne oder Aftershave. Hörte Stimmen, die bei einem Streit plötzlich laut wurden, spürte, dass ihre Hand brannte, als hätte sie jemanden geschlagen.

Dann Hände, die ihre Handgelenke packten, und ein Mund, der sich grob auf ihren Mund presste …

Maggie tat einen zittrigen Schritt zurück, um den Kontakt physisch zu unterbrechen.

Leise fluchte sie: »Scheiße.«

»Was?« John beobachtete sie fasziniert, eine kleine Falte zwischen den Augenbrauen.

Sie sah zum Kamin, in dem heute kein Feuer brannte, dann zur anscheinend bequemen Couch und seufzte. »Es gibt Gewalt … und dann gibt es Gewalt. Verdammt! Ich hasse es, den Voyeur zu spielen.«

»Maggie, wovon reden Sie denn?«

»In diesem Raum wurde niemand gegen seinen Willen zu irgendetwas gezwungen, John. Ich habe nur mitbekommen, wie … Nun, sagen wir, die Mitchells haben ein aktives und … heftiges Sexualleben.«

Wie zuvor Maggie warf er einen Blick auf die Couch, dann sah er rasch wieder zu ihr. »Oh.«

Maggie versuchte nicht, in seinem Gesicht zu lesen oder seine Gefühle zu erspüren. Sie vergeudete auch keine Zeit damit, sich zu fragen, ob er ihr glaubte. Stattdessen ging sie ins nächste Zimmer. Hier blieb sie nicht stehen, sondern ging langsam durch den Raum, sah sich um, gestattete aber ihrem inneren Sinn, derjenige Teil von ihr zu sein, der sah. Und hörte. Und fühlte.

Sie erhaschte Fragmente eines weiteren Ehestreits im Fernsehzimmer, offenbar – ausgerechnet – wegen eines Papageis, und sie wusste, jemand hatte sich – auch das merkwürdig – an einem zerbrochenen Spiegel geschnitten. In Thomas Mitchells Arbeitszimmer hatten viele Streits über geschäftliche Fragen stattgefunden, der letzte zwischen ihm und seinem Schwiegervater.

Maggie berichtete von sämtlichen Ereignissen ruhig und ohne John anzusehen. Sie sprach die Dinge ebenso sehr deshalb laut aus, um nicht den Boden unter den Füßen zu verlieren, als auch um die Informationen an John weiterzugeben.

Mit ihrer ganzen Willenskraft hielt sie ihre Kontrolle aufrecht, entschlossen, sich nicht in den emotionalen Turbulenzen des Lebens dieser Menschen zu verlieren.

Es wurde immer schwieriger, sich selbst von dem, was sie spürte, zu trennen, und das machte ihr mehr als nur ein wenig Angst.

Konnte sie sich womöglich *wirklich* in vergangenen Gewalttätigkeiten verlieren? Und falls ja … würde sie je wieder hinausfinden?

Die Küche ließen sie aus, weil sie dort leise Stimmen hörten, und gingen zu den anderen Zimmern im Erdgeschoss über. Nichts von Interesse berichten konnte sie von einer Toilette und einem Gymnastikraum, einem Anrichteraum und einer Waschküche.

Maggie fragte sich schon, ob sie sich alle geirrt hätten und Samantha Mitchell nicht vielleicht doch aus freien Stücken dieses Haus verlassen hatte, da kamen sie zum Spielezimmer. Maggie betrat den ziemlich dunklen Raum, und sogleich ließ eine überwältigende Welle völligen Entsetzens sie taumeln.

Es war so kurz wie heftig, nur kaltes Entsetzen und eiserne Arme, die sie umschlossen, und das bittere, stechend riechende Chloroform – und dann Dunkelheit, so durchdringend, als wäre sie in einen Abgrund gestürzt.

»*Maggie*!«

Das riss sie abrupt heraus. Sie war völlig erschüttert. Es waren Johns Arme, die sie um sich spürte, die sie aufrecht hielten, und die grauenerregende Dunkelheit wich langsam von ihr, ließ nur die Kälte zurück, die ihr durch Mark und Bein ging. Und die schreckliche Gewissheit.

»Er hat sie«, flüsterte sie.

8

In einem einst ganz normalen Konferenzzimmer in einer Polizeiwache in New Orleans, das sich durch Pinnwände, Computer und Aktenstapel in die Einsatzzentrale einer ziemlich einzigartigen Spezialeinheit verwandelt hatte, schenkte sich Special Agent Tony Harte Kaffee nach und brütete dann weiter über den Fotos, die an die zentrale Pinnwand geheftet waren.

»Ich sehe einfach kein Muster«, verkündete er mit einem Mal.

»Sieh noch mal hin.«

Tony seufzte. »Boss, ich habe so oft hingesehen und so angestrengt, dass ich schon überkreuz gucke.«

Special Agent Noah Bishop sah vom Laptop hoch, an dem er arbeitete, und bemerkte trocken: »Vielleicht siehst du so ja besser.«

»Ich persönlich denke ja, man hat uns verhext.«

Bishop hob eine Augenbraue.

»Verhext«, beharrte Tony überzeugt. »Deine Informantin da unten im Quarter hat doch von Voodoo geredet, und ich denke, wir sollten auf sie hören.«

»Ich glaube, du brauchst Urlaub, Tony.«

»Ach, komm schon – ist es denn so viel leichter, an Telepathie und Präkognition zu glauben als an Verhexen?«

»Ja.«

»Und warum?«

»Bei Telepathie und Präkognition bastelt man keine Puppen aus Sackleinwand und Menschenhaar und steckt Nadeln rein.«

Darüber dachte Tony einen Moment nach. »Ich weiß nicht,

Boss. Ich habe ein paar ziemlich abgedrehte Sachen gesehen, seit ich für dich arbeite.«

»Als Nächstes siehst du noch Zombies.«

»Dazu könnte ich ja jetzt was sagen«, bemerkte Tony und musterte seinen Chef vielsagend, »aber ich tu's nicht.«

Bishop nahm den Köder nicht an. »Gib mir bitte die Akte da über den Banker.«

Tony reichte sie ihm über den Konferenztisch. »Jedenfalls, wenn du und Miranda einfach mal eine Vision haben und uns darüber berichten könntet, dann wäre ich euch sehr zu Dank verbunden. Versucht es bitte einfach mal.«

Kaum hatte er das gesagt, erbleichte Bishop und schloss die Augen. Durch zusammengebissene Zähne sog er zischend Luft ein.

Tony beobachtete ihn aufmerksam und musste mindestens ein, zwei Minuten länger als sonst warten, ehe der Mann seine normalerweise durchdringenden Augen öffnete. Hoffnungsvoll fragte er: »Ging's um unseren Fall?«

»Scheiße.« Bishop massierte sich kurz die Schläfen, dann fuhr er sich mit den Fingern durch sein schwarzes Haar. Dadurch derangierte er die strahlend weiße Strähne über seiner linken Schläfe. Er blickte entschieden grimmig drein. »Wer zum Teufel hat Quentin erlaubt, nach Seattle zu gehen?«

Tony blinzelte. »Also nichts über unseren Fall. Weiß der Geier. Ich dachte, sein und Kendras letzter Auftrag war in Pittsburgh.«

»War er auch. Und da sollten sie jetzt auch eigentlich ihre Berichte tippen, wie brave kleine Agenten. Stattdessen sind sie in Seattle und stecken bis zum Hals in Schwierigkeiten.« Bishop sah zur Tür, und einen Augenblick später kam eine große auffallend schöne Frau mit rabenschwarzen Haaren herein. Geistesabwesend massierte sie sich eine Schläfe und richtete ihre verblüffend blauen Augen sofort auf Bishop.

»Laut, bitte«, verlangte Tony automatisch.

Sie sah ihn an, seufzte, ging zum Konferenztisch und setzte

143

sich. »Wir können da noch nicht rausgehen«, erinnerte sie Bishop. »Jedenfalls jetzt noch nicht.«

»Ich weiß.«

»Er kann auf sich selbst aufpassen. Kendra auch. Du hast sie gut ausgebildet.«

»Mag sein. Aber das ... Mein Gott. Warum gebe ich mich mit ihm ab, kannst du mir das sagen?«, fragte Bishop.

»Weil er gut ist. Ein guter Ermittler und ein starker Hellseher. Zu gut, um ihn zu verlieren, auch wenn er manchmal deine Geduld auf die Probe stellt.«

Bishop schüttelte grimmig den Kopf. »Mag sein, Miranda, aber wir haben Jahre gebraucht, um diese Einheit auf die Beine zu stellen und uns bei den Polizeikräften *und* dem FBI so viel Respekt zu verschaffen, dass sie uns ernst nehmen. Von der Eigenständigkeit, die wir gerne hätten, sind wir meilenweit entfernt. Einmal was vermasselt, was publik wird, und sie ketten uns an unsere Schreibtische, und da können wir dann die Hintergrundrecherche für Unbedenklichkeitsbescheinigungen machen. Jedes Mal, wenn wir unsere Nasen irgendwo reinstecken, wo wir unerwünscht sind, besteht außerdem ein erhebliches Risiko, dass es politische Auswirkungen hat. Quentin weiß verdammt gut, dass wir uns nicht inoffiziell in laufende Ermittlungen einmischen.«

Sie lächelte schwach. »Du meinst, wie die Sache, in die du vor ein paar Jahren in Atlanta verwickelt warst?«

»Das war was anderes.«

»Ach ja? Kane ist dein Freund. John Garrett ist Quentins Freund. Wir hätten darauf gefasst sein müssen, das weißt du. Seit Garretts Schwester da unten eines der Opfer wurde, war es nur eine Frage der Zeit, bis Quentin mitmischt – offiziell oder inoffiziell.«

Tony, der aufmerksam zugehört hatte, beschloss, dass er jetzt auf dem Laufenden war, und wagte einen Kommentar. »Dieser Serienvergewaltiger? Die Zeitungen schreiben ständig über diesen Fall.«

Immer noch lächelnd, blickte Miranda ihn an. »Und weshalb liest du Zeitungen aus Seattle?«

Ertappt verzog Tony das Gesicht und murmelte: »Scheiße.« Dann versuchte er die Flucht nach vorn. »Hört mal, ich wusste nicht genau, was da unten abgeht, es war bloß so, dass Kendra über Modem bestimmte Daten angefragt hatte, und in der Absenderkennung stand Seattle, also dachte ich …«

»Und du bist nicht auf die Idee gekommen, dass uns das interessieren könnte?«, wollte Bishop wissen. Er schüttelte den Kopf. »Mensch, Tony, du bist genauso schlimm wie Quentin. Euch zwei auch nur ansatzweise unter Kontrolle zu bekommen ist, als wollte man Katzen hüten.«

Tony grinste. »Vielleicht solltest du es einfach aufgeben, Boss.«

»Normalerweise fallen sie auf die Füße«, bemerkte Miranda. »Ich verstehe bloß nicht, wie die beiden auf die Idee kommen, sie könnten in einer Einheit, die von einem Telepathen geleitet wird, irgendetwas länger geheim halten.«

»Wir sind unverbesserliche Optimisten.«

»Hm. Und ihr seid beide fest davon überzeugt, dass ihr jede Schwierigkeit im Zweifel mit eurem Charme beiseite räumen könnt.«

»Nur weil es normalerweise klappt«, sagte Tony treuherzig.

Bishop stöhnte.

»Vergeude nicht deine Energie«, riet Miranda ihm, immer noch amüsiert. »Du bekommst die beiden nicht in irgendwelche FBI-Schablonen.«

»Das hatte ich ja gar nicht vor«, gestand Bishop und sah Tony an. »Ich hoffe selten auf Wunder. Ich hege vernünftige Erwartungen, zum Beispiel, dass meiner so genannten Autorität gelegentlich Gehorsam entgegengebracht wird. Ich dachte, das wäre nicht so viel verlangt.«

»Würdest du dich besser fühlen«, fragte Tony, »wenn ich

dir sage, dass du für mich immer eine Autoritätsperson warst? Ich meine, immerhin nenne ich dich Boss.«

»Nur damit du daran denkst, dass ich es *bin*. Sonst würdest du es einfach vergessen.«

»Hey, du sagst doch selbst, Hellseher seien ein reizbarer, eigensinniger Haufen, der dazu neigt, im Alleingang zu arbeiten statt sich an die Regeln und Vorschriften zu halten. Kann ich was dafür, wenn Quentin und ich dieser Definition bis aufs i-Tüpfelchen entsprechen?«

»Du könntest wenigstens ab und zu so tun, als würdest du dich an die Regeln halten.«

»Aber das mache ich doch. Hin und wieder.« Tonys Lächeln versiegte, und er nickte still. »Okay, das habt ihr zwei ja perfekt hinbekommen, mich von eurer Vision abzulenken.«

»So perfekt offenbar nicht«, murmelte Miranda.

»Ich bin außerdem hartnäckig«, erinnerte Tony sie. »Also, was wollt ihr mir so unbedingt nicht erzählen?«

Miranda wechselte einen Blick mit Bishop, dann sagte sie: »Wir brauchen dich hier, Tony.«

»Das weiß ich. Ich werde schon nicht einfach hinter Quentin und Kendra herflitzen, egal was ihr mir erzählt. Wie du gesagt hast – sie können auf sich selbst aufpassen.« Aber er spürte, wie seine Muskeln sich anspannten, und als er Miranda ansah, hatte er unvermittelt die beunruhigende Vorstellung, dass sie es *wusste*. Und wenn sie es wusste …

Es war Bishop, der sagte: »Die beiden stecken da in einer komplizierteren Sache drin, als ihnen klar ist.«

»Das ist ja bei unserer Arbeit nicht gerade ungewöhnlich«, versetzte Tony und versuchte, nicht darüber nachzudenken, wie viel die beiden von Dingen wissen mochten, die er lieber für sich behalten hätte. »Also, was habt ihr gesehen?«

Miranda sagte: »Manchmal sind Visionen so klar und deutlich wie Szenen aus einem Kinofilm – eine Geschichte mit Anfang, Mitte und Ende. Aber manchmal auch nicht.

Manchmal sind es aufblitzende Einzelbilder, in der falschen Reihenfolge, alles durcheinander. Oder noch schlimmer, statt einer einzigen Vorhersage bekommt man vielleicht ... Variationen eines Themas. Mögliche Ergebnisse einer komplexen, im Fluss befindlichen Situation.«

Tony blickte finster drein. »Das heißt, ihr wisst nicht genau, was da draußen passieren wird, aber zumindest ein Ende ist ein schlimmes Ende?«

»Nein«, sagte sie sanft. »Das heißt, ein mögliches Ende ist ein gutes Ende. Sie haben diesmal kaum eine Chance, Tony. Keiner von ihnen.«

»Wir müssen sie warnen.« Tony hatte gesprochen, ohne nachzudenken, und Bishops Antwort überraschte ihn nicht.

»Du weißt es besser. In einer Situation wie der, in der sie sich befinden, kann jedes Vorwissen, besonders von außerhalb, genau die Ereignisse auslösen, die wir vermeiden wollen. Wir können ihnen nicht helfen, indem wir ihnen sagen, was vielleicht passieren wird oder auch nicht. Sie müssen ihre eigenen Entscheidungen treffen, ihre eigene Wahl, auf der Grundlage dessen, was jeweils geschieht, sowie ihrer Fähigkeiten, der paranormalen wie auch der anderen. Alles andere ist praktisch die Garantie dafür, dass alles noch schlimmer wird.«

»Und was zum Teufel nützt einem dann die ach so tolle Gabe der Präkognition?«, wollte Tony wissen.

Bishop lächelte gequält. »Wer hat dir gesagt, dass das etwas Gutes ist? Du hast dir wieder Märchen erzählen lassen, Tony.«

»Scheiße.« Tony atmete tief durch. »Wir sagen also nichts? Wir überlassen sie ihrem ... Schicksal?«

Miranda sagte: »Das Schicksal spielt diesmal eine große Rolle, und manche Dinge müssen tatsächlich so gespielt werden, wie sie vorgesehen sind. Insofern, ja, wir überlassen sie ihrem Schicksal. Wir haben keine Wahl.«

Tony sah vom einen zur anderen, dann sagte er mit erzwungener Gelassenheit: »Ich vermute, hier habe ich die Gelegenheit, unter Beweis zu stellen, dass ich gehorsam sein und die Regeln befolgen kann, was?«

»Ich fürchte schon«, sagte Bishop.

»Okay. Tja, dann, wenn ihr zwei nichts dagegen habt, sehe ich wohl mal nach, wie Sharon mit dieser Autopsie zurechtkommt.« Er wartete nicht erst auf Zustimmung, sondern verließ energisch den Konferenzraum.

Bishop sagte: »Dass er mit den Nerven runter ist, sieht man daran, dass er sich freiwillig eine Autopsie ansieht. Eigentlich ist ihm das nämlich zuwider.«

»Ja. Das hier wird nicht leicht werden für ihn.« Miranda zögerte. »Ist es wirklich recht von uns, ihn hier festzuhalten?«

Bishop stieß einen explosionsartigen Seufzer aus. »Himmel, ich weiß es nicht. Die ganze Situation ist so verdammt prekär, ein Spieler zu viel auf dem Platz könnte zu einem Blutbad führen. Quentin und Kendra stecken da jetzt drin, daran können wir nichts mehr ändern. Zieh sie da raus, und vielleicht wird alles noch unermesslich viel schlimmer. Wir gehen da selber rein, und womöglich passiert das Gleiche. Und wie du gesagt hast – hier geht es um Schicksal. Sie müssen alle ihr Schicksal finden, daran können wir nichts ändern.«

Sie werden es schaffen, sagte Miranda über ihre telepathische Verbindung.

Das hoffe ich. Aber ich habe festgestellt, dass das Schicksal ein … brutaler Lehrmeister ist. Auch wenn sie es schaffen, werden sie nie mehr die sein, die sie waren.

Über den Tisch hinweg streckte sie die Hand aus, und ihre Finger verschränkten sich in einer Geste ineinander, zu der keiner von beiden mehr etwas sagen musste. Gleichgültig, wie intim sie sich geistig berühren mochten, manchmal war die warme Berührung von Haut auf Haut der einzig wirkliche Trost.

Maggie schaltete ihr Handy ab und steckte es wieder in die Tasche. »Andy hat gesagt, er schickt die Spurensicherung noch mal durch das Spielezimmer, nur um ganz sicher zu gehen. Offenbar haben sie beim ersten Mal nicht viel gefunden, aber er hat gesagt, sie seien davon ausgegangen, dass der Kerl sie sich in der Küche oder in der vorderen Diele geschnappt hat.«

»Also hat er Ihnen geglaubt, als Sie ihm gesagt haben, dass Samantha Mitchell im Spielezimmer überfallen wurde?«

»Ja, er hat mir geglaubt. Die Erfahrung hat ihn gelehrt, meinen … Instinkten zu vertrauen.«

Sie saßen in Johns Wagen, der noch in der Auffahrt zum Haus der Mitchells stand. Er machte keine Anstalten, den Motor zu starten. Vielmehr drehte er sich zu ihr und musterte sie aufmerksam. »Sie haben ihm nicht gezeigt, was sie mir gezeigt haben, oder? Warum nicht?«

Maggie versuchte mit aller Kraft, nicht sichtbar zu zittern, doch die kalte Erschöpfung, die sie verspürte, ließ sich kaum noch ignorieren. Sie wollte nur noch nach Hause und ein heißes Bad nehmen, vielleicht ein wenig friedvolle Musik hören und einfach eine Weile versuchen, zu *vergessen*.

»Warum nicht?«, wiederholte John.

»Weil es nicht nötig war«, antwortete sie, beinahe zu erschöpft, um zu denken. »Andy brauchte nie mehr als Skizzen von mir, und er konnte mir glauben, was ich ihm gegeben habe, ohne danach zu fragen, wo es herkam, weil ich bewiesen hatte, dass er mir glauben konnte.«

»Also brauche ich mehr von Ihnen?«

Ganz kurz war Maggie versucht, ihm zu sagen, was für eine gemeine Fangfrage das war. Stattdessen schlug sie unvermittelt ihren Skizzenblock auf einer bestimmten Seite auf und legte den Block so auf ihren Schoß, dass er die Zeichnung sehen konnte.

John hielt den Atem an.

Es war eine Zeichnung von Christina, so wie sie vor dem

Überfall ausgesehen hatte, der ihr Gesicht und ihr Leben zerstört hatte. Dieses Gesicht, begriff John undeutlich, war mehr als einfach nur Bleistiftstriche auf Elfenbeinpapier. Viel mehr. Das helle braune Haar, mittellang und mit einem schlichten Schnitt, umgab ein zartes ovales Gesicht, das ungewöhnlich hübsch war, mit großen strahlenden Augen und einem wunderschönen Lächeln, auf einer Seite ein tiefes Grübchen …

Es war seine Schwester, so wie er sie in Erinnerung hatte, so unglaublich lebendig, dass er fast erwartete, sie werde gleich laut herauslachen oder ihm einen Seitenblick zuwerfen wie immer, wenn sie sich über ihn amüsierte oder er ihre beträchtliche Geduld auf die Probe stellte, indem er, wie sie es formuliert hatte, den »großen Bruder spielte«.

»Mein Gott«, murmelte er.

Maggie riss die Zeichnung behutsam aus dem Block heraus und reichte sie ihm. »Wenn dies alles wäre, was Sie von mir brauchen, müssten Sie auch nichts glauben, was über das hinausgeht, das Sie verstehen. Ich habe ihre Schwester gekannt, ich habe sie porträtiert – bitte. Ich bin Künstlerin, dafür sind Künstler da. Daran ist nichts Übersinnliches.«

»Da bin ich mir nicht so sicher«, sagte John. Er hielt die Zeichnung sehr behutsam. »Aber danke hierfür.«

»Bitte. Könnten wir jetzt fahren? Ich weiß, Sie wollten eigentlich, dass ich jetzt mit Ihrem Freund Quentin in dieser Einsatzzentrale spreche, die Sie da auf die Beine gestellt haben, aber ich muss zuerst eine Weile zu mir. Ich bin ein bisschen müde.«

John sah sie kurz an, dann nickte er.

»Quentin hat gesagt, Sie müssten wahrscheinlich immer eine zeitlang zu Hause verbringen, wenn so ein … Ereignis … Sie erschöpft hat.«

»Quentin hat Recht.«

Er nahm seine Aktentasche vom Rücksitz und verstaute die Zeichnung sicher darin, ehe er den Wagen anließ. Erst

150

nach mehreren Meilen sprach er wieder, und zwar stellte er eine zögerliche Frage.

»Was brauche ich also noch von Ihnen?«

Sie zögerte nicht. »Antworten.«

»Zu Christina?«

»Hinsichtlich des Ganzen. Sie wollen wissen, warum sie sich umgebracht hat, aber da ist noch mehr. Sie wollen den Mann finden, der ihr Leben zerstört hat. Und …«

Er runzelte die Stirn. »Und?«

Maggie starrte durch die Windschutzscheibe hinaus. Hatte Beau Recht, was diesen Mann betraf? Und wenn er Recht hatte – dann musste sie sehr, sehr vorsichtig sein.

»Und … Sie wollen, dass er dafür bezahlt, was er getan hat. Sie mögen nicht recht an das Übersinnliche an meiner Arbeit glauben, aber Sie glauben, dass ich Ihnen helfen kann, diesen Vergewaltiger zu finden.«

Nach kurzem Schweigen fragte er langsam: »Warum glaube ich nur, dass das nicht das ist, was Sie eigentlich sagen wollten?«

Sie schwieg.

»Okay, sagen Sie mir eins. Warum sind Sie sich so sicher, dass Samantha Mitchell vom Serienvergewaltiger entführt worden ist? Die Entführung kaufe ich Ihnen ab, aber woher wissen Sie, dass er das war?«

Maggie zögerte, dann sagte sie bedächtig: »Es hat sich nach ihm angefühlt.«

»Sie meinen jetzt nicht … emotional, oder?«

»Nein. Es hat sich körperlich angefühlt wie er. Als er sie von hinten gepackt hat, das Gefühl seiner Arme um sie, seine Brust an ihrem Rücken, wie er … sich an ihr gerieben hat, als sie sich zur Wehr setzte, das war alles genau wie bei den anderen Überfällen.«

»Das haben Sie gefühlt, weil die Frauen es auch gefühlt hatten?«

»Ja.«

151

»Als Sie mit ihnen gesprochen haben? Als die Frauen ihre Erinnerungen nochmals durchlebt haben?«

Sie nickte.

»Sind Sie auch dorthin gegangen, wo die anderen Frauen entführt wurden?«

»Nur ein Mal. Laura Hughes wurde aus ihrer Wohnung in einem Haus mit Videoüberwachung und Alarmanlage entführt, da konnte ich eine Begehung machen. Aber die anderen hat er sich entweder an öffentlichen Orten geschnappt oder an Orten, an denen hinterher viel zu viele Menschen gewesen waren. Das hätte die Eindrücke … getrübt.«

»Eindrücke?«

Trocken versetzte sie: »Wie soll ich sie Ihrer Meinung nach nennen – psychische Schwingungen?«

»Sie haben letztens rundheraus verneint, eine Hellseherin zu sein.«

»Ja, es ist immer sicherer, das zu tun – zumindest bis ich weiß, wer derjenige ist, der das wissen will.«

Er warf ihr einen raschen Blick zu. »Sind Sie deshalb endlich aufrichtig zu mir?«

»Nun ja, ich dachte, damit erspare ich mir zwanzig weitere Fragen. Offensichtlich habe ich mich geirrt.«

Das entlockte ihm ein überraschtes Lachen. »Okay, ich hab's kapiert. Aber ich möchte es eben einfach verstehen, Maggie.«

»Und glauben?«

Er zögerte kaum. »Und glauben. Es liegt so weit jenseits meines Erfahrungshorizonts, ich weiß praktisch nichts darüber.«

»Und Sie mögen es nicht, wenn Sie etwas nicht wissen, stimmt's?«

»Nein. Deshalb stelle ich Fragen.«

Maggie wartete, bis er auf den Polizeiparkplatz eingebogen war, auf dem sie ihr Auto abgestellt hatte. »Ich habe wirklich nichts gegen Fragen, John. Aber im Augenblick arbeitet mein Kopf nicht richtig, und ich würde sie lieber ein andermal beantworten, wenn's recht ist.«

Er fuhr in die Parklücke neben ihrem Wagen. »Kommen Sie später ins Hotel? Ich glaube immer noch, wir sollten uns mit Quentin und seiner Partnerin zusammensetzen und alles durchgehen, uns irgendeinen Schlachtplan für unser künftiges Vorgehen ausdenken.«

»Partnerin?«

John fluchte leise und fragte sich, ob Maggie ihn mit ihren offensichtlichen hellseherischen Fähigkeiten dazu veranlasste, Dinge zu sagen, die er gar nicht zu sagen vorgehabt hatte. »Ja, seine Partnerin.«

»Er ist ein Cop, oder?« Maggie hatte die Hand schon auf den Türgriff gelegt. Nun wartete sie mit erhobenen Brauen. »Quentin ist ein Cop.«

»Er ist inoffiziell hier, Maggie.«

»Aha. Was für ein Cop?«

»Bundespolizei«, antwortete John widerwillig. »FBI.«

»Oh, entzückend. Und wenn Drummond das rausfindet?«

»Dann gibt es richtig Ärger. Aber ich hoffe, er findet es nicht raus – zumindest nicht, bis wir irgendwas haben, das seinen Leuten hilft, diesen Scheißkerl für den Rest seines jämmerlichen Lebens hinter Gitter zu bringen.«

Maggie schüttelte den Kopf. »Sie leben gern gefährlich.«

»Vielleicht. Kommen Sie nachher ins Hotel?«

Sie glaubte nicht, dass »vielleicht« eine Möglichkeit war, doch sie war zu erschöpft, um sich darüber jetzt den Kopf zu zerbrechen. »Hören Sie, ich will sehen, wie es mir in ein paar Stunden geht, und dann lasse ich es Sie wissen, okay? Ich habe ja Ihre Handynummer.«

Er nickte, stellte aber den Motor ab, stieg ebenfalls aus und sagte: »Ich will kurz mit Andy sprechen.«

Maggie schloss ihr Auto auf und sagte ruhig: »Wollen Sie, dass ich Ihnen aufschreibe, was ich Ihnen im Haus der Mitchells erzählt habe, damit Andy es für Sie nachprüfen kann?«

John stand unweit von ihr auf dem Gehweg und starrte sie an. »Verdammt, war mir das so deutlich anzumerken?«

»Sagen wir, ich begreife langsam, wie Sie ticken.«

Er lächelte schwach. »Ist das gut oder schlecht?«

»Ich lasse es Sie wissen.«

Er schnaubte amüsiert. »Na schön. Nein, Sie müssen mir nicht alles aufschreiben. Ich habe zufälligerweise ein ganz gutes Gedächtnis.«

»Na, das überrascht mich gar nicht. Bis dann, John.« Sie stieg ein und schloss die Tür. Dann ließ sie den Motor an, beobachtete, wie er auf die Polizeiwache zuging, und murmelte: »FBI. Großartig. Einfach super.«

Andy legte auf und sah John über den Schreibtisch hinweg stirnrunzelnd an. »Okay, ich habe es überprüft. Und wie Sie hören konnten, hat ein verständlicherweise bestürzter Thomas Mitchell alles bestätigt. Er und seine Frau *haben* vergangene Woche in ihrem Fernsehzimmer wegen eines Papageis gestritten, seine Frau *hat* sich in der Woche davor im Frühstückszimmer an einem Handspiegel geschnitten, und er und sein Schwiegervater haben tatsächlich vor kurzem in seinem Arbeitszimmer eine recht laute ›Diskussion‹ über geschäftliche Angelegenheiten geführt. Und jetzt fragt sich der arme Kerl wahrscheinlich, ob er abgehört wird. Und ich frage mich das auch.«

John versuchte, ihn abzulenken. »Ich muss mehr über diesen Papagei wissen. Warum haben sie über den gestritten?«

»Samantha Mitchell wollte einen als Haustier«, antwortete Andy ungeduldig. »John ...«

»Wer hat den Streit gewonnen?«

»Sie. Der Vogel ist bestellt. John, woher zum Teufel wussten Sie das alles?«

Er zögerte, doch nur kurz. Es gab wirklich keine andere Erklärung, und außerdem hatte John ganz deutlich das Gefühl, wenn überhaupt einer der Polizisten Maggie voll und ganz akzeptieren könnte, gleichgültig, wie absonderlich ihre Begabung wirken mochte, dann Andy.

»Ich weiß es«, antwortete er schließlich, »weil Maggie es mir gesagt hat. Während sie durch das Haus der Mitchells gegangen ist.«

Andy zuckte nicht mit der Wimper. »Sie ist also eine Hellseherin, was? Tja, habe ich mir eigentlich schon gedacht.«

»Ich bin immer noch nicht hundertprozentig überzeugt«, gab John zu, »aber ich muss zugeben, sie ist verdammt beeindruckend. Ich war nur einen Schritt hinter ihr, als sie ins Spielezimmer der Mitchells ging, und ich schwöre Ihnen, was immer sie da gesehen hat, hat sie beinahe in die Knie gezwungen. Sie sagt, der Angreifer hätte sich auf eine bestimmte Art *angefühlt*, seine Arme, sein Körper hinter ihr. Und sie behauptet, die gleichen körperlichen Merkmale hätte sie auch gespürt, als die Opfer, mit denen sie gesprochen hat, ihre Entführungen noch einmal durchlebt hätten.«

»Mein Gott«, murmelte Andy. »Wenn sie das gefühlt hat … dann muss sie auch alles andere gefühlt haben. Die ganzen Schmerzen, die Angst. Ich wusste, dass sie stark ist, aber ich hatte keine Ahnung, wie stark.«

John betrachtete ihn. »Sie zweifeln nicht daran, oder? Dass sie wirklich wahrnimmt, was sie sagt, das sie wahrnimmt?«

»Nein, ich zweifle nicht daran.« Andy atmete tief durch. »Vor etwa zwei Jahren hatten wir den scheinbar einfachen Fall eines Teenagers, der von zu Hause weggelaufen war. Normalerweise hätte ich damit überhaupt nichts zu tun gehabt, aber die Eltern waren politische Akteure hier in der Stadt, und der Polizeichef wollte, dass seine besten Leute nach ihrer fünfzehnjährigen Tochter suchen.

Also haben wir rund ein Dutzend Freunde von ihr befragt und versucht herauszufinden, wann und wie sie weggelaufen sein könnte. Maggie saß bei den Befragungen dabei, weil der Polizeichef sie darum gebeten hatte, aber sie hat selbst keine

Fragen gestellt, immer nur zugehört. Als wir fertig waren, hatte keiner von uns eine Ahnung, wo dieses Mädchen sein könnte, aber alles – und ich meine *alles* – deutete darauf hin, dass sie einfach ihre Sachen gepackt hatte und abgehauen war. Sogar die Psychologin war dieser Meinung.«

»Und dann?«

»Wir haben die Freunde rund zwei Tage lang befragt, und hinterher haben wir Maggie gefragt, ob sie mal das Haus und den Garten der Eltern begehen könnte. Na ja, wir hatten bereits das gesamte Haus durchkämmt, die Spurensicherung war da gewesen, und ich hatte wirklich nicht viel Hoffnung, dass Maggie irgendwas finden könnte, das uns entgangen war. Ich glaube, man nennt das Hybris, was?«

John lächelte schwach. »Sie hat etwas gefunden?«

»Kann man so sagen. Da wusste ich natürlich schon, dass sie so eine Begehung am liebsten allein macht, deshalb blieb ich auf Abstand. Ich stand draußen in der Nähe der Garage und merkte erst, dass sie wieder draußen war, als ich sie in der Nähe der Terrasse entdeckte. Sie ging ganz langsam, scheinbar ohne den Blick auf irgendwas zu richten. Am Ende des Gartens blieb sie ganz lange stehen. Zuerst habe ich nicht gemerkt, dass sie weinte, aber irgendwann dämmerte es mir. Ich dachte, sie sei nur betroffen wegen des vermissten Mädchens, und ich wollte sie nicht in Verlegenheit bringen, indem ich es ansprach, also bin ich zum Auto zurück und habe gewartet. Ein paar Minuten später kam sie wieder und sah aus wie immer, abgesehen von ganz leicht geröteten Augen. Ich habe sie gefragt, ob sie etwas gefunden hätte, und sie sagte nein. Aber auf halbem Wege zurück zur Polizeiwache fing sie an, von den Befragungen zu sprechen. Sie sagte irgendwas von wegen, einer der älteren Jungs würde sie beunruhigen. Es sei wohlgemerkt nichts, wo man den Finger drauf legen könnte, nur so ein Gefühl. Sie fragte, ob ich ihn vielleicht zu einem weiteren Gespräch einbestellen könnte, ob sie ihm vielleicht ein, zwei Fragen stellen dürfte.

Ich war nicht gerade begeistert von der Vorstellung, dem Polizeichef beichten zu müssen, dass wir null Anhaltspunkte hatten, also sagte ich, klar, warum nicht. Der Junge war nicht verdächtig, und da er achtzehn war, mussten wir ihn nicht in Anwesenheit seiner Eltern befragen, aber wir haben ihm gesagt, er könnte einen Anwalt mitbringen, wenn er wollte. Wollte er nicht. Erst habe ich ihm ein paar Fragen gestellt, dann hat Maggie mit ihm gesprochen. Sie hat nur mit ihm geredet, leise und sanft. Über seine Schule und seine Eltern. Über das Mädchen.«

Als Andy verstummte, sagte John: »Sie hat ihn dazu gebracht zu gestehen.«

Andy nickte. »Es hat fast eine Stunde gedauert, und als er endlich die Wahrheit sagte, hat er sich die Augen aus dem Kopf geheult. Das Mädchen sollte ihn im Wald zu einer ihrer mittlerweile regelmäßigen Verabredungen treffen. Nur hatte sie sich an jenem Abend mit ihren Eltern gestritten und beschlossen wegzulaufen. Zu ihm. Also hatte sie eine Tasche gepackt, ihren Eltern eine Nachricht hinterlassen, und da war sie dann und erwartete von ihm, dass er sich um sie kümmerte.

Er war einfach nicht darauf gefasst gewesen, ein fünfzehnjähriges Mädchen für den Rest seines Lebens am Hals zu haben, und so ist er in Panik geraten. Sie haben sich richtig heftig gestritten, und irgendwann hat er sie dann wohl geschubst. Sie fiel hin und hat sich den Kopf an einem Stein gestoßen. Sie ist nicht mehr aufgestanden. Er hatte eine Schaufel im Wagen. Gärtner hatten den Garten gerade neu gestaltet, und der Boden war gut aufgelockert und von einer dichten Schicht Kiefernmulch bedeckt. Es war grauenhaft leicht, sagte er, sie und ihren kleinen Koffer gleich da im Garten zu begraben.«

Andy seufzte. »Gleich da – nur drei Meter von da, wo ich Maggie hatte stehen und weinen sehen. Sie wusste es. Sie wusste genau, was mit dem Mädchen geschehen war. Da war nichts zu sehen, überhaupt kein Anhaltspunkt. Aber sie wusste es.«

»Sie hat Ihnen nie gesagt, was sie gesehen hat?«

»Nein. Ich dachte, wenn sie will, dass ich es weiß, dann wird sie es mir sagen. Es schien mir etwas zu sein, womit es nicht leicht ist zu leben, also dachte ich mir, sie ist es sicher gewöhnt, sich ... andere Erklärungen einfallen zu lassen für das, was sie weiß.« Andy sah dem anderen Mann fest in die Augen. »Mir war das recht. Ich hatte damals schon gelernt, ihr zu vertrauen, und um ehrlich zu sein, es ist mir verdammt egal, ob sie aus Teeblättern liest oder in eine Kristallkugel guckt. In fünf Jahren und Hunderten von harten Fällen habe ich noch nie erlebt, dass sie sich geirrt hätte.«

»Nie?«

»Nie. Oh, es ist vorgekommen, dass sie einer Lösung kein Stück näher war als wir, aber immer wenn Maggie eine ihrer *Eingebungen* hatte, wusste ich, wir stehen kurz vor dem Durchbruch.«

John schüttelte leicht den Kopf. »Ich weiß nicht, was ich glauben soll, außer dass das, was Maggie erlebt – was immer es sein mag – für sie sehr real ist. Aber warum tut sie das? Warum unterzieht sie sich dieser Art traumatischer Erfahrungen, dieser Art Leiden?«

»Das haben Sie mich mehr oder weniger schon letzte Woche gefragt. Ich kenne die Antwort nicht, John, aber ich wette, wenn Sie das je herausfinden, dann haben Sie den Schlüssel zum Verständnis von Maggie Barnes.«

9

Gleichgültig, was Maggie John erzählt hatte – sie hatte nicht vor, am Montagabend nochmals auszugehen, nicht nach diesem Tag. Doch ein paar Stunden Ruhe, ein heißes Bad und eine heiße Suppe sorgten dafür, dass sie wieder viel stärker bei sich selbst war. Und ruhelos.

Sie war es gewohnt, allein zu sein – mehr oder weniger. Ihr Vater war noch vor ihrer Geburt gestorben, und Beaus Vater hatte den Schauplatz nicht lange nach dessen Geburt verlassen. Mit Alaina Barnes Rafferty verheiratet zu sein war nicht leicht gewesen. Ihr Sprössling zu sein ebenso wenig.

Weder Maggie noch Beau trugen ihr irgendetwas nach. Sie hatte sie beide geliebt, daran hatten sie nie gezweifelt. Doch ihre künstlerischen Begabungen hatten ihr mehr Schmerzen denn Vergnügen bereitet, einen Großteil ihrer Zeit und Energie in Anspruch genommen und nur wenig für ihre Kinder übrig gelassen. Aus diesem Grund standen sie sich als Erwachsene wahrscheinlich auch so nahe: In ihrer Kindheit hatten sie sonst niemanden gehabt.

Ihre unterschiedlichen Berufe sorgten dennoch dafür, dass sie und Beau einander manchmal wochenlang nicht sahen, und da praktisch sämtliche Freunde von Maggie Polizisten waren, die schwierige Arbeitszeiten hatten, war sie häufig genug allein, um damit leben zu können. Jedenfalls normalerweise. Doch nicht an diesem Abend.

Sie ging in ihr Atelier, weil sie dachte, es täte ihr gut, eine Zeit lang zu arbeiten, doch da sie im Augenblick keinen Auftrag hatte und sich auch nicht besonders kreativ fühlte, ertappte sie sich irgendwann dabei, dass sie grübelnd auf die Leinwand starrte, die auf ihrer Arbeitsstaffelei stand – völlig leer bis auf einen vagen Umriss von langem Haar und ein verschwommenes Gesicht.

Nicht identifizierbar.

»Es entgleitet mir, das ist es«, murmelte sie.

Die Zeichnung war praktisch das Duplikat derjenigen in ihrem Skizzenblock, wenige unsichere Linien, zu provisorisch, um irgendein Gefühl für die Person zu vermitteln. Sie war sich nicht einmal sicher, ob er lange Haare hatte, sie vermutete lediglich, dass es so war, weil Hollis und Ellen Randall gespürt hatten, wie etwas in der Art über ihre Haut gestrichen war.

Maggie hatte es auch gefühlt.

Sie erzitterte und stellte die kleine Stereoanlage an, die sie im Atelier hatte. Leise, angenehme Musik erfüllte den Raum. Draußen war es dunkel, doch die Beleuchtung im Studio war ausgezeichnet, und die Musik machte den Raum warm und … sicher.

Zumindest für den Augenblick.

Maggie zog eine Grimasse, nahm die Leinwand von der Staffelei und ersetzte sie durch ein leere, saubere. Sie ging an ihren Arbeitstisch und wählte Pinsel und Farbtuben aus, mischte auf der Palette Farben an, ohne richtig über das nachzudenken, was sie hier tat.

Als ihre Werkzeuge bereit waren, stand sie einen Augenblick vor der Staffelei und betrachtete die leere Leinwand, dann atmete sie tief ein und schloss die Augen. Beau meinte, sie könnte es, wenn sie es versuchte, wenn es ihr gelänge, ihren Fähigkeiten genug zu vertrauen, um ihre bewusste Kontrolle aufzugeben. Das war nicht leicht, und bisher hatte Maggie jedem Versuch widerstanden.

Doch als sie nun mit geschlossenen Augen dort stand, der leisen Musik lauschte und ihren Kopf leerte, so gut es ging, da geschah etwas Seltsames. Es war beinahe, als triebe sie davon, als schliefe sie ein und begänne zu träumen. Der Traum war ganz friedvoll, mit leiser Musik im Hintergrund und dem nahen Geräusch ihres eigenen regelmäßigen Atems. Sie sah nichts als blauen Himmel, eine sich endlos erstreckende Fläche, die nur von flauschigen weißen Wölkchen unterbrochen wurde. Sie schien weit weg zu sein und sich mit jeder Sekunde weiter zu entfernen. Dennoch hörte sie immer noch die Musik, hörte sich selbst atmen, nahm die vertrauten Gerüche ihres Ateliers wahr.

Es war eine sehr eigentümliche Erfahrung. Sie schien nur ein, zwei Sekunden zu dauern, dennoch hatte sie ganz stark das Gefühl, dass Zeit vergangen wäre, und als sie abrupt, mit einem sonderbaren unangenehmen Gefühl der Erschütterung wieder die Augen aufschlug, stand sie mit dem Rücken zur Staffelei an ihrem Arbeitstisch. Ihre Palette lag vor ihr und war mit Klumpen und Klecksen in Farben bedeckt, an deren Auswahl sie sich nicht erinnern konnte.

Sie sah auf ihre Hände und fand dort noch mehr Farbe, helle und dunkle Flecken und Streifen auf ihrer Haut, von den Handgelenken zu den Fingerspitzen, und noch mehr auf ihrem Pullover, der völlig ruiniert war. Als sie zögerlich die Farbe auf ihrem Pullover berührte, fühlte sie sich größtenteils beinahe trocken an. Sie benutzte lieber Acryl- als Ölfarben, aber dennoch …

Ihre Finger waren völlig steif und verkrampft, zwischen ihren Schulterblättern tat es weh – die Sorte Schmerz, der sich im Allgemeinen nach stundenlangem Arbeiten an der Staffelei einstellt.

Es gab keine Uhr in ihrem Atelier. Umständlich schob Maggie den farbverkrusteten Ärmel ihres Pullovers hoch, sah auf die Uhr und stellte zutiefst beunruhigt fest, dass es nach Mitternacht war.

Stunden. Sie war schon seit Stunden hier.

Sie packte den Rand des Arbeitstischs und war sich bewusst, dass ihr Atem nicht mehr regelmäßig ging. Auch war sie sich der Leinwand hinter sich intensiv bewusst. Sie spürte es – das, was auch immer sie da praktisch unbewusst gemalt

161

haben mochte – beinahe so deutlich, als beugte es sich über sie, als griffe es nach ihr …

Sie hatte entsetzliche Angst, sich zu ihrem Gemälde umzudrehen.

»Farbe auf Leinwand«, flüsterte sie. »Das ist alles. Nur Farbe auf Leinwand. Wahrscheinlich nicht mal ein erkennbares Bild. Wie kann es auch anders sein, wenn doch meine Augen geschlossen waren, wenn ich doch an nichts Besonderes gedacht habe?« Maggie atmete tief durch. »Es wird nichts da sein, nur Farbe auf Leinwand. Das ist alles.«

Doch trotz dieser vernünftigen Worte, die sie sich wie ein Mantra laut vorsagte, benötigte Maggie alle Selbstbeherrschung, die sie aufbringen konnte, um sich umzudrehen und sich anzusehen, was sie gemalt hatte.

»Mein Gott«, flüsterte sie und starrte voller Grauen auf ihre bisher unbestreitbar beste Arbeit.

Das geradezu abscheulich vollendete Gemälde bestand beinahe ausschließlich aus kräftigen schwarzen und fleischfarbenen Pinselstrichen, doch trotz des sehr beschränkten Einsatzes von Farbe sah das zentrale Bild so lebensecht aus, dass es hätte atmen können.

Wenn es hätte atmen können.

Die Frau lag ausgestreckt vor einem undeutlichen, verschwommenen Hintergrund, ihr lockiges dunkles Haar breitete sich fächerförmig um ihren Kopf herum aus und war nur deshalb sichtbar, weil die Strähnen blutgestreift waren. Ihr Kopf lag ein wenig schräg, schien dem Betrachter zugewandt in einem stummen Flehen um Hilfe, die nie kam.

Zwischen ihren offenen, zerschundenen, aufgedunsenen Lidern lugte noch mehr Dunkelheit hervor, denn ihre Augen waren fort. Aus den leeren Höhlen sickerte Blut die Schläfen hinab.

Ihr sinnlicher Mund war leicht geöffnet, die zarten Linien der Lippen entstellt von Schwellung und Blutergüssen, und ein weiteres Blutrinnsal lief über Kinn und Kiefer hinab. Auf der anderen Seite des Gesichts verunzierte eine hässliche Prellung den hohen Wangenknochen.

Sie war nackt, ihr Körper so zierlich, dass er mit seinen kleinen hohen Brüsten und dem sanft gerundeten Bauch beinahe kindlich wirkte. Doch war nichts Kindliches an dem, was ihr angetan worden war. Die Brüste wiesen weitere hässliche blaue Flecke auf, und eine Brustwarze fehlte. Der ausgefranste Wundrand trug unverkennbar Bissspuren. Der gewölbte Bauch war ebenfalls widerlich verstümmelt, vom Brust- bis zum Schambein mit einem einzigen tiefen Schnitt geöffnet, eine feuchte, scharlachrot klaffende Wunde.

Ihre Beine waren weit gespreizt, die Knie leicht angehoben, blutige Streifen auch auf ihren Oberschenkeln. Zwischen ihnen hatte sich das Blut in einer purpurrot bis kastanienbraunen, gerinnenden Pfütze gesammelt.

Um einen zarten Knöchel trug sie ein dünnes Goldkettchen, an dem ein winziges goldenes Herz hing.

Dieses letzte Detail brach Maggies Entsetzensstarre auf. Sie fiel auf die Knie und kämpfte gegen einen Brechreiz an, unfähig, ihre Augen vom Gemälde loszureißen, von dem grauenvollen Bild einer toten Frau, die sie noch nie in ihrem Leben gesehen hatte.

Dienstag, 6. November

Es war eine Art Insiderwitz in der Abteilung, dass Luke Drummond stolz auf den schicken Konferenzraum in der Polizeiwache war, stolz auf den breiten polierten Tisch, an dem mehr als zwölf Menschen auf bequemen Stühlen sitzen konnten, mit genügend Ellbogenfreiheit, um … zu tun, was immer er sich vorstellte, dass sie in diesem Raum tun würden. Niemand wusste ganz genau, was das sein mochte.

In Wahrheit war der Raum bisher nur hin und wieder für eine Partie Poker benutzt worden, wenn die Spätschicht sich langweilte. Bis jetzt jedenfalls.

Andy beschloss, es sei höchste Zeit, den Konferenzraum endlich für etwas zu nutzen, das entfernt an Polizeiarbeit erinnerte, und da sowohl die üblichen Nachforschungsmethoden als auch Scotts und Jennifers Arbeit Papierstapel erzeugten, die zugänglich gemacht und in irgendeine Ordnung gebracht werden mussten, schien es logisch, den Raum dafür zu nutzen. Deshalb beschlagnahmte Andy ihn und ließ innerhalb weniger Stunden an jenem Morgen den Großteil der Akten und den übrigen Papierkram der Ermittlungen von den verschiedenen Schreibtischen in der Legebatterie in den Konferenzraum schaffen.

Der Raum verfügte wenigstens über die erforderliche Ausstattung, und so war es ein Leichtes, die Telefonzentrale zu veranlassen, sämtliche relevanten Anrufe auf die Telefonanlage im Konferenzraum umzuleiten. Sich selbst leitete Andy sozusagen ebenfalls bis auf weiteres in den Konferenzraum um.

»Hier drin sind wir unter uns«, erklärte er Scott und Jennifer, als sie sich dort kurz vor der Mittagspause trafen. »Ich werde Leuten, die nicht aktiv an unseren Ermittlungen beteiligt sind, zwar nicht den Zutritt verbieten, aber ich werde dafür sorgen, dass sich herumspricht, dass alles hier drin als vertraulich gilt.«

Jennifer schob einen Zimtzahnstocher von einem in den anderen Mundwinkel und meinte: »Und so halten sie uns vielleicht nicht für komplett durchgeknallt, oder wenn doch, sprechen sie hoffentlich nicht darüber.«

Andy schüttelte den Kopf. »Ich bezweifle, dass irgendwer uns für völlig durchgeknallt hält. Nicht damit.« Er deutete auf die Pinnwand, die sie gerade fertig gestellt hatten. »Wir haben Skizzen, Fotos, Beschreibungen von vier Opfern aus dem Jahre 1934, die denen von vieren unserer Opfer sehr stark ähneln. Das muss mehr als Zufall sein, und es muss etwas zu bedeuten haben.«

»Klar, bloß was?«, fragte sich Scott.

»Das müssen wir eben feststellen. Und das bedeutet, wir nutzen jedes verfügbare Hilfsmittel, bis wir es heraushaben.«

»Heißt das, du willst Garrett davon erzählen?«, fragte Jennifer.

»Ja. Drummond hat darauf bestanden, dass wir einen Teil der Details über Tatorte und Opfer für uns behalten, aber er hat nichts von unseren Mutmaßungen und unseren Rechercheansätzen gesagt. Garrett ist clever, und ihm stehen Mittel und Quellen offen, die wir nutzen können. Also erzähle ich ihm davon. Maggie auch. Ich versuche, die beiden für heute Nachmittag herzubestellen.«

Jennifer tippte auf die zusammengefaltete Zeitung auf dem Tisch vor ihr. »Tja, da Garrett heute mit Foto in der Zeitung ist und die Reporter auf das heftigste darüber mutmaßen, ob er wohl der Polizei *hilft*, weil seine Schwester eines der Opfer ist, könnte ich mir vorstellen, du hörst jeden Moment von einem sehr unglücklichen Luke.«

Andy seufzte. »Ja, ich weiß. Was zum Teufel habe ich mir dabei gedacht, eine Privatperson ins Haus der Mitchells zu lassen, während unser Spurensicherungsteam da immer noch arbeitet, um Himmels willen. Ich weiß, was er sagen wird. Aber wenn ihm nicht gefällt, wie ich diese Ermittlungen leite, dann kann er es ja selbst tun.«

Jennifer grinste. »Ähm, das wird er wohl nicht wollen. Er könnte sich ja seine hübschen manikürten Fingerchen ruinieren oder Blut auf die Schuhe bekommen. Wenn du auf dein Schauspieltalent setzt und so tust, als wolltest du ihm alles vor die Füße werfen, dann lässt er sich garantiert zumindest für den Rest der Woche nicht mehr hier blicken.«

»Wäre 'ne Idee«, meinte Andy, und seine Miene heiterte sich auf.

Scott lachte, meinte jedoch: »Na ja, wir haben wohl genug zu tun. Auch Sackgassen kosten Zeit.«

»Keine Spur von den restlichen Akten von 1934?«, fragte Andy.

»Null. Aber ich habe noch nicht aufgegeben. Wenn die verdammten Dinger existieren, dann finde ich sie auch.«

»Gibt es inzwischen«, meinte Jennifer und sah Andy an, »irgendwas Neues über Samantha Mitchell? Weil wir uns den ganzen Morgen hier drin neu organisiert haben, habe ich gar nichts mitbekommen.«

»Nein, nichts Neues. Ich habe Teams losgeschickt, die in der Nachbarschaft von Tür zu Tür gehen, und jede Streife hier in der Stadt hält die Augen auf nach der Dame. Es ist, als wäre sie vom Erdboden verschluckt.«

»Was ist mit Maggies Eingebung? Hat die Spurensicherung im Spielezimmer der Mitchells doch noch irgendwas gefunden?«

»Ja, ein paar Dinge schon. An einer Stelle auf dem Teppich nicht allzu weit von der Tür entfernt haben sie chemische Spuren von Chloroform gefunden, außerdem ein paar Haarsträhnen von Ms Mitchell. Und es gibt wohl sehr schwache Anzeichen dafür, dass er durch ein Fenster in diesen Raum gekommen ist. Es gab einen Kurzschluss im Sicherheitsnetzwerk, den die Anlage aus irgendeinem Grund nicht aufgefangen hat.«

»Einen Kurzen, den er verursacht hat?«, fragte Scott.

»Möglich. Aber das eigentlich Interessante ist, dass Mitchell darauf beharrt, dass seine Frau sich nie – niemals – im Haus aufgehalten hat, ohne die Alarmanlage anzuschalten. Wenn der Angreifer sie also mit Chloroform außer Gefecht gesetzt hat …«

»Wer hat dann die Anlage an der Eingangstür deaktiviert?«, beendete Jennifer die Frage.

Andy nickte. »Genau. Sie *wurde* am Bedienungsfeld an der Eingangstür deaktiviert, also kannte er entweder den Sicherheitscode oder konnte ihn sich beschaffen. Und es war nicht einmal einer von der Sorte, die jeder Hacker schnell herausbekommt, indem er einfach die üblichen Zahlen probiert: Telefonnummern, Jahrestage oder Geburtstage und so weiter.

Unser Elektronik-Hexer meint, dass der Kerl entweder sehr, sehr gut ist oder sehr, sehr viel Glück hatte.«

Jennifer meinte: »Und da wir bereits wissen, dass er ein erstklassiges System geknackt hat, um sich Laura Hughes zu schnappen, können wir wohl davon ausgehen, dass er sehr, sehr gut ist.«

»Scheint mir eine vernünftige Annahme zu sein.«

Scott fragte gequält: »Und wie hat Maggie spitzbekommen, dass Samantha Mitchell ausgerechnet aus dem Spielezimmer entführt worden ist? Ich meine, wie kommt es, dass unsere Jungs das beim ersten Durchgang übersehen haben?«

»Das habe ich sie gefragt«, entgegnete Andy. »Sie hatten eine Menge Gründe, aber im Grund läuft es darauf hinaus, dass sie sich auf die üblichen Zutrittspunkte wie Eingangs- und Hintertür konzentriert hatten. Ich brauche wohl nicht zu sagen, dass sie diesen Fehler nicht noch einmal machen werden.«

Jennifer lächelte schwach. »Das möchte ich wetten. Mit deiner Laune kann man einem Baum die Rinde abziehen, wenn du so richtig sauer bist, Andy.«

»Ich war richtig sauer.«

»Das überrascht mich nicht.«

Scott fragte klagend: »Aber woher hat Maggie das gewusst?«

»Instinkt«, antwortete Andy unverzüglich. »Und sie hat genügend Verstand, sowohl das Unerwartete als auch das Erwartete zu überprüfen. Genau wie ihr zwei. Macht weiter so, okay?«

Scott nickte, doch er sah immer noch leicht verwirrt drein.

Andy kam zu dem Schluss, dass er ein miserabler Pokerspieler wäre.

Jennifer meinte: »Die übrigen Opfer hat man innerhalb von achtundvierzig Stunden nach ihrer Entführung aufgefunden. Wenn das also wirklich unser Mann war, sollten wir spätestens morgen schlauer sein.«

»Ja«, sagte Andy. »Die Frage ist, wird Samantha Mitchell ein lebendes oder ein totes Opfer sein?«

Zu sagen, dass Maggie schlecht geschlafen hatte, wäre untertrieben. Sie fühlte sich denn auch außergewöhnlich dünnhäutig und empfindlich, als sie am Dienstagmorgen zu Beau ging. Sie öffnete, ohne zu klingeln, und ging durch ins Atelier, wobei sie laut »Hallo« rief.

Beau sah von dem Porträt auf, an dem er gerade arbeitete, und sagte: »Nimm dir einen Kaffee.«

Die Kanne stand schon auf dem Arbeitstisch, daneben zwei Tassen und die Milch, die Maggie bevorzugte.

»Du wusstest also, dass ich kommen würde«, murmelte sie, goss sich eine Tasse ein und setzte sich.

»Ich dachte mir, du könntest vielleicht kommen, ja.«

»Ah ja?«

»Ja. Nenn es eine Eingebung.«

»Verdammt, Beau.«

Er lächelte schwach. »Okay, es war mehr als eine Eingebung.«

»Manchmal kann ich dich wirklich nicht leiden, weißt du das?«

»Ich weiß. Es tut mir Leid, Maggie.«

Einige Minuten lang saß sie schweigend da, trank ihren Kaffee und sah ihm beim Malen zu. Dann seufzte sie stockend. »Sie ist tot, Beau. Samantha Mitchell ist tot. Und ihr Baby auch.«

Er wischte zunächst einen seiner Pinsel sauber, dann sah er sie nüchtern an. »Auch das tut mir Leid. Haben sie ihre Leiche schon gefunden?«

»Nein. Aber das werden sie.«

»Wann?«

»Sag du's mir.« Herausfordernd blickte sie ihren Halbbruder an.

Er wandte sich wieder seinem Gemälde zu, doch gleich darauf sagte er: »Morgen, denke ich. Morgen früh. Oder vielleicht spätabends. Schwer zu sagen.«

»Weißt du, wo?«

Beau schwieg.

»Vielleicht habe ich mich geirrt. Vielleicht ist sie gar nicht tot. Wenn wir sie so schnell wie möglich finden könnten ...«

»Das würde nichts ändern«, sagte er sanft. »Sie ist schon tot, Maggie. Du weißt, dass sie schon tot ist.«

Maggie wusste es, doch sie hatte gehofft ... Nach einer Weile sagte sie: »Als ich gestern durch ihr Haus ging, da habe ich sie gespürt. Und als er sie gepackt hat ... sie hatte solche Angst. Solche Angst. Um sich selbst. Um ihr Baby. Sie wusste, sie würden beide nicht überleben. Von dem Augenblick an, in dem er sie packte, hat sie es gewusst.«

Beau malte einen Augenblick lang, dann fragte er: »Wusste sie, wer er war?«

»So wie ich weiß, wer er ist. Kein Gesicht, kein Name. Nur das Böse. Nur das lebendige Böse, das umherläuft und vorgibt, ein Mensch zu sein. Ich muss ihn aufhalten. Ich muss.«

»Ja.«

»Und es bleibt nicht viel Zeit. Das spüre ich auch. Immer mehr, mit jedem Tag, der vergeht. Wenn ich ihn nicht bald aufhalte, wird es zu spät sein. Es ist meine letzte Chance, Beau.«

»Das weißt du nicht.«

»Du etwa?«

»Nein.«

Sie lachte freudlos. »Wenn du es wüsstest, würdest du es mir sagen?«

»Wahrscheinlich nicht.«

»Wieder der freie Wille.«

»Ja. Der freie Wille.« Beau hörte nun doch auf zu malen, reinigte Pinsel und Palette, nahm sich selbst einen Kaffee und gesellte sich zu ihr. »Du tust, was du kannst, Maggie. Mehr kannst du von dir nicht verlangen.«

»Es ist nicht genug.« – »Es wird reichen. Vertrau dir. Vertrau deinen Fähigkeiten und Instinkten.«

Sie sah ihm fest in die Augen. »Gestern hatte ich … einen ganz üblen Tag. Erst habe ich mit Hollis gesprochen, dann bin ich durch das Haus der Mitchells gegangen. Und dann wurde es schlimmer. Es wurde wirklich noch schlimmer. Ich habe gestern Abend gemalt. Ich habe die Augen geschlossen, meinen Geist geleert, wie du es mir gesagt hattest, und dann habe ich etwas Grauenvolles gemalt. Es war in mir, Beau. Dieses Bild, dunkel und blutig, war in meinem Kopf, Teil meiner Seele. Ich konnte fast … spüren, wie sie gestorben ist.«

Er wirkte nicht überrascht, sondern nickte lediglich. »Ich habe dir gesagt, dass das vermutlich passieren würde.«

»Nicht so. Du hast mir nicht gesagt, dass es so sein würde.«

»Du bist Künstlerin, du denkst – und fühlst – in Bildern. Es ist normal.«

»*Normal?* Was ist normal daran, die Leiche einer gequälten, verstümmelten Frau zu malen? Einer Frau, der ich nie begegnet bin, die ich nie gesehen habe?«

Seine Stimme war immer noch ruhig. »Du musst versuchen, Abstand zu gewinnen, Maggie, oder es wird dich zerstören.«

Sie atmete tief durch und bemühte sich um einen gleichmütigen Tonfall. »Ich habe dir schon einmal gesagt, dass ich Angst hatte. Das … blendet mich, glaube ich. Ich weiß nicht, was ich als Nächstes tun soll.«

Beau zögerte, dann sagte er: »Es ist nicht alleine dein Kampf, daran musst du denken. Versuch nicht mehr, alles allein zu machen, Maggie. Lass dir helfen. Lass dir von ihm helfen.«

Nach einem kurzen Augenblick nickte Maggie. »Ich versuch's.«

Sie schob die Tasse von sich und stand auf.

Beau blickte in seinen Kaffee und sagte beinahe geistesabwesend: »Vielleicht magst du Garrett ja dein Bild zeigen.«

Schon bei der bloßen Vorstellung fühlte Maggie sich noch dünnhäutiger. »Warum? Warum sollte ich ihm das ... in mir ... zeigen?«

»Nenn es eine Eingebung«, sagte Beau.

»Also, das ist das, was wir bis jetzt haben.« Mit gerunzelter Stirn betrachtete Quentin die Stapel von Papieren und Akten, die den Konferenztisch im Wohnraum übersäten. Dann wandte er seinen Blick wieder Maggie zu. »Nicht gerade über die Maßen viel, aber wahrscheinlich so viel wie die Polizei auch.«

Kendra sagte: »Er meint das nicht so, wie es klingt.«

Quentin zog die Augenbrauen hoch. »Wie klingt es denn?«

»Arrogant«, erklärte sie ihm. »Wir sind erst seit ein paar Tagen hier, behaupten aber, wir hätten genauso viele Informationen wie die Cops, die seit Monaten an dem Fall dran sind. Benutz mal deinen Kopf, Quentin.«

»Du bist viel lustiger, wenn du irgendwas tippst«, meinte er.

»Und du würdest nicht so ein dummes Zeug daherreden, wenn du nicht ein Dutzend Tassen Kaffee intus hättest. Ich sage dir immer wieder, Koffein ist nicht gut für dich.«

»Ich *bin* nicht überdreht.«

»Soll ich dir mal vorzählen, wie oft du am Tisch entlanggetigert bist, während du gesprochen hast?«

John sagte: »Ignorieren Sie das Geplänkel einfach. Das ist offenbar ihre Art der Zusammenarbeit.«

»Ja, schon klar«, meinte Maggie. Sie saß am anderen Ende des Konferenztischs in der Nähe der Fenster und hatte das Kinn in die Hand gestützt. »Aber könnten Sie vielleicht trotzdem Waffenstillstand schließen? Andy will John und mich heute Nachmittag wieder auf der Wache haben, und da wäre es schön, wenn ich hier durchblicke, damit ich eine Geschichte parat habe für den Fall, dass irgendwelche unangenehmen Fragen auftauchen.«

Quentin grinste sie an. »Ist Diener zweier Herren zu sein vielleicht nicht das Richtige für Sie?«

»Sagen wir, mir wäre viel wohler zumute, wenn zumindest Andy mit von der Partie wäre bei Ihrer kleinen Privatermittlung. Zum einen ...« Sie brach ab und fragte sich gereizt, ob sie auch nur die geringste Chance hatte, die Dinge auseinander zu halten.

»Zum einen«, brachte John ihren Satz ruhig zu Ende, »haben er und seine Mitarbeiter tatsächlich etwas Neues – zumindest glauben sie das. Etwas, das er weder Ihnen noch mir gesagt hat.«

Maggie sah ihn an. »Das haben Sie also mitbekommen?«

»Dafür, dass Andy ein Cop ist, kann man in seinem Gesicht ziemlich gut lesen. Entweder das, oder er wollte, dass wir beide denken, dass da was ist, und ihn bedrängen, es uns zu sagen.«

Darüber dachte sie nach. Dann nickte sie langsam. »Vielleicht. Wenn Luke Drummond ihn nicht an der kurzen Leine hielte, würde Andy wahrscheinlich so ziemlich jedes Hilfsmittel nutzen, an das er herankommt, um diesen Kerl zu schnappen.«

Quentin meinte: »Wenn's nach ihm ginge, hättet ihr zwei also freien Zugang zu allen Infos?«

»Ich denke schon. Ich glaube sogar, er hätte auch kein Problem damit, dass zwei FBI-Agenten still und leise hinter den Kulissen mitarbeiten.«

»Er würde sich nicht auf die Zehen getreten fühlen?«

Ohne zu zögern, schüttelte Maggie den Kopf. »Nicht Andy. Im Gegensatz zu Drummond hat Andy nichts von einem Politiker, und er gibt auch nichts drauf, wer einen Fall löst oder die Lorbeeren dafür kassiert. Hauptsache, die bösen Jungs kommen hinter Schloss und Riegel. Er ist durch und durch Cop.«

172

»Das sind immer die Besten«, meinte Quentin anerkennend.

»Ja. Und deshalb glaube ich auch nicht, dass er ein großes Geschrei veranstalten würde, wenn er das mit Ihnen beiden entdecken sollte. Solange ihm Drummond im Nacken sitzt und auf Teufel komm raus jede Hilfe von außen ablehnt, kann es, soweit es Andy betrifft, nur gut sein, dass Sie inoffiziell hier sind.«

John sagte: »Und wenn Drummond es irgendwie doch herausfindet, stehe ich dafür gerade. Er ist sowieso schon sauer über meine Einmischung, und die Zeitungen von heute werden ihn nicht glücklicher machen. Da kann ich ihn auch zur Weißglut treiben, wo ich schon mal dabei bin. Er kann sich so richtig darüber aufregen, dass ich hier unautorisiert gehandelt habe, und muss keinen seiner eigenen Leute dafür verantwortlich machen, dass sie hinter seinem Rücken agiert haben.«

Quentin warf seiner Partnerin einen Blick zu, dann sagte er zu John: »Ich muss das natürlich euch beiden überlassen, aber wenn dieser Detective unserer Beteiligung aller Wahrscheinlichkeit nach aufgeschlossen gegenübersteht, dann sind wir dafür, es ihm zu sagen. Ehrlich gesagt wäre es uns lieber, wenn wenigstens ein Cop, der was zu sagen hat, von unserer Beteiligung weiß. Das würde auf jeden Fall den Informationsaustausch erleichtern und ergiebiger machen – und auch Bishop könnte sich dann zweifellos eher für unsere kleine Spritztour erwärmen.«

Maggie runzelte die Stirn. »Bishop?«

»Unser Boss«, erklärte Quentin. »Bishop leitet unsere Einheit in Quantico.«

Maggie runzelte womöglich gar noch stärker die Stirn. Sie musterte Quentin, dann wandte sie ihren Blick Kendra zu. Unvermittelt fragte sie: »Sie sind nicht zufällig auch Hellseherin?«

Ohne zu blinzeln oder zu zögern, antwortete Kendra: »Jemanden wie mich nennen wir normalerweise ›Adeptin‹, eher im Sinne von ›erfahren‹ als ›Expertin‹. Ich habe ganz schwach telepathische Fähigkeiten, allerdings empfange ich eher Eindrücke von Gegenständen als von Menschen.«

»Und Ihre gesamte Einheit besteht vollständig aus … Adepten?«

Auch Quentin zögerte nicht.

»Mehr oder weniger. Wir haben ein paar Helfer, die kaum als Adepten durchgehen, aber auf die meisten Agenten im Außendienst trifft die Bezeichnung zu. Verschiedene Fähigkeiten, unterschiedlich stark ausgeprägt. Wir setzen unsere Fähigkeiten als ein Werkzeug unter vielen ein, um Verbrechen aufzuklären. Unnötig zu sagen, dass wir darüber im Allgemeinen Stillschweigen bewahren, jedenfalls gegenüber der Öffentlichkeit.«

Kendra murmelte: »Sie verstehen natürlich, warum.«

Maggie lächelte. »Oh, natürlich. So etwas möchte das FBI logischerweise nicht an die große Glocke hängen, zumal wenn man an die PR-Albträume der letzten Jahre denkt.«

»Eben.«

»Und dann ist da der ganz Glaubwürdigkeitsfaktor. Telepathie? Präkognition? Nicht ganz das, was im Grundkurs Methoden der Verbrechensbekämpfung gelehrt wird. Sie verwenden nicht nur unwissenschaftliche Methoden, Sie sind schon gar nicht mehr von dieser Welt.«

Quentin grinste. »Manchmal schon nicht mehr aus diesem Sonnensystem. Eines Tages muss ich Sie mal mit einem jungen Medium bekannt machen, das ich kenne – sie spricht mit den Toten.«

»Ich kann es kaum erwarten.«

»Sie ist überzeugend, glauben Sie mir. Aber zurzeit rümpfen traditionelle Cops normalerweise die Nase über das, was sie nicht begreifen, selbst bei einer so soliden Erfolgsbilanz wie unserer. Deshalb heißt es von uns zwar, dass wir ›unkonventionelle Ermittlungsmethoden‹ einsetzen, aber wir halten uns so viel wie möglich an die traditionelle Polizeiarbeit.«

»Hm. Also behaupten Sie im Allgemeinen, Sie seien konventionelle Agenten mit … ein paar Glückstreffern und ein bisschen Intuition? Ich wette, Sie haben viel Spaß dabei, sich logisch klingende Erklärungen dafür auszudenken, woher Sie wissen, was Sie wissen.«

»Es kann knifflig sein«, räumte Quentin ein.

»Ja, das kann ich mir vorstellen. Und mich haben Sie eingeweiht, weil ich – mutmaßlich – auch hellsehen kann?«

»Wir wollten einfach alle Karten auf dem Tisch haben«, meinte Kendra.

»Unserer Erfahrung nach fühlen sich Hellseher außerhalb unserer Einheit viel wohler in der Zusammenarbeit mit uns, wenn sie erst begreifen, dass wir verstehen, was sie durchmachen.«

Maggie blickte zu John, dessen Miene ausdruckslos war, dann sah sie Kendra mit hochgezogener Augenbraue an. »Und – verstehen Sie es?«

»Ehrlich gesagt, Sie liegen ein bisschen jenseits sogar unseres Erfahrungshorizonts, Maggie. Wir haben einen Empathen in der Einheit, aber er ist bei weitem nicht so stark, wie Sie offenbar sind.«

»Oder so … einzigartig fokussiert«, fügte Quentin hinzu. »Empfangen Sie nur Eindrücke von gewalttätigen Ereignissen?«

Im Gegensatz zu den beiden anderen zögerte Maggie, ehe sie antwortete, doch schließlich zuckte sie mit den Achseln und sagte: »Dann sind sie am stärksten, vielleicht, weil ich mich all die Jahre eben darauf konzentrieren musste. Orte, an denen sich Gewalttaten ereignet haben, Menschen, die Traumata und Gewalt erfahren haben. Ich kann normalerweise auch andere Gefühle empfangen, wenn ich mich bemühe, aber schwächer, und sie … haben nicht solche Auswirkungen auf mich wie … Gewalt und Schmerzen.«

Sachlich, doch nicht ohne Mitgefühl, sagte Quentin: »Da sind nicht nur die realen Schmerzen und die traumatischen

Emotionen, sondern hinterher sind Sie genauso erschöpft, als wäre das Ereignis wirklich Ihnen widerfahren.«

Sie nickte. »Manchmal bin ich nur ein bisschen müde, manchmal brauche ich hinterher zehn oder zwölf Stunden Schlaf, ehe ich mich wieder normal fühle.«

»Und es sind sämtliche Sinne, nicht wahr? Sie fühlen, was die anderen fühlen, sehen, was sie sehen, riechen, was sie riechen – alles.«

Erneut nickte Maggie, sich Johns Aufmerksamkeit nunmehr sehr bewusst. Er hatte ihr erzählt, dass Andy ihre Wahrnehmungen im Haus der Mitchells am Vortag bestätigt hatte, doch er hatte ihr nicht gesagt, ob dies für ihn irgendetwas geändert hatte. Und in Gegenwart der beiden Agenten schirmte sie sich ab, sodass sie keine Ahnung hatte, was er empfinden mochte.

Kendra sagte: »Genauso ist es, wenn Sie eine Verbindung zu Opfern darstellen? Wenn sie noch einmal durchleben, was ihnen widerfahren ist?«

»In etwa. Manchmal hat ihr eigener Verstand ... dem Schmerz schon seine scharfen Kanten genommen, dann ist er nicht so intensiv. Aber manchmal überwältigen mich ihre Gefühle fast, dann kann ich mich kaum so weit konzentrieren, um ihnen Fragen zu stellen oder ihren Antworten richtig zuzuhören.« Sie atmete tief durch. »Das ist wirklich kein Vergnügen.«

Bedächtig fragte Quentin: »Warum tun sie es also? Warum unterziehen Sie sich dieser Tortur, Maggie?«

»Warum tun Sie's?«, setzte sie ihm entgegen.

Er lächelte schwach.

»Meine Fähigkeiten verletzen mich im Großen und Ganzen nicht. Ich leide nicht. Sie schon. Also, warum öffnen Sie sich immer wieder diesem Leiden?«

Ehe Maggie antworten konnte, klingelte Johns Handy. Sie spürte seinen Blick auf sich und murmelte beinahe unhörbar: »Rettung in letzter Sekunde.«

176

John meldete sich, dann lauschte er. Sein Gesichtsausdruck veränderte sich kaum, doch etwas in seiner Stimme warnte sie vor, als er sagte: »In Ordnung. Wir sind unterwegs.«

Quentin stellte die Frage: »Was ist passiert?«

»Andy will, dass wir sofort zur Wache kommen.« John wandte seinen Blick nicht von Maggie ab. »Thomas Mitchell hat offenbar gerade eine Lösegeldforderung von dem Mann bekommen, der seine Frau gekidnappt hat.«

10

Andy begrüßte sie an seinem Schreibtisch, führte sie jedoch sofort in den Konferenzraum, wo sich zwei weitere Detectives erhoben, um sie kennen zu lernen. Besser gesagt, um John kennen zu lernen; Maggie kannte die beiden offensichtlich bereits. Sie begrüßte Jennifer Seaton und Scott Cowan mit einem gemurmelten »Hallo«, ehe sie an dem langen Tisch Platz nahm, während John den beiden vorgestellt wurde.

Davon war er nicht so in Anspruch genommen, als dass er nicht bemerkt hätte, wie Maggie sich absonderte, indem sie sich einen Stuhl suchte, der zwischen zwei mit großen Aktenkartons beladenen Stühlen stand. Als man sich miteinander bekannt gemacht hatte und alle sich setzten, räumte er ganz bewusst einen der Kartons beiseite und nahm neben Maggie Platz.

Sie warf ihm einen kurzen Blick zu, starrte ansonsten jedoch auf die leere Pinnwand, die wenige Meter entfernt auf der anderen Tischseite stand. Er hatte keine Ahnung, was sie denken mochte, doch er erkannte Stress, wenn er ihn sah, und er sah ihn bei Maggie. In dem Augenblick, als sie an diesem Vormittag ins Hotel gekommen war, war ihm klar geworden, dass noch etwas geschehen war, etwas, das sie sehr erschüttert hatte.

War es das gewesen? Hatte Maggie irgendwie erkannt, dass sie sich geirrt hatte, als sie gesagt hatte, Samantha Mitchell sei in den Händen des Augenausreißers? Oder war es noch etwas anderes?

»Ich habe jetzt noch drei weitere Detectives, die in Vollzeit an diesem Fall arbeiten«, erzählte Andy ihnen, »aber im Augenblick versuchen sie herauszufinden, ob das Erpresserschreiben echt ist. Da wir übrigen gerade alle hier sind, dachte ich, jetzt wäre ein guter Zeitpunkt, um einmal ein paar Punkte durchzugehen.« Er schob John einen in Plastik verpackten Zettel zu. »Ich möchte wissen, was Sie beide davon halten.«

Es handelte sich um eine in Blockbuchstaben geschriebene Nachricht auf einem scheinbar ganz normalen Notizzettel, der aus einem Block herausgerissen worden war. Die Nachricht war niederdrückend schlicht.

WENN SIE IHRE FRAU JEMALS WIEDERSEHEN WOLLEN, KOSTET SIE DAS 100 TSD.

Das Papier wies drei Flecken auf – zwei sahen aus wie schwarzes Fingerabdruckpulver, einer wie Blut.

»Fingerabdrücke?«, fragte John.

»Ja, zwei richtig deutliche. Einer meiner Jungs war bei Mitchell, als der die Nachricht bekam, deshalb wurde sie gleich korrekt sichergestellt. Die Fingerabdrücke gehören sehr wahrscheinlich dem, der die Nachricht geschickt hat. Wir prüfen gerade die Fingerabdruckdatenbanken des Bundesstaats und die der gesamten USA. Bisher keine Übereinstimmungen, aber wir haben ja gerade erst angefangen.«

John schob die Nachricht zu Maggie hinüber. »Ist der Mann blöd, oder ist er einfach nur ein Amateur?«

»Tja, das gehört zu dem Problem, das wir mit dieser ganzen Entführungsgeschichte haben. Mitchell war natürlich sofort bereit, das so genannte Lösegeld zu zahlen, aber wir haben schon noch ein paar offene Fragen. Sie können sich bestimmt denken, welche.«

»Warum ein Entführer von jemandem wie Mitchell eine so kleine Summe fordert«, meinte John. »Warum er so unvorsichtig ist, seine eigenen Fingerabdrücke auf dem Zettel zu hinterlassen. Wie jemand offenbar so Unfähiges eine erstklassige Alarmanlage knacken konnte, um Samantha Mit-

179

chell aus ihrem Haus zu entführen, praktisch ohne Spuren zu hinterlassen. Wie mache ich mich?«

»Volle Punktzahl«, erwiderte Andy. »Das ist so ziemlich das, was wir uns auch fragen.«

Maggie schob den Beutel weg und murmelte: »Aber?«

Andy nickte. »Aber. Das da auf dem Zettel ist Blut, und die Blutgruppe ist die von Samantha Mitchell. Wir könnten einen DNA-Abgleich versuchen, aber das dauert Wochen. Mein Gefühl sagt mir, dass diese Sache gelaufen ist, lange bevor wir das Ergebnis hätten.«

»Wie wurde die Nachricht zugestellt?«, fragte John.

»Steckte einfach in seinem Briefkasten, lag oben auf der regulären Post. Niemand hat irgendjemand außer der normalen Postbotin in der Nähe des Briefkastens gesehen, und die schwört, sie hätte sie nicht da reingelegt. Ich bin geneigt, ihr zu glauben, besonders, da sie ihre Arbeit jetzt schon seit fünfzehn Jahren macht, ohne auch nur ein Mal einen Tag unentschuldigt gefehlt zu haben.«

John dachte darüber nach. »Niemand hat jemanden gesehen … Ich vermute, wir reden hier über die Presse? Belauern sie das Haus immer noch?«

»Ja. Und sie haben versucht, meine Jungs zu interviewen, anstatt deren Fragen zu beantworten, die Idioten. Aber unter dem Strich kommt heraus, dass sie nichts Ungewöhnliches gesehen haben. Nicht sonderlich überraschend. Ein ganzer Haufen von denen lungert doch immer am Ende der Auffahrt herum – und damit auch in der Nähe des Briefkastens –, da kann es für jemand mit einer Kamera um den Hals nicht allzu schwierig gewesen sein, am Kasten vorbeizuschlendern und kurz stehen zu bleiben, ohne dass es jemandem auffällt.«

Maggie regte sich. »Andy, glaubst du, Samantha Mitchell wurde entführt und wird jetzt gegen Lösegeld festgehalten?«

»Eigentlich nicht. Alles, was wir über ihr Verschwinden wissen, stimmt mit der Vorgehensweise unseres Mannes überein, und wenn ich mir einer Sache sicher bin, dann der, dass ihm Geld wirklich scheißegal ist.«

Jennifer meinte: »Scott und ich sind mit Andy einer Meinung. Wir denken, der Vergewaltiger hat sie, und er wird nicht plötzlich den Hilfsbereiten spielen und uns in diesem Stadium seine Fingerabdrücke hinterlassen. Die Frage ist also, wer hat die Nachricht geschickt?«

»Jemand, der den Vergewaltiger kennt?«, schlug John vor. »Oder – auch wenn das schwer zu glauben ist – jemand, der sämtliche Zeitungsberichte darüber gelesen hat und versucht abzukassieren?«

Andy verzog das Gesicht. »Letzteres ist am wahrscheinlichsten, glauben wir. In was für einer Welt leben wir eigentlich!«

»Was ist mit dem Blut?«, fragte John.

Scott zuckte mit den Achseln. »Der Mann kann sich selbst in den Finger gepiekst und dann einfach Glück mit der Blutgruppe gehabt haben. Ich meine, außer dass er die Nachricht hinterlassen hat, ohne dass ihn jemand gesehen hat, scheint er ja nicht allzu helle zu sein, oder?«

»Es gibt noch eine Möglichkeit«, warf Maggie ein. Sie sah niemanden von ihnen an, sondern betrachtete die eingetütete Notiz. »Das Blut könnte sehr wohl ihres sein. Wer auch immer diese Nachricht geschickt hat, könnte … ihre Leiche gefunden haben.«

Andy sah sie fest an. »Du glaubst, sie ist tot?«

»Ja. Ich glaube, sie ist tot.«

John beobachtete ebenfalls ihr Gesicht, und während sie sprach, überlief ihn ein schwacher Schauder der Gewissheit. Maggie glaubte nicht einfach, dass Samantha Mitchell tot war.

Sie wusste es.

Kendra schlüpfte zurück auf den Beifahrersitz des Autos und sagte: »Lass uns fahren – ehe einer von denen da hinten auf die Idee kommt, meinen Ausweis genauer unter die Lupe nehmen zu wollen.« Sie nahm den Fotoapparat, den sie sich zuvor umgehängt hatte, ab und steckte ihn wieder ins Futteral.

Quentin lenkte den Wagen gewandt vom Bordstein auf die Straße, einen halben Block vom Haus der Mitchells entfernt. »Dieser Ausweis ist dazu gemacht, einer genaueren Prüfung standzuhalten, weißt du.«

»Trotzdem, das ist noch lange kein Grund, das Schicksal herauszufordern.«

»Okay. Also, hast du was Brauchbares bekommen?«

»Die Reporter haben die Entführungsgeschichte alle geschluckt – zuerst. Aber ob jetzt der Augenausreißer die lukrativere Nachricht ist oder ob jemand das Ganze doch mal durchgedacht hat – jedenfalls sind sie jetzt so ziemlich einer Meinung, dass es vermutlich nur den Versuch darstellt abzukassieren.«

»Hm. Irgendwelche Vermutungen, wer der Urheber sein könnte?«

»Keine, die sie mir mitteilen mochten.«

»Du meinst, dein Charme hat nicht gewirkt?«

»Davon war nichts zu merken.«

»Oder deine großen braunen Augen?«

»Wahrscheinlich bevorzugen sie alle blaue.«

»Oder dein einzigartig flexibler Verstand?«

»Der beeindruckt dich ja kaum.« Kendra zog ein kleines schwarzes Adressbuch aus ihrer Schultertasche und blätterte darin. »Wir brauchen jemanden, der die verrufene Seite von Seattle viel besser kennt als wir.«

»Du vergisst – Seattle war die Heimat meiner Kindertage.«

»Das habe ich nicht vergessen – aber du bist jetzt – wie lange? – zwanzig Jahre von hier weg.«

»Ungefähr, aber ich komme regelmäßig zu Besuch.«

»Ich könnte mir dennoch vorstellen, dass sich hier dies und das geändert hat seit deiner Kindheit.«

»Sicher, deshalb bleibe ich ja auch in Kontakt mit Leuten, die ihren Finger sehr dicht am Puls dieser Stadt haben. Joey zum Beispiel. Joey ist der lebende Beweis für die Wahrheit des Sprichwortes, dass nur die Guten jung sterben. Denn wenn die Bösen jung sterben würden, hätte Joey schon in der Wiege den Löffel abgegeben.«

»Du glaubst, er könnte diese Nachricht geschickt haben?«

»Nein, sich einen Plan auszudenken und ihn durchzuführen, egal was für einen, dafür braucht Joey mehr als ein paar Stunden. Gib ihm ein paar Wochen, dann stellt er vielleicht etwas auf die Beine, aber nicht in ein paar Stunden. Aber ich glaube, er könnte wissen, wer auf die Idee mit der Entführung gekommen ist. Wenn es überhaupt jemand weiß, dann Joey.«

»Und weißt du auch, wo wir ihn finden?«

»Gib mir zehn Minuten«, meinte Quentin.

Das stellte sich als zu optimistische Schätzung heraus, aber Kendra kannte ihren Partner und war auf so etwas vorbereitet. In einem ausgesprochen heruntergekommenen Viertel wartete sie geduldig am Ende einer langen Gasse, in der Quentin verschwunden war, behielt ihren Wagen im Auge und war zugleich bereit, ihm zu Hilfe zu eilen, sollte dies nötig sein. In der halben Stunde, die er fort war, lehnte sie drei Einladungen zu einem »Treffen« höflich ab. Einen interessierten Zuhälter wies sie nicht ganz so höflich zurück.

Als Quentin unvermittelt wieder auftauchte, sagte sie: »Du hast diese Ecke absichtlich ausgewählt, stimmt's?«

Er grinste. »Immer noch ein guter Standort fürs Gewerbe?«

»Mistkerl«, sagte sie, doch ohne Wut.

»Ach, ich wusste, du kannst auf dich aufpassen. Nimm es als Kompliment.«

»Ja, klar.« Sie musterte ihn und wartete.

»Okay, ich muss es wissen«, sagte er. »Was war das höchste Angebot?«

»Du erwartest allen Ernstes von mir, dass ich dir sage, was diverse einsame Männer mir für meinen Körper geboten haben?«

»Mehrere?«

»Treib's nicht zu weit, Quentin.«

Er grinste erneut. »Wer weiß, wann wir mal verdeckt im Milieu ermitteln müssen, da muss ich doch deinen Marktwert kennen, das ist alles.«

»Geh zum Teufel«, sagte sie höflich. »Hast du jetzt herausgefunden, wo Joey ist, oder nicht?«

»Hab ich.«

»Dann los.«

Fünf Minuten später sagte Kendra neben ihm im Auto: »Fünfhundert.«

Verdattert meinte Quentin: »So viel? Himmel, entweder hat sich die Gegend hier sehr verändert seit meiner Zeit, oder die Inflation schlägt doch stärker zu Buche.«

»Mistkerl.«

John schlug den Ordner zu, in dem sich die Berichte der Spurensicherung über das Haus der Mitchells, die Aktennotizen der ermittelnden Detectives und ein Foto der vermissten Frau befanden, sah Maggie fragend an, und als sie den Kopf schüttelte, schob er die Akte wieder über den Tisch zu Andy. »Danke, dass ich da einen Blick reinwerfen durfte«, sagte er. »Allerdings habe ich nichts Brauchbares gefunden.«

»So ist das immer in Fällen von Verschwinden. Kein verdammter Anhaltspunkt. Und kaum mehr, wenn die Frauen aufgefunden werden.«

Sie wusste, dies war nicht auf sie gemünzt, dennoch sagte Maggie: »Ich wünschte, ich könnte dir endlich eine Skizze von dieser Bestie machen, Andy. Aber er ist so vorsichtig, keines der Opfer hat sich an brauchbare Einzelheiten erinnern können.«

»Das weiß ich, Maggie.«

»Ich sollte versuchen, noch mal mit Ellen Randall zu sprechen. Ich wollte ihr ein paar Tage Zeit geben, sich wieder zu fangen nach …«

»Nachdem ich mich reingedrängt und die Sache vermasselt hatte«, ergänzte John. »Es tut mir wirklich Leid.«

Maggie nickte. »Ich weiß. Sie war vermutlich sowieso noch nicht so weit, mit mir zu reden. Und ich bezweifle, dass sie irgendwas Brauchbares für mich hätte. Aber ich muss es versuchen. Ich rufe sie heute Nachmittag an und finde heraus, ob sie sich mit mir treffen mag. Vielleicht klappt es ja schon morgen.«

»Hier?«, fragte Andy.

»Ich denke, das überlasse ich ihr. Vielleicht fühlt sie sich zu Hause wohler.«

»Na ja, lass es mich wissen, wenn du einen Vernehmungsraum brauchst.«

»Okay.«

Andy tippte mit dem Finger auf die Mitchell-Akte. »Hier stehen wir also«, meinte er. »In den Mitchell-Ermittlungen jedenfalls. Ich habe Leute losgeschickt, die so viel wie möglich in Erfahrung bringen sollen über diese Nachricht, und es suchen Leute nach Samantha Mitchell – tot oder lebendig. Da wir in beiden Sachen nicht viel mehr tun können – jedenfalls im Augenblick –, hätte ich da noch was, was ich mit euch beiden besprechen will.«

John warf den beiden jüngeren Detectives einen Blick zu, dann sah er Andy fest in die Augen. »Das habe ich mir gedacht.«

»Ich habe hier nichts wegen irgendwelcher Anordnungen von oben zurückgehalten, sondern weil das hier so … an den Haaren herbeigezogen wirkt, John.«

»In welcher Hinsicht?«

Andy lehnte sich zurück, deutete vage auf die beiden anderen Polizisten und forderte sie damit auf zu erklären.

Jennifer sagte: »Wir waren uns sicher, dass dieser Kerl die

Frauen irgendwie aussucht, aber angesichts des sehr unterschiedlichen Äußeren und der unterschiedlichen Orte, an denen er sie sich geschnappt hat, deutete nichts auf seine Kriterien hin – da war kein gemeinsamer Nenner. Und wir sind zwar ziemlich sicher, dass er erst seit rund sechs Monaten aktiv ist, aber unsere Psychotante hat immer wieder gesagt, dass sein Ritual zu fest etabliert sei, als dass es so neu sein könnte. Also haben Scott und ich uns gefragt, ob er seine Ideen vielleicht irgendwo geklaut hat. Zum Beispiel aus Berichten über alte, unaufgeklärte Verbrechen.«

»Das würde ich doch nicht an den Haaren herbeigezogen nennen«, bemerkte John. »Es klingt eigentlich sogar ziemlich plausibel.«

»Es ist plausibel – wenn man davon absieht, was wir dann herausgefunden haben, als wir anfingen, uns durch die Akten zu wühlen.«

»Und das war?«, fragte Maggie.

John sah rasch zu ihr hinüber. Da war noch so eine sonderbare kleine Gewissheit: Auch dies war etwas, was sie wusste.

»Und das war ziemlich gruselig«, sagte Jennifer. »Was wir da gefunden haben, war eine sehr ähnliche Serie von Vergewaltigungen mit nachfolgender Ermordung, die 1934 hier in Seattle geschahen. Sechs Frauen ganz sicher, möglicherweise aber auch insgesamt acht, alle innerhalb eines Zeitraums von achtzehn Monaten.«

»Also kopiert er alte Verbrechen«, sagte John.

»Jetzt kommt der gruselige Teil.« Jennifer stand auf und drehte eine der Stelltafeln um die Längsachse, sodass sie alle die andere Seite sehen konnten. Unter der Überschrift »2001« waren untereinander vier Fotos darauf befestigt, Bilder von Laura Hughes, Christina Walsh, Ellen Randall und Hollis Templeton. Daneben gab es unter der Überschrift 1934 eine weitere senkrechte Reihe, die drei Skizzen und zwei Fotos enthielt.

»Sicher fällt Ihnen auf«, sagte Jennifer, »dass die erste Skizze von 1934 eine Frau zeigt, die praktisch mit Laura Hughes identisch ist. Die zweite Skizze ist ziemlich amateurhaft und hat den Ermittlern nicht geholfen, die Identität des Opfers festzustellen, aber zusammen mit einer Beschreibung der Frau ergibt sich, dass sie Ellen Randall sehr ähnlich sah. Die dritte Skizze wird noch von einem Foto untermauert, und wie Sie sehen, ähnelt dieses Opfer Hollis Templeton. Vom vierten Opfer haben wir nur ein am Tatort aufgenommenes Foto, aber der Beschreibung nach sieht sie aus wie Christina Walsh.«

Maggie bemerkte: »Er sucht sich Doppelgängerinnen.«

Andy sagte: »Ich glaube kaum, dass es Zufall ist, dass diese Frauen auf so ähnliche Weise vergewaltigt wurden wie ihre Doppelgängerinnen fast siebzig Jahre später.«

John meinte: »Also hat er Zugang zu Polizeiakten?«

»Vielleicht. Aber es sind auch Bücher über unaufgeklärte Verbrechen hier in der Stadt geschrieben worden, also können wir nicht sicher sein, ob er Polizeiakten hätte benutzen müssen.«

Jennifer sagte: »Und da ist noch etwas.« Sie erzählte ihnen von der Notiz, die sie in ihrem Auto gefunden hatte, und schloss: »Natürlich wissen wir nicht, wer die Nachricht geschrieben hat, wie derjenige in mein abgeschlossenes Auto gekommen ist oder warum er mich ausgewählt hat. Ebenso wenig wissen wir, ob er, sie oder es uns helfen oder uns so richtig ins Bockshorn jagen wollte.«

»Aber«, meinte Andy, »wir müssen davon ausgehen, dass die Jahreszahl 1894 wichtig sein könnte, zumindest bis zum Beweis des Gegenteils. Das Problem ist, wir sind bisher noch auf überhaupt keine Akten aus dem Jahr gestoßen. Nicht sehr überraschend, Seattle war ja erst ein paar Jahrzehnte vorher gegründet worden.«

Maggie meinte: »Vielleicht ist das ... ein anderer Ort. Eine andere Stadt.«

»Vielleicht«, erwiderte Andy. »Aber falls ja, sehe ich nicht die geringste Chance, dass wir herausfinden, wo.«

Kendra hatte sich eigentlich kein Bild von Joey gemacht, doch als sie ihn in einem überfüllten schäbigen Spielsalon aufstöberten, war sie entschieden überrascht. Im Großen und Ganzen war es ein zwielichtiger Laden, wo jeder sich tunlichst nur um seine eigenen Angelegenheiten kümmerte. Doch Quentin näherte sich von hinten gemächlich einem ungeschlachten Rotschopf, der gerade Spielgewinne einstrich, und tippte ihm auf die fleischige Schulter.

»Hi, Joey.«

Joey fuhr herum, sein grimmiger Gesichtsausdruck eine Leuchtwarnung an jedermann mit gesundem Menschenverstand.

Quentin trat selbstverständlich nicht einmal einen Schritt zurück. Er lächelte nur sein merkwürdig sanftes, absolut trügerisches Lächeln und fügte hinzu: »Wie ist es dir ergangen?«

Kendra zog ihre Waffe nicht, doch sie behielt die Hand in deren Nähe. Sie hatte großes Vertrauen in die Fähigkeiten ihres Partners, zumal Quentin groß und unbestreitbar kräftig war, doch Joey war noch größer und sah zudem aus, als könnte er einen Quarterback über den Kopf heben und quer durch den Raum wuchten.

Joey jedoch trat einen Schritt zurück, und ein komisches kleines Lächeln verzerrte seinen Mund. »Oh. Hi, Quentin. Lange nicht gesehen.«

»Ach, nur ein paar Monate«, meinte Quentin fröhlich. »Aber natürlich gibt es so viel zu erzählen. Was hältst du davon, wenn wir zu dir ins Büro gehen und über die alten Zeiten plaudern, hm, Joey?«

Widerspruchslos wandte Joey sich mit geradezu erstaunlicher Unterwürfigkeit um und führte sie durch einen Korridor hinten im Haus zu einer unglaublich verdreckten Männertoilette. Kendra versuchte nach Möglichkeit nichts zu berühren und fragte sich flüchtig, ob sie ihre Schuhe wegwerfen müsste, sobald sie da wieder herauskämen; irgendetwas knirschte unter ihren Füßen, aber sie mochte wirklich nicht nachsehen, was es war.

Joey erhob keinen Einspruch gegen Kendras Anwesenheit, was sie kaum überraschte, da er den Blick nicht von Quentin abwandte.

»Biste für immer wieder da?«, fragte er, und es war offensichtlich, dass er auf eine Verneinung hoffte.

»Nein, nur zu Besuch, wie immer. Hast dir nichts zuschulden kommen lassen, Joey?«

»Natürlich nich', Quentin.«

Zweifelnd hob Quentin eine Augenbraue.

»Okay, hab ein bisschen Ärger gehabt hier und da, aber nichts Ernstes.«

»Du hast nicht zufällig noch jemanden umgebracht, Joey?«

»Nein, ich schwöre.«

»Ich kann herausfinden, ob du lügst. Das weißt du.«

Wieder verzog sich Joeys Mund zu diesem matten Grinsen. »Ja, klar, weiß ich doch. Ehrlich, Quentin, ich war brav. Kannst jeden fragen.«

»Das werde ich, Joey. Einstweilen benötige ich aber eine kleine Information.«

»Okay, klar. Schieß los.«

»Hast du vom Verschwinden der Samantha Mitchell gehört?«

Joey runzelte kurz die Stirn, hinter der es sichtbar zu arbeiten begann, dann nickte er. »Ach, klar. Soll noch eine sein, die der Vergewaltiger sich gegriffen hat.«

»Genau. Aber jetzt behauptet jemand, er hätte sie entführt. Und derjenige will, dass ihr Ehemann ein Lösegeld zahlt.«

Joey trat von einem Fuß auf den anderen. »Ich nich', Quentin.«

»Wer ist es dann, Joey? Welcher erbärmliche Dreckskerl versucht da, die unglückliche Lage dieser armen Frau auszunutzen?«

»Weiß ich nich', Quentin, ehrlich.«

Sanft sagte Quentin: »Ich will, dass du das für mich in Erfahrung bringst, Joey. Und zwar schnell. Verstanden?«

Joey nickte. »Okay. Okay, Quentin, ich kann rumfragen, klar. Leute schulden mir'n Gefallen, irgendwer wird schon was wissen.«

Quentin nahm eine Visitenkarte und reichte sie Joey. »Die unterstrichene Nummer ist mein Handy. Ruf mich da an, sobald du rausgefunden hast, was ich wissen will.«

Joey nahm die Karte behutsam entgegen. »In Ordnung. Gib mir ein paar Stunden, ich schau mal, was ich ausgraben kann.«

»Aber lass mich nicht länger warten, okay?«

»Klar, natürlich.«

»Ruf mich schnell an, dann habe ich vielleicht keine Zeit herumzufragen und herauszufinden, was du angestellt hast, Joey.«

Nochmals setzten sich die Schräubchen hinter Joeys runden blauen Augen beinahe sichtbar in Bewegung. Deutlich sichtbar war jedenfalls die Hoffnung in seinen Augen, als der Groschen fiel. »Klar. Okay, klar, ich versteh schon. Ich werd' anrufen, Quentin. Verlass dich drauf.«

Sie ließen ihn dort zurück, mit dem Rücken ganz wörtlich zur schmierigen Wand zwischen zwei widerlichen Becken. Er schien ihnen nicht folgen zu wollen, und als Kendra sich noch einmal umblickte, ehe sie den Spielsalon verließen, war er noch nicht von der Toilette zurück.

»Das ist ja mal ein ausgesprochen nervöser, unglaublich riesiger Kerl«, bemerkte sie, als sie ins Auto stiegen. »Ich könnte schwören, dass er panische Angst vor dir hatte.«

Quentin ließ lächelnd den Wagen an, erwiderte jedoch nichts.

Kendra musterte ihn, dann sagte sie: »Joey ist also ein alter Kumpel aus Kindertagen, was?«

»Eher ein Bekannter aus Kindertagen, würde ich sagen.«

»Aha … Ich nehme an, du möchtest mir nicht von deiner hochinteressanten Kindheit erzählen?«

»Ach, die war nicht interessant. Sie war langweilig, wirklich.«

»Wirklich?«

»Sicher.«

»Hm. Irgendwie habe ich da meine Zweifel, weiß auch nicht, wieso. Aber lassen wir das – einstweilen. Wen hat Joey ausgeknipst?«

»Was für ein Wort, ausgeknipst! Wie wär's mit ›getötet‹?«, meinte er nachdenklich.

»Hör auf, meine Wortwahl zu kritisieren, und antworte auf meine Frage.«

»Jawoll, Ma'am. Joey hat seinen Vater getötet. Hat ihm mit der Schrotflinte das Gesicht weggepustet.«

»Du liebe Güte. Und der läuft frei herum? Unser Rechtssystem ist zum Kotzen.«

»In diesem Fall eigentlich nicht. Joey war elf, als es passierte, und sein alter Herr hatte seine Mutter gerade zum x-ten Mal bewusstlos geschlagen. Joey kam dazu, sah sich die Szene an – und dann ist etwas in ihm entzweigegangen. Er ist ganz kaltblütig ins Schlafzimmer gegangen, hat die Kanone seines Alten gesucht, sie geladen, ist zurückgegangen und hat ihm die Birne weggepustet.«

Kendra drehte sich leicht auf ihrem Sitz und musterte ihren Partner. »Das war seine Version?«

»Na ja, seine Version für den Polizeibericht lautete, er hätte die Kanone nur geholt, um seine Mutter zu verteidigen, und als sein Vater mit Mordlust in den bösartigen Augen auf ihn zugerast sei, hätte Joey in reiner Selbstverteidigung gehandelt.«

»Die Beweise stützten seine Version?«

»Sie sprachen jedenfalls nicht dagegen. Zumal es einen Zeugen gab, der für ihn ausgesagt hat.«

»Einen Zeugen?«

»Ja. Ein Klassenkamerad war mit zu ihm nach Hause gegangen, um sich ein Buch auszuleihen. Damals zeigte Joey noch schwache Anzeichen, die vermuten ließen, er könnte anders werden als sein Vater. Jedenfalls hat der Zeuge seine Version gestützt, und Joey bekam Bewährung und eine Therapie.«

»Die Therapie scheint ihm nicht viel genutzt zu haben, wenn er seitdem in Schwierigkeiten ist.«

»Nein, und er ist von der Schule ab, sobald er schneller laufen konnte als der Mann von der Schulbehörde. Angesichts seiner Herkunft und seines Lebensumfelds nicht verwunderlich. Sein Vater war einer jener durch und durch bösen Dreckskerle, die das Leben manchmal hervorbringt, und ich habe gehört, sein Großvater sei noch schlimmer gewesen. Aber Joey hat genug von seiner Mutter mitbekommen – nicht zu vergessen ihren Einfluss auf ihn –, sodass er viel leichter zu lenken ist. Er würde dich nach Strich und Faden übers Ohr hauen und dir die Taschen leeren, wenn er dich bewusstlos oder tot fände, aber er hat Angst vor seiner eigenen Kraft und seinem Temperament; er will nicht werden wie sein alter Herr. Man muss ihm zugute halten, dass er normalerweise ohne Gewalt auskommt.«

Kendra nickte. »Und warum ist er vor dir auf der Hut? Hat er Angst, dass du nach all den Jahren doch noch die Wahrheit sagst?«

Quentin lächelte schwach. »Das würde ich nicht tun. Aber allein die Möglichkeit hilft mir, Joey bei der Stange zu halten.«

»Sogar von der anderen Seite des Landes aus?«

»Nun ja, ich versuche, wenigstens ein Mal pro Jahr zurückzukommen. Und ich suche ihn jedes Mal auf, finde heraus, was er angestellt hat.« Er lachte in sich hinein. »Seit ich beim FBI bin, hat Joey sich nichts Großes zuschulden kommen lassen. Ich schätze, er hat zu viele unrealistische Hollywood-Filme über die Macht des FBI gesehen.«

»Also hilft dir auch deine Dienstmarke, ihn bei der Stange zu halten.«

»Bis jetzt. Joey gilt als jemand, der einmalig aus einem Impuls heraus jemanden getötet hat, und ich möchte, dass das so bleibt. Das ist der Unterschied, ob man nur schlecht ist oder richtiggehend böse.«

»Hm.« Kendra musterte sein Profil noch einen Augenblick, dann sagte sie: »Warum habe ich nur das Gefühl, dass es in deiner geheimnisumwitterten Vergangenheit eine ganze Reihe solcher Geschichten wie die von Joey gibt?«

»Das ist bestimmt deine lebhafte Fantasie.«

Sie seufzte, nicht überrascht. »Du hast mich da in einen ganz schön dreckigen Laden geschleift.«

»Tut mir Leid.«

»Du schuldest mir ein neues Paar Schuhe.«

Da ihre Fragen zwar unbeantwortet in der Luft hingen, sie aber auch mächtig anspornten, blieben John und Maggie noch einige Stunden und halfen bei der Durchsicht der Aktenkartons auf der Suche nach weiteren Informationen über alte Verbrechen. Innerhalb einer Stunde stapelten sich auf jedem freien Stuhl die Akten, ohne dass sie Erfolge zu verzeichnen gehabt hätten.

Es war beinahe ein Uhr, als Scott und Jennifer zu einem späten Mittagessen gingen und ihnen auch etwas mitbringen wollten. John nutzte die Gelegenheit, Andy von Quentin und Kendra zu erzählen.

»Scheiße«, sagte Andy, allerdings eher verblüfft denn verärgert. »FBI-Agenten – und inoffiziell? Ich wusste gar nicht, dass das FBI irgendwas inoffiziell tut.«

»Sie gehören zu einer relativ jungen Einheit von Ermittlern und sind ein bisschen unabhängiger als die meisten. Sie sind sehr gut, Andy, und völlig vertrauenswürdig. Und sie haben kein Interesse an den Lorbeeren, egal, wer den Fall knackt.«

»Das war verdammt anmaßend von Ihnen, John.«

»Ich weiß. Und ich entschuldige mich dafür, wenn Sie es wünschen – nicht dafür, dass ich sie dazugerufen habe, sondern dafür, dass ich es Ihnen nicht vorher gesagt habe.«

»Wow, wie großzügig von Ihnen.«

John lachte in sich hinein.

Nicht bereit, sich so schnell erweichen zu lassen, sah Andy Maggie streng an. »Du hast auch davon gewusst?«

Sie erwiderte seinen Blick geradeheraus. »Mir ist es auch ziemlich egal, wer die Lorbeeren erntet, Andy. Oder wer hilft. Hauptsache, wir bekommen diese Bestie in einen Käfig, wo sie hingehört.«

»Drummond wird im Quadrat springen.« Andy seufzte. »Er hat mich heute schon einmal zusammengestaucht, John, dank Ihnen. Tun Sie mir einen Gefallen und halten Sie Ihr berühmtes Profil ab jetzt aus den Titelseiten heraus, ja?«

»Ich werde es versuchen. Und keiner von uns will, dass Drummond das hier zu bald erfährt, glauben Sie mir. Und wenn er es herausfindet, dann war ich es, der sie hinzugezogen hat – nicht Sie oder irgendjemand, der Drummond untersteht.«

Andy beäugte ihn sarkastisch. »Haben Sie einen unbewussten Todeswunsch?«

»Ich werde mit Drummond fertig.« John lächelte. »Ich werde schließlich seit fünfzehn Jahren mit Männern wie ihm fertig.«

»Er hat 'ne Menge Vitamin B hier in der Stadt, John.«

»Ich auch. Ich habe bisher bloß noch keinen großen Gebrauch davon gemacht.«

»Okay, okay. Hauptsache, Ihnen ist jetzt klar, dass er *nicht* glücklich darüber sein wird. Und keiner von meinen Leuten dafür geradestehen muss.«

»Keine Sorge.«

»Wenn das so ist – wann lerne ich Ihre Agenten da denn kennen? Ich wüsste gerne, mit wem ich arbeite.«

»Wir können uns mit ihnen im Hotel treffen, wann immer Sie wollen, nur jetzt sind Quentin und Kendra gerade nicht da. Sie versuchen, möglichst viel über die angebliche Entführung herauszufinden. Sie zweifeln genauso daran wie Ihre Leute, aber wie Maggie schon gesagt hat – derjenige, der diese Nachricht geschickt hat, könnte etwas über Samantha Mitchell wissen, und wir müssen herausfinden, was das sein könnte.«

»Sie glauben, die beiden finden was, ehe meine Leute was finden?« Es war keine ganz ernst gemeinte Kampfansage.

John lächelte. »Nun, sagen wir einfach, ich habe gelernt, nie gegen Quentin zu wetten. Auf die eine oder andere Weise findet er immer, wonach er sucht.«

11

Andy beschloss, die Zahl der Mitwisser um die Beteiligung der FBI-Agenten am Fall strikt auf Scott und Jennifer zu beschränken. Die übrigen Detectives sollten es nicht erfahren.

»Alle meine Leute reißen sich bei diesen Ermittlungen den Arsch auf«, erklärte er Maggie und John, »aber diese beiden hier haben Initiative bewiesen und auch mal über den Tellerrand geschaut. Außerdem weiß ich zufällig, dass sie sich darüber freuen würden – und das kann man nicht von jedem sagen.«

Scott und Jennifer waren zweifellos erfreut, besonders als John ihnen von den Fachkenntnissen der zwei als Profiler, von Kendras Computerfähigkeiten und dem gesamten Datenbankspektrum erzählte, das den beiden als Angehörigen der Bundespolizei zur Verfügung stand.

»Vielleicht kommen die zwei ja dahinter, warum die Zahl 1894 so wichtig ist. Wenn sie denn wichtig ist«, sagte Jennifer. »Inzwischen – Andy, wenn du nichts dagegen hast, fahre ich zur Bezirksdienststelle Zentrum. Der Archivar da ist sich nicht *ganz* sicher, aber er meint, sie könnten ein paar richtig alte Akten in ihrem Lagerraum haben. Das will ich mir ansehen, mal sehen, ob ich die fehlenden Akten von 1934 oder vielleicht sogar welche von 1894 finde.«

Andy warf einen Blick auf die Aktenstapel auf dem Konferenztisch und seufzte. »Klar, mach ruhig. Nichts in diesem Chaos hilft uns weiter.«

Scott fragte: »Jenn, soll ich mitkommen?«

Sie grinste ihn an. »O nein, Kumpel. Du bringst all diese nutzlosen Akten dorthin zurück, wo wir sie herhaben, und dann versuch herauszubekommen, was mit den Akten passiert ist, von denen der Archivar der Polizeidienststelle Nord *schwört*, sie seien beim Umzug ins neue Gebäude verloren gegangen.«

Scott verzog das Gesicht und meinte: »Es macht keinen Spaß, wenn man in der Hierarchie ganz unten steht.« Doch er wirkte eigentlich ganz vergnügt, als er nun einen Aktenkarton nahm und Jennifer aus dem Raum folgte.

»Die beiden müssen immer was zu tun haben«, erklärte Andy Maggie und John seufzend. »Sie sind beide noch nicht lange genug dabei, um die Erfahrung gemacht zu haben, dass fünfundsiebzig Prozent der Polizeiarbeit aus Herumsitzen besteht – dass man entweder Papiere durcharbeitet und versucht, ein Puzzle aus einzelnen Fakten zusammenzusetzen, oder einfach versucht, das Problem so lange durchzusprechen, bis es anfängt, einen Sinn zu ergeben.«

»Manchmal denke ich, das ganze Leben besteht zum größten Teil daraus«, ergänzte John sarkastisch.

»Ich kann es den beiden nicht verdenken, dass sie ruhelos sind«, meinte Maggie, den Blick grübelnd auf die Pinnwand geheftet. »Es ist die Hölle, hier herumzusitzen. Und sich zu fragen, wann das Telefon wohl klingeln mag.«

Als es das genau in diesem Augenblick tat, sah Andy sie mit erhobener Augenbraue an und nahm ab. Er sagte »Brenner« und hörte dann mehrere Minuten zu. Er musste nicht erst »Ach du heilige Scheiße« murmeln, damit die anderen begriffen, dass es schlechte Neuigkeiten gab.

Sobald er aufgelegt hatte, riet John: »Samantha Mitchell?«

»Nein«, sagte Andy mit schwerer Stimme. »Der Dreckskerl hat eine betriebsame Woche. Wir haben eine weitere vermisste Frau.«

Im Lagerraum der Polizeistation Zentrum fand Jennifer eine Menge Akten. Eine Menge alter Akten, von denen einige bis in die 1890er-Jahre zurückgingen. Doch für das Jahr 1894 fand sie nichts von Interesse; für diesen Zeitraum waren in

Seattle vergleichsweise wenige Morde gemeldet worden, und keiner davon erfüllte ihre Kriterien.

Schlimmer noch, es gab keine Spur von Akten aus dem Jahre 1934. Aus dem ganzen Jahrzehnt gab es keine Akten.

Nach über einer Stunde vergeblichen Suchens war sie staubig, gereizt, hatte sich drei Mal an Papier geschnitten und außerdem Kopfschmerzen. Ferner war sie nun geneigt, Computer viel höher zu schätzen, als sie das vor dieser ganzen Angelegenheit getan hatte. Sie hatten wohl auch ihre schlechten Seiten, aber zumindest bekam man bei der Arbeit an ihnen keinen Staub in die Nase oder Schnittverletzungen an den Fingern.

Sie ging in den Aufenthaltsraum der Wache, ließ sich dort mit einem Erfrischungsgetränk nieder und überlegte verdrossen, welche Handlungsmöglichkeiten sie hatte. Sie waren nicht vielversprechend. Vielleicht fand Scott ja diese Akten noch, die bei dem Umzug verloren gegangen waren, doch es schien wenig wahrscheinlich. Wenn sie nicht persönlich jeden Lagerraum und jeden Keller in sämtlichen Polizeiwachen der Stadt aufsuchen wollte – und das wollte sie nicht –, dann musste sie sich eingestehen, dass diese spezielle Spur vielleicht in eine Sackgasse führte.

Jennifer mochte Sackgassen gar nicht.

Sie war so *sicher* gewesen, dass sie in den alten Akten etwas Brauchbares finden würden. Oh, Scott gegenüber hatte sie sich das nicht anmerken lassen, aber von dem Augenblick an, als sie jene erste Skizze von 1934 gesehen hatte, war ihr Adrenalinpegel steil angestiegen. Alle ihre Instinkte hatten laut geschrien: endlich, nach so vielen Monaten, ein Durchbruch in den Ermittlungen.

Leider war es doch keiner. Verdammt.

»Hey, Seaton, was machst du denn hier bei uns?«

Sie sah hoch und erzeugte ein schwaches Lächeln für Terry Lynch, als er sich zu ihr an den Tisch setzte. »Ich wollte mir mal die Slums ansehen, was denkst du denn?«

Er musterte sie nachdenklich, sein trügerisch offenes Gesicht freundlich und treuherzig wie immer, der Blick jedoch scharfsichtig. »Da ist Staub auf deiner Nase.«

»Weil ihr einen dreckigen Lagerraum habt«, erklärte sie ihm und wischte sich mit einer Papierserviette die Nase ab.

»Wundert mich gar nicht. Hast du nach etwas Bestimmtem gesucht?«

Jennifer hielt ihm eine verkürzte Version von »Drummond lässt uns alte Akten durchwühlen«, wobei ihr völlig bewusst war, dass Terry ihr das nicht abkaufte. Nicht gerade leicht, dachte sie bei sich, einen Ex-Partner anzulügen. Oder einen Ex-Liebhaber.

Doch er nickte ernsthaft, nur der sarkastische Blick seiner blauen Augen sagte ihr, er wisse, dass sie ihm etwas vormachte. Im Plauderton meinte er: »Habt ihr denn irgendwelche Fortschritte gemacht bei der Verfolgung dieses Vergewaltigers?«

»Nicht der Rede wert.«

»Hab gerade gehört, dass schon wieder eine Frau vermisst wird.«

»Oh, Scheiße. Wissen wir, dass er es ist?«

Terry zuckte mit den Achseln. »Ich glaube, dein Boss checkt das gerade. Wenn hier in der Stadt im Augenblick eine Frau vermisst wird, bekommt ihr den Anruf, das weißt du ja.«

Jennifer zog eine Grimasse. »Wenn er es ist – dann ist er höllisch schnell geworden.«

»Sieht so aus.«

Sie zögerte kurz. »Hörst du irgendwas auf der Straße, Terry?« Er war Streifenpolizist. In derselben Prüfung, die Jennifer glänzend bestanden hatte, war er durchgefallen. Der Schlag, den dies für sein Ego bedeutet hatte, hatte ihre Beziehung zwar nicht beendet, doch die Versetzung in einen anderen Bezirk im vergangenen Jahr hatte dies dann erledigt.

Er legte beide Hände um seine Kaffeetasse und zog die

Schultern hoch – seine nachdenkliche Haltung, durchfuhr es sie plötzlich. »Eigentlich nicht.«

»Eigentlich nicht? Also hast du etwas gehört – aber du bist dir nicht sicher, was es bedeutet?«

Er lächelte schief. »Du liest immer noch in mir wie in einem Buch. Ja, da war eine Sache. Ich wollte dich schon anrufen, aber … verdammt, Jenn, es klingt so abgedreht.«

»Wenn es nur das ist«, versetzte sie trocken, »Abgedrehtes scheint neuerdings an der Tagesordnung zu sein, Terry. Was war es denn?«

»Tja, wir haben da vorgestern einen Obdachlosen aufgelesen, weil er vor einem Geschäft die öffentliche Ordnung gestört hatte. Du kennst das ja. Jedenfalls, der Kerl war ziemlich betrunken und hat nicht viel Sinnvolles von sich gegeben, aber etwas, das er gesagt hat, hat meine Aufmerksamkeit erregt.«

»Und zwar?«

»Er meinte, er hätte ein Gespenst gesehen.«

»Ach, komm schon, Terry – er war betrunken und hat dummes Zeug gebrabbelt. Wahrscheinlich Delirium tremens.«

Terry nickte. »Ja, das dachte ich mir auch. Aber sieh mal, da waren schon ein paar Sachen merkwürdig. Zum Beispiel klang er irgendwie nicht so verrückt, wie er hätte klingen müssen. Und es stellte sich heraus, dass der Kerl mal irgendsoein Computer-Ass gewesen ist. Anscheinend hatte er zu viele Probleme, weil er manisch-depressiv war, er konnte seinen Job nicht halten und ist auf der Straße gelandet.«

»Traurig«, lautete ihr Kommentar. »Aber traurigerweise nicht sehr ungewöhnlich.«

»Nein. Aber hier ist noch was Merkwürdiges. Wir fanden ihn etwa zwei Blocks von der Stelle entfernt, wo man das letzte Opfer des Vergewaltigers gefunden hatte – Hollis Templeton? Und er starrte zu eben dem Gebäude rüber, während er davon plapperte, dass er vor ein paar Wochen einen

200

Geist gesehen hätte. Und da bin ich eben ins Grübeln gekommen.«

Jennifer kam ebenfalls ins Grübeln. »Terry ... ist er wieder raus?«

Er verzog das Gesicht. »Leider ja. Ich vermute aber, dass er immer noch in der Gegend herumhängt. Ganz da in der Nähe, wo wir ihn aufgegabelt haben, gibt es ein Obdachlosenasyl, wo Typen wie er ein Bett und eine Mahlzeit bekommen. Da könntest du es versuchen. Ich habe nicht viel, was ich dir an Beschreibung geben kann – er war so verdreckt, dass es schwer zu sagen war, wie er aussieht. Männlicher Weißer, vielleicht vierzig, ein Meter achtzig, vielleicht etwas mehr als siebzig Kilo, braune Haare, braune Augen.« Er holte sein Notizbuch hervor, notierte Namen und Adresse des Asyls sowie den Namen des Mannes, riss das Blatt heraus und gab es ihr.

Sie nahm es, stand jedoch nicht sofort auf. Stattdessen sagte sie trocken: »*Du* hast dem Archivar gesagt, er soll andeuten, dass ich hier genau das finden könnte, wonach ich suche, stimmt's, Terry?«

Er lächelte. »Du weißt ja, wie schnell sich die Dinge herumsprechen, Jenn. Besonders wenn Scott Cowan auf jeder Wache anruft und in aller Unschuld nach alten Akten fragt. Also habe ich mir gedacht, dass du früher oder später hier auftauchst. Ich habe Danny einfach gebeten, dir gegenüber anzudeuten, wir hätten die Akten, die du willst, hier.«

»Und dir dann Bescheid zu sagen, wenn ich hier bin?«

»Wie gesagt – ich wollte dich deswegen sowieso anrufen. Aber ich dachte, dann denkst du, ich benutze es nur als Vorwand, und nimmst nicht mal meinen Anruf entgegen.«

»Du hättest mir das alles auch sagen können, *bevor* ich so viel Zeit in eurem dreckigen Lagerraum verbringe.«

»Ja, hätte ich können.«

Lächelnd stand sie auf. »Kein Vorwand also?«

»Na ja, nicht nur.«

»Ich hätte den Anruf selbstverständlich angenommen, Terry.«

»Ja?«

»Ja.« Sie grüßte ihn lässig und verließ den Aufenthaltsraum. Erst als sie schon im Auto saß und den Zettel betrachtete, den er ihr gegeben hatte, schwand ihr Lächeln. Noch
eine Sackgasse? Würde sie nur auf einen armen zerstörten
Mann stoßen, dessen beschädigter Verstand ihm einen
Streich gespielt hatte?

Oder auf etwas anderes?

Maggie war nicht besonders erpicht darauf, die Wohnung
der zuletzt vermissten Frau zu besichtigen, doch sie wusste
nur allzu gut, dass die Zeit eine Rolle spielte. Je eher sie mit
Sicherheit wussten, ob Tara Jameson vom Augenausreißer
entführt worden war, desto besser. Als Andy daher vor-
schlug, sie und John sollten die Wohnung überprüfen, während er mit dem Verlobten sprach, der ihr Verschwinden gemeldet hatte, war sie einverstanden.

»Noch ein gesichertes Gebäude«, bemerkte John, als sie
vor dem Wohnhaus standen.

»Dem Mistkerl scheint das zu gefallen«, stimmte Andy zu.
»Unsere Psychotante sagt, das sei eine Art Herausforderung
für ihn, dass er sich da vielleicht besonders anstrengen muss,
die Frauen an vermeintlich sicheren Orten zu entführen, obwohl er sie sich auch einfach schnappen könnte, wenn sie ein-
kaufen gehen oder so.«

»Eine Herausforderung«, sinnierte John.

»Ja.«

»Dieses Gebäude ist etwas älter, nicht wahr? Ich erinnere
mich, dass es schon vor zwanzig Jahren hier gestanden hat.«

»Ja, aber es ist modernisiert worden, zumindest was die
Sicherheit angeht.«

Maggie mobilisierte schweigend ihre Energiereserven und
versuchte, ihren Fokus zu verengen, um wenigstens ein Min-
destmaß an Distanz zu wahren. Deshalb hörte sie nur halb

zu, bis sie das Gebäude betraten, sich beim Wachdienst anmeldeten und Andy sie fragte, wo sie anfangen wolle.

»Der Verlobte wartet mit einem meiner Leute in der Wohnung«, fügte er hinzu.

Maggie sah sich im hell erleuchteten Eingangsbereich um. »Das hier ist schrecklich öffentlich. Gibt es einen Lastenaufzug?«

»Ja, da hinten in dem Korridor, und es ist der einzige, der bis in den Keller fährt. Er wurde überprüft, auch wenn die Videobänder von hier und der Eingangstür im Keller niemanden zeigen, den die Wachmänner nicht hereingelassen hatten – nichts Verdächtiges.« Er nickte in Richtung der Wachmänner an der Pförtnertheke, die sie argwöhnisch beobachteten.

»Trotzdem ist es am wahrscheinlichsten, dass er sie mit diesem Aufzug aus dem Gebäude gebracht hat, oder?«

»Würde ich sagen.«

»Dann möchte ich damit anfangen. Ich fahre in dem Aufzug hoch auf ihre Etage.«

»Ich fahre mit Ihnen«, sagte John.

Maggie machte keine Einwände, sondern nickte nur.

»Siebter Stock«, sagte Andy. »Wohnung 804. Ich werde dort bei ihrem Verlobten sein.« Er ging in Richtung der regulären Aufzüge davon.

»Sind Sie sicher, dass Sie das durchstehen?«, fragte John sie unvermittelt.

»Warum sollte ich nicht?«

»Maggie, Sie waren völlig aus der Fassung, als Sie heute Morgen ins Hotel kamen, und Sie haben sich immer noch nicht wieder gefangen. Als Sie gestern Abend nach Hause gingen, waren Sie vor allem erschöpft. Ich kann mir nicht helfen, ich frage mich eben, was danach noch geschehen ist.«

Sie war kaum überrascht; entweder wurde seine Wahrnehmung schärfer, wenn es um sie ging, oder sie verbarg ihre Anspannung nicht besonders gut. »Es war ... ein Albtraum, das ist alles. Ich habe nicht gut geschlafen.«

John hatte das Gefühl, dass sie dem Thema auswich und ihn dennoch nicht richtig angelogen hatte. Das machte ihn noch neugieriger auf die ganze Wahrheit. Doch er sagte nur: »Sie haben Ihren Skizzenblock heute gar nicht dabei. Zum ersten Mal.«

»Na und? Ich trage ihn nicht überall mit mir herum.«

»Ich glaube, normalerweise schon, besonders während einer laufenden Ermittlung.«

Maggie zuckte mit den Achseln. »Normalerweise, nicht immer.«

»Und warum heute nicht?«

»Vielleicht habe ich ihn vergessen.«

»Ist das so?«

»Nein.«

»Also dann?«

Sie sah ihn kurz an, dann schüttelte sie den Kopf. »Egal. Das einzige, woran ich im Augenblick denke, ist die Frage, ob Tara Jameson das sechste Opfer ist oder nicht.«

John ging hinter ihr her zum Lastenaufzug. »Sie könnten doch einfach sagen, dass mich das nichts angeht«, merkte er halbherzig an.

»Ich schätze, das könnte ich tun«, murmelte sie.

Er beschloss, es darauf ankommen zu lassen und ihr ein kleines bisschen zuzusetzen. »Außer natürlich, es geht mich was an. Ich glaube, Sie sind zu ehrlich, als dass Sie da lügen würden. Also, geht es mich etwas an, Maggie? Gibt es da etwas, von dem Sie nicht recht wissen, ob Sie es mir sagen sollen?«

Sie sah ihn kurz an, atmete tief durch und sagte ganz ruhig: »Sogar mehreres. Aber nicht hier und nicht jetzt. Okay?«

John dachte an Quentins Warnung, bekam seine Neugier in den Griff und nickte. »Okay.«

Ein Hauch von Dankbarkeit huschte über ihr Gesicht, und er war froh, dass er nachgegeben hatte. Umso mehr fragte er sich allerdings, was sie so aus der Fassung gebracht haben mochte. Sie freute sich ja offensichtlich nicht gerade darauf, ihm davon zu erzählen.

Maggie blieb wenige Schritte vor dem Lastenaufzug im Korridor stehen und wappnete sich sichtlich.

John neigte wohl kaum zu Vorahnungen, doch aus einem spontanen Unbehagen heraus sagte er: »Vielleicht ist es doch keine gute Idee.«

Ernst blickte sie ihn an. »Warum nicht? Weil ich mir vielleicht etwas Entsetzliches *einbilde*? Aber meine eigene Einbildung kann mich nicht verletzen, oder, John?«

Er wählte seine Worte mit Bedacht. »Nach dem, was ich im Haus der Mitchells mit angesehen habe, weiß ich, dass es mehr ist als Einbildung, Maggie. Ich will nur … Ich will nicht, dass Ihnen wieder so wehgetan wird.«

Maggie hätte ihn beinahe berührt, sie wollte ihn beruhigen, verspürte das Bedürfnis danach, doch sie hielt sich zurück und hoffte, ihr sei nicht anzumerken, wie schwer ihr das fiel. Gleichmütig sagte sie: »Wenn Tara Jameson das sechste Opfer ist, dann wird ihr jetzt in diesem Augenblick wehgetan. Was immer ich auch fühlen werde … es wird vorübergehen.«

»Das heißt nicht, dass es weniger wehtut.«

Anstatt dies zu leugnen, sagte sie lediglich: »Es wird schon gehen.« Sie gab ihm keine Möglichkeit zu weiteren Einwänden, sondern ging zum Lastenaufzug und drückte auf den Knopf.

Beinahe unverzüglich öffneten sich die Türen. Ehe sie den Aufzug betrat, gestattete Maggie sich vorsichtig, die unverfänglich wirkende Kabine mit ihren inneren Sensoren abzutasten.

Der Aufzug wurde viel genutzt, und zunächst empfing sie nur einen Wirrwarr von Bildern und blitzartig aufscheinenden Gefühlen, zumeist Wut- und Angstgefühle auf niedrigem Niveau. Nicht ungewöhnlich, wie sie wusste, für ein Gebäude, in dem häufig gequälte, gestresste Menschen lebten und arbeiteten.

Dann spürte sie ganz am Rande ihrer Wahrnehmung etwas … Fremdartiges.

Dunkel. Hungrig. Kalt. So kalt …

Es wurde stärker, drang auf Maggie ein, bis es ihr schwer fiel zu atmen. Die Dunkelheit war schwarz, klebrig, glitschig wie ein Ölfilm, sie hüllte den Hunger ein, der kalt und grotesk war in seiner krankhaften Intensität.

»Maggie?«

Sie blinzelte und sah John an, auf seine Hand, die ihren Arm gepackt hielt, und fragte sich vage, was ihr Gesicht ausdrücken mochte, das ihm solche Sorgen einflößte. Als hätte sich eine Tür geschlossen – oder geöffnet –, spürte sie jetzt nur noch ihn, seine Sorge um sie, und andere, unklarere, aber nicht weniger starke Gefühle. »Mir geht's gut«, murmelte sie.

»Ach ja? Warum haben Sie das dann gesagt?«

»Was gesagt?« Sie erinnerte sich nicht, etwas gesagt zu haben.

»Sie haben gesagt: ›erlöse uns von dem Bösen.‹ Als ob Sie ein Gebet gesprochen hätten.«

Nach kurzem Zögern entzog Maggie ihm sanft ihren Arm. »Komisch. Ich bin nicht mal religiös.« Sie versuchte, nochmals zu fokussieren, nochmals diese kalte, dunkle Anwesenheit zu empfangen, doch im Augenblick spürte sie nur John, sogar ohne Körperkontakt. Als ob die Tür, die sich da geöffnet hatte, sich nun nicht mehr schließen lassen mochte. Und ein sehr großer Teil von ihr wollte sich in ihn eingraben und sich mit ihm umgeben, wollte schwelgen in seiner Wärme und Stärke, die vertrauter und dabei verlockender war als alles, das sie je zuvor gefühlt hatte.

»Maggie, was ist? Was haben Sie wahrgenommen?«

Sie fragte sich, ob ihm bewusst war, welchen Begriff er da gerade benutzt hatte, doch sie sprach die Frage nicht aus. Sie betrat den Aufzug und beobachtete, wie er ihr folgte, dann beobachtete sie ihren eigenen Finger, der den Knopf für den siebten Stock drückte. Erst als sich die Türen schlossen, stellte sie selbst eine Frage. »Haben Sie jemals über die Natur des Bösen nachgedacht?«

Er blickte sie stirnrunzelnd an, immer noch verstört. »Nicht, dass ich wüsste. Warum? Ist es das, was Sie gefühlt haben – das Böse?«

Maggie nickte. »Das Böse. Ihn. Er war hier. Im Aufzug. Es ist … das erste Mal, dass ich ihn so spüren konnte.« Und sie versuchte nicht einmal zu erklären, wie grauenvoll entmutigend es gewesen war.

»Wie können Sie so sicher sein, dass er es war?«

»Sein … Verlangen war … nicht normal. Der Hunger, den er verspürte.«

»Mein Gott«, murmelte John.

»Es tut mir Leid, Sie haben gefragt.«

Er presste die Lippen aufeinander. »Was nehmen Sie jetzt wahr?«

»Nichts, wirklich.« *Dich.* »Es war nur ein Aufblitzen, vielleicht das, was er empfunden hat, kurz bevor er den Aufzug verlassen hat.«

»Hatte er sie bei sich?«

Maggie verzog das Gesicht, als es ihr auffiel. »Ich glaube nicht. Ich meine, ich glaube nicht, dass er sie hier im Aufzug bei sich hatte. Aber ich bin mir sicher, dass er sie entführt hatte, weil er … sich vorstellte … was er mit ihr tun würde.«

»Aber er hat sie nicht im Aufzug runtergebracht?«

»Nein.«

Die Aufzugtüren öffneten sich im siebten Stock, als John sagte: »Wie zum Teufel hat er sie dann aus dem Haus bekommen?«

»Ich weiß es nicht.«

Sie sahen sich beide im Korridor um, während sie auf Wohnung 804 zugingen. Schweigend deutete John auf die Überwachungskamera, die so angebracht war, dass sie den

207

gesamten Flur überblickte. Es schien unmöglich, dass jemand unbeobachtet vom Wachdienst – und ohne gefilmt zu werden – eine bewusstlose Frau aus einer der Wohnungen getragen haben könnte.

»Er muss sich irgendwie am Überwachungssystem zu schaffen gemacht haben«, sagte John. »Aber das erklärt noch nicht, wie er sie aus dem Gebäude bekommen hat.«

Unvermittelt blieb Maggie stehen, als sie ein weiteres Aufblitzen dieser Dunkelheit wahrnahm, dazu Entschlossenheit, Anstrengung. »Es war ... schwierig«, murmelte sie. »Es war schwerer als erwartet.«

»Was?«, fragte John leise.

»Sie hier rauszubringen.«

»Wie hat er es gemacht, Maggie?«

Sie drehte langsam den Kopf und suchte den Korridor ab. Weitere Wohnungstüren. Einige wenige hohe Grünpflanzen, hin und wieder Tische, gerahmte Drucke und Spiegel, die für eine angenehme Atmosphäre sorgten. Feuerlöscher und Löschschläuche hinter Glas an strategisch wichtigen Stellen.

... *fast zugerostet* ...

Ihr Blick heftete sich auf einen großen Spiegel mit vergoldetem Rahmen auf halber Strecke zwischen dem Aufzug und Tara Jamesons Wohnung. Langsam ging sie darauf zu. Es verwirrte sie, als sie ihr eigenes Spiegelbild erblickte, und sie fragte sich träge, warum sie so bleich war und ihre Augen so eigentümlich aussahen, mit solch riesigen Pupillen. Dann trat John hinter sie, und sie starrte sein Spiegelbild an, ganz kurz aus der Fassung gebracht von dem, was sie sah.

Nein, das war nicht richtig. Er war ...

... *fast zugerostet* ...

»Es ist hinter dem Spiegel«, sagte sie.

Sanft schob er sie beiseite und nahm ein Taschentuch, um keine Fingerabdrücke zu hinterlassen, als er den schweren Spiegel vorsichtig so weit von der Wand entfernte, dass er dahinter schauen konnte.

208

»Der Scheißkerl. Eine alte Wäscherutsche. Eine sehr große.«

»Sie war fast zugerostet«, sagte Maggie. »Aber er hat sie aufbekommen.«

Mit grimmigem Gesicht ließ John den Spiegel sachte wieder an seinen Platz gleiten. »So hat er's also gemacht. Hat sie da reinfallen lassen, und unter der Öffnung der Rutsche im Keller hatte er vermutlich einen Karren abgestellt, der sie auffangen sollte. Dann hat er sie rausgebracht.«

»So hat er es gemacht. Aber mir ist immer noch nicht klar, warum die Kameras ihn nicht gefilmt haben.« Sie schwankte leicht und spürte, wie John sie am Arm nahm. »Entschuldigung. Ich bin wohl ein bisschen müde.«

»Ich fahre Sie nach Hause.«

»Aber ich muss noch …«

»Maggie, haben Sie irgendwelche Zweifel daran, dass Tara Jameson das sechste Opfer ist?«

»Nein.«

»Dann müssen Sie auch nicht in diese Wohnung.«

»Doch, das muss ich. John, was, wenn ich da drin mehr von ihm spüren kann? Was, wenn ich etwas aufschnappen kann, das uns sagen könnte, wer er ist?«

»Das konnten Sie bisher auch nicht.«

»Nein – nicht bis zu diesem Aufzug. Bisher nicht. Also muss ich es versuchen.«

John fluchte leise, versuchte jedoch nicht, sie aufzuhalten, als sie auf die Wohnung zuging. Nur ihren Arm ließ er nicht los.

Andy hatte die Wohnungstür für sie offen gelassen, und sobald sie die Schwelle überschritten hatten, hörten sie ihn jenseits des Flurs mit Tara Jamesons Verlobtem sprechen.

Maggie befreite ihren Arm sanft aus Johns Griff und entfernte sich einen Schritt von ihm. Sie versuchte, sich zu konzentrieren, zu fokussieren. Diesmal traf es sie völlig unvermittelt und mit einer Heftigkeit, die ihr den Atem benahm: Eine Welle des Grauens überrollte sie, Arme hielten sie mit eisernem Griff von hinten umfasst, der stechende Geruch des Chloroforms. Und noch etwas.

Dieser kalte, krankhafte Hunger. Und … Vertrautheit.

»Maggie?«

Erneut merkte sie, dass John sie stützte. Seine Berührung holte sie da heraus und hüllte sie ein in seine Wärme und Sorge um sie. Mit seltsam zugeschnürter Kehle brachte Maggie hervor: »Er kennt sie, John. Er kennt sie.«

Hollis?

Sie erwachte plötzlich, stand den üblichen ersten Augenblick der Panik durch, in dem sie sich fragte, warum es dunkel war und was das Gewicht auf ihren Augen verursachte. Dann war sie wach, bei vollem Bewusstsein. Sie war auf ihrem Stuhl am Fenster eingeschlafen.

Hollis.

»Ja, ich bin wach. Warum bin ich wach?«

Hollis, uns läuft die Zeit davon. Ich habe es versucht, aber ich kann es nicht – sie lässt mich nicht ein.

»Wer? Von wem redest du?«

Hollis, hör mir zu. Und vertrau mir. Du musst mir vertrauen.

»Ich weiß nicht einmal, wie du heißt.«

Ist das wichtig?

»Nun – ja, ich glaube schon. Wenn ich dich weiter Fantasieprodukt nenne, wird mich noch jemand hören, wie ich mit dir rede, und mich wegsperren. Mit einem richtigen Namen kann ich wenigstens behaupten, ich rede mit einer erfundenen Freundin. Das bist du ja wahrscheinlich sowieso.«

In Ordnung, Hollis. Ich – ich heiße Annie.

»Annie. Das ist ein schöner Name. Okay, Annie – warum sollte ich dir also vertrauen?«

Weil du die Einzige bist, die ich klar und deutlich erreichen kann. Und weil du mir helfen musst.

»Helfen wobei?«

Helfen, sie zu retten. Und uns bleibt nicht viel Zeit. Er hat sie jetzt gesehen. Er hat sie gesehen, und er will sie auch.

Hollis spürte, wie ein kalter Schauder ihr den Rücken hinaufkroch. »Meinst du – meinst du den Mann, der mich überfallen hat?«

Ja. Wir müssen sie retten, Hollis. Ich kann sie nicht erreichen. Aber du kannst es. Du musst sie warnen.

Eine Weile saß Hollis einfach nur da und umklammerte die Armlehnen ihres Stuhls. Dann schluckte sie und sagte: »Ich bin eine blinde Frau, Annie. Was kann ich schon tun?«

Wirst du mir helfen?

»Sag ... sag mir einfach, was ich tun muss.«

Die Fahrt zu Maggies kleinem Haus in einem ruhigen Vorort der Stadt dauerte kaum mehr als eine Viertelstunde. Da es bei ihrer Ankunft bereits dunkel war, versuchte John gar nicht erst, einen Außeneindruck vom Haus zu gewinnen, sondern folgte ihr einfach hinein.

Sobald sie die Schwelle überschritten hatten, sah er, dass sich die Haltung ihrer Schultern ganz leicht veränderte, als würde sie eine Bürde abstreifen, und er dachte: *Quentin hat wieder einmal Recht. Dieser Ort ist ihre Zufluchtsstätte.*

Das Wohnzimmer, das sie nun betraten, war ganz Maggie, dachte er. Nichts Ausgefallenes, aber offensichtlich gute Qualität, die Möbel waren bequem und schlicht, ein gewisses Maß an Büchern und Zeitschriften, die im Raum verstreut lagen, verliehen diesem zusammen mit zahlreichen zügellos wachsenden Grünpflanzen eine Atmosphäre von Gemütlichkeit und Wohnlichkeit. An den Wänden hingen mehrere gerahmte Drucke, und auf dem Kaminsims stand ein Gemälde im impressionistischen Stil, das ihm vage vertraut vorkam.

»Nett haben Sie es hier«, lautete sein Kommentar.

»Danke.« Maggie streifte ihr Flanellhemd ab und warf es über einen Stuhl. Darunter kam ein eng anliegender schwar-

211

zer Pullover zum Vorschein. Verblüfft nahm er erneut zur Kenntnis, was für eine zarte Person sie war.

Er kam zu dem Schluss, dass das viele Haar und die verschiedenen Bekleidungsschichten, die sie immer übereinander trug, ein trügerisches Bild ergaben.

Und er hatte ganz stark das Gefühl, dass sie sich absichtlich so tarnte.

»Ich könnte einen Kaffee vertragen«, sagte sie und schob ihr Haar in einer geistesabwesenden Geste mit beiden Händen aus dem Gesicht. Sie war immer noch zu blass und sichtlich erschöpft. »Und Sie? Ich würde Ihnen ja gerne etwas Stärkeres anbieten, aber ich trinke normalerweise nichts, deshalb habe ich nichts da.«

»Kaffee ist wunderbar.« John wusste, er sollte sie jetzt allein lassen, damit sie sich ausruhen konnte, doch er mochte sie nicht verlassen.

»Kommt gleich. Fühlen Sie sich wie zu Hause.« Sie entfernte sich in Richtung Küche.

John ging ihr nach. »Was dagegen, wenn ich Ihnen Gesellschaft leiste?«

»Nein, überhaupt nicht.« Sie deutete auf drei breite, bequem und stabil wirkende Hocker auf einer Seite der großen Arbeitsinsel in der Mitte der Küche und ging zur Spüle auf der anderen Seite. »Setzen Sie sich. Als ich hier eingezogen bin, habe ich das ehemalige Esszimmer als Teil meines Studios umgebaut. Ein Studio brauche ich. Ein Esszimmer ist vergeudeter Platz.«

»Ihre Gäste landen wahrscheinlich sowieso immer hier«, sagte er, zog seine Lederjacke aus und hängte sie über die Rückenlehne eines Hockers, während er sich gründlich in der hellen geräumigen französischen Landhausküche umsah.

»Normalerweise schon«, stimmte sie zu.

Er setzte sich. »Wundert mich gar nicht. Das ist ein wunderbarer Raum.«

Sie beäugte ihn, während sie frisch gemahlenen Kaffee in

einen Kaffeefilter füllte. »Ich hätte Ihnen eher einen anderen Stil zugeordnet. Strengere Linien vielleicht.«

Das überraschte ihn kaum. Sie war schließlich Künstlerin und neigte zweifellos dazu, den persönlichen Stil eines Menschen relativ schnell einzuschätzen. »Ganz allgemein ist das auch eher mein Stil. Aber ich mag eine Menge von dem, was jetzt modern ist. Wie diesen Raum – französischer Landhausstil, aber mehr französisch als Landhaus.«

Maggie lächelte. »Ich habe nicht allzu viel übrig für Hähne oder Sonnenblumen, von Chintz ganz zu schweigen. Mir gefällt es so.«

John betrachtete sie eindringlicher, als ihm klar war; er wollte diese Zeit nutzen, um Maggie besser zu verstehen. Das wurde ihm immer wichtiger, aber er mochte jetzt nicht darüber nachdenken, wieso das so war.

Als der Kaffee durchzulaufen begann, holte sie Milch aus dem Kühlschrank und stellte sie auf die Arbeitsinsel. Dann nahm sie zwei Tassen aus dem Schrank und sagte unvermittelt: »Als Sie auf der Polizeiwache Quentin und Kendra über den grünen Klee gelobt haben, haben Sie ihre hellseherischen Fähigkeiten nicht erwähnt.«

»Stimmt.«

»Immer noch ein Ungläubiger?«, fragte sie halb spöttisch.

»Ich glaube, das war es gar nicht. Vielleicht wollte ich nur alles … fest verankert wissen.«

»In der Realität verankert?«

»Nein. Einfach in der Normalität verankert. Im zu Erwartenden. Andy ist sehr aufgeschlossen, er hat nicht mal geblinzelt, als er das über Sie herausgefunden hat, aber ich war mir nicht so sicher, was Scott und Jennifer angeht.«

Maggie verstand ihn. Trotz seiner Sehnsucht nach einer »Verankerung« der Dinge spürte sie Zweifel und Ungewissheit in ihm … und die ersten widerstrebend aufkeimenden Samen des Glaubens. Einiges davon hatte sie bereits zuvor aufgefangen, weshalb sie auch beschlossen hatte, mit ihm zu reden, wenigstens über einige Punkte. Ihm vielleicht das Bild zu zeigen ...

Langsam sagte sie: »Aber das ist der springende Punkt, nicht wahr?«

»Was meinen Sie?«

»Sie sagen, Sie wollen diese Ermittlungen verankert wissen. Im Normalen, zu Erwartenden verankert. Aber da sind sie nicht verankert. Ganz und gar nicht.«

12

»Maggie ...«

»Denken Sie darüber nach. Ganz normale Ermittlungen,
ja? Die beste Spur, die wir bisher haben, was die Kriterien angeht, nach denen diese Bestie ihre Opfer aussucht, stammt
aus Polizeiakten, die fast siebzig Jahre alt sind. Ist das das
Normale, das zu Erwartende?«

»Nein«, gab er zu.

»Sie selbst haben einen erklärten Hellseher hinzugezogen,
genau genommen zwei – weil sie wussten, dass sie helfen
könnten. Und schon davor wollten Sie meine Hilfe. Nicht die
Hilfe einer Polizeizeichnerin. Die Hilfe von jemand mit ... einem Talent. Einem übersinnlichen Talent.« Erneut ein schie-
fes Lächeln. »Zum Teufel, John, Sie wussten von Anfang an,
dass daran nichts Normales oder zu Erwartendes ist.«

Darüber dachte er nach, während sie den Kaffee holte. Ein
wenig reumütig musste er zugeben, dass sie Recht hatte. Er
selbst hatte immer ein Talent, einen Instinkt für die Auswahl
der richtigen Personen für die jeweilige Aufgabe gehabt. Dies
war einer der Gründe, weshalb er es in der Geschäftswelt so
weit gebracht hatte. Warum sollte es nicht auch auf diese Situation anwendbar sein?

»Okay, es ist angekommen«, sagte er, als sie ihm den Kaffee über die Arbeitsplatte hinweg zuschob.

»Aber sind Sie bereit, über diesen Punkt hinauszugehen?
Das Außergewöhnliche zu akzeptieren und Ausschau zu halten nach dem Unerwarteten?«

»Ich weiß es nicht«, gab er ehrlich zu. »Ich will es versuchen – zählt das?«

Maggie hatte sich diesbezüglich bereits entschieden, dennoch musste sie behutsam vorgehen, sehr behutsam. Sie nahm einen Schluck Kaffee, sah zu, wie er Milch in seinen Kaffee gab, und sagte dann: »Ich schätze, das wird reichen müssen, was?«

»Ich hoffe es.«

Sie nickte, dann atmete sie tief durch. »Ich habe einen Bruder. Eigentlich einen Halbbruder; wir hatten dieselbe Mutter. Aber er ist ein Seher, wie Quentin, und er hat mir dabei geholfen, mir auf einige Dinge in meinem Leben einen Reim zu machen. Auf gewisse ... Instinkte. Träume. Das, was ich fühle, und die Bilder, die sich mir in meine Seele eingebrannt haben.«

»Was für Bilder?«

Sie zögerte, dann schüttelte sie den Kopf. »Das ist – dazu komme ich später. Jedenfalls haben mein Bruder und ich beide Mutters künstlerische Begabungen geerbt, in unterschiedlichem Maße. Mein Bruder hat die geniale Schöpferkraft bekommen; ich habe ... gerade genug abbekommen für das, was ich tun muss.«

»Und das ist?«

»Das Gesicht des Bösen zu zeichnen.«

John betrachtete sie forschend. »Andy sagt, sie könnten jede Art von Künstlerin sein, die Sie sein wollten. Sie hätten reichlich Talent. Der Skizze von Christina nach zu urteilen, bin ich geneigt, dem zuzustimmen.«

»Ich hätte wahrscheinlich ziemlich gut werden können, wenn ich daran gearbeitet hätte.« Sie zuckte mit den Achseln, als täte sie etwas als belanglos ab. »Aber was ich tun musste, erforderte weniger Fertigkeit als ... Intuition.«

»Sie meinen Ihre empathische Begabung?«

»Ja.«

John verzog das Gesicht, als er daran dachte, welches Entsetzen, welchen Schmerz und Schock er sie hatte ertragen sehen. »Sie mussten leiden, um das Gesicht des Bösen zu zeichnen?«

Sie zögerte, dann meinte sie: »Ich glaube nicht, dass ich es sonst zeichnen könnte. Ich glaube, niemand könnte das. Für manches reicht Wissen nicht aus. Reicht auch Fantasie nicht aus. Sie müssen es fühlen, um zu verstehen.«

»Nur das Böse?«

»Besonders das Böse.«

»Dann … haben Sie das Gesicht des Bösen gezeichnet?«

Maggie lachte freudlos. »Wieder und wieder. Aber es gibt Abstufungen beim Bösen wie bei allem anderen auch. Das Gesicht des kleinen Bösen ist … der Mann, der einen Wachmann in einer Bank kaltblütig tötet, um an das Geld zu kommen. Der Mann, der seine eigene Frau jede Nacht vergewaltigt, weil er glaubt, er hat ein Recht darauf. Die Frau, die ihr Kind vergiftet, weil sie sich nach dem Mitgefühl und der Aufmerksamkeit sehnt, die ihr das bringt. Der Pfarrer, der die kleinen Jungen sexuell belästigt, die vertrauensvoll zu ihm kommen. Die Krankenschwester, die ihre Patienten ermordet, weil sie glaubt, die Mittel, die auf ihre Pflege verwandt werden, könnten anderswo besser eingesetzt werden.«

»Mein Gott«, murmelte John. »Das kleine Böse? Maggie, stammen diese Beispiele alle aus früheren Ermittlungen?«

»Ja.«

»Ermittlungen, an denen Sie beteiligt waren?«

»Ja.«

Er konnte sich nicht einmal vorstellen, was sie durchgemacht haben musste, und als ihm das durch den Kopf schoss, begriff er auch, was sie damit gemeint hatte, dass man das Böse erfahren haben musste. Selbst mit künstlerischem Talent hätte er das nicht zeichnen können. Manche Dinge könnte nicht einmal ein gut unterrichteter, fantasievoller Verstand fassen und verstehen, einfach weil sie jenseits allen Wissens und Verstehens lagen, jenseits sogar der Fähigkeit der Fantasie, über das Verstehen hinauszugehen.

Manche Dinge musste man wortwörtlich spüren, um sie zu verstehen.

217

Über die breite Arbeitsplatte hinweg betrachtete er ihr ruhiges Gesicht mit den Augen, die einen nicht mehr losließen, und begriff endlich, warum Mitgefühl und gesteigertes Wahrnehmungsvermögen sich in ihre regelmäßigen, nicht wirklich schönen Züge eingeprägt hatten. Weil sie litt. Weil sie das Schlimmste verstand, was Männer und Frauen sich selbst, einander und ihren Kindern antun konnten, wie er es nie verstehen würde, nie verstehen könnte.

Es dauerte eine geraume Weile, ehe er wieder sprechen konnte, aber schließlich sagte er: »Wenn all das ... das kleine Böse ist, was in Dreiteufelsnamen ist dann das große Böse?«

»Böses, das nicht stirbt.«

John schüttelte den Kopf. »Ich verstehe nicht. Alles stirbt irgendwann.«

Maggie zögerte kurz. Offensichtlich rang sie mit sich, ob um Worte oder die Entscheidung, dies mit ihm zu diskutieren, hätte er nicht sagen können. »Wenn das Universum das ... Gleichgewicht ist, ist das Böse die negative Kraft, der immer eine positive Kraft gegenübersteht, die es in Schach hält, zumindest in gewissem Maße. Aber was ist, wenn eine bestimmte positive Kraft an einem bestimmten Ort und in einem bestimmten Augenblick nicht tut, was sie tun soll, was beabsichtigt ist, wozu sie da ist. Dann gibt es da eine Macke, ein Stocken, einen Fehler. Und das entsprechende Böse wird dann durch nichts ausgeglichen, wird nicht durch etwas aufgehoben. Nichts hält es davon ab zu wachsen, mächtiger zu werden, sich seiner selbst sicherer.«

»Bis?«

»Bis nicht einmal der fleischliche Tod es zerstören kann.«

»Der Körper stirbt – aber die negative Kraft darin überlebt? Wollen Sie das sagen?«

»Ja. Sie überlebt. Sucht sich ein anderes Gefäß, sodass sie in einem neuen Körper wiedergeboren wird. Und zerstört wieder. Sie wird zu einem ewigen Bösen. Also ringt das Universum darum, das Gleichgewicht wiederherzustellen, weil

Gleichgewicht sein natürlicher Zustand ist. Die positive Kraft, die jenes Böse aufheben soll, wird ebenfalls wiedergeboren und erneut ausgesandt, das zu tun, was sie schon beim ersten Mal hätte tun sollen.«

»Sie sprechen von Reinkarnation.«

Sie zuckte kaum merklich mit den Achseln, wandte den Blick jedoch nicht ab. »Ich spreche von Gleichgewicht. Einer negativen Kraft muss eine positive gegenüberstehen, um dieses Gleichgewicht zu erhalten oder wiederherzustellen. Wir sehen das immerzu in der Wissenschaft. Auf jede Aktion erfolgt eine entsprechende Reaktion.«

John nickte. »Daran erinnere ich mich noch. Und es ergibt Sinn. Aber wir sprechen hier vom Bösen.«

»Genau.«

»Vom ewigen Bösen. Das ist das große Böse, das Sie gezeichnet haben? Etwas Böses, das nicht sterben will?« John hoffte wirklich, sein Unglaube klinge nicht in seiner Stimme durch, doch er fürchtete, dass er es nicht hatte verhindern können. Damit hatte er irgendwie nicht gerechnet.

Zum Teufel, wem machte er hier etwas vor? Damit hatte er überhaupt nicht gerechnet.

Maggie sah ihn lange an, dann stellte sie ihre Tasse ab. »Ich kann Ihnen das Gesicht dieses Bösen nicht zeigen, weil ich es noch nicht sehen kann. Aber ich kann Ihnen zeigen ... was es sieht. Was es tut.«

Um ihm dies zu zeigen, wurde ihm klar, hatte Maggie ihn hergebracht.

Sie ging um die Arbeitsinsel herum und bedeutete ihm, ihr zu folgen, als sie in ihr Atelier vorging. Es war ein sehr großer Raum, offenbar sachkundig an das ursprüngliche Haus angebaut, und es sah aus, wie die meisten Künstlerateliers aussahen: ein großer Arbeitstisch, auf dem die Materialien standen, Regale an einer Wand, auf denen verschiedenste Requisiten und Materialballen lagen. Es gab Kästen mit Leinwänden in verschiedenen Größen, eine Reihe vollendeter Gemälde, die an der Wand lehnten, jedoch in einem Winkel, in dem sie nicht richtig zu sehen waren – und eines auf der Staffelei in der Mitte des Ateliers.

Sie warnte ihn nicht vor. Der Schock beim Anblick des Gemäldes war kalt, überwältigend, ging ihm durch und durch.

»Mein Gott«, hörte er sich heiser sagen.

»Ich wünschte, ich könnte es zerstören.« Sie lehnte am Arbeitstisch, die Arme so fest verschränkt, als wäre ihr kalt, und starrte das Gemälde unverwandt mit einer Intensität an, die beinahe schmerzhaft war. »Ich will es zerstören. Aber das Ironische daran ist, es ist meine bisher beste Arbeit. Ich scheine zu sehr Künstlerin zu sein, um es zu zerstören. Egal, wie grauenvoll es ist.«

Er riss seinen Blick vom Gemälde los, um sie kurz anzusehen, dann ging er näher an die Staffelei heran und zwang sich, das Bild so gelassen wie möglich zu betrachten.

Maggie hatte Recht, es war grauenvoll. Aber sie hatte ebenfalls Recht mit der Behauptung, dass dieses Werk technisch überragend war, von einer außergewöhnlichen, wilden Kraft, wie er es nie zuvor gesehen hatte. Es war fast unvorstellbar, dass eine solche Kraft von Maggie ausgegangen war, von diesem zarten Körper, diesem so empfindsamen Geist, der die Schmerzen der anderen durch und durch mitempfand.

Er versuchte, das hinter sich zu lassen, und konzentrierte sich auf die Betrachtung der toten Frau, wobei er kaum in der Lage war, einen Brechreiz zu unterdrücken, so Schreckliches hatte man ihr angetan.

Maggie sagte: »Deshalb wusste ich, dass sie tot ist, John. Sie haben sich darüber gewundert, nicht wahr? Deshalb wusste ich es. Weil ich das hier gemalt hatte. Gestern Abend habe ich das hier gemalt.«

Er warf ihr einen raschen Blick zu. »Wer ist das, Maggie?«

»Samantha Mitchell. Und ich habe sie nie gesehen, wie

sollte ich sie also gemalt haben, wenn das nicht wirklich passiert wäre?«

John betrachtete das Bild erneut, diesmal noch genauer, dann ging er zu Maggie. »Das ist sie nicht.«

»Was?«

»Ich habe ein Foto von Samantha Mitchell gesehen, in der Akte. Maggie, sie sieht ganz anders aus als diese Frau. Sie hat kurzes rötliches Haar und Sommersprossen, eine Stupsnase.«

Maggie starrte ihn an. »Nicht … Wer ist sie dann?«

»Ich weiß es nicht. Aber ich glaube, wir sollten es lieber herausfinden.«

Es war schon dunkel, als Jennifer in der Fellowship Rescue Mission, dem Obdachlosenasyl, ankam. Da die Nacht nasskalt zu werden versprach, war bereits die Hälfte der verfügbaren Betten belegt. Sie warf nur einen kurzen Blick in die beiden großen Schlafsäle im Erdgeschoss – einer für Männer, einer für Frauen –, wo die Feldbetten sich in ordentlichen Reihen von einer Wand zur anderen zogen. Sie bezweifelte jedoch, dass sie den Mann, den sie suchte, allein anhand der dürftigen Beschreibung, die sie hatte, erkennen würde, und begab sich daher lieber auf die Suche nach einem Verantwortlichen.

Sie traf Nancy Frasier, die überraschend junge und seelenruhige Leiterin des Obdachlosenasyls, als diese soeben mit einem Arm voll Decken aus dem Obergeschoss herunterkam.

Kurzsichtig besah sie sich Jennifers Dienstmarke, hörte sich an, was sie zu sagen hatte, und runzelte die Stirn. »David Robson? Den Namen kenne ich nicht, aber die meisten geben natürlich gar keinen Namen an, besonders, wenn sie nur auf der Durchreise sind. Sie sagen, er wurde letztens festgenommen?«

»Ja, wegen Störung der öffentlichen Ordnung, es war aber nichts Ernstes. Er war innerhalb von vierundzwanzig Stunden wieder draußen.« Sie gab die knappe Personenbeschreibung weiter.

»Und Sie wollen ihn finden, um …«

»Weil er womöglich Zeuge bei einem Verbrechen war oder etwas gesehen haben könnte, das uns weiterhilft.«

»Ich würde Ihnen ja gerne helfen, Detective, aber ich könnte nicht mal sagen, ob er schon mal hier war, jedenfalls vom Namen oder von der Beschreibung her. Sie können gerne die anderen Mitarbeiter oder auch einige unserer Stammgäste befragen – allerdings möchte ich Sie bitten, die, die sich schon hingelegt haben, nicht zu stören.«

»Ich verstehe.«

Nancy Frasier nickte, dann fügte sie hinzu: »Oh – und ich sollte Ihnen wohl sagen, dass wir an den meisten Tagen zumindest ein paar ganz Neue bei uns haben. Wenn Sie ihn also heute nicht finden, könnten Sie es in ein, zwei Tagen noch einmal probieren.«

»Das mache ich«, sagte Jennifer und hoffte, das werde nicht nötig sein.

Doch nachdem sie mit beinahe einem Dutzend Männer gesprochen hatte, die keine Ahnung hatten, wer David Robson war, und mit weiteren drei Männern, die sich ihrer eigenen Namen nicht sicher waren, fand sie sich mehr oder weniger damit ab, ihn an diesem Abend nicht aufzustöbern.

Sie gab Nancy Frasier ihre Karte und sagte: »Es ist nur ein Versuch, aber sollten Sie seinen Namen hören, wäre ich Ihnen sehr dankbar für einen Anruf.«

Die Leiterin nahm die Karte, runzelte die Stirn und fragte unvermittelt: »Geht es dabei um den Vergewaltiger? Ich weiß, dass sie eine der Frauen nur wenige Blocks von hier gefunden haben.«

Jennifer nickte. »Ja. Dieser David Robson könnte etwas gesehen haben. Wahrscheinlich nicht, aber wir gehen jeder Spur nach.«

Mit einem Nicken in Richtung des Frauenschlafsaals sagte

Nancy Frasier: »Unsere weibliche Kundschaft hat sich in den letzten paar Wochen mehr als verdoppelt. Gibt eine Menge verängstigter Frauen da draußen. Und sogar die Männer sind nervös, würde ich sagen. Hören Sie, ich werde mich mal umhören, okay? Manche reden vielleicht mit mir, während sie Ihnen gegenüber keinen Pieps sagen würden. Wenn ich irgendetwas über diesen Mann herausfinde, rufe ich Sie an.«

»Danke.« Jennifer ging hinaus zu ihrem Auto. Wie stets deprimierten sie die obdachlosen, entwurzelten oder schlicht geistig beschränkten Menschen, von denen die meisten gewiss Besseres verdient hatten als ein schmales Bett in einem Raum voller Fremder.

Sie schloss ihr Auto auf und sah dabei geistesabwesend zum Asyl hinüber, wo eine Gruppe bärtiger Männer in alten Armeejacken vor der Tür stand und rauchte. Sie verzog das Gesicht, als einer der Männer sich bückte, eine weggeworfene Zigarette vom Gehsteig aufhob und das Filterende ohne zu zögern zwischen die Lippen steckte.

Erst da merkte sie, dass sie sich den Nacken rieb. Sie hielt inne und wurde sich eines Kribbelns, eines gewissen Unbehagens bewusst. Den Kopf nur so viel als nötig drehend, ließ sie ihren Blick über ihre Umgebung schweifen und versuchte zu entdecken, was ihre Instinkte da in Alarmzustand versetzt hatte.

Es waren nicht viele Menschen zu sehen, sie befanden sich sämtlich im näheren Umkreis des Obdachlosenasyls und stellten ihrer Meinung nach keine Bedrohung dar. Ein feuchtkalter Wind war aufgekommen. Jennifer hörte, wie er den Müll im Rinnstein auf der anderen Straßenseite vor sich hertrieb und an einem losen Straßenschild rüttelte.

Doch soweit sie feststellen konnte, war da sonst nichts. Nichts, was ihr solches Unbehagen bereiten könnte.

»Du siehst schon Gespenster, Seaton«, murmelte sie.

Sie stieg ein und verriegelte sofort die Türen. Dann saß sie eine Weile einfach nur da. Sie war müde und mehr als nur ein wenig entnervt, als sie merkte, dass ihre Gedanken sich unwillkürlich um Terry drehten. Sie sah auf die Uhr, schwankte ganz kurz, was sie tun sollte, dann fluchte sie leise und ließ den Wagen an, um zur Wache zurückzufahren.

Später, dachte sie. Später wäre auch noch Zeit für Terry.

»Das klingt nach Tara Jameson«, berichtete Andy. »Den Beschreibungen und dem Foto nach zu urteilen, die wir haben, ist sie sehr zart gebaut, beinahe kindlich. Dunkle Haare, lang und glatt. Mandelförmige Augen, hohe Wangenknochen, sinnlicher Mund.«

»Sind Sie immer noch in der Wohnung?« John hatte Andy auf dessen Handy angerufen.

»Ja.«

»Und?«

»Die Spurensicherung hat ein paar menschliche Haare in der Wäscherutsche aufgestöbert, Sie beide hatten also vermutlich Recht damit, dass er sie auf diesem Wege in den Keller befördert hat. Und dann hat er sie, wie es aussieht, durch einen Lieferanteneingang aus dem Haus geschafft, der *eigentlich* fest verschlossen sein sollte. Er wurde nicht aufgebrochen, sondern von jemandem geknackt, der wusste, was er tat. Wir wissen immer noch nicht, wie der Dreckskerl es geschafft hat, den Überwachungskameras zu entgehen, aber meine Leute sehen sich sämtliche Filme an und überprüfen den Computer, der die Elektronik hier im Haus kontrolliert. Ihre Wohnungstür wurde nicht aufgebrochen, die Alarmanlage der Wohnung wurde mit ihrem eigenen Code abgeschaltet – alles nichts Ungewöhnliches für unseren Mann.«

»Haben Sie irgendwas darüber herausfinden können, wer die Lösegeldforderung an Mitchell geschickt hat?«

»Bis jetzt nicht.« Andy senkte die Stimme. »Wenn Ihr FBI-Kumpel also irgendwas findet, lassen Sie es mich fix wissen.«

»Werde ich.«

Als er sein Handy zuklappte und in die Tasche gleiten ließ,

sagte Maggie mit fester Stimme: »Sie ist es, stimmt's? Das Bild zeigt Tara Jameson.«

John drehte sich auf der Couch zu ihr um. Sie saß zusammengekauert am anderen Ende. »Der Beschreibung nach, die Andy mir gegeben hat, ja.«

Sie atmete tief durch, lehnte den Kopf an die Rückenlehne und sah ihn an. »Ich dachte, es wäre Samantha.«

»Nein, sie ist es eindeutig nicht. Und jetzt, wo Sie das wissen, glauben Sie da immer noch, dass Samantha tot ist?«

»Ja.« Maggie zögerte keinen Augenblick.

John versuchte sein Möglichstes, das zu begreifen, doch er konnte nicht anders: Er fragte sich, ob nicht zumindest ein Teil dessen, was er hier zu hören bekam, lediglich die Symptome des geistigen Verfalls waren, dessen mögliches Auftreten Quentin und Kendra angedeutet hatten. Was, wenn Maggie einfach zu viel gelitten hatte?

»Ich drehe nicht ab, John.« Sie sprach sehr leise, und sie lächelte schwach, als er ihr einen verdutzten Blick zuwarf. »Nein, ich kann Ihre Gedanken nicht lesen. Aber ich spüre, was Sie fühlen, und ich weiß, Sie machen sich Sorgen um mich. Das brauchen Sie nicht, jedenfalls nicht deswegen. Es geht mir gut.«

»Wirklich?«

»Ja. Ich bin müde, das alles ist mir an die Nerven gegangen, dass will ich gar nicht leugnen, aber sonst geht es mir gut.«

»Und das Gemälde? Wie konnten Sie etwas malen, das in dem Moment noch nicht existiert hat?«

Sie atmete tief durch. »Ich weiß es nicht. Ich meine, ich verstehe es selbst nicht. Ich weiß nur, wenn er ihr das noch nicht angetan hat, dann wird er es noch tun. Es sei denn, wir halten ihn auf.«

»Aber Sie können nicht in die Zukunft sehen?«

»Nein, ich kann nicht in die Zukunft sehen.« Sie brachte ein schwaches Lächeln zustande. »Ich habe Sie vorher gefragt, ob Sie bereit sind, das Außergewöhnliche zu akzeptieren und Ausschau zu halten nach dem Unerwarteten.«

»Ja, aber ... das hier? Sie sprechen von einem Bösen, das nicht stirbt, von einem Gleichgewicht, das wiederhergestellt werden muss, und dann zeigen Sie mir ein Bild einer misshandelten toten Frau, von dem Sie sagen, dass Sie es gemalt haben, bevor sie auch nur entführt worden war. Ich weiß nicht, Maggie. Ich weiß einfach nicht, welchen Reim ich mir darauf machen soll.«

Maggie konnte es ihm eigentlich nicht verdenken.

»Und wie sieht Ihre Verbindung zu all dem aus? Wenn Sie nicht in die Zukunft sehen können und Ihre übernatürlichen Fähigkeiten ... sich auf Gefühle ... beschränken, wie können Sie da so sicher sein, dass das Drecksschwein, das wir suchen, so etwas wie ein ewiges Böses ist? Weil sie es fühlen?«

»Ja. Und weil ich es schon einmal gefühlt habe.«

»Wann?«

Sie zögerte und fragte sich, ob überhaupt die Möglichkeit bestand, dass er dies akzeptieren könnte. »1934.«

Nach langem Schweigen sagte John: »Ich wünschte wirklich, Sie hätten etwas Hochprozentigeres im Haus als Kaffee.«

»Ja. Ich auch.«

Er atmete tief durch. »Sie wollen sagen, dass Sie damals gelebt haben? Dass Sie eine andere Person waren – ein anderes Leben gelebt haben?«

»Das will ich sagen, ja.«

»Und Sie haben dieses ... ewige Böse ... damals gekannt?«

»Er hat damals Frauen überfallen, genauso wie er es heute macht. Als Andy und die anderen uns die Bilder der damals ermordeten Frauen zeigten, wusste ich sofort, dass er es ist. Kein Nachahmer, der sich des Rituals von jemand anderem bedient, sondern er.«

»Weil Sie es gefühlt haben.«

Sie nickte. »Ich weiß nichts, was die Ermittlungen voran-

226

bringen könnte, nichts, das uns helfen könnte, ihn zu finden, zu schnappen. Ich weiß nicht, wie er aussieht, wie er heißt. Ich weiß nicht einmal, warum er Frauen auswählt, die wie die aussehen, die er damals umgebracht hat. Ich weiß nur, dass das Böse in ihm schon sehr lange lebt. Und ich weiß, dass es meine Schuld ist.«

»Was?«

»Das Gleichgewicht, wissen Sie noch? Eine positive Kraft, die einer negativen entgegentreten soll? Ich sollte ihn irgendwie aufhalten. Ganz zu Anfang, bevor dieses Böse zu stark wurde, war ich irgendwie in der Lage, zu ändern, was auch immer damals geschehen sein mag. Ihn aufzuhalten, zu zerstören. Oder ihn vielleicht auch nur in eine andere Richtung zu lenken. Ich weiß es nicht genau. Ich erinnere mich nicht. Ich fühle nur.«

»Und wenn das, was Sie fühlen, falsch ist?«

»Das ist es nicht.«

»Wie können Sie sich da nur so verdammt sicher sein? Maggie, wovon Sie hier sprechen, das ist … unglaublich. Gelinde gesagt. Sie haben vor einem Menschenleben einen Mörder nicht aufgehalten, und deshalb ist er jetzt irgendein unaufhaltsames Böses?«

»Er ist nicht unaufhaltsam. Man hat ihn bloß noch nicht aufgehalten – bis jetzt.«

»Und Sie müssen ihn aufhalten – jetzt?«

Sie nickte.

»Ich muss ihn aufhalten. Weil ich es damals nicht getan habe. Ich kann nicht … kann nichts anderes tun, ehe ich nicht getan habe, was ich tun soll. Und ich habe ganz stark das Gefühl, dass dies meine letzte Chance ist, meinen Fehler zu korrigieren. Vielleicht bekommt man nur eine bestimmte Anzahl von Gelegenheiten, ich weiß es nicht. Vielleicht ist es auch so, dass, wenn ich diesmal versage, jemand anderes versuchen darf, das Gleichgewicht wiederherzustellen, und ich werde zurückgeschickt, um die Lektion auf andere Weise zu lernen. Ich habe nur … ich weiß einfach, dass es dieses Mal noch meine Aufgabe ist. Ich muss ihn aufhalten.«

»Karma.«

»Wenn es so mehr Sinn für Sie ergibt. Schicksal. Vorsehung. Wir sind verbunden, er und ich. Durch einen Fehler aneinander gebunden. Wenn es eins gibt, das ich weiß, dessen ich mir absolut sicher bin, dann das: Wenn man das Böse einmal berührt hat – ich meine, wirklich berührt hat –, dann ist man für immer verändert. In gewisser Weise ist man daran gebunden, so sehr, dass es zu einem Teil von einem wird.«

»In Ihnen ist nichts Böses«, sagte er sofort.

»Oh, aber natürlich. Es ist nicht mein Böses, aber ich trage es in mir. Dieses Gemälde beweist es. Sein Böses. Ich trage sein Böses in meiner Seele … und zwar schon sehr, sehr lange.«

Plötzlich begriff John. »Deshalb tun Sie es. Deshalb umgeben Sie sich mit Opfern, leiden mit ihnen. Es ist eine Buße, nicht wahr, Maggie?«

Zum ersten Mal wich sie seinem ruhigen Blick aus. »Bewusst? Nein. Zu Anfang nicht. Aber es hat mich immer schon zu leidenden Menschen hingezogen. Ich war immer irgendwie erleichtert, wenn ich ihnen helfen konnte. Im Lauf der Jahre wurde mir allmählich klar, dass da … etwas war, das ich wieder in Ordnung zu bringen versucht habe, ein Fehler, den ich berichtigen wollte. Da wusste ich noch nicht, was es war. Erst als Laura Hughes überfallen wurde, begriff ich allmählich die Wahrheit.«

»Die Wahrheit?« John hielt es nicht mehr auf seinem Hocker. Er begann im Zimmer umherzugehen. »O Gott.«

»Ich weiß, es klingt alles völlig unglaublich.«

»Das könnte man so sagen, ja.«

»Es ist aber die Wahrheit, John. Ich wünschte, es wäre nicht so. Ich wünschte, hier ginge es nur um einen bösen Mann, der in einem einzigen Leben böse Dinge tut; um etwas, das man akzeptieren, wenn schon nicht verstehen kann.

Aber darum geht es hier nicht. Darum ist es von Anfang an nicht gegangen.«

»Mein Gott, Maggie.«

»Es tut mir Leid. Aber Sie mussten die Wahrheit darüber erfahren.«

Er fuhr herum und sah sie an. »An dieser Stelle sagen Sie mir also auch endlich die Wahrheit über Christina?«

Maggie war ehrlich verblüfft. »Woher ...«

»Ich brauche keine übersinnlichen Fähigkeiten, um mir zu denken, dass es mit ihrem Tod mehr auf sich hat, als Sie mir erzählt haben. Was wissen Sie über Ihren Tod, Maggie?«

Sein Handy klingelte, ehe sie eine Antwort formulieren konnte, doch Maggie hatte nicht das Gefühl, noch einmal davongekommen zu sein. Angesichts seiner entschlossenen Miene bezweifelte sie, dass er sich diesmal mit weniger als der Wahrheit zufrieden geben würde.

»Ja, hallo?« Er lauschte eine Weile, dann ging er zu einem Notizblock, den Maggie neben ihrem Telefon im Wohnzimmer liegen hatte, und notierte rasch etwas darauf. »Okay. Ja, ich habe alles. Ich rufe Andy an und sage es ihm. Du wirst doch nichts Dummes tun, oder?« Er lauschte nochmals, dann sagte er: »Na, dann hör auf Kendra und rühr dich nicht vom Fleck, okay? Lass Andy und seine Leute sich darum kümmern. Ja, werde ich.«

Als er das Gespräch beendete, sagte Maggie: »Ich nehme an, Quentin und Kendra haben denjenigen gefunden, der die Lösegeldforderung geschickt hat?«

»Sie haben einen Namen und eine Adresse.« Er rief Andy auf dessen Mobiltelefon an und gab die Informationen weiter. Dann fügte er hinzu: »Quentin sagt, die Information sei verlässlich, und er sei ziemlich sicher, dass besagter Brady Oliver entweder weiß, wo Samantha Mitchell ist, oder jemanden kennt, der es weiß. Keine Angaben dazu, ob sie noch lebt oder schon tot ist. Ja. Nein, ich bin bei Maggie. Wahrscheinlich noch eine Weile. Rufen Sie mich auf meinem

Handy an, falls ich gerade unterwegs sein sollte, okay?« Er lauschte, dann sagte er: »Ja, sag ich ihr.« Er klappte das Handy zu.

»Sie sagen mir was?«

»Er meinte, er hätte gerade auf der Wache angerufen, um seine Nachrichten abzuhören, und hätte eine von Hollis Templeton gehabt. Sie möchte Sie so schnell wie möglich sehen.«

»Warum weiß er nicht?«

»Nein, nur dass sie mit Ihnen reden will.«

Maggie sah auf die Uhr. »Die Besuchszeit wird für heute Abend vorbei sein, wenn ich da ankomme.«

»Andy hat gesagt, er hätte mit dem Krankenhaus geklärt, dass Sie heute noch hingehen können. Aber wenn Sie sehr erschöpft sind, reicht morgen sicherlich auch noch.«

Maggie war sich da nicht so sicher. »Hollis hätte nicht angerufen, wenn es nicht wichtig wäre. Ich gehe lieber jetzt zu ihr.«

»Ich fahre«, sagte er.

13

Scott und Jennifer brauchten nicht mehr als eine halbe Stunde, um Oliver Brady unter der angegebenen Adresse aufzusuchen und zur Vernehmung abzuholen. Er stellte sich als Schmalspurganove mit Größenwahn heraus und brach zusammen, noch ehe Andy ihn darauf stoßen konnte, mit welchen knallharten rechtlichen Konsequenzen jemand rechnen musste, der sich als Entführer ausgab.

»Ich habe sie gar nicht entführt, ich schwör's! Ich habe sie nur gefunden, und warum sollte ich nicht versuchen, mit so einem Glücksfall ein paar Kröten zu verdienen? Ihrem Alten würd's nicht wehtun, und ihr kann's doch jetzt egal sein, oder?«

Andy starrte ihn an und musste wieder einmal denken, in was für einer widerlichen Welt sie doch lebten. Und ein Frösteln überlief ihn. Es klang, als sei Samantha Mitchell bereits tot. »Wo ist sie, Brady?«

Blutunterlaufene Augen schossen nervös hin und her. »Zuerst müssen wir über dieses Kidnapping-Ding reden. Ich hab' sie nämlich nicht entführt, ich hab' sie nur gefunden.«

Andy beugte sich zu ihm vor und sagte sanft: »Tja, ich sag Ihnen was, Brady. Was halten Sie davon, wenn ich Samantha Mitchells Ehemann einlade, Sie kennen zu lernen? Dann können Sie ihm das alles erklären.«

»Oh, verdammt, nein, tun Sie das nicht.«

»Wo ist sie?«

»Ich wollte doch nur ...«

»Wo ist sie?«

»Ich habe doch bloß ...«

Andy stand auf.

»Okay, okay! Da ist 'ne Bruchbude, nicht weit von da, wo ich wohne, 'n altes leer stehendes Haus. Die Stadt will's abreißen, aber es gibt kein Geld für was Neues, irgendsowas. Ich such da manchmal nach Sachen, die ich verticken kann.« Er rasselte die Adresse herunter und sah ausgesprochen unglücklich drein. »Erdgeschoss, Hinterzimmer.«

»Sie ist tot, stimmt's, Brady?«

»Ich hab sie nicht erledigt, ich schwör's!«

Andy fühlte sich sehr müde. Er sagte: »Meine Leute überprüfen die Adresse. Sie warten hier.«

»Ich will 'n Anwalt«, winselte Brady.

»Man hat Sie noch gar nicht angeklagt. Noch nicht.«

»Oh. Na, dann will ich 'ne Cola.«

Andy verließ das Vernehmungszimmer, ohne ihm zu antworten und ehe er der Versuchung nachgeben konnte, den menschlichen Genpool von einem außergewöhnlich dämlichen und niederträchtigen potenziellen Samenspender zu befreien.

Sobald er die Tür hinter sich geschlossen hatte, kam Jennifer aus dem Beobachtungsraum und sagte: »Wir haben es gehört, Andy. Scott trommelt die anderen zusammen und versetzt die Spurensicherung in Alarmbereitschaft. Glaubst du, dieses Stück Abschaum da drin hat sie wirklich nur gefunden?«

Andy nickte. »Wenn Brady sie umgebracht hätte, dann hätte er sich im tiefsten Loch versteckt, das er finden konnte, und hätte gar nicht erst den Mund aufgemacht, außer um einen Anwalt zu fordern. Da er sie nur gefunden hat, glaubt er, er sei sicher. Der Vollidiot.«

»Sie ist also tot?«

»Ja, sie ist tot. Komm, gehen wir. Du und Scott, ihr könnt mit mir fahren.«

Sie holten die anderen in der Legebatterie ab und gingen hinaus zu ihren Autos. Andy wollte gerade einsteigen, da fiel ihm auf, dass Jennifer noch immer auf dem Gehweg stand.

Mit gerunzelter Stirn blickte sie um sich, offensichtlich beunruhigt.

»Was ist?«, fragte er.

»Hast du etwas gehört?«

»Ich habe einiges gehört. Verkehr, Stimmen, eine Hupe ein paar Blocks von hier.«

Sie schüttelte den Kopf und ging nun doch zur Beifahrertür, die Stirn immer noch gerunzelt. »Nein, etwas anderes.«

Scott sagte: »Ich habe nichts Merkwürdiges gehört, Jenn. Wonach hat es geklungen?«

»Nur … Ich hätte schwören können, dass da jemand meinen Namen sagt, mehr war nicht. Habe ich mir wohl eingebildet.« Sie erschauerte sichtlich und stieg ein.

Andy nahm sich einen Augenblick Zeit und blickte sich sorgfältig um, doch er sah oder hörte nichts Ungewöhnliches. Dennoch tat er Jennifers Unbehagen nicht einfach ab, zumal wenn man bedachte, dass irgendjemand vor nicht allzu langer Zeit offenbar in ihren abgeschlossenen Wagen eingedrungen war.

Er sah sich ein letztes Mal um, dann stieg er ins Auto und nahm sich vor, etwas wegen der Sicherheitsmaßnahmen in der Umgebung der Polizeiwache zu unternehmen. Doch dieser Entschluss wurde in seinem Kopf ganz weit nach hinten gedrängt, als sie zu der Adresse kamen, die Brady Oliver ihnen genannt hatte.

Um nicht womöglich Beweise zu vernichten, positionierte Andy die meisten seiner Leute um das Gebäude herum und wies sie an, das ganze Gelände für die Spurensicherung abzusperren, während er nur mit Scott und Jennifer zur Unterstützung hineinging.

Im Licht ihrer Taschenlampen erblickten sie ein verdrecktes, baufälliges Haus, das schon vor langem all seiner Einrichtungsgegenstände beraubt worden war. Als sie das Gebäude betraten, knarrte der Boden unter ihren Füßen, und sie hörten ganz schwach leise Kratzgeräusche und Getrappel.

»Was zum Teufel ist das?«, wollte Scott wissen. Er hatte sich erschreckt, rechtfertigte sich dafür aber nicht.

»Ratten«, klärte ihn Andy auf. »Ihr zwei bleibt hinter mir. Zuerst überprüfen wir das Zimmer, in dem Brady sie gefunden haben will.«

Plötzlich erkannte Scott: »Ratten ... wenn die Frau hier und schon eine Weile tot ist ...«

»Denk nicht darüber nach«, riet ihm Jennifer. Ihre Stimme klang ebenfalls ein wenig belegt.

Andy zögerte und fragte sich, ob er die beiden hätte draußen warten lassen sollen. Beide waren schon an Mordtatorten gewesen, doch er wusste, dass sie das Ganze besonders mitnehmen würde, weil sie sich in diesen Ermittlungen so engagierten. Nun, auch dies gehörte zur Arbeit eines Polizisten. Er ging weiter, langsam und vorsichtig.

Der lange Korridor führte zur Rückseite des Gebäudes, wo ein halbes Dutzend Zimmer lagen. Die Türen waren wohl schon lange fort, Türöffnungen mit beschädigten Rahmen gähnten schief. Andy wunderte sich, dass das Gebäude nicht schon längst in sich zusammengebrochen war. Er blieb stehen, leuchtete mit der Taschenlampe um sich, dann ging er plötzlich auf eine Türöffnung zu, die ins hinterste Zimmer auf der linken Seite führte.

Er roch das Blut.

Man musste nicht weit ins Zimmer hineingehen, seine Taschenlampe fand sie sofort.

»Oh, mein Gott«, murmelte Scott.

Andy sagte gar nichts, doch er hörte, wie Jennifer leise seufzte. Er musste die beiden nicht nach ihren Gefühlen fragen. Er empfand das Gleiche. Entsetzen. Abscheu. Schmerz. Und überwältigende Traurigkeit.

Samantha Mitchell lag mit ausgestreckten Gliedern auf einer blutbefleckten Matratze in der hintersten Ecke. Ihr nackter Körper war völlig zerschunden. Ihre Augen fehlten, und die Kehle war ihr beinahe von einem Ohr zum anderen durchgeschnitten worden. Die Ratten hatten sich tatsächlich bereits an ihrer Leiche zu schaffen gemacht.

Noch grauenvoller: Ein tiefer Schnitt ließ die untere Rundung ihres gewölbten Bauchs aufklaffen.

Und zwischen ihren Schenkeln lag die mitleiderregend kleine, zusammengerollte Leiche ihres toten Kindes.

Immer noch durch die Nabelschnur mit ihrem Körper verbunden.

»Vom ersten Augenblick an gab es zwischen Christina und mir ungewöhnliche Bande«, sagte Maggie. »Vielleicht weil sie das erste seiner Opfer war, das den Überfall überlebt hatte – ich weiß es nicht. Aus welchem Grund auch immer, wir spürten sie beide, diese Nähe.«

»Sie hat Ihren Namen ein paar Mal erwähnt, wenn ich hochgeflogen bin, um sie zu besuchen«, meinte John und hielt die Augen auf die Straße gerichtet, während sie fuhren. »Viel hat sie nicht gesagt, nur dass Sie die Polizeizeichnerin seien und dass Sie freundlich zu ihr gewesen seien. Auch deshalb habe ich Andy nach Ihnen gefragt, nachdem sie gestorben war. Und ich hatte Sie auch auf der Beerdigung gesehen.«

Das überraschte Maggie. Sie hatte sich absichtlich im Hintergrund gehalten, sich unauffällig verhalten. »Das wusste ich nicht.«

»Ich habe Sie auch nur gegen Ende flüchtig gesehen. Wusste gar nicht, wer Sie sind, bis ich Sie letzte Woche da in dem Vernehmungszimmer gesehen habe.« Er verschwieg, dass irgendetwas an ihr in seinem Gedächtnis haften geblieben war, sodass er sich nach all den Wochen sofort an sie erinnert hatte, als er sie auf der Polizeiwache sah.

· »Ich bin nicht dazu gekommen, viel Zeit mit Christina zu verbringen«, sagte Maggie. »Nur ein paar Besuche im Krankenhaus, dann noch drei oder vier Mal, als sie wieder zu Hause war. Es hat sie so viel Kraft gekostet, wieder auf die

Beine zu kommen und sich auf die Operationen vorzubereiten, die ihr noch bevorstanden.«

John warf Maggie einen raschen Blick zu, doch im unbeständigen Licht vorbeiziehender Straßenlaternen konnte er ihr Gesicht nicht richtig erkennen. »Sie hat von der Gesichts-OP gesprochen?«

»Ja. Sie sah das ganz realistisch. Sie wusste, nichts konnte sie wieder so aussehen lassen wie vorher. Aber die Säure hatte eine solche Zerstörung angerichtet – sie wollte einfach so normal wie möglich aussehen. Sie sagte … sie wollte nicht die Kinder erschrecken, wenn sie ausging.«

John schwieg einen Augenblick, dann sagte er: »Das ist einer der Gründe, weshalb ich so sicher bin, dass sie sich nicht umgebracht hat. Sie wollte leben, Maggie, das weiß ich. Sie wollte gesund werden und ihr Leben fortsetzen. Sie war stark.«

»Ja, das war sie. Stärker als Sie wissen.«

»Wie meinen Sie das?«

Maggie holte tief Luft. »Sobald sie wieder zu Hause war, stand ihr dieser aufwändige Computer zur Verfügung, den ihr Ehemann installiert hatte, und das neue Spracherkennungs- und Leseprogramm, das Sie ihr eingerichtet hatten, weil sie ja den Bildschirm nicht sehen konnte.«

»Ja. Ich wollte nicht, dass sie sich von allem abgeschnitten fühlt, auch wenn sie noch nicht so weit war, sich wieder in die Öffentlichkeit hinauszuwagen. Wollen Sie sagen, sie hätte das System für etwas anderes benutzt?«

»Es sollte Sie eigentlich nicht überraschen«, sagte Maggie. »Schließlich war sie Ihre Schwester. Sie wollte Antworten, John.«

»Antworten? Wollen Sie sagen, sie hat versucht, den Mann zu finden, der sie überfallen hatte?«

»Sie hatte alle Informationen, die sie über Laura Hughes hatte finden können, und natürlich kannte sie ihre eigene Situation und Ihren Hintergrund besser als jeder andere. Sie war überzeugt, dass es da irgendwo eine Verbindung gab, dass wir anderen ... geblendet waren von der Vielzahl der Details, sodass wir nicht sehen konnten, was tatsächlich da war.«

»Und sie dachte, dass sie es könnte? Blind und praktisch allein in dieser Wohnung, dachte sie, sie könnte etwas finden, das alle anderen übersehen hatten?«

»Sie hatte einen einzigartigen Blickwinkel auf den Fall. Und sie hat Stunden über Stunden damit verbracht, darüber nachzudenken. Sie konnte an nicht viel anderes denken.« Maggie seufzte. »Bitte glauben Sie mir, wenn ich auch nur den leisesten Verdacht gehabt hätte, dass das, was sie da tat, sie in Gefahr bringen würde ...«

Unvermittelt lenkte John den Wagen an den Straßenrand und hielt an. Er wandte sich Maggie zu. »Wollen Sie damit sagen, es hat sie in Gefahr gebracht? Maggie – hat Christina sich umgebracht?«

»Nein.«

»Nein? Und warum zum Teufel haben Sie mir das nicht schon früher gesagt? Himmel, es irgendjemandem gesagt ...«

»Weil ich es nicht beweisen kann, John.« Sie sprach gleichmütig. »Jedes einzelne Beweisfitzelchen in dieser Wohnung belegt, dass sie sich umgebracht hat. Andy und seine Leute haben die Wohnung mit der Lupe abgesucht, das wissen Sie. Sie haben sie sogar zwei Mal durchsucht, weil Sie sie darum gebeten hatten. Sie selbst haben sich ihre Computerdateien angesehen, hat Andy gesagt. Haben Sie etwas gefunden?«

»Nein«, erwiderte er langsam. »Zumindest nichts Ungewöhnliches. Nichts Unerwartetes. Da war nichts über die Ermittlungen, über das andere Opfer. Überhaupt kein Hinweis darauf, dass sie versucht hat, eigene Ermittlungen anzustellen.«

»Das hat Andy gesagt. Auf meine Bitte hin hat er sogar den Computerfachmann der Abteilung drangesetzt, aber da war nichts. Falls es vor ihrem Tod irgendwelche Beweise gab –

hinterher waren sie jedenfalls weg. Niemand hat irgendwas gefunden, das auf einen Einbrecher oder auch nur auf einen Besucher hingewiesen hätte. In den Aufzeichnungen des Wachdienstes für diese Nacht finden sich keinerlei Hinweise darauf, dass jemand die Wohnung betreten hätte, und sogar die Tatsache, dass sie der Krankenschwester für diesen Tag und die Nacht freigegeben hatte, scheint auf Selbstmord hinzudeuten. Der Gerichtsmediziner war völlig sicher, dass es Selbstmord war, ohne jeden Vorbehalt. Ich habe seinen Bericht gelesen. Sie haben seinen Bericht gelesen. Nach allem, was man gefunden hat, hat Christina diese Abschiedsnotiz auf ihrem Computer geschrieben, dann hat sie sich die Waffe an den Kopf gehalten und abgedrückt.«

John atmete tief durch. »Ich wusste bis dahin nicht mal, dass sie diese Waffe hatte.«

»Das wundert mich nicht, denn der Registrierung zufolge hatte sie die schon vor Jahren gekauft, als sie ganz allein in L.A. lebte, zur Verteidigung. Und weil sie nicht in Seattle registriert wurde, wusste vorher auch keiner von uns davon. Aber falls Sie sich jetzt Vorwürfe machen, weil Sie das nicht gewusst haben – lassen Sie's. Wenn keine Schusswaffe da gewesen wäre, hätte er es einfach anders gemacht.«

»Woher zum Teufel wissen Sie das, Maggie? Wenn alle Beweise das Gegenteil behaupten, woher wollen Sie dann *wissen*, dass Christina sich nicht umgebracht hat?«

»Ich habe Ihnen doch gesagt, zwischen uns bestand eine Verbindung, ein geistiges Band.« Maggie sah nach vorne und bemühte sich um eine ruhige und gelassene Stimme. »In der Nacht, in der sie starb, bin ich aufgewacht ... ich habe sie in meinem Kopf schreien gehört. Ihren Schmerz gespürt. Es war nur ein kurzes Aufblitzen, aber ganz deutlich. So klar und deutlich, dass ich es mein Lebtag nicht vergessen werde. Sie schrie vor Entsetzen – und aus Protest. Sie wollte nicht sterben. Die Waffe in ihrer Hand, deren Lauf an ihre Schläfe gepresst war, stand nicht unter ihrer Kontrolle.«

Jennifer war allein im Konferenzraum und las den Bericht über die Festnahme von David Robson, den sie bei der Polizeiwache des Bezirks Zentrum angefordert hatte. Da kam Andy herein, er wirkte gequält und erschöpft.

»Asyl«, murmelte er. »Ein Königreich für ein, zwei Stunden Asyl.«

»Ich würde es dir gewähren, wenn ich könnte«, sagte sie mitfühlend. »Aber du weißt doch, wenn die Zentrale dich nicht an deinem Schreibtisch erreicht, klingeln zwei Sekunden später hier die Telefone.«

»Ja, ich weiß ja.« Er setzte sich seufzend. »Du solltest zu Hause sein. Wie viele Überstunden hast du heute gemacht?«

»Ich habe ausgecheckt.«

»Danach habe ich nicht gefragt.«

Jennifer zuckte mit den Achseln. »Sieh mal, ich wollte nicht nach Hause gehen, und da habe ich mir gedacht, dann kann ich mich genauso gut hier nützlich machen.«

Andy grunzte. »Wo ist Scott?«

»Pizza holen. Wir hatten Hunger, und er wollte frische Luft.« Sie betrachtete ihn, die Schatten unter seinen Augen und die grimmig aufeinander gepressten Lippen bereiteten ihr Sorgen. »Ich schätze, du hast nichts von Maggie gehört? Ich meine, über ihr Gespräch mit Hollis Templeton?«

»Nein, noch nicht. Und was sie zu sagen hat, kann genauso gut irrelevant sein.«

»Glaubst du das wirklich?«

»Ach, Quatsch.«

»Eben. Unsere gesamte Welt scheint nur noch aus diesem Fall zu bestehen, oder?«

»Könnte man meinen.« Er seufzte erneut. »Der Gerichtsmediziner hat versprochen, sich sobald wie möglich an Samantha Mitchell zu begeben, aber niemand glaubt, dass er was Neues finden wird. Ein Blick hat ihm gesagt, was er uns auch gesagt hat: Sie hat noch gelebt, als er ihr die Kehle durchgeschnitten hat, und ist am Blutverlust gestorben.«

»Dann hat er das mit dem Baby also erst ... danach getan?«

Andys Lippen wurden noch schmaler. »Etwa ein, zwei Minuten danach, glaubt der Doc. Das Baby hat wahrscheinlich noch gelebt.«

Darauf war Jennifer nicht gefasst gewesen – ebenso wenig wie auf den Schock, den ihr diese Neuigkeit versetzte. »O Gott!«

»Ich brauche dir wohl nicht zu sagen, dass wir diese Info vor den Medien geheim halten wollen.«

»Weiß Mitchell das?«

»Nein, und wenn ich mich durchsetze, wird er es auch nie erfahren.«

Sie starrte auf den Bericht über Robsons Festnahme. »Andy, gibt es da etwas, das uns entgeht? Etwas, das wir hätten tun sollen, aber nicht getan haben?«

»Nicht dass ich wüsste. Mach dich deswegen nicht selbst fertig, Jenn. Wir haben praktisch keinerlei Spuren, keine Zeugen, die uns eine Beschreibung geben können, und kein vorhersehbares Muster bei den Überfällen – jedenfalls bis jetzt. Das, was einer Spur noch am nächsten kommt, verdanken wir dir und Scott.«

»Tolle Spur«, sagte Jennifer und klang genauso entmutigt, wie sie sich fühlte. »Wir haben ein paar Skizzen und Fotos von Opfern einer Mordserie aus dem Jahre 1934, und *vielleicht* hat unser Mann irgendwie Zugang dazu, aber das einzige, wovon wir halbwegs sicher ausgehen können, ist, dass er sich Doppelgängerinnen sucht.«

Ehe Andy antworten konnte, klingelte das Telefon, und er nahm mit resignierter Miene ab.

»Ja?« Er hörte eine Minute zu und betrachtete dabei geistesabwesend Jennifer, die vor ihm weiter in der Akte blätterte, dann sagte er: »Okay. Sagen Sie ihm, ich bin unterwegs.«

Als er auflegte, fragte Jennifer: »Wieder mal unser Luke?«

Andy stemmte sich am Tisch hoch. »Ja, verdammt!«

»Er weigert sich immer noch, das FBI um Hilfe zu bitten?«

»Er würde sich weigern zu schreien, wenn seine Unterhosen brennen, Jenn, das weißt du.« Er seufzte. »Aber ich glaube, wir müssen Johns Freunde ins Spiel bringen, und ich meine, offiziell. Ich stehe kurz davor, den Polizeichef selber anzurufen.«

Sie schüttelte den Kopf. »Tu's nicht. Wir wissen beide, dass Drummond das niemals vergeben oder vergessen würde, und er könnte deiner Karriere ganz schön schaden.«

»Und vielleicht ist mir das auch egal.«

Diesmal lächelte Jennifer. »Nein, das ist es nicht. Und uns anderen übrigens auch nicht, falls dir das nicht klar sein sollte. Wir brauchen dich genau da, wo du bist, Andy. Aber ich bin mit dir einer Meinung, es ist Zeit für drastische Maßnahmen. Ich brauche keinen Seelenklempner, um zu wissen, dass dieser Wichser jetzt, wo er angefangen hat, seine Opfer eigenhändig zu ermorden, mit jedem Tag bösartiger werden wird. Wir müssen ihn aufhalten, und zwar bald. Gibt es eine andere Möglichkeit, wie wir mit Drummond umgehen könnten? Wie wir Druck auf ihn ausüben könnten, ohne dass jemand von uns den Kopf dafür hinhalten muss?«

»Vielleicht. Aber ich hasse es, dass wir das nicht selbst regeln können.«

»Hm. Ist das nicht genau Lukes Art, die Dinge anzugehen?«

Er starrte sie an. »Himmel, du hast Recht. Man sollte meinen, dass ich mittlerweile gelernt habe, um Hilfe zu schreien, wenn ich welche brauche.«

»John könnte helfen«, schlug sie vor. »Und Maggie auch, denke ich, sie hat einen Stein im Brett beim Polizeichef. Und du weißt, beide würden es sofort tun, wenn es bedeutet, dass damit unsere Chancen steigen, dieses Ungeheuer zu schnappen. Ich wette, die beiden haben es bisher nur deshalb nicht getan, um dir nicht auf die Zehen zu treten.«

»Ja, wahrscheinlich.«

241

»Ich weiß nicht, ob diese Agenten uns helfen können«, sagte Jennifer gelassen. »Aber nach dem, was John gesagt hat, haben sie verdammt viel Erfahrung darin, solche Ungeheuer aufzuspüren, und beide sind sie Profiler. Vielleicht sehen sie etwas, auf das wir allein nie kommen würden. Ich glaube, wir müssen uns anhören, was sie dazu zu sagen haben.«

»Ich glaube, du hast Recht.« Andy nickte und wandte sich vom Konferenztisch ab. Er fügte hinzu: »Ich glaube, ich versuche es erst mit Maggie, hauptsächlich, weil ich glaube, dass sowohl der Polizeichef als auch Drummond es so besser aufnehmen. Aber wir werden ja sehen.«

Jennifer mochte weder Andy noch sich selbst gegenüber eingestehen, wie erleichtert sie war. Sie glaubte nicht etwa, dass sie oder ihre Kollegen nicht in der Lage wären, eine brutale Mordserie aufzuklären. Sie fürchtete einfach nur, dass der Preis für die Aufklärung ohne Hilfe von außen womöglich sehr hoch sein würde.

Und bei bisher sechs überfallenen Frauen, von denen drei tot waren, war der Preis bereits jetzt zu hoch.

Maggie wusste, es war keine gute Idee, mit Hollis zu sprechen, nicht an diesem Abend. Der Vortag war eine seelische Strapaze gewesen, und dieser Tag war nicht viel besser. Die Diskussion mit John über das Unglaubliche, ja das Undenkbare hatte ihr eine solche Selbstbeherrschung abverlangt, dass sie sich nun völlig verausgabt und unglaublich erschöpft fühlte.

Daher kam sie sich mehr als nur ein wenig verletzlich vor, als sie nun klopfte, die Tür zu Hollis' Zimmer aufstieß und den Raum betrat, in dem die andere Frau wie üblich auf einem der beiden Stühle am Fenster saß.

Hollis sagte als Erstes: »Die Krankenschwestern sind stinksauer auf mich. Sie wollen, dass ich im Bett liege oder wenigstens bettfertig bin. Sie können nicht verstehen, warum ich mich nicht wenigstens ausziehe.«

242

»Und warum tun Sie's nicht?«, fragte Maggie, setzte sich und schlug den Skizzenblock geistesabwesend auf einer leeren Seite auf.

»Weil ich mich so nicht so schutzlos fühle, denke ich.« Ihre Hände hielten die Stuhllehnen so fest gepackt, dass die Knöchel ganz weiß waren. »Oder vielleicht habe ich dieses verdammte Bett auch einfach satt.«

»Kann ich Ihnen nicht verdenken. Sie müssen es satt haben, hier im Krankenhaus zu sein. Lassen die Ärzte Sie nach Hause gehen, wenn der Verband am Donnerstag abkommt?«

»Sie wollen es mir nicht sagen, aber ich vermute, es hängt davon ab, ob die Operation gelungen ist. Wenn ich sehen kann, bin ich so weit, nach Hause zu gehen. Wenn nicht …«

Maggie musste nicht mehr hören. Wenn sie blind blieb, würde Hollis weitere ärztliche Hilfe benötigen, um diese Tatsache zu bewältigen, zumal nachdem die Operation ihr solche Hoffnungen gemacht hatte. Sie zögerte kurz, dann sagte sie: »Ich weiß nicht, was Sie vom so genannten Übersinnlichen halten …«

Hollis lachte auf eigentümliche Weise auf. »Komisch, dass Sie das sagen.«

»Warum?«

»Das erkläre ich Ihnen später. Ich stehe dem Übersinnlichen alles in allem ziemlich aufgeschlossen gegenüber. Warum?«

»Weil jemand, dem ich vertraue, jemand, der die Fähigkeit hat, in die Zukunft zu sehen, mir gesagt hat, dass es ganz von Ihnen abhängt, ob Sie wieder sehen können.«

»Das klingt ziemlich rätselhaft.« Hollis klang weder überzeugt noch ungläubig, sondern einfach neutral.

»Ich weiß. Ich habe es selbst auch nicht verstanden, aber je mehr ich drüber nachdenke, desto mehr bin ich davon überzeugt, dass auch, wenn die Operation ein uneingeschränkter Erfolg ist, der Verstand erst eine Menge Dinge akzeptieren muss, ehe alles so funktioniert, wie es sollte.«

»Diese geborgten Augen da in meinem Kopf, meinen Sie?«

»Nicht geborgt. Geschenkt.«

»Die Augen einer toten Frau.«

»Die Augen einer Frau, die wollte, dass jemand anders damit sieht, wenn sie es schon nicht mehr kann.«

Hollis atmete tief durch. »Ja, das sage ich mir auch immer wieder. Aber ich frage mich, wie es sich anfühlen wird, wenn die Augen tatsächlich funktionieren – und wenn ich dann in den Spiegel schaue und eine Fremde mir daraus entgegensieht.«

»Das ist immer noch Ihr Gesicht. Das sind immer noch Sie.«

»Aber ich bin nicht mehr die, die ich war, als ich zum letzten Mal in einen Spiegel gesehen habe. Ich habe mich ... so sehr verändert. Das und diese Augen, die von jemand anderem stammen – wie soll ich mich da wiedererkennen?«

Maggie hörte, wie verloren und schmerzerfüllt die andere Frau klang, und so beugte sie sich vor und legte ihre Hand auf Hollis' angespannte Hand. »Sie werden wissen, wer Sie sind, Hollis. Ihr Verstand wird durch diese Augen sehen.«

»Wird er das?«

»Ja.« Maggie hätte beinahe ihre Hand zurückgezogen, doch da blitzte etwas in ihrem Kopf auf, ein schnelles, scharfes Bild, in dessen Gefolge sie Schmerz und sogar eine schmerzliche Traurigkeit durchfuhren. Das Bild war verblasst, ehe Maggie es erkennen konnte, doch ihr blieb das sonderbare, unerklärliche Gefühl zurück, dass sich noch jemand im Zimmer befand.

»Ich hoffe, Sie haben Recht«, murmelte Hollis.

Unbehaglich blickte Maggie sich rasch im Zimmer um, dann sagte sie: »Hollis, warum wollten Sie, dass ich heute Abend komme?« Sie spürte, wie sich die Hand unter ihrer Hand noch mehr verkrampfte.

»Was Sie über das Übersinnliche gesagt haben, hat einen Nerv getroffen«, sagte Hollis langsam. »Ich bin in letzter

Zeit aufgeschlossener dafür wegen etwas, das mir seit dem Überfall immer wieder passiert.«

»Was?« Wieder spürte Maggie ein Aufblitzen von etwas, so lebendig, dass es für den Bruchteil einer Sekunde beinahe so wirkte, als erhaschte sie einen Blick auf eine Person, die gleich hinter Hollis stand. Es war unheimlich und eindeutig nichts, was sie schon einmal erlebt hatte, doch aus irgendeinem Grund trotzdem nicht beängstigend.

»Zuerst dachte ich, ich bilde mir das ein.« Hollis lachte leise. »Wer weiß, vielleicht ist es auch so. Es fing an, als ich – es fing gleich nach dem Überfall an. Eine Stimme in meinem Kopf trieb mich an, ich sollte mich aus diesem Gebäude schleppen, in dem er mich zurückgelassen hatte. Sie wusste, wie ich heiße, diese Stimme. Sie half mir, meinen Lebenswillen wiederzufinden, hat mir vielleicht sogar das Leben gerettet. Hinterher hat man mir gesagt, wenn ich mich nicht genau zu der Zeit aus dem Haus geschleppt hätte, hätte es wahrscheinlich Stunden gedauert, bis mich jemand findet. Und dann wäre ich tot gewesen.«

»Das klingt ganz und gar nicht, als hätten Sie sich das eingebildet.«

»Nein. Wahrscheinlich habe ich das auch nie wirklich geglaubt, nicht richtig. Sie hat eine ganz unverwechselbare Stimme, man spürt sofort, dass sie eine eigenständige Persönlichkeit ist.«

»Hat sie einen Namen?«

»Sie heißt Annie. Annie Graham.«

Der Name kam Maggie nicht bekannt vor – und dann wiederum doch irgendwie. Erneut erhaschte sie ein aufblitzendes Bild, eine schlanke Gestalt, die hinter Hollis stand, und diesmal dachte sie bei sich: *Dunkles Haar, trauriges Gesicht.* Doch dann war sie fort.

»Maggie?«

»Entschuldigung. Ich habe … nachgedacht.«

»Über meinen Geisteszustand?«

245

»Nein – ganz und gar nicht. Wissen Sie, wer sie ist, Hollis? Oder – wer sie war?«

Nach kurzem Überlegen sagte Hollis: »Sie sind schneller darauf gekommen als ich. Ich schätze, es ist nicht leicht zu akzeptieren, dass ein Geist mit einem spricht.«

»Bestimmt nicht. Ich hatte nie irgendwelche medialen Fähigkeiten, deshalb weiß ich nicht, wie sich das anfühlt.« Nur dass sie es jetzt auch spürte. Sie spürte Hollis' Unbehagen und Zweifel, spürte den schwachen Schauder, der einen überläuft, wenn man von etwas Unerklärlichem berührt wird; das eigentümliche Gefühl, in einen offenen Korridor zu blicken, der die Lebenden und die Toten miteinander verbindet.

»Mediale Fähigkeiten? Die Fähigkeit, mit den Toten zu reden, vermute ich. Sonderbar irgendwie, dass es einen Namen dafür gibt.« Sie zögerte kaum merklich, dann fuhr sie fort. »Aber Sie haben übersinnliche Fähigkeiten, nicht wahr, Maggie?«

Maggie zögerte, ehe sie antwortete. »Was ich mache, nennt man Empathie.«

»Empathie. Sie fühlen die Schmerzen der anderen. Und manchmal nehmen Sie dem Schmerz auch seine Schärfe oder verringern ihn sogar, nicht wahr?«

»Wenn ich kann.«

Plötzlich drehte Hollis ihre Hand um und ergriff Maggies. »Wenn ich das gewusst hätte, hätte ich niemals mit Ihnen gesprochen. Niemals hätte ich Sie gezwungen, so viel von dem zu fühlen, was ich gefühlt habe.«

»Ich weiß. Deshalb habe ich Ihnen ja nichts gesagt.«

»Es tut mir Leid, Maggie.«

»Das sollte es nicht. Sie haben mich nicht *gezwungen*, irgendetwas zu empfinden. Es ist einfach das, was ich tue, Hollis. Was ich … es ist meine Aufgabe.«

»Leiden?«

»Das Leiden verstehen.« Maggie seufzte. »Es ist alles in Ordnung, wirklich. Im Augenblick bin ich mehr an Annie interessiert und an dem, was Sie zu Ihnen gesagt hat. Bin ich deshalb hier?«

»Ja. Da sind … Dinge, die ich Ihnen sagen soll. Sie war diejenige, die mir überhaupt erst gesagt hat, ich soll nach Ihnen fragen. Sie hat nicht gesagt, warum, einfach nur, ich müsste mit Ihnen reden.«

»Ich hatte mich schon gefragt, woher Sie meinen Namen wussten. Die Polizei behält ihn normalerweise für sich.«

»Annie hat ihn mir gesagt. Und vor ein paar Stunden hat sie … hat sie mich angefleht, ich solle ihr helfen.«

»Helfen wobei? Mit mir Kontakt aufzunehmen?«

»Sie hierher zu holen. Es Ihnen zu sagen.«

»Mir was zu sagen?«

»Ihnen vom nächsten Opfer zu erzählen.«

14

John wartete dort auf Maggie, wo er schon einmal auf sie gewartet hatte: am Eingang der Tür zum Warteraum auf der Etage, auf der Hollis Templetons Zimmer lag. Der Korridor war so still, wie er offenbar immer war, und niemand störte seine Gedanken.

Dabei hätte er sich das beinahe gewünscht.

Es hätte ihn erleichtern sollen, dass seine Schwester sich doch nicht umgebracht hatte, dass er wenigstens diesbezüglich Recht behalten hatte. Das war eine Sache gewesen, die zu beweisen er entschlossen gewesen war. Aber er konnte es immer noch nicht beweisen. Und selbst wenn er Maggie glaubte ...

Glaubte er Maggie?

Es schien alles so ... unglaubwürdig. Und doch hatte er mit eigenen Augen ihre heftige körperliche und emotionale Reaktion auf Orte gesehen, an denen gewaltsame Handlungen stattgefunden hatten. Hatte gesehen, wie sie mit den Opfern mitfühlte, denen sie zu helfen versuchte.

Und er hatte ein Gemälde gesehen, das eine bestialisch ermordete Frau zeigte, eine Frau, von der er sich sicher war, dass es sich um Tara Jameson handelte. Doch die vermisste Frau war noch gar nicht entführt gewesen, als Maggie in einem beängstigenden, praktisch unbewussten, albtraumhaften Zustand ihren schrecklich verstümmelten Körper gemalt hatte. Beim bloßen Gedanken daran schauderte es ihn.

Maggie hatte sich nicht verstellt oder ihm etwas vorgespielt, dessen war er sich sicher. Selbst wenn sie einen Grund gehabt hätte, ihm eine so unglaubliche Fähigkeit vorzutäuschen – und er konnte sich nicht einen einzigen Grund vorstellen – würde jemand deswegen zu solch extremen Mitteln greifen?

Nein, er war sicher, dass Maggie und ihre Fähigkeiten echt waren. Mit jeder Minute, die er mit ihr verbrachte, war er überzeugter von ihrer grundlegenden Ehrlichkeit und ihrem offenbar auf ihrer Vorstellung von Karma beruhenden Bedürfnis, anderen zu helfen. Und wenn sie hinsichtlich aller anderen Dinge die Wahrheit sagte, warum sollte sie dann lügen, wenn es um Christinas Tod ging?

Nachdem er dies alles sorgsam durchdacht hatte, begriff er, dass er ihr auch darin glaubte. Etwas in ihrer Stimme, in ihrem Gesicht, sogar in ihrem Widerstreben, ihm diesmal alles zu sagen, was sie spürte, alles, was sie wusste, überzeugte ihn. Er glaubte, dass sie in gewisser Weise den Augenblick, in dem seine Schwester gestorben war, gespürt, ja sogar geteilt hatte.

Und weil er das glaubte, weil er an Maggies Fähigkeiten glaubte, musste er sich schließlich auch eingestehen, dass er an diverse andere höchst verstörende … Fakten glaubte:

Jemand anderes, vermutlich der Mann, der sie überfallen hatte, war für Christinas Tod verantwortlich, hatte sie tatsächlich kaltblütig ermordet.

Quentin konnte wirklich in die Zukunft »sehen«.

Und dieses Drecksschwein, das sie alle gefangen und eingesperrt sehen wollten, dieser Mann, der Jagd auf Frauen machte, aus einem obszönen Bedürfnis heraus, das kein gesunder Verstand begreifen konnte, dieses bösartige Raubtier mit menschlichem Antlitz – hatte schon einmal gelebt. Und schon einmal gemordet.

Himmel … was konnte ein Mann mit dieser Art von Wissen anfangen?

Sein gesamtes Leben lang hatte John nur an das geglaubt, was er sehen, was er mit Händen greifen oder berühren konnte, wovon er ohne jeden Zweifel wusste, dass es real war. Er war nie religiös gewesen, sondern hatte Glauben als

Aberglauben betrachtet und das so genannte Übersinnliche als nichts anderes als von Wunschdenken und Pseudowissenschaft zu etwas Pseudorationalem verbrämten Mystizismus.

Doch angesichts dessen – all dessen –, konnte er allmählich ermessen, wie wenig er eigentlich vom Wesen der Realität verstand. Denn wenn die Welt, in der er lebte, Seher und Empathen hervorbrachte, und menschliche Ungeheuer, die immer wiedergeboren wurden und in jedem neuen Leben neue Opfer quälten, nur weil jemand sie nicht zu dem Zeitpunkt aufgehalten hatte, den das Schicksal verfügt hatte, dann waren sämtliche Gewissheiten seines eigenen Lebens auf Sand gebaut.

Es war eine ernüchternde Erkenntnis, doch zu seiner Überraschung auch … erfrischend. Er hatte ganz ehrlich nicht mehr geglaubt, es gebe noch Geheimnisse zu erforschen, jedenfalls nicht für ihn. Da sein Wirtschaftsimperium dieser Tage praktisch von alleine funktionierte, sämtliche Ziele und Bestrebungen längst erreicht und umgesetzt oder sogar übertroffen waren, war sein Leben zu einer vorhersehbaren, wenig aufregenden Routine geworden, die er noch nicht so recht als langweilig hatte bezeichnen wollen. Doch zweifellos war sie eben dies: langweilig.

Er konnte sich nicht erinnern, wann er sich zuletzt so lebendig gefühlt hatte, so vertieft in eine einzigartige Herausforderung.

Und er begriff endlich, warum Quentin zum FBI gegangen war. Nicht, weil er sich als traditionellen Polizisten begriffen hatte, was John nie hatte glauben können angesichts der ungestümen, zutiefst unabhängigen, manchmal regelrecht verwegenen Natur seines Freundes – von seinem gelegentlich etwas verdrehten Sinn für Humor ganz zu schweigen. Und auch nicht, weil er einen Juraabschluss hatte, mit dem er sonst nichts anzufangen wusste.

Nein, er war zum FBI gegangen, weil Noah Bishop in aller Stille Menschen mit übersinnlichen Fähigkeiten für eine spezialisierte Einheit von Ermittlern angeworben hatte. Dies hatte sowohl Quentins angeborene Neugier und sein Gerechtigkeitsgefühl als auch sein Bedürfnis angesprochen, Verwendung für ein einzigartiges Talent zu finden, das dem Rest der Welt unbegreiflich war – und sogar beängstigend schien. Jedenfalls den Menschen, die überhaupt daran glaubten.

»Ein schöner Freund bin ich«, murmelte John.

Es sagte einiges über Quentins Charakter aus, dass er John in all diesen Jahren ein loyaler Freund geblieben war, humorvoll und nicht beleidigt, trotz Johns offensichtlichen Unglaubens. John war sich nicht sicher, was dies über seinen eigenen Charakter aussagte. Dass er unglaublich stur war vielleicht?

Vielleicht.

»John.«

Er stieß sich vom Türrahmen ab und richtete sich auf, verblüfft, dass er so in Gedanken vertieft gewesen war und Maggie nicht hatte kommen hören. Als er ihr Gesicht sah, tat er unwillkürlich einen Schritt auf sie zu.

»Was ist? Was ist passiert?«

Sie klemmte den Skizzenblock unter den Arm und griff nach ihrem Telefon. Ihr Lächeln wirkte ein wenig gequält. »Hollis dachte, sie hätte sich an etwas erinnert, aber es war etwas, was wir schon wussten.« Die Lüge kam ihr leicht über die Lippen, aber sie sprach vorsichtshalber gleich weiter für den Fall, dass Johns scharfe Wahrnehmungsgabe, was sie betraf, ihm mehr sagte, als ihr lieb war. »Aber ich mache mir Sorgen um sie. Sie und Ellen Randall sind bis jetzt die einzigen überlebenden Opfer. Ellen ist immer noch blind und stellt für diese Bestie also keine Gefahr dar. Aber Hollis wird vielleicht wieder sehen können, und ich habe Angst, dass ihn das so beunruhigt, dass er vielleicht versucht, sie noch mal zu holen. Der Chirurg und das Personal hier haben zwar zugestimmt, diese Operation nicht publik zu machen, aber früher oder später wird die Neuigkeit sich rumsprechen. Ich glaube, man sollte sie bewachen, nur für den Fall, dass er es herausfindet.«

»Klingt vernünftig.«

»Ja. Andy? Hier ist Maggie. Legt ihr 'ne Nachtschicht ein? Ich weiß, ich würde auch lieber arbeiten als versuchen zu schlafen. Hör zu, habt ihr jemanden, den ihr hier im Krankenhaus vor Hollis' Zimmer postieren könntet? Ich will ihr keine Angst machen, aber ich glaube, man sollte sie schützen. Nein, aber wenn dieser Dreckskerl herausfindet, dass sie vielleicht wieder sehen kann ... ja, sie könnte eine Bedrohung für ihn darstellen. Klär das mit dem Krankenhaus ab, ja? Danke.«

Sie hörte einen Moment zu, dann schloss sie kurz die Augen, und als sie sie wieder öffnete, war ihr Blick düster. »Verstehe. Jetzt gibt er ihnen also keine Chance mehr zu überleben. Und verliert zwischen den einzelnen Opfern keine Zeit mehr. Er muss Tara Jameson wenige Stunden, nachdem er Samantha Mitchell umgebracht hatte, entführt haben. Ja ... ganz neue Regeln. Nein, John ist noch bei mir, wir kommen also zusammen. Okay.«

Sie hörte noch einmal zu, dann verzog sie das Gesicht und sagte: »Ist das Luke, den ich da höre?« Mit angespannter Miene und einer Stimme, an die John sich noch von ihrer ersten Begegnung her erinnerte, sagte sie dann: »Tu mir einen Gefallen und sag ihm, ich wäre ihm dankbar, wenn er warten könnte, bis ich komme. Ich will mit ihm reden. Ja. Danke, Andy.«

John sah zu, wie sie ihr Handy zurück in die Tasche steckte, und meinte: »Glauben Sie, Drummond hört auf Sie?«

Es fiel Maggie gar nicht auf, dass John nicht fragen musste, was sie vorhatte. »Das sollte er lieber. Stur sein ist eines, aber das hier ist schon viel zu weit gegangen, wir können es uns nicht erlauben, immer wieder an Lukes Stolz zu scheitern, finde ich.«

252

»Selbst er muss das doch jetzt einsehen. Sie haben also Samantha Mitchells Leiche gefunden?«

»Ja. Diesmal hat er sie gleich umgebracht.« Sie atmete tief durch. »Hat ihr die Kehle durchgeschnitten.«

John ließ die Augen nicht von ihr. »Dann würde ich sagen, es ist überfällig, dass wir endlich unsere Hilfsmittel und unsere Arbeitskraft zusammenwerfen und zusammenarbeiten.«

Maggie nickte. »Eindeutig. Ob es Luke Drummond nun gefällt oder nicht.«

»Meine Stimme haben Sie. Und ich habe so ein Gefühl, dass Andy Ihnen auch zustimmen wird.«

Sie nickte. »Ich vergewissere mich erst, hole mir Andys Okay, und dann habe ich ein paar unbequeme Wahrheiten für Luke. Wenn ich muss, gehe ich zum Polizeichef – und ich werde dafür sorgen, dass Luke das auch weiß.«

»Machen Sie mich dafür verantwortlich, dass Quentin und Kendra schon in der Stadt sind«, schlug er ihr vor. »An mir kann er ruhig alles auslassen, ohne dass irgendjemand von Ihnen was davon abbekommt.«

»Sind Sie sicher?«

»Absolut. Und falls Sie noch ein bisschen Zusatzmunition brauchen, könnten Sie ihm sagen, dass der Gouverneur mir noch einen Gefallen schuldet, den ich bisher nicht einfordern mochte. Bisher.«

»Stimmt das?«

»Ja. Ich habe mir das aufgehoben für den Fall, dass Drummond richtig garstig wird und mich ganz von den Ermittlungen ausschließen will. Aber wir können genauso gut jetzt alle Trümpfe ausspielen, die wir haben.«

Maggie nickte erneut. »Okay. Ich spiele die Karte aus, wenn ich muss.«

John legte einen Arm um sie, teils, weil sie so erschöpft aussah, teils aber auch, weil er das Bedürfnis verspürte, sie zu berühren. Er sagte: »Gehen wir.«

Scott kam in den Konferenzraum und setzte sich auf einen Stuhl gegenüber von Jennifer. »Ich habe nicht den blassesten Schimmer, was da los ist, aber es sieht ernst aus. Andy und John haben die Köpfe zusammengesteckt, und Maggie ist in Drummonds Büro. Die Tür ist zu – aber Drummond ist trotzdem gut zu hören.«

Jennifer verzog das Gesicht. »Wenn er so sauer ist, dass er Maggie anbrüllt, muss es wirklich ernst sein. Mit ihr geht er behutsamer um als mit uns anderen.«

»Weil der Polizeichef einen Narren an ihr gefressen hat.«

»Ja.« Jennifer sah auf die Uhr. »Fast elf. Andy sagt, wir sollen es als regulären Dienst aufschreiben, wenn wir schon hier bleiben wollen.«

»Mir recht«, sagte Scott. »Zu Hause starre ich sowieso nur die Wände an und versuche, mir einen Reim auf das hier zu machen.«

»Kenne ich.«

»Hast du diesen Penner aufgetrieben?«

»Bis jetzt nicht. Ich habe bei einigen der anderen Asyle angerufen, aber die kennen niemanden, auf den die Beschreibung passt oder der behauptet, David Robson zu heißen.«

»Du glaubst doch nicht wirklich, dass dieser Kerl ein Gespenst gesehen hat, oder, Jenn?«

»Ich glaube, dass er vielleicht etwas gesehen hat. Zumindest etwas, das ihn ziemlich mitgenommen hat.«

»Weil Terry Lynch das sagt?«

»Er ist ein guter Cop, Scott.«

»Klar. Ich frage mich nur, was in aller Welt ein betrunkener Penner wohl gesehen hat, wenn er glaubt, er hätte ein Gespenst gesehen. Rauch? Licht, das genau richtig auf eine nebelige Stelle trifft? Jemand, der ganz in Weiß gekleidet ist?«

»Alles gut möglich«, räumte sie ein. »Aber vielleicht hat er doch etwas anderes gesehen. Nach dem bisschen, was wir wissen, könnte dieses Drecksschwein eine Maske tragen, zumindest, wenn er mit seinen Opfern zusammen ist – eine von diesen Hartplastikmasken. Ich denke, das sieht bestimmt verdammt unheimlich aus, selbst wenn man stocknüchtern ist.«

»Kann schon sein.«

Jennifer seufzte. »Ich weiß, die Chance, dass er wirklich was gesehen hat, ist so groß wie die, dass ein totaler Außenseiter beim Pferderennen gewinnt, aber was haben wir schon zu verlieren, wenn wir das überprüfen?«

Scott seufzte ebenfalls. »Nichts.«

»Eben.« Jennifer griff zum Telefon. »Ich habe noch ein paar Obdachlosenasyle auf meiner Liste, da kann man bestimmt jetzt noch anrufen. Außerdem: Sogar ein Außenseiter geht manchmal als Erster durchs Ziel.«

»Nicht, wenn du dein ganzes Geld auf ihn gesetzt hast«, entgegnete Scott und klang, als spräche er aus leidvoller Erfahrung.

»Ich kann es nicht leiden, wenn man mir droht, Maggie.« Drummonds Stimme klang kühl, eine deutliche Veränderung zu seinem Gebrüll wenige Augenblicke zuvor.

Sie stand vor seinem Schreibtisch. Nun beugte sie sich vor und legte die Hände auf seine Schreibtischunterlage. »Nein? Dann sorg dafür, dass es auch nicht nötig ist, Luke. Diese Sache ist längst außer Kontrolle geraten, und wenn du ehrlich dir selbst gegenüber wärst, statt so stur zu sein, dass du für Vernunftgründe nicht mehr zugänglich bist, dann würdest du es auch zugeben.«

»Meine Leute können …«

»Deine Leute spielen hier nicht mehr in ihrer Liga. Sie sind verdammt gute Cops, jeder Einzelne von ihnen, aber sie hatten es noch nie mit so einem Ungeheuer zu tun. Weder ihre Ausbildung noch ihre bisherigen Erfahrungen haben sie darauf vorbereitet.«

»Wenn du nur eine Skizze anfertigen würdest …«

Sie richtete sich auf und stieß so etwas wie ein Lachen aus.

255

»Super. Schieb's einfach auf mich. Es ist mir scheißegal. Sag einfach, deine Zeichnerin hat ihre Arbeit nicht gemacht, und deshalb kannst du diese Bestie nicht fangen.«

Er besaß den Anstand zu erröten, doch seine Augen blieben wütend. »Wir tun alles, was in unserer Macht steht, alles, was man irgend tun kann. Und der Polizeichef ist mit mir einer Meinung: Warum sollen wir das FBI hinzuziehen, wenn wir nicht mal ein einziges schlüssiges Beweisstück haben, auf das hin man ermitteln könnte?«

»Hör zu. Du bist Jäger – denk doch mal nach. Was ist das Logischste, wenn man hinter einem bestimmten Tier her ist? Man sucht nach erfahrenen Jägern. Wenn du ein Bärenproblem hast, suchst du dir doch wohl jemanden, der weiß, wie man Bären jagt, verdammt!«

»Cops jagen Verbrecher. Und – hey, Überraschung! – wir fangen sie auch.«

Maggie verfiel nun absichtlich in einen harmlosen, ja sogar leidenschaftslosen Plauderton. »Ja, das tut ihr. Aber der hier ist nicht einfach irgendein Verbrecher, Luke – an dieser Stelle beurteilst du die Situation falsch. Der hier ist eine Bestie, ein menschliches Ungeheuer, das zu unmenschlichen, extremen Mitteln greift, um sein böses Gesicht sogar vor seinen sterbenden Opfern zu verbergen. Und wenn man ein Ungeheuer jagt, braucht man jemanden, der weiß, wie man das macht.«

»Das FBI.«

»Nein, eine sehr spezialisierte Einheit *innerhalb* des FBI.« Sie ließ ihre Stimme wieder schärfer werden. »Eine Gruppe hoch qualifizierter, speziell ausgebildeter und engagierter Leute, denen es egal ist, was in den Schlagzeilen steht, wenn sie mit ihrem Job fertig sind. Es ist ihnen egal, wer die politischen Lorbeeren kassiert. Ihnen ist nur wichtig, die Ungeheuer hinter Schloss und Riegel zu bringen, wo sie hingehören.«

Drummond errötete nochmals leicht, diesmal wegen der

bissigen Anspielung auf seine politischen Ambitionen, doch er sagte nur: »Von dieser spezialisierten Einheit habe ich noch nie gehört.«

»Nein, wahrscheinlich nicht. Wie gesagt, sie wollen keine Publicity, schon eher das Gegenteil.« Sie ließ ihm Zeit, dies zu verdauen. Dann fügte sie hinzu: »Aber wenn du mal alte Ausgaben des Mitteilungsblatts durchblätterst, das das FBI rausgibt, wirst du sie ein paar Mal erwähnt finden, da bin ich ganz sicher. Es ist die Special Crimes Unit, kurz SCU. Wie der Name schon sagt, sind sie für besondere Verbrechen zuständig. Sie sollen den lokalen Polizeibehörden dabei helfen, ungewöhnlich bedrohliche, gewalttätige Verbrechen aufzuklären. Ihre Erfolgsbilanz ist ziemlich beeindruckend. Sie dürfen sich nicht in die örtliche Strafverfolgung einmischen, sondern können ihr nur mit Rat, Unterstützung und Hilfe zur Seite stehen – wenn sie darum gebeten werden.«

»Wie kommt es, dass du so viel über die weißt?«

»Jemand, den ich kenne, hätte vor ein paar Jahren fast da angefangen.« Sie zuckte mit den Achseln. »Was ich dir sagen kann, ist, dass sie sehr gut sind, Luke. Sie sind sehr, sehr gut.«

»Mir ist immer noch nicht klar, was die tun könnten, das wir nicht auch tun können«, murrte Drummond.

Maggie wusste, er würde nachgeben, wenn auch noch so widerwillig, deshalb hielt sie ihre Antwort sachlich. »Wie gesagt, sie haben schon solche Ungeheuer gejagt. Vielleicht fällt ihnen ja was dazu ein, worauf wir nie kommen würden. Aber selbst wenn nicht – der Mord an Samantha Mitchell erhöht den Einsatz, oder, Luke? Die Leute werden fragen, was du *zusätzlich* tust, um einen sadistischen Vergewaltiger aufzuhalten, aus dem jetzt ein brutaler Mörder geworden ist. Zieh diese Fachleute für die Jagd von Ungeheuern hinzu und du hast eine Antwort darauf.«

»Scheiße.« Mit finsterem Blick lehnte er sich auf dem Stuhl zurück, bis er knarrte.

»Du weißt, dass es der richtige Schritt ist. Und nicht nur

das, es ist das Klügste, was du tun kannst. Luke, vor ein paar Tagen hast du mich gebeten, härter daran zu arbeiten, dass ich dir ein Bild des Ungeheuers geben kann. Jetzt sage ich dir: Ich kann das nicht allein. Ich schaffe das nicht, indem ich einfach nur mit den geblendeten Opfern spreche. Ich brauche Hilfe. Ich brauche Leute, die mir helfen zu verstehen, wie er denkt.«

»Bist du deshalb in den letzten Tagen so dicke mit Garrett?«, fragte er säuerlich.

Sie ignorierte die Anspielung und sagte: »Tatsächlich ist John vor ein paar Tagen zu dem Schluss gekommen, dass er die Hilfsmittel dieser FBI-Einheit nutzen könnte, wenn du es schon nicht kannst. Du weißt ja, wie finster entschlossen er ist, den Mann zu finden, der seine Schwester überfallen hat, koste es, was es wolle. Er hat zufällig einen Freund in dieser Einheit, und dieser Freund ist hier in Seattle, mit seiner Partnerin, in ihrer Freizeit und inoffiziell. Wir haben es ihnen zu verdanken, dass wir Samantha Mitchells Leiche so schnell gefunden haben.«

Sie war halbwegs sicher gewesen, dass dieser letzte Aspekt ihn davon abhalten würde zu explodieren. Und so war es auch. Dennoch gab sie ihm erst gar keine Zeit, in Fahrt zu kommen.

»Niemand stellt deine Autorität in Frage, Luke, und wir alle haben nur ein Ziel vor Augen. Wir wollen dieses Ungeheuer aufhalten, bevor es wieder mordet. Gib uns alle Hilfsmittel, die wir dafür brauchen. Sei ein cleverer Politiker *und* ein cleverer Cop und zieh die Einheit offiziell hinzu. Gib Andy das Okay, sie in die Ermittlungen mit einzubeziehen. Ich verspreche dir, du wirst es nicht bereuen.«

»Das wäre auch besser so«, grollte er. »Schick ihn rein.«

Maggie gestattete sich auch nicht den kleinsten sichtbaren Anflug von Triumph und verließ unverzüglich sein Büro. In der Legebatterie war weniger los als um diese späte Stunde üblich, dennoch bemerkte sie, dass ihr ein hohes Maß an verstohlener Aufmerksamkeit zuteil wurde, als sie nun zu Andys Schreibtisch ging, wo er mit John wartete. Nicht, dass dieses Interesse sie überrascht hätte – Drummonds Stimme hatte das Fenster klirren lassen, also war sie hier draußen ganz sicher zu hören gewesen.

»Er will dich«, sagte sie Andy. »Er wird wahrscheinlich ein bisschen rumpoltern, aber unter dem Strich bekommst du sein Okay, Quentin und Kendra offiziell hinzuzuziehen.«

»Musstest du ihm dein erstes Kind versprechen?«, fragte Andy trocken, während er sich erhob.

»Nein. Aber mir tun bestimmt noch heute Abend die Ohren weh.«

Er grinste sie an, dann ging er in Drummonds Büro.

»Gute Arbeit«, meinte John. »Kommen Sie, setzen Sie sich.« Er beschloss, nicht hinzuzufügen, dass sie sehr erschöpft aussah und er sich Sorgen um sie machte.

Sie setzte sich in den anderen Besucherstuhl. »Ich glaube, ich würde fast lieber ein Dutzend Zeugen befragen, als mit Luke zu streiten. Er ist ein unglaublich sturer Ochse.«

John lächelte schwach. »Sie haben ihn überzeugt. Das ist die Hauptsache.«

»Hoffen wir es.« Sie lächelte zurück. »Ob Quentin und Kendra wohl noch auf sind?«

»O ja, das sind beides Nachteulen, besonders während einer laufenden Ermittlung. Sind Sie sich so sicher bei Drummond, dass wir sie schon herholen können?«

Maggie nickte. »Ich glaube, wir haben keine Zeit zu verlieren, oder?«

John griff zum Telefon.

Mittwoch, 7. November

Als sie alle im Konferenzraum versammelt waren, war es nach Mitternacht. Drummond war vor einiger Zeit nach Hause gefahren. Er hatte gesagt, er werde »diese Agenten da« am nächsten Tag begrüßen. Viele der Detectives, die an dem Fall arbeiteten, waren ebenfalls nicht mehr da. Entweder sie hatten dienstfrei und waren zu Hause, oder sie waren unterwegs und taten ihr Möglichstes, um Tara Jameson, die zuletzt vermisste Frau, zu finden.

Insofern war es das Kernteam der polizeilichen Ermittlungen – Andy, Scott und Jennifer –, die mit Quentin und Kendra bekannt gemacht wurden. Die verloren keine Zeit und begaben sich unverzüglich an die Arbeit.

Quentin wanderte im Raum umher und studierte die Fotos, Skizzen und Beschreibungen an der Pinnwand, während Kendra berichtete, dass ihre Recherche zu ähnlich gelagerten Verbrechen, die älter als sechs Monate waren, in sämtlichen verfügbaren Datenbanken nichts auch nur entfernt Brauchbares irgendwo im Land erbracht hatte, was darauf hindeutete, dass der Mann wirklich erst vor sechs Monaten begonnen hatte, Frauen zu überfallen.

»Aber da ist noch das da«, sagte Quentin und klopfte auf eine der Stelltafeln. »Ganz erstaunlich. Wer hatte die Intuition und hat die hier ausgegraben?«

Andy nickte in Richtung von Scott und Jennifer. »Die beiden.«

Scott erklärte, wie sie darüber nachgedacht hatten, dass der Vergewaltiger ein allzu gut etabliertes Ritual hatte.

Als er geendet hatte, sprach Quentin als Erster. Nachdenklich meinte er: »Sie haben sich als Kind beim Ausmalen nie an die Schablonen gehalten, stimmt's?«

Scott starrte ihn an, doch dann sah er das Funkeln in den Augen des Agenten und grinste widerwillig. »Stimmt schon.«

»Wundert mich gar nicht. Sehr kreatives, intuitives Denken. Zudem eine völlig rationale Erklärung der Fakten, so wie wir sie kennen. Es ist deprimierend, wie verbreitet Nachahmer heute schon sind. Also hat der Kerl vielleicht beschlossen, sein Ritual bei jemand anderem zu borgen, hat sich eine

260

alte unaufgeklärte Verbrechensserie ausgesucht, und von der hat er dann gelernt.«

John sah zu Maggie, doch die hörte ernsthaft zu und machte keinerlei Anstalten einzugreifen. Er selbst würde es auch nicht tun. Selbst wenn sie richtig lag mit ihrer unglaublichen Behauptung, dass sie es hier mit einem wiedergeborenen bösartigen Hirn zu tun hatten, sah John nicht, wie dieses Wissen irgendetwas ausrichten könnte, außer die Ermittler zu verwirren. Vorausgesetzt, sie glaubten es überhaupt.

Nein, sie waren hinter einem Mörder aus Fleisch und Blut her, gleichgültig, was er außerdem noch sein mochte. Das war die Beute, die sie zu erlegen hatten.

Andy sagte: »Jenn versucht, einen Zeugen aufzutreiben, der in dem Gebiet, in dem man Hollis Templeton gefunden hat, etwas gesehen haben könnte. Aber er ist obdachlos, deshalb wird es nicht leicht sein, ihn zu finden. Der einzige andere neue Aspekt, den wir haben, ist Maggies Überzeugung, dass der Kerl sein neuestes Opfer Tara Jameson schon kannte.«

Jennifer sah sie stirnrunzelnd an. »Wie kommst du darauf, Maggie?«

Maggie sah Andy an, zögerte, dann zuckte sie mit den Achseln. »Manchmal spüre ich etwas. Eine Art sechster Sinn, wenn du so willst. Man nennt es empathische Begabung.«

»Das erklärt eine Menge«, sagte Andy nach einem Augenblick zu den anderen beiden Detectives. »So kommt sie an ihre unglaublich genauen Skizzen, so kann sie … so gut mit den Opfern … kommunizieren. Stimmt das so, Maggie? Wenn du ihnen sagst, dass du genau weißt, wie ihnen zumute ist, dann meinst du das wörtlich.«

»Normalerweise schon. Bei manchen Menschen ist es stärker als bei anderen. Aber die meisten Opfer von Gewaltverbrechen sind … sie sind traumatisiert, ihre Gefühle sind stärker als üblich. Das schnappe ich ziemlich leicht auf.«

»Weißt du, was wir jetzt empfinden?«, wollte Jennifer wissen.

Maggie zuckte mit den Achseln. »Ganz allgemein, ja. Mehr empfange ich ohne Körperkontakt nicht, nur einen schwachen Eindruck – nicht viel mehr, als ich sowieso wüsste, wenn ich eure Gesichter beobachte oder auf den Klang eurer Stimmen höre.«

»Erzählen Sie ihnen auch den Rest«, murmelte Quentin.

Sie sah erst ihn an, dann die anderen. »Heftige Emotionen sind nur eine andere Form von Energie. Und sie … manche Orte speichern sie, zumindest für eine Weile. Wenn ich dann einen Ort begehe, an dem etwas Gewaltsames geschehen ist, dann … manchmal trete ich dann in Verbindung zum Opfer oder zum Angreifer. Dann fühle ich eine Menge von dem, was sie währenddessen gefühlt haben.«

»So hast du auch die Streits und all das im Haus der Mitchells aufgeschnappt«, meinte Andy, und als sie nickte, führte er rasch die Eindrücke auf, die Maggie empfangen hatte, als sie durch dieses Haus ging, damit die beiden Detectives verstanden, worüber sie hier sprachen.

Maggie sagte: »In sämtlichen Fällen hat mindestens einer der Mitchells Gefühle gehabt, die intensiver als üblich waren. Der Streit über den Papagei war ziemlich heftig, genau wie der, den Thomas Mitchell mit seinem Schwiegervater hatte. Und an dem zerbrochenen Spiegel hatte Samantha Mitchell sich geschnitten, was ziemlich schmerzhaft war.«

Jennifer sagte: »Hier in diesem Gebäude hat es eine Menge heftiger Gefühle gegeben. Spürst du die?«

Maggie verzog leicht das Gesicht und meinte: »Bis vor kurzem habe ich nur ein … eine Art Kribbeln auf der Haut gespürt, wie wenn die Luft statisch aufgeladen ist. Aber seit einiger Zeit wird es immer intensiver. Im Krankenhaus auch.«

»Davon haben Sie gar nichts gesagt«, meinte John beinahe vorwurfsvoll.

»Was hätte ich denn sagen sollen?« Sie zuckte mit den Achseln. »Es ist jetzt fast wie ein Hintergrundgeräusch, ein leises Summen von Energie, gerade noch unbewusst wahrgenommen. Normalerweise jedenfalls. Manchmal drängt ein bestimmter Eindruck sich stärker in den Vordergrund.«

»Zum Beispiel?« Jennifers Frage hatte einen ganz leicht herausfordernden Beiklang.

Maggie sah zu Quentin. Der sagte sarkastisch: »Sie müssen durch ein, zwei Ringe springen. Verfehlt seine Wirkung nie.«

»Ja.« Maggie sah, dass Jennifers Wangen sich schwach mit Rot überzogen, doch sie beantwortete ihre Frage, als würde sie den Fehdehandschuh nicht sehen, den sie ihr vor die Füße geworfen hatte. »Zum Beispiel … hattet ihr heute ganz früh einen Einbruchsverdächtigen hier – Dienstag, meine ich. Der Detective, der den Fall bearbeitet – Harrison? – ist davon überzeugt, dass der Mann in ein paar ziemlich exklusive Häuser hier in der Stadt eingebrochen ist. Das Problem ist, ihr habt seine Wohnung durchsucht und ihr habt die üblichen Hehler gecheckt, aber ihr habt bis jetzt nichts gefunden.«

»Ja«, sagte Andy. »Und?«

»Und als euer Verdächtiger heute hier war, hat er sich richtig Sorgen darum gemacht, dass ihr womöglich das mit dem Lagerhaus rauskriegt, das er unter dem Namen seines Bruders angemietet hat.«

Scott meinte: »Am liebsten würde ich loslaufen und Mike Harrison sofort Bescheid geben, aber ich habe Angst, was zu verpassen.«

»Sag es ihm später«, befahl Andy. Er beäugte Maggie. »Hast du noch mehr kleine Leckerbissen für uns?«

»Nun, diese ältere Dame, die ihr im Verdacht habt, ihren Ehemann umgebracht zu haben – sie hat es nicht getan.«

»Nein?«

»Nein. Aber sie hat seine Leiche entsorgt. Hat ihn im Wald hinter ihrem Haus begraben.«

»Mein Gott«, sagte Andy. »Warum, wenn sie ihn doch nicht umgebracht hat?«

»Er war nicht versichert, und sie ist auf seine Sozialhilfeschecks angewiesen. Deshalb hat sie versucht, so zu tun, als ob er noch lebt.«

In das darauf folgende Schweigen hinein sagte Quentin: »Manchmal hasse ich es wirklich, für den Staat zu arbeiten.«

Scott tat einen Atemzug und sagte: »Hm, ich finde, wir heuern Maggie an und lassen sie den ganzen Tag an der Eingangstür sitzen.«

Sie lächelte ihn an. »Damit ich Infofetzelchen sammele, die ihr sowieso auf eure Weise herausfindet?«

»Da bin ich mir nicht so sicher«, meinte Andy. »Aber selbst wenn ich voraussetze, dass du einverstanden wärst, müssten wir uns was überlegen, wie wir deine … Eindrücke … nach einwandfreien Hinweisen klingen lassen, und ich hab da so ein Gefühl, dass das nicht einfach wäre.«

»Lassen Sie es sich von mir gesagt sein«, meinte Quentin, »das wäre es auch nicht. Und wenn die Öffentlichkeit Wind davon bekäme …«

»Wäre da noch das Datenschutzproblem«, beendete Maggie seinen Satz. »Mindestens das. Möglicherweise mit Ausnahme von Cops, die schwierige Fälle knacken müssen, wäre wohl niemand glücklich über die Vorstellung, dass da jemand in jedem, der durch die Tür kommt, wie in einem Buch lesen und so ohne Einwilligung oder gesetzliche Rechtfertigung seine Privatsphäre verletzen könnte.«

Sie zuckte mit den Achseln. »Jedenfalls weiß ich daher, dass der Vergewaltiger Tara Jameson kennt. Da war ein starkes Gefühl der Vertrautheit, als er sie packte, viel stärker als es gewesen wäre, wenn er sie nur aus seinen Beobachtungen kennen würde.«

Andy sah zu den anderen, dann nickte er. »Mir reicht das. Ich weiß, es ist spät, aber ich würde sagen, wir tragen alles zusammen, was wir über Tara Jamesons Leben wissen. Familie, Freunde, Nachbarn, Kollegen. Wir wissen ja alle, was zu tun ist. Weckt die Leute auf, wenn es sein muss. Falls wir auch nur die geringste Chance haben, sie zu finden, bevor dieser Perverse seine kranken Spielchen mit ihr spielen kann, dann würde ich sagen, wir ziehen alle Register und legen uns voll ins Zeug.«

Es kamen keine Einwände.

15

Es war ganz und gar nicht ungewöhnlich, dass Beau nach Mitternacht noch in seinem Atelier arbeitete, doch mit geschlossenen Augen arbeitete er selten.

Er war auch nicht glücklich darüber und hätte es aus freien Stücken gewiss nicht getan, doch war er dringend darum gebeten worden. Das Gemälde, das in seiner letzten Nachtschicht entstanden war, hatte ihm wochenlang Albträume beschert. Und es war seine bisher einzige Arbeit gewesen, die er je zerstört hatte.

»Es sind nicht zufällig nur Kleckse?«, fragte er, weniger hoffnungsvoll denn resigniert.

»Nein. Nicht nur Kleckse.«

»Das wäre mir aber lieber.«

»Ich weiß.«

»Du weißt verdammt noch mal zu viel.«

»Eine Sache, die ich *nicht* weiß, ist, wie du das malerische Äquivalent des automatischen Schreibens anwenden und dabei noch zusammenhängend reden kannst.«

»Ich weiß es auch nicht, und es macht mich fertig, wenn ich zu viel darüber nachdenke. Erinnert mich an diesen alten Horrorfilm über den Pianisten, der sich ein neues Paar Hände besorgt. Von jemand anderem.«

»Jetzt machst du mich fertig.«

»Ich würde mir gerne einbilden, dass ich dazu in der Lage bin. Aber du hast zu viel gesehen, als dass dich etwas, was ich tue, beunruhigen könnte.«

»Sei da mal nicht so sicher.«

Beau wandte den Kopf zur Seite – die Augen hielt er geschlossen, den Pinsel führte er weiter geschickt über die Leinwand – und runzelte die Stirn. »Werde ich mir das hier ansehen wollen, wenn ich fertig bin?«

»Nein.«

»Oh, mein Gott. Kann ich jetzt aufhören?«

»Ich weiß es nicht. Kannst du?«

»Nein. Verdammt. Da ist immer noch etwas …«

Beau biss die Zähne zusammen und malte weiter. Er verabscheute das. Es war ihm um ein Vielfaches lieber, eine Vision zu haben, auch wenn er danach eine Stunde lang Kopfschmerzen hatte. Er zog es auch vor, dass Wissens- oder Informationsfetzen und -fitzelchen plötzlich ungebeten in seinem Kopf auftauchten. Mit beidem konnte er umgehen.

Doch dies … dies war in höchstem Maße unheimlich. Er hatte sich schon mehr als einmal gefragt, ob es wirklich sein eigener Verstand und seine Begabung waren, die ihm die Hände führten, wenn er so malte. Wenn man die fertigen Werke betrachtete, war das ein beängstigender Gedanke. Noch beängstigender war allerdings die Möglichkeit, dass er den Vorgang nicht in irgendeiner Weise unter Kontrolle hatte, dass hier jemand anderes sich mittels seiner Fähigkeiten »artikulierte«, sich ihrer bediente, um eine Nachricht zu senden.

Aus der Hölle, dachte er manchmal.

»Bin ich der Einzige, den du kennst, der so was kann?«, wollte er wissen. »Kommst du deshalb zu mir?«

»Du bist der Beste, den ich finden konnte. Künstlerische Meisterschaft und übersinnliche Begabung, die einander ebenbürtig sind. Aber in diesem Fall war es keins von beidem, was mich zu dir geführt hat, das weißt du.«

»Warum hast du mich dann gebeten, das zu tun?«

»Ich nutze jede Hilfe, die ich bekommen kann.«

»Und scheiß drauf, was es mich kostet, hm?«

»Du kannst es dir leisten.«

»Du bist ein Mistkerl, Galen – weißt du das?«

»Zufällig ja.«

Beau schwieg eine Weile, dann sagte er: »Maggie findet allmählich heraus, wozu sie fähig ist.«

»Ja. Ich habe das Gemälde gesehen.«

»In ihr Haus bist du also auch eingebrochen, hm?«

»Ihr solltet beide ein wenig in die Sicherheit investieren.«

»Offensichtlich.« Beau malte noch einige Minuten lang, dann stockte ihm der Pinsel, und er ließ die Hand sinken. Er wandte sich von der Staffelei ab. Dann öffnete er die Augen und ging zum Arbeitstisch, an dem Galen lehnte, um Pinsel und Palette zu reinigen.

»Es ist fast vorbei, Beau.«

»Wenn du meinst, dass es mir jetzt besser geht, hast du dich geirrt.«

»Sorry. Mehr kann ich nicht für dich tun.«

»Ja, klar.« Beau wischte sich die Hände an einem Lappen ab. Er konzentrierte sich völlig darauf. Dann sagte er: »Ich mache Kaffee.«

»Bisschen spät für Koffein.«

»Na ja, wenn du glaubst, dass ich heute Nacht schlafen will, bist du verrückt. Deck das zu, wenn du es dir lange genug angesehen hast, ja?« Ohne eine Antwort abzuwarten oder auch nur einen flüchtigen Blick auf das Bild zu werfen, ging Beau aus dem Atelier.

Galen sah ihm nach, dann richtete er sich auf und näherte sich der Staffelei beinahe argwöhnisch. In einiger Entfernung blieb er stehen, die kraftvollen Arme vor der Brust verschränkt, und betrachtete ein Gemälde, das außerordentlich komplex und meisterhaft gemalt war. Beinahe mochte man nicht glauben, dass der Künstler es mit geschlossenen Augen gemalt hatte.

Beinahe.

Weit entfernt von Beaus üblicher, recht bekannter impressionistischer Malweise strahlte dieses Gemälde nicht Licht, sondern Dunkelheit aus. Kühne schwarze Pinselstriche, tiefe Schatten in Kastanie, Schiefergrau und Braun ergaben einen verschwommenen, aber dennoch äußerst beunruhigenden Hintergrund, den nur die formlosen fleischfarbenen Gesichter und Gestalten im Vordergrund aufhellten.

Ein Gesicht vor allem erregte Galens Aufmerksamkeit, eins der wenigen, die deutlich zu erkennen waren. Es war schmerzverzerrt, die geweiteten Augen wurden bereits leer, als das Leben aus ihnen wich. Sein eigener eher strenger Mund verzog sich.

»Scheiße«, sagte er ganz leise.

Maggie hatte nie zu Nervosität geneigt, aber nachdem John sie in den frühen Morgenstunden zu Hause abgesetzt hatte, musste sie ihre gesamte Entschlossenheit aufbringen, um ihn nicht hereinzubitten. Sie sagte sich, es sei der Schlafmangel, doch das erinnerte sie nur daran, dass auch er Schlaf benötigte – und sich nicht auch noch um ihre Sicherheit sorgen sollte.

Sich zu sorgen nutzte niemandem, das wusste sie.

Außerdem: Wenn er die Wahrheit kannte, würde er ununterbrochen bei ihr sein und auf sie aufpassen wollen – auch das wusste sie. Und so tröstlich seine Gegenwart auch war, sie musste zumindest in der Lage sein, ein wenig Zeit allein und ohne die Ablenkung, die er darstellte, zu verbringen, um ihre Kraftreserven wieder aufzuladen, während sie versuchte, alles zu überdenken.

Zumindest sagte sie sich das, als sie nun ihr stilles Haus betrat und vorsichtig sämtliche Türen und Fenster überprüfte, ehe sie eine lange, heiße Dusche nahm und versuchte, etwas Schlaf zu bekommen. Doch der Schlaf mochte sich nicht recht einstellen. Sie döste, wachte mehrfach erschrocken auf und lauschte dann angespannt auf fremdartige Geräusche. Aber natürlich war da nichts.

Natürlich nicht.

Nach wenigen Stunden stand sie schließlich auf und zog sich an. Sehr ausgeruht fühlte sie sich nicht. Sie aß nur deshalb etwas, weil sie wusste, dass sie das tun sollte, dann überprüfte sie Garage und Auto ebenso argwöhnisch wie ihr Haus wenige Stunden zuvor. Auch als sie schon im Auto saß und unterwegs war, entspannte sie sich nicht.

Sie fragte sich, ob ihr das je wieder möglich sein würde.

Als sie wenige Minuten später Beaus Atelier betrat, sah sie überrascht, dass er einfach nur da saß und die Füße auf den Tisch gelegt hatte, anstatt zu arbeiten. Das Auftragsporträt der Ehefrau eines Seattler Geschäftsmanns, an dem er seit Tagen arbeitete, stand zwar auf der Staffelei, aber allem Anschein nach hatte er an diesem Tag Pinsel und Palette noch nicht in die Hand genommen.

»Ich habe mir heute freigenommen«, verkündete er, ehe sie ihn fragen konnte. »Nimm dir einen Kaffee – er ist ganz frisch.«

Maggie goss sich einen Kaffee ein und setzte sich dann ihm gegenüber. Stirnrunzelnd betrachtete sie sein Engelsgesicht. »Man sieht es dir zwar nicht an, aber ich könnte schwören, dass du auch die ganze Nacht auf warst.«

»Ich habe nicht geschlafen«, gab er zu. »Habe noch relativ spät bei dir angerufen und mir gedacht, dass du wohl auf der Polizeiwache bist.«

»War ich auch. Wir hatten kurz vor Mitternacht eine Art Kriegsrat und sind am Ende alle bis zum Morgengrauen geblieben.« Kurz und knapp setzte sie ihn über das ins Bild, was geschehen war, seit sie zuletzt miteinander gesprochen hatten. Wie gewöhnlich war sie sich nicht sicher, wie viel er wusste, ohne dass sie es ihm sagen musste. Sie schloss: »Ich bin vor ein paar Stunden für ein Nickerchen und eine Dusche nach Hause gefahren, wie die meisten anderen.«

»Die meisten?«

»Andy ist immer noch auf, glaube ich. Und Quentin und Kendra wirkten immer noch energiegeladen, sie waren noch hellwach, als ich gefahren bin.«

Beau, der die meisten Detectives, mit denen Maggie zusammenarbeitete, zumindest dem Namen nach kannte, weil sie von ihnen erzählte, nickte und sagte: »Nach allem, was du über Andy erzählt hast, wundert mich das nicht. Was die beiden FBI-ler angeht, für die ist außergewöhnliche Ausdauer vermutlich eher die Regel als die Ausnahme.«

Maggie betrachtete ihn nachdenklich und sagte: »Du hast mir nie richtig erklärt, warum du Bishop abgesagt hast, als er dich vor ein paar Jahren aufgefordert hat, bei ihm anzufangen.«

»Habe ich nicht?«

»Nein. Und versuch jetzt bloß nicht, mir auszuweichen. Quentin und Kendra haben nichts gesagt, aber ich möchte wetten, sie wissen seit Tagen von der Verbindung zwischen dir und mir. Du hast selbst gesagt, Bishop hätte dir mehr oder weniger erzählt, dass er und seine Agenten versuchen wollten, die Hellseher außerhalb der Einheit im Auge zu behalten, falls sie mal jemanden bräuchten.«

»Das hat er gesagt.«

»Also wissen sie wahrscheinlich von dir, seit sie hier angekommen sind.« Sie schüttelte den Kopf. »Sie bekommen von mir Bestnoten für Diskretion. Soweit ich es beurteilen kann, haben sie niemandem auch nur ein Sterbenswörtchen davon gesagt, nicht mal John.«

»Wie ich Bishop kenne, hält er Diskretion für unabdingbar. Eins seiner Ziele war immer, diese Einheit aufzubauen und eine solide Erfolgsbilanz vorlegen zu können, lange bevor die Öffentlichkeit etwas davon erfährt.«

Maggie nickte. »Das ist ja auch sinnvoll. Also, warum wolltest du nicht bei ihnen anfangen?«

»Ich habe keinen Juraabschluss.«

»Den bräuchtest du auch nicht, wenn sie dich als fachlichen Berater für die Außendienstler führen würden. Das war doch noch eins von Bishops Zielen, oder? Ein Supportteam auf die Beine zu stellen aus Leuten, die übersinnliche Fähigkeiten *und* andere Talente haben. Ich würde sagen, da wäre

271

ein Zeichner ganz nützlich, vor allem einer mit einem so bekannten Namen, der eine hervorragende Tarnung für jedes Schnüffeln im Auftrag des FBI wäre.«

»Du bist zu viel mit Cops zusammen. Du denkst allmählich genau wie die.«

»Lenk nicht ab. Warum hast du nein gesagt? Die Arbeit hätte dir bestimmt Spaß gemacht.«

Beau zuckte mit den Achseln. »Sagen wir einfach, es war der falsche Zeitpunkt.«

Maggie runzelte die Stirn. »Es war nicht wegen mir, oder?«

Ehrlich wie immer – jedenfalls, wenn er in die Enge getrieben war – sagte Beau: »Nicht nur. Jedenfalls bist du diejenige, die Bishop gerne in seinem Team gehabt hätte. Eine Empathin mit Zeichentalent, die bereits daran gewöhnt ist, mit der Polizei zu arbeiten? Perfekt. Aber ich wusste, dass du hier eine ziemlich große Aufgabe zu Ende bringen musst, und weil ich das wusste, wusste er es auch.«

»Er muss ein ziemlich machtvoller Telepath sein.«

»Oh, das ist er. Heute noch mehr, wie ich höre, seit er sich mit einer Frau zusammengetan hat, die auch sehr starke übersinnliche Fähigkeiten hat. Er hat sie geheiratet.«

»Und woher hast du das? Aus dem Übersinnlichen Newsletter? Den bekomme ich nämlich nicht.«

Beau grinste, weil sie so verdrossen klang. »Ich sage dir doch immer wieder, dass es im Leben jede Menge Verbindungen gibt.«

»Ja, klar. Dieses ›Um sechs Ecken kennt jeder jeden‹-Zeug?«

»Genau. Ich kenne also dich – und somit auch jeden, den du kennst. Es funktioniert.«

Maggie war sich nie sicher, ob Beaus interessante Theorien überhaupt Theorien waren – oder universelle Fakten, die ihm schlicht und ergreifend deshalb klar waren, weil er einen besseren Draht zum Universum hatte.

»Ähm … okay.«

Er grinste erneut. »Mach dir nichts draus. Also, was hast du heute vor?«

»Ich will in einer Stunde noch einmal mit Ellen Randall sprechen. Ich will nach Hollis sehen, um sicherzugehen, dass es ihr gut geht. Dann zurück zur Wache und die anderen treffen, mal sehen, was sie darüber rausfinden konnten, ob es in Tara Jamesons Leben eine mögliche Verbindung zu dem Mann gibt, der sie entführt hat.«

»Du solltest nicht allein unterwegs sein.«

»Ich arbeite am besten allein, das weißt du.«

»Nicht diesmal, Maggie. Diesmal ist es gefährlich für dich, allein zu arbeiten.«

»Ich bin vorsichtig.«

»Ach ja?«

Sie zauberte ein, wie sie hoffte, überzeugendes Lächeln hervor. »Natürlich bin ich das. Außerdem weißt du nur zu gut, dass es mir nichts nutzen würde, wenn ich mich verkrieche. Ich muss alles tun, was in meiner Macht steht, um diese Bestie aufzuhalten.«

»Ja. Aber nicht allein. Diesmal musst du alle Hilfen nutzen, die dir zur Verfügung stehen.«

»Ein paar davon sind überhaupt keine Hilfe.« Brütend sah sie auf ihren geschlossenen Skizzenblock. »Die Ironie dabei ist, dass ich – zumindest dieses Mal – hier bin, um dieses Ungeheuer aufzuhalten, dass aber meine Fähigkeit, die mir bislang geholfen hat, andere aufzuhalten, mir bei ihm kein Stück hilft. Ich kann ihn nicht sehen. Ich bin genauso blind wie seine Opfer.«

»Und dafür gibt es garantiert einen Grund.«

»Das Universum will mich triezen?«

Er lächelte. »Vielleicht. Ich hatte schon immer den Verdacht, dass es da draußen einen echt kosmischen Humor gibt.«

»Wenn das so ist, dann ist es ein ziemlich merkwürdiger Humor, Beau. Das ist nicht witzig.«

»Nein. Aber da ist etwas, an das du immer denken musst, Maggie. So sehr du dich auch darauf konzentrierst, diesen Mann aufzuhalten – das Universum ist ein riesiges, komplexes Gebilde. Das Gewebe um uns herum besteht aus unzähligen Fäden, die zu komplizierten Mustern verwoben sind, und jeder Faden ist wichtig für das Ganze. Es geht nicht nur um ihn. Es geht auch um seine Opfer, oder um die Cops.«

»Oder um mich.«

Er nickte. »Oder um dich.«

Sie atmete tief ein, dann sagte sie trocken: »Danke, Meister.«

»Gern geschehen, kleiner Grashüpfer.«

Maggie musste lächeln. »Tja, ich werde natürlich die unermessliche Größe des Universums immer im Hinterkopf behalten, aber einstweilen muss ich in meiner kleinen Ecke des Universums weiterarbeiten. Irgendeinen Rat – diesmal?«

»Nach jedem Essen das Zähneputzen nicht vergessen.«

»Weißt du, du bist wirklich nicht halb so witzig, wie du glaubst.«

»Nein? Ach je. Man versucht eben sein Bestes.«

»Man versagt eben.«

»Du bist nur mürrisch, weil du den Übersinnlichen Newsletter nicht bekommst.« Sein Lächeln verblasste ein wenig. »Maggie? Ich hatte Recht mit John Garrett, stimmt's?«

Sie stand auf und sah ihn eine Weile einfach nur an. Dann verzog sie den Mund und sagte: »Ja. Du hattest Recht.«

»Schicksal.«

»Schicksal. Bis dann, Beau.«

Nachdem sie fort war, saß Beau noch lange da und starrte ins Leere. Dann stand er so widerstrebend auf, dass jede Bewegung langsam und bedächtig war, und ging zu dem großen Gemälde, das, von einem schweren Stück Stoff verhüllt, an der Wand lehnte und nicht einmal Maggie aufgefallen war.

Beau stellte das Bild verhüllt, wie es war, auf eine zweite

Staffelei und trat wieder zurück. Er versuchte, sich zu wappnen. Dann atmete er tief durch und enthüllte das Bild.

Ein emotional unbeteiligter Teil seines Verstandes registrierte die Maltechnik und die künstlerische Meisterschaft, sah und akzeptierte die Tatsache, dass dies zweifelsohne die beste Arbeit seines Lebens war. Doch das war nicht alles, was er sah. Er sah die verschwommenen, aber noch erkennbaren Gesichter und Gestalten von, wie er erkannte, gequälten Frauen in einer dunklen Hölle des Leidens. Mit ausgestreckten Armen flehten sie verzweifelt um Hilfe, die meisten mit leeren Augenhöhlen, die Münder weit aufgerissen.

Er sah die Hände, welche die Frauen zerstört hatten, Hände, die zu Fäusten geballt waren, die Messer führten und Seile hielten, Hände, die nach den Frauen griffen, als wollten sie sie wieder zurück in die Hölle zerren.

Lange Zeit stand Beau reglos da. Er betrachtete das Bild, nahm jeden Pinselstrich, jede Nuance in sich auf. Er ignorierte das Unbehagen in seinen Eingeweiden und betrachtete das Bild so lange, bis er sicher war, dass sich jedes grauenvolle Detail in sein Gedächtnis eingegraben hatte.

Dann holte er ein Werkzeug zum Schneiden von Leinwand und zerfetzte damit systematisch die beste Arbeit, die er je zustande gebracht hatte.

»Nicht diesmal«, murmelte er erbittert in der Stille des Ateliers. »Verdammt noch mal, nicht diesmal.«

»Es endet doch immer damit, dass ich in einem langweiligen Polizeikonferenzraum arbeite«, sagte Quentin einigermaßen betrübt vor sich hin. »Und dabei haben wir so ein großartiges Hotelzimmer.«

»So bleibst du bescheiden«, versetzte Kendra.

»Na toll.«

John kam herein und fragte sofort: »Hat jemand was von Maggie gehört?«

»Nicht nach dir«, erwiderte Quentin. »Sie wollte doch mit

Ellen Randall sprechen und dann kurz im Krankenhaus bei Hollis Templeton vorbeischauen, oder?«

»Das hat sie gesagt.«

»Ich würde sagen, beides kann sie noch nicht geschafft haben. Und wo warst du?«

»Ich habe Drummond als Ventil für einen Teil seiner schlechten Laune gedient.«

Quentin verzog das Gesicht. »Ja, als er heute Morgen so gequält höflich zu uns war, habe ich mir schon gedacht, dass er kurz davor ist zu explodieren.«

John zuckte mit den Achseln. »Ich dachte mir, es wäre besser für uns alle, wenn er es loswerden kann.«

»Wir wissen das zu schätzen«, sagte Jennifer trocken.

»Ich will nicht sagen, dass es mir ein Vergnügen war, aber – gern geschehen.« Unübersehbar ruhelos sah John auf die Uhr, dann setzte er sich an den Konferenztisch. »Andy versucht immer noch, den Gerichtsmediziner anzutreiben, aber es wird wohl später Nachmittag, bis wir die Ergebnisse der Autopsie von Samantha Mitchell vorliegen haben.«

»Kein Wunder«, meinte Quentin geistesabwesend. Er lief vor den Stelltafeln auf und ab. »Dem Polizeifunk nach zu urteilen, den wir gestern gehört haben, gab es ein paar ziemlich schlimme Brände in der Stadt, mit Toten. Der Doc weiß wahrscheinlich gar nicht, wo ihm der Kopf steht.«

»Trotzdem«, sagte John.

»Trotzdem«, stimmte Quentin zu. Er lief noch ein wenig auf und ab, doch als Kendra ihm einen sehr direkten Blick zuwarf, setzte er sich schließlich John gegenüber. Halblaut sagte er: »Für jemanden mit einem einzigartig flexiblen Verstand regt sie sich viel zu sehr über Kleinigkeiten auf.«

»Selbst mir ist das schon auf die Nerven gegangen«, erklärte John trocken.

Jennifer warf ein: »Mir auch, aber ich wollte nichts sagen.«

»Und warum tun Sie's dann?«

»Na, die anderen haben doch schließlich auch was gesagt.«

Quentin seufzte. »Schon gut, schon gut. Kann ich was dafür, dass ich ruhelos bin? Diesen Teil der Arbeit finde ich grässlich. Nur herumzusitzen und Papiere durchzuarbeiten und sich am Kopf zu kratzen, während man darauf wartet, dass der Dreckskerl den nächsten Schritt tut.« Er sah, wie John auf die Uhr sah. »Und da bin ich nicht der Einzige.«

John ging nicht darauf ein. »Scott ist unterwegs und redet mit Tara Jamesons Kollegen, stimmt's?«

Quentin nickte. »Kendra überprüft jeden Namen, den wir haben, aber bis jetzt sind alle in Jamesons Leben sauber. Der Verlobte ist es ganz eindeutig und hat obendrein ein starkes Alibi. Keine Angehörigen hier in der Stadt. Andy lässt wieder ein paar Detectives die Nachbarn im Gebäude abklappern, und ich habe gerade zwei Stunden damit verbracht, mir die Videobänder der Überwachungskameras anzusehen.«

»Und nichts gefunden, nehme ich an?«

»Nada. Ich habe so ein Gefühl, dass auf den Bändern deshalb nichts zu sehen ist, weil er an den Kameras herumgespielt hat, aber ich bin kein Experte.«

»Dann müssen wir sie jemandem schicken, der Experte ist.«

»Ganz meiner Meinung.«

Jennifer sagte: »Der Wachdienst wird wahrscheinlich richtig Krach schlagen. Die schwören, ihre Kameras seien nicht manipuliert worden, es sei ausgeschlossen, dass jemand Unbefugtes da herankommt. Natürlich können sie auch nicht erklären, wie Tara Jameson aus ihrem vermeintlich sicheren Gebäude verschwinden konnte. Die machen gar keine gute Figur.«

»Hat Andy einen offiziellen Antrag wegen der Kameras gestellt?«, fragte John.

Sie nickte. »Das macht er gerade. Und wir haben Techniker bereitstehen, die die Dinger sofort auseinander nehmen, sobald wir sie in die Finger bekommen.«

»Also warten wir«, sagte Quentin seufzend. »Ich hasse es, zu warten.« Er starrte auf die Pinnwand. »Kendra, irgendwas in den Datenbanken zu dieser Jahreszahl 1894?«

Ohne auf den summenden Laptop vor sich zu sehen, schüttelte sie den Kopf. »Bis jetzt nicht. Kein Wunder, wenn man bedenkt, dass das über hundert Jahre her ist. Die meisten Aufzeichnungen aus der Zeit liegen noch nicht in digitaler Form vor.«

»Was das betrifft«, warf Jennifer ein, »wir sind nicht mal sicher, dass die Jahreszahl 1894 dazugehört. Auch wenn sie auf der Nachricht *stand*, muss sie nichts zu bedeuten haben. Vielleicht will unser geheimnisvoller Informant nur, dass wir mit der Suche danach Zeit verschwenden.«

Quentin sah sie lange an, dann sagte er ganz nüchtern: »Sie haben sie geschrieben, Jenn.«

Sie starrte ihn an. »Was? Nein, habe ich nicht.«

»Sehen Sie in Ihr Notizbuch.« Seine Stimme klang immer noch gelassen, ja sogar sanft. »Sie werden feststellen, dass eine Seite herausgerissen wurde. Das Blatt, das Sie in Ihrem Auto gefunden haben, passt dazu.«

Zuerst schien sie nicht nachsehen zu wollen, doch schließlich schlug sie den kleinen schwarzen Notizblock auf dem Tisch auf und blätterte langsam durch die Seiten, die in ihrer ordentlichen Kurzhandschrift beschrieben waren. Sie sahen alle, wie sie stockte. Und sie sahen, wie sie mit dem Finger sanft über die gezackten Reste einer ausgerissenen Seite strich.

Als Maggie Ellen Randall kurz nach Mittag wieder verließ, fühlte sie sich ausgelaugt. Sie fuhr nur bis zum nächsten Parkplatz und hielt dort an. Sie parkte den Wagen absichtlich an einer übersichtlichen Stelle, sodass sie sehen würde, wenn sich ihr jemand nähern sollte. Den Motor ließ sie vorsichtshalber an, während sie sich zweimal vergewisserte, dass sämtliche Türen verriegelt waren.

Mehrere Minuten lang musterte sie ihre Umgebung, tastete sie auch mit ihren zusätzlichen Sinnen ab. Nichts. Der Platz war praktisch verlassen an diesem tristen Wochentag. Dennoch konnte Maggie sich nicht recht entspannen und sah immer wieder hoch, als sie ihren Skizzenblock aufschlug und die immer noch unvollendete Skizze des Vergewaltigers/Mörders betrachtete.

Ellen hatte dem, was Maggie bereits wusste, nichts mehr hinzufügen können. Ihre Schmerzen und die Angst waren immer noch so intensiv, dass es Maggie sogar jetzt noch schwer fiel, etwas anderes zu spüren, doch sie versuchte, sich zu konzentrieren.

Relativ lange Haare. Grob ovales Gesicht – vielleicht. Schwer zu sagen, weil er offenbar immer irgendeine Plastikmaske trug. Augen? Wer wusste, welche Form oder Farbe? Wer wusste, ob die Nase gerade war, sein Mund schmal- oder volllippig? Ob die Ohren hoch oder tief ansetzten?

Keine der Frauen hatte ihn gesehen. Nicht einmal ein flüchtiger Blick. Sie hatten nur gespürt, was er ihnen angetan hatte. Hatten seinen Körper an ihrem gefühlt, seine Hände, die sie berührten.

Seine Hände.

Sich dessen kaum bewusst, was sie tat, schlug Maggie eine neue Seite auf und begann langsam und zögernd zu zeichnen. Ihre Augen war halb geschlossen, erinnerte Stimmen erklangen leise in ihrem Kopf, erinnertes Leiden schmerzte sie.

... habe gespürt, wie seine Hände meine Handgelenke hielten ...

... er hat mein Kinn angehoben, als ob er meine Kehle sehen wollte, und dann hat er sie berührt ...

... er hat meine Beine auseinander gehalten ...

... stark, so stark. Sein Griff war so kräftig, seine Fingernägel haben mir in die Haut geschnitten, sogar durch die Handschuhe, von denen ich wusste, dass er sie trug, sie haben sich mir bis in die Knochen gebohrt ...

... er hat meine Wange mit dieser widerlichen Sanftheit umfasst, und dann spürte ich seine Zähne ...

... er hat meine Brüste gedrückt, und ich konnte ihn atmen, keuchen hören ...

... seine Nägel haben sich in mich hineingebohrt ...

... er hat mich geschlagen, und ich habe gespürt –

– der Ring, den er trug, riss ihr die Haut auf, öffnete einen Spalt entlang ihres Kinns. Sie spürte, wie ihr die warme Feuchtigkeit ihres eigenen Bluts über die Kehle tropfte, spürte ihn über sich hängen wie eine monströse Kreatur aus ihren Albträumen. Ein Teil von ihr war froh, dass er ihr mit dem Nachthemd die Augen verbunden hatte, denn sie hatte fürchterliche Angst, sein Gesicht zu sehen, die Bestie zu sehen, zu der er geworden war. Doch noch mehr Angst hatte sie vor dem, was er ihr nun antun würde, jetzt, wo sie hilflos war. Sie spürte, wie er ihr grob die Hand am Bettpfosten festband, wie er es schon mit der anderen Hand gemacht hatte, und ein leises Stöhnen des Protests und der Angst pochte in ihrer geschundenen Kehle.

Bobby ... bitte nicht ... Bobby, es tut mir Leid, es tut mir Leid, ich wollte nicht –

Maggie schrak daraus hoch und vernahm ein sonderbares leises Wimmern, von dem sie zunächst nicht einmal merkte, dass es ihrer eigenen Kehle entwich. Mit zitternden Händen wischte sie sich die Tränen aus dem Gesicht und ließ ihre Blicke um sich schweifen, um sich zu vergewissern, dass niemand in der Nähe war, aber auch, um sich wieder im Hier und Jetzt zu verankern.

Eine friedvolle Szenerie. Ein Park, der an diesem Mittwochnachmittag im November beinahe menschenleer war, ein wenig feucht und kühl, aber nicht bedrohlich. Still.

Sicher? Das wohl kaum, doch einstweilen war sie vermutlich sicher. Einstweilen.

Dennoch dauerte es mehrere lange, beunruhigende Minuten, ehe die überwältigende Panik und das seltsame Schuldgefühl sie schließlich verließen, ehe ihr Atem wieder regelmäßig ging und der heiße Tränendruck nachließ.

Ehe sie sich dazu bringen konnte, einen Blick auf das zu werfen, was sie gezeichnet hatte.

Hände. Männerhände, die nach etwas oder jemandem griffen, grobknochig und von brutaler Kraft. Scheußlich in ihrem krankhaften, gierigen Hunger. Groß, sehnig, hässlich. Mit spärlichen schwarzen Haaren auf den Handrücken und sogar auf den Fingern. Nägel, die erstaunlich lang, jedoch auch ausgefranst waren, weil er darauf herumkaute.

Weil er die Nägel kaute ...

Diese flüchtige Erinnerung trieb wie Rauch davon. Maggie blieb zurück und starrte auf die Hände, die sie gemalt hatte. So einzigartig, dass sie wusste, sie würde sie sofort erkennen, wenn sie sie in Fleisch und Blut sähe. Ansonsten gab es nichts, woran man sie identifizieren könnte – bis auf die Ringe.

An der rechten Hand steckte ein großer goldener Ring, mit irgendeinem Stein eingelegt.

An der linken Hand steckte ein Ehering.

Lange starrte Maggie auf ihre Skizze, den Blick fest auf die Hände geheftet, die so viele Frauen gequält, verstümmelt und ermordet hatten.

»Bobby«, flüsterte sie.

16

»Aber wie soll ich das denn geschrieben haben, ohne davon zu wissen?«, wandte Jennifer ein. »Ich schwöre Ihnen, ich erinnere mich an nichts, außer dass ich diese Notiz in meinem Wagen gefunden habe.«

»Natürlich erinnern Sie sich nicht«, sagte Quentin besänftigend. »Ich sage ja nicht, dass Sie das bewusst getan haben, Jenn.«

Sie sah ihn finster an. »Wie denn sonst?«

»Man nennt es ›automatisches Schreiben‹. Das ist eine Möglichkeit, das Unbewusste freizusetzen, Zugang zu unseren Erinnerungen oder Fähigkeiten zu erhalten.«

»Sie wollen sagen, ich hätte mich an diese Jahreszahlen *erinnert*?«

»Nein, in Ihrem Fall würde ich sagen, Sie haben Zugang zu einer bisher verborgenen Fähigkeit bekommen.« Er wechselte einen Blick mit Kendra. »Wir sind nicht ganz sicher, wo es herkommt, aber automatisches Schreiben tritt manchmal unter starkem Stress auf, besonders in Fällen von extremer Not. Sie sind ein eher intuitiver Mensch, nicht wahr?«

»Ja, manchmal.«

»Normalerweise ist das so. Menschen mit einer guten Intuition finden oft Zugang zu unvermuteten, verborgenen Fähigkeiten.«

»Wollen Sie damit sagen, ich wäre übernatürlich begabt?«

»Nein, ich will damit sagen, mit dem richtigen Auslöser irgendwann in Ihren ersten Lebensjahren hätten Sie das sein können. Es gibt eine Theorie, derzufolge die meisten Menschen irgendeine Art von außersinnlicher Fähigkeit haben, wenn wir nur wüssten, wie wir sie anzapfen können. Vielleicht ein Überbleibsel aus primitiveren Zeiten, als wir einen Sondervorteil brauchten, einfach um von einem zum nächsten Tag zu überleben.«

»Davon habe ich gehört«, räumte Jennifer ein.

Quentin nickte. »In Ihrem Fall ist es so, dass Sie unbedingt eine Antwort oder zumindest etwas, das Ihnen die Richtung weist, wollten, also hat Ihr Unterbewusstsein versucht zu helfen und sich geöffnet – ein bisschen wie eine Antenne. Gedanken sind schließlich auch nur Energie, die elektrischen Impulse des Gehirns.«

Sie runzelte immer noch die Stirn. »Mein Verstand hat die Gedanken von jemand anderem empfangen?«

»Sagen wir, er hat das Wesentliche empfangen.« Er verzog das Gesicht, als er an die beiden Jahreszahlen dachte. »Nur das Wesentliche.«

»Und das stammte zufällig vom Vergewaltiger?«

»Es gibt kaum Zufälle im Leben, habe ich festgestellt. Sie suchen nach ihm, und das seit Monaten. Er … hat sich ihrem Bewusstsein eingeprägt. Die Wissenschaft beginnt erst allmählich zu ergründen, wie unser Gehirn funktioniert, aber nehmen wir an, die elektrische Energie unserer jeweiligen Gehirne hat eine Signatur, die so unverwechselbar ist wie ein Fingerabdruck. Das ist absolut möglich. Und vielleicht gibt es in unserem Gehirn einen Abschnitt, der diese Signaturen erkennt, selbst wenn wir das nicht bewusst können.«

»Also hat mein Unterbewusstsein sozusagen seins aufgespürt?«

»Vielleicht. Es ist definitiv im Bereich des Möglichen. Jedenfalls haben wir festgestellt, dass das Wissen, das beim automatischen Schreiben angezapft wird, normalerweise erstaunlich präzise und zutreffend ist.«

Sie betrachtete ihn. »Hat Ihnen schon mal jemand gesagt, dass Sie für einen FBI-Agenten ziemlich sonderlich sind?«

»Häufig.«

»Wundert mich gar nicht.«

John warf ein: »Aber was er sagt, ergibt einen Sinn. Zumindest glaube ich das. Und bis jetzt hat keiner von uns eine andere Erklärung dafür, wie dieser Zettel in Ihren Wagen gekommen ist.«

Jennifer seufzte. »Großartig, das ist einfach großartig. Jetzt führe ich nicht mehr nur Selbstgespräche, nein, mein Unterbewusstsein lauscht auch noch in anderen Köpfen!«

»Nur unter extremem Stress«, erinnerte Quentin sie ernst.

Sie stand auf. »Ich gehe jetzt. Ich gehe raus auf die Straße und rede – laut – mit ein paar von den Uniformierten, die in dem Gebiet Streife gehen, in dem Hollis Templeton gefunden wurde.«

»Immer noch auf der Suche nach dem Obdachlosen?«

»Ich werde ihn finden, verdammt. Ohne jede Hilfe von meinem Unterbewusstsein.«

Kendra fragte: »Was dagegen, wenn ich mitkomme? Ich weiß zwar nicht, ob ich eine große Hilfe wäre – es ist ja eher ihr Terrain –, aber ich brauche weiß Gott ein bisschen frische Luft und Bewegung. Wenn ich noch länger auf diesen Laptop starre, schlafe ich entweder ein oder ich drehe durch.«

Jennifer zögerte kaum. »Sicher. Ich freue mich über die Gesellschaft.«

»Komm mir nicht in Schwierigkeiten«, ermahnte Quentin seine Partnerin.

»Ohne dich«, erwiderte sie höflich, »was kann mir da schon passieren?«

»Autsch«, murmelte John.

»Sie wird gemein, wenn sie zu wenig Schlaf bekommt«, erklärte ihm Quentin.

Kendra drohte ihrem Partner mit dem Zeigefinger und folgte einer grinsenden Jennifer hinaus.

Quentin seufzte. »Ich glaube nicht, dass Jennifer mir die Erklärung mit dem automatischen Schreiben ganz abgekauft hat. Manchmal vergesse ich, wie schwer es vielen Leuten fällt, so etwas zu akzeptieren.«

»Aber du glaubst doch, dass die Nachricht da herkommt?«

»O ja.«

»Irre ich mich dann, wenn ich denke, dass der Vergewaltiger irgendwo ganz in der Nähe war, als Jennifer ... sich bei ihm eingeklinkt hat?«

»Das hast du mitbekommen, ja?« Quentin lächelte. »Ja, vermutlich schon. Normalerweise spielt die Entfernung eine wichtige Rolle, insofern ist es wahrscheinlich, dass er in der Nähe war. Deshalb geht Kendra ja auch mit Jenn mit. Wir glauben nicht, dass er einer von denen ist, die in der Nähe von Polizeiwachen herumhängen, weil sie die Cops so faszinierend finden. Wenn er hier war, dann weil er jemanden beobachtet hat.«

»Jennifer?«

»Vielleicht. Vielleicht ist für ihn ja die Entführung einer Polizistin die ultimative Herausforderung.«

»Aber es hätte jede Frau sein können, die das Gebäude betrat oder gerade verließ?«

»Natürlich. Eigentlich sogar ganz allgemein jede Frau im Umkreis. Das können wir nicht wissen.«

»Schon klar.« John sah wieder auf die Uhr und sagte ruhelos: »Ich weiß, ihr habt nicht viel Zeit gehabt, und es hat praktisch keine neuen Informationen gegeben, aber bekommt ihr beiden Profiler langsam ein Gespür dafür, wie der Verstand von diesem Dreckskerl arbeitet?«

Quentin klopfte mit dem Finger auf den Schreibblock vor ihm, auf dem seine ordentliche Handschrift den Großteil der obersten Seite bedeckte. »Vielleicht.«

»Und?«

»Der Kerl liebt seine Arbeit. Sogar sehr.«

»Ist mir aufgefallen. Beantworte mir eins: Warum haben die Opfer seine Überfälle überlebt, obwohl die von 1934 nicht überlebt haben? Ich meine, wenn er die Verbrechen kopiert.«

»Gute Frage. Ich würde sagen, er hat erwartet, dass sie

285

sterben würden. Er hat jedes Mal darauf geachtet, sie an abgelegenen Orten liegen zu lassen, wo sie sehr wahrscheinlich unentdeckt bleiben würden, jedenfalls lange genug, um zu verbluten oder zu erfrieren, besonders um diese Jahreszeit. Tatsache ist, die Frauen haben darum gekämpft, am Leben zu bleiben, vielleicht mehr, als er gedacht hatte. Und nachdem drei Opfer überlebt haben, hat er absolut sichergestellt, dass Samantha Mitchell es nicht überlebt, indem er ihr die Kehle durchgeschnitten hat.«

»Wenn er erwartet hat, dass sie sterben würden, warum hat er sich dann die Mühe gemacht, sie zu blenden?«

»Damit sie nichts sehen. Entweder sein Gesicht oder vielleicht auch etwas anderes. Er wollte nicht, dass sie ihn beobachten, er wollte nicht, dass sie sehen, was er mit ihnen tut. Vielleicht wollte er nicht, dass sie merken, wie sehr er es genießt.«

John verzog den Mund. »Mein Gott.«

»Ja. Kein netter Junge.«

»Die Untertreibung des Jahres.« John verstummte. Sein Blick glitt langsam über die Fotos und Skizzen an den Pinnwänden. Dann sagte er bedächtig: »Quentin, glaubst du an Schicksal?«

»Ja.«

»Das kam wie aus der Pistole geschossen.«

Quentin lachte in sich hinein. »John, wenn man die Art Arbeit macht, die ich mache, dann wird man sich über die meisten seiner Denkmodelle und Überzeugungen sehr bald klar. Aber natürlich glaube ich an Schicksal. Ich glaube auch an Reinkarnation – und zwischen diesen beiden Phänomenen gibt es zweifellos eine Verbindung. Folgt unser Leben einem karmischen Muster? Du tust gut daran, das zu glauben.«

»Was ist mit dem freien Willen?«

»Oh, den gibt es auch. Ich habe nie verstanden, warum die Leute glauben, das eine schlösse das andere aus. Wenn du mich fragst, ist nicht unser gesamtes Leben für uns durchgeplant – nur bestimmte Dinge. Besondere Ereignisse, Kreuzwege, an die wir kommen sollen. Prüfungen vielleicht, um unseren Fortschritt zu messen. Aber wir haben immer eine Wahl, und diese Wahl kann uns auf einen ungeplanten Weg führen.«

»Und unser Schicksal ändern?«

»Daran glaube ich. Allerdings, wenn man auf Bishop und Miranda hört – und das mache ich auf jeden Fall, aber sag ihnen nicht, dass ich das zugegeben habe –, dann gibt es ein paar Dinge, die zu einem bestimmten Zeitpunkt und auf bestimmte Weise geschehen sollen. Egal, für welchen Weg du dich entscheidest, welche Entscheidungen du im Verlauf deiner ganz speziellen Reise triffst, diese Schlüsselmomente sind offenbar in Stein gemeißelt. Vielleicht stehen sie ja für die spezifischen Lektionen, die wir lernen sollen.«

»In Stein gemeißelt. Dinge, denen wir uns stellen müssen. Dinge, die wir lernen müssen. Aufgaben, die wir erfüllen müssen. Und Fehler, die wir korrigieren müssen.« John starrte immer noch grübelnd auf die Pinnwand.

Quentin betrachtete seinen Freund eine Weile, dann sagte er leise: »Das ist es also. Deshalb tut Maggie, was sie tut. Buße?«

»Sie sagt ... sie sei verantwortlich dafür, dass dieser Kerl immer noch lebt. Weil sie ihn früher nicht wie vorgesehen aufgehalten hätte.«

»Verstehe. Kein Nachahmer, sondern dieselbe kranke Seele, die wiedergeboren wurde, damit er sein Ding noch einmal macht.«

John sah ihn an. »Du wirkst nicht überrascht.«

»Das ist nicht das erste Mal, dass wir es mit so etwas zu tun haben.« – »Mit einem reinkarnierten Mörder?«

»Genau.« Quentins Lächeln war ein wenig schief. »Reinkarniert, wiederauferstanden – oder einfach tot und trotzdem fidel. Ein erstaunlich unverwüstlich Ding, das Böse.«

»Du meinst, Maggie ist dafür wirklich verantwortlich?«

»Ich meine, das Universum zieht sie vielleicht dafür zur Verantwortung, oder für einen Teil davon. Vielleicht ist sie deshalb genau an diesem Ort zu genau dieser Zeit gelandet und bekam die Fähigkeiten mit, mit denen sie geboren wurde.«

»Um zu leiden? Um mit Höllenqualen für einen Fehler zu bezahlen, den sie vielleicht vor langer Zeit begangen hat?« John war vage überrascht über seinen schroffen Tonfall.

»Wir bezahlen alle für unsere Fehler, John. In diesem Leben – oder im nächsten. Aber wenn du das glaubst, dann musst du auch daran glauben, dass wir belohnt werden, wenn wir es hinkriegen. Ja, Maggie leidet in diesem Leben. Sie hilft außerdem anderen Menschen, indem sie deren Leiden lindert. Ob sie nun hier ist, um einen Fehler zu korrigieren, oder einfach nur eine andere Phase in ihrer eigenen spirituellen Entwicklung durchlebt, ich würde sagen, Maggie sammelt dieses Mal ganz dicke Pluspunkte.«

John lächelte widerstrebend. »Also wird sie in ihrem nächsten Leben dafür belohnt?«

»Hey, vielleicht wird sie schon in diesem Leben belohnt.«

»Wenn sie ihren früheren Fehler korrigiert?«

Quentin zuckte mit den Achseln. »Vielleicht. Andererseits, vielleicht hat Maggie ihr Konto beim Universum schon ausgeglichen, John, auch wenn sie immer noch diese Verantwortung spürt. Wir können einfach nicht wissen, was von uns erwartet wird.«

»Nicht einmal Seher?«

»Nicht einmal Seher.«

Nach kurzem Nachdenken meinte John: »Zum Kotzen!«

»Wem sagst du das!«

Hollis saß noch lange, nachdem Maggie fort war, so da, wie sie immer dasaß: mit dem Gesicht zum Fenster. Träge fragte sie sich, ob sie am nächsten Tag immer noch so gut hören würde, wie sie es jetzt tat. Sie konnte hören, dass der Polizist draußen auf seinem Stuhl das Gewicht verlagerte. Sie konnte hören, wenn die Kabinen der Aufzüge am anderen Ende des Korridors bei ihren Fahrten nach oben oder unten an ihrer Etage vorbeikamen. Sie konnte das Gemurmel von jemandes Fernseher hören. Draußen und zugleich viele Stockwerke unter ihr hörte sie den Verkehr geschäftig vorbeirauschen.

Würde sie noch so gut hören, wenn sie ab dem kommenden Tag wieder sehen konnte? Wahrscheinlich nicht. Doch das beunruhigte sie nicht. Sie würde mit Freuden das schärfere Gehör wieder gegen ihr Sehvermögen eintauschen. Aber würde sie als Einzige von den Opfern, die den Überfall bisher überlebt hatten, wieder sehen können? Und falls ja, warum? Wenn Maggie Recht hatte mit ihren Ansichten über Schicksal und Vorsehung, dann musste es dafür einen Grund geben. Was hatte sie getan, um dies zu verdienen?

Oder … was sollte sie tun?

Leise murmelte sie: »Annie? Bist du da?«

Ich bin hier.

Die Stimme war sehr leise, kaum lauter als ein Flüstern, doch zumindest war es eine Antwort nach vielen Stunden des Schweigens.

»Es gibt viel, was du mir nicht erzählt hast, stimmt's?«

Ja.

»Warum? Vertraust du mir nicht?«

Ich musste vorsichtig sein, besonders am Anfang. Wenn ich früher … wenn ich früher versucht habe, Leute zu warnen, konnten die meine Existenz nicht akzeptieren. Ich … habe ihnen Angst gemacht. Ich wollte dir keine Angst machen.

»Ich habe keine Angst.«

Ich weiß. Jetzt.

»Dann sag mir, was ich tun kann, um Maggie zu helfen. Sie hat mir geholfen, mehr als sie ahnt. Sie hat mir so viel von meinen Schmerzen und meiner Angst abgenommen. Und …

sie kämpft für uns alle. Ich muss ihr helfen. Sag mir, wie, Annie.« Zunächst dachte sie, sie werde darauf gar keine Antwort erhalten. Doch schließlich – noch ferner und immer leiser werdend – kam die Antwort.

Bald. Bald, Hollis …

Als John Maggie schließlich auf ihrem Handy erreichte, musste er sich zwingen, ruhig zu bleiben. »Wo sind Sie?«

»Ich habe gerade nach Hollis gesehen und verlasse jetzt das Krankenhaus.« Sie klang so ruhig wie immer, allerdings meinte John, einen angespannten Unterton wahrzunehmen. »Ich habe das Telefon gerade erst wieder eingeschaltet.«

»Dann kommen Sie jetzt wieder hierher?«

»Das hatte ich eigentlich vor. Aber da ist noch eins, was ich heute tun sollte, glaube ich.«

»Was?«

»Eine Begehung des Gebäudes, in dem man Samantha Mitchell gefunden hat. Vielleicht bekomme ich da was Brauchbares. Können Sie mir die Adresse geben?«

Unverzüglich erwiderte John: »Sie brauchen das nicht allein zu machen, Maggie, ich treffe Sie dort.«

Sie zögerte kaum. »Schön, okay. Wie lautet die Adresse?«

Er fand die Mitchell-Akte auf dem mit Papieren übersäten Konferenztisch, las ihr die Adresse vor und schloss: »Wenn Sie zuerst da sind, warten Sie draußen auf mich. In Ordnung?«

»Mache ich. Bis dann.«

John klappte sein Handy zu und sagte zu Quentin: »Sie sollte das nicht allein machen.«

»Habe ich was gesagt?«

»Du wolltest.«

Quentin lächelte ganz leicht, doch er sagte leise: »Sie muss das auf ihre Weise machen, wie ich es dir vor ein paar Tagen gesagt habe. Aber das weißt du schon, stimmt's, John?«

»Sagen wir, ich habe es mir gedacht. Ich kenne Maggie ja

mittlerweile ein bisschen, ich verstehe, wie sie tickt, zumindest glaube ich das. Du hast von Anfang an gesagt, der Grund, weshalb sie die Schmerzen all dieser Opfer teilt, müsste tief in ihr drin liegen und sehr mächtig sein. Vielleicht sogar … in Stein gemeißelt. Buße. Wie auch immer das … Urteil … des Universums ausfällt, in Maggies Vorstellung gibt es nur einen Weg, den Fehler, den sie glaubt, gemacht zu haben, wirklich zu korrigieren: diesen Perversen aufzuhalten, hier und jetzt. Und dafür wird sie alles tun, was in ihrer Macht steht, egal, was es sie selbst kostet.«

»Sehe ich auch so. Außerdem meine ich, du tust ihr keinen Gefallen, wenn du versuchst, sie zu beschützen, und du wirst sie nicht von dem abhalten, was sie glaubt, tun zu müssen.«

»Bist du sicher? Kannst du da überhaupt sicher sein?«

»Fragst du mich, ob ich weiß, was die Zukunft bringen wird?«

John wappnete sich sichtlich für die Antwort und erwiderte: »Ich schätze, genau das frage ich dich hier. Kann ich sie beschützen?«

»Nein.«

Nach langem Schweigen atmete John tief durch und sagte leichthin: »Es macht dir nichts aus, wenn ich es versuche?«

»Ich hätte nichts anderes erwartet.«

John nickte. Dann wandte er sich wortlos um und ging.

Wieder allein im Konferenzraum murmelte Quentin in die Stille hinein: »Das Schicksal erwartet auch nichts anderes von dir, John. Ich frage mich, ob dir das klar ist.«

Als Andy kurz darauf in den Konferenzraum kam, lümmelte Quentin auf seinem Stuhl. Die Füße hatte er auf eine geschlossene Akte auf dem Konferenztisch gelegt. Die Hände lagen verschränkt auf seinem Bauch, die Stirn in Falten.

Andy kannte den Agenten nicht besonders gut, aber er bemerkte Besorgnis, wenn er sie sah. »Besorgt wegen John?«

»Hm?« Er sah Andy an und blinzelte.

»Ich habe Sie gefragt, ob Sie sich Sorgen wegen John machen. Ich habe ihn vor einer Weile aus dem Haus gehen sehen, und er sah aus, als wäre er ein bisschen ... aus der Fassung.«

Geistesabwesend erwiderte Quentin: »Ja, im Augenblick sieht man ihm seine Gefühle ziemlich gut an, was?«

»Er fährt Maggie hinterher?«

»Ja.«

Geduldig fragte Andy: »Und das macht Ihnen Sorgen?«

Quentin blinzelte erneut, dann schüttelte er den Kopf. »Nein, das nicht. Sinnlos, sich wegen etwas zu sorgen, dass vor langer Zeit in Stein gemeißelt wurde.«

Andy wollte ihn schon fragen, was er damit meinte, doch dann beschloss er, dass er das eigentlich nicht wissen wollte. »Was dann?«

»Hatten Sie schon mal ganz stark das unangenehme Gefühl, dass Sie was übersehen haben?«

»Hin und wieder.«

»Und?«

»Und normalerweise stelle ich dann fest, dass ich was übersehen habe.«

»Eben. Ich auch.« Quentin starrte den mit Papieren übersäten Tisch an. »Irgendwo in diesem Krempel steckt ein Detail, dem ich mehr Aufmerksamkeit hätte schenken sollen.«

»Genauer geht's nicht?«

»Nein. Verdammt.« Er nahm die Füße vom Tisch, setzte sich auf und öffnete mit ziemlich grimmiger Miene die geschlossene Akte vor sich. »Aber ich werd's herausfinden, weil mich das nämlich höllisch nervt.«

Andy zuckte gleichmütig mit den Achseln. »Lassen Sie mich wissen, wenn Sie's gefunden haben.«

Als John zu dem verlassenen Gebäude kam, in dem man Samantha Mitchells Leiche gefunden hatte, wunderte es ihn nicht, dass die gesamte Umgebung beinahe menschenleer war. Es war kein besonders verlockendes Wetter – kalt, be-

wölkt, trübe, zudem fiel von Zeit zu Zeit ein dünner Niesel-
regen –, und das Viertel war auch nicht gerade ansprechend.
Ganz im Gegenteil. Die wenigen Gebäude in Sichtweite, die
nicht bereits zum Abbruch vorgesehen waren oder deren Abbruch sogar schon begonnen hatte, wirkten mit ihren vergit-
terten Fenstern und Türen wie Festungen gegen eine unbe-
kannte Bedrohung.

Maggies Wagen parkte vor dem Gebäude, in dem man Samantha gefunden hatte. Sie stieg aus, während er sein Auto
abstellte, und wartete auf dem Gehsteig auf ihn.

»Nicht gerade ein heiterer Ort«, bemerkte er, als er sie erreichte.

»Wohl kaum«, stimmte Maggie zu. Wie so oft hatte sie den
Skizzenblock wie einen Schutzschild an die Brust gedrückt.
Die kalte Brise hatte ihre Nasenspitze gerötet und wühlte ihre
langen Haare auf, sodass es schien, als hätten sie ein Eigen-
leben. »Es sieht fast so aus, als würde er die Orte, an denen
er seine Opfer liegen lässt, teilweise wegen ihrer Trostlosig-
keit auswählen. Als wollte er, dass die Frauen sich … verlassen vorkommen. Allein.«

»Vielleicht ist das der Grund. Vielleicht gehört das alles zu
seinem kranken Spiel, seine Opfer in jeder Hinsicht zu iso-
lieren.«

Sie zitterte sichtlich. »Ja.«

»Maggie, vielleicht sollten Sie hiermit noch warten.«

»Wir brauchen sämtliche Informationen, die wir bekommen können, das wissen Sie.«

»Ja, aber es ist doch nicht gerecht – selbst von einem for-
dernden Universum –, von Ihnen zu erwarten, dass Sie sich
dem hier unterziehen.«

»Hat Ihnen denn niemand beigebracht, dass das Leben
nicht besonders gerecht ist?«

Er sah sie an, dann sagte er leichthin: »Das merke ich immer wieder.«

Plötzlich ein wenig befangen, brachte Maggie den Skizzenblock zum Auto. »Gibt keinen Grund, den hier mitzunehmen«, meinte sie. »Ich skizziere sowieso nie etwas, wenn ich irgendwo durchgehe.«

Als sie wieder zu ihm kam, berührte John sie am Arm. »Sind Sie sicher, dass Sie das schaffen? Nach unserer Nachtschicht auf der Wache können Sie nicht viel Schlaf bekommen haben.«

»Ich bezweifle, dass irgendjemand viel geschlafen hat. Was ist mit Ihnen?«

»Nein – aber ich bin auch kein Empath, der die Bürde von anderer Leute Schmerzen trägt.«

Plötzlich lächelte Maggie. »Können Sie sich vorstellen, Sie Skeptiker, dass Sie so was vor einer Woche gesagt hätten?«

Er musste lachen, brach aber rasch ab. »Nein. Eigentlich – zur Hölle, nein.«

»Wir leben und lernen.« Sie betrat den unebenen Gehweg zum Vordereingang des Gebäudes.

John folgte ihr. »Und Sie haben mir nicht geantwortet. Sollten Sie das heute wirklich tun?«

»Wir haben nicht mehr viel Zeit.«

Kurz vor der Eingangstreppe erwischte er sie am Arm und brachte sie zum Stehen. »Etwas, das Sie fühlen? Oder etwas, das Sie wissen?«

»Beides.« Sie hielt seinem prüfenden Blick stand, so gut sie konnte. »Tara Jameson könnte schon tot sein, doch selbst wenn nicht, dann leidet sie jetzt.«

»Das ist nicht Ihre Schuld, Maggie.«

Sie versuchte nicht, mit ihm darüber zu diskutieren. »Wenn ich nicht alles versuche, was in meiner Macht steht, um ihn aufzuhalten, werde ich mir das für den Rest meines Lebens vorwerfen. Verstehen Sie das?«

Er streckte sonderbar vorsichtig die Hand aus und strich ihr eine Haarsträhne aus dem Gesicht, die der Wind auf ihre Wange geweht hatte; ganz kurz ließ er seine Finger an ihrer

Wange ruhen. »Wenn ich auch sonst vielleicht nichts begreife, das verstehe ich. Aber auch Sie sollten eins begreifen, Maggie. Ich habe meine Schwester an dieses Drecksschwein verloren. Andy und seine Leute leben seit Monaten in diesem Fall. Quentin und Kendra setzen jeden Tag ihr Leben aufs Spiel, um alle Arten von Ungeheuern hinter Gitter zu bringen, wo sie hingehören. Vielleicht spüren wir die Schmerzen der Opfer nicht so intensiv wie Sie – aber wir spüren sie.«

Maggie atmete tief durch. »Sie haben Recht. Es tut mir Leid. Ich bin es einfach nicht gewöhnt …«

»Im Team zu arbeiten?«

»Erzählen Sie mir nicht, Sie wären dran gewöhnt.«

Er lächelte.

»Normalerweise leite ich das Team. Insofern ist das auch für mich nicht einfach. Aber solange ich das Gefühl habe, meinen Teil beitragen zu können, kann ich damit umgehen, wenn ich nicht das Sagen habe.«

Trocken versetzte Maggie: »Ich habe ja das Gefühl, dass Sie hier das Sagen haben, seit Sie in der Stadt sind. So oder so.«

»Erzählen Sie das nicht Andy. Und Quentin auch nicht.«

»Falls Sie glauben, die wüssten das nicht, irren Sie sich.«

John fiel auf, dass er immer noch ihren Arm hielt, und er zwang sich, ihn loszulassen.

»Dann waren sie bisher außerordentlich gütig zu mir. Also – wir gehen da rein, ja?«

»Ich weiß nicht, ob es was bringt. Vielleicht war er nur kurz hier, wie an den anderen Orten, wo er seine Opfer abgeladen hat. Vielleicht finde ich nichts Neues. Aber ich muss es versuchen.«

»Okay. Warten Sie eine Minute – es ist ziemlich bewölkt geworden, wir brauchen drinnen bestimmt Taschenlampen.«

Maggie wartete, bis er die Taschenlampen aus dem Auto geholt hatte, dann betraten sie das Gebäude.

Im hilfreichen Licht der Taschenlampen zeigte sich ihnen ein Haus, das dem sehr ähnelte, in dem Hollis Templeton zurückgelassen worden war: ein schmutziges, baufälliges Gebäude, das vor langem aller Einrichtungsgegenstände beraubt worden war, die nicht niet- und nagelfest waren. Der Fußboden knarrte, und sie hörten Ratten leise umherhuschen.

»Igitt«, sagte Maggie. »Ich finde Ratten abscheulich.«

»Mich begeistern sie auch nicht gerade. Und diesmal haben wir keine Blutspur, der wir folgen können. Dem Bericht zufolge hat man sie da in dem Korridor gefunden, in einem Zimmer an der Rückseite des Gebäudes, auf der linken Seite.« John hielt seine Stimme nüchtern.

Maggie blieb einen Augenblick stehen, um sich zu sammeln und langsam die Tür zu ihrer inneren Wahrnehmungsfähigkeit aufzustoßen. Beinahe sofort roch sie das Blut, und es war nicht leichter zu ertragen als beim ersten Mal, dick und widerlich hing es ihr in der Nase.

Doch diesmal zwang sie sich, sich darüber hinwegzusetzen, mit ihren Sinnen jenseits des widerlich süßlichen Geruchs zu tasten.

»Maggie?«

»Mir geht's gut. Es ... fühlt sich irgendwie anders an.«

»Inwiefern?«

»Ich weiß nicht genau.«

Sie ging langsam und vorsichtig den Korridor entlang zur Rückseite des Gebäudes, wo sich ein Dutzend Zimmer befanden, deren Türen schon lange fort waren und deren zerstörte Türrahmen schief in der Wand hingen, so als hätte ein Kind sie gemalt.

»Unheimlich, dieses Haus, sogar mit nur fünf Sinnen«, murmelte John.

Maggie wollte ihm sagen, dass es mit zusätzlichen Sinnen noch viel unheimlicher war, doch ihre Aufmerksamkeit richtete sich wie ein Tunnelblick auf jenen besonders schiefen

Türrahmen auf der linken Seite, der sie unwiderstehlich anzog. Der Blutgeruch wurde stärker, und damit einhergehend blitzte immer wieder Dunkelheit auf, sehr ähnlich wie dort, wo er Hollis zurückgelassen hatte. Blitzartige Eindrücke von Dunkelheit, Schmerzen und panischer Angst und ...

Warum war es plötzlich so schwer zu atmen?

Warum hatte sie so ein sonderbares Gefühl, als ob ein großes Gewicht oder ... ein unsichtbares Wesen ... über ihr hinge, sich zu ihr beugte?

Sie hörte nicht einmal, dass Johns Handy zu läuten begann.

17

Scott hatte sich im Konferenzraum zu Quentin gesellt. Er war erschöpft und staubig, konnte jedoch triumphierend zwei weitere Fotos von Opfern, die 1934 ermordet worden waren, an die Pinnwand heften. »Die habe ich in einem Aktenkarton in der Dienststelle Nord ausgegraben«, berichtete er. »Opfer Nummer drei und sieben in dem Jahr.«

Quentin, der über den Akten auf dem Konferenztisch brütete, hielt lange genug inne, um die Fotos zu betrachten. »Sie ähneln jeweils Samantha Mitchell und Tara Jameson.«

»Ja. Das macht bis jetzt sechs Opfer, und sie passen zu unseren sechs. Nennen Sie mich ruhig verrückt, aber ich würde sagen, das ist jetzt ein ziemlich stichhaltiger Beweis dafür, dass unser Mann ein Nachahmer ist.«

Andy war praktisch gleich nach Scott hereingekommen. »Würde ich auch sagen.«

Quentin sagte: »Wir sind doch ziemlich sicher, dass es in dem Jahr acht Opfer gab, oder?«

Scott nickte. »Dem Buch nach zu urteilen, das Jenn aufgetan hat, ja. Aber bis jetzt haben wir noch keine Spur der Polizeiakten für die anderen beiden Opfer gefunden. Ich muss noch zwei Stellen überprüfen, unter anderem einen verteufelt großen Karton mit verschiedenen alten Akten, der aus irgendeinem Grund im Rathaus gelandet ist.«

»Da weiß man doch, wofür man Steuern zahlt«, murmelte Andy. »Tja, wir wissen nicht, ob es uns weiterhilft, wenn wir Fotos der letzten beiden Opfer finden – aber man kann nie wissen. Also bleib dran, Scott.«

»Kannst dich drauf verlassen.« Durch den Erfolg wieder vor Energie strotzend eilte Scott davon.

Andy setzte sich an den Tisch und rieb sich mit beiden Händen das Gesicht. »Ich bin kaum zehn Jahre älter als er, aber es fühlt sich an wie zwanzig. Himmel, was passiert nach fünfunddreißig mit dem Stehvermögen?«

»Das ist immer noch da«, erklärte ihm Quentin. »Man muss es nur sorgfältiger pflegen. Ich persönlich bin sehr für Nickerchen.«

Andy musterte ihn. »Wie viele hatten Sie denn heute schon?«

»Ich mache nachher eins.« Quentin betrachtete stirnrunzelnd den mit Papieren übersäten Tisch. »Ich bin immer noch auf der Suche nach diesem Detail. Das macht mich wahnsinnig.«

»Immer noch keine Ahnung, wo es sein kann?«

»Bis jetzt nicht. Aber ich weiß, es ist da irgendwo.« Er griff nach der nächsten Akte. »Etwas, das ein Freund oder ein Angehöriger eines Opfers in einer Befragung gesagt hat? Etwas in einem Autopsiebericht oder auf einem Foto vom Tatort? Ich komme einfach nicht drauf.«

Ehe Andy etwas erwidern konnte, klingelte Quentins Handy. Als der Agent das Gespräch annahm, konnte Andy selbst über den Tisch hinweg deutlich eine aufgeregte, dröhnende Stimme hören. Es klang wie ein großer Bär in einer kleinen Höhle.

»Quentin? Hey, Quentin!«

»Ich höre dich, Joey.« Quentin war zusammengezuckt, nun brachte er einen Sicherheitsabstand von einigen Zentimetern zwischen das Telefon und sein Ohr. »Was gibt's?«

»Hör zu, Quentin, ich hab mir gedacht, vielleicht kann ich dir helfen, diesen Vergewaltiger zu finden, hinter dem ihr Cops her seid, also hab ich'n bisschen rumgefragt, und ich glaube, ich hab vielleicht 'ne Spur.«

»Joey …«

»'n Typ, den ich kenne, schwört, er hat'n alten schwarzen Caddy gesehen wie den von meinem Papa, vor'n paar Wochen hat der in der Nähe von da geparkt, wo sie eine der Ladys gefunden haben, als er mit ihr fertig war, und er glaubt, er hat ihn seitdem öfters gesehen. Im Viertel, weißt du, da in der Gegend, besonders nachts.«

Quentin entschlüsselte dies, so gut er konnte. »In Ordnung, Joey, aber hör mal, mach nicht …«

»Der Typ, den ich da kenne, der meint, er hat das Auto letztens gesehen, nachts, weißt du, wo man die arme Mitchell-Lady gefunden hat. Ich check das, Quentin, mal sehen, ob ich vielleicht den Caddy da für dich auftreiben kann.«

»Joey, wir können …«

»Ich lass dich wissen, wenn ich was hab, Quentin – und ich bin vorsichtig, Ehrenwort.«

»Joey? *Joey?*« Langsam legte Quentin auf. »Scheiße«, murmelte er.

Andy sagte: »Ich vermute, das war der Informant, der uns Samantha Mitchells angeblichen Entführer geliefert hat?«

»Ja.«

»Glauben Sie, er könnte da auf was gestoßen sein?«

Quentin erhob sich und ging zu dem großen Stadtplan, der an der Wand hing. Mit roten Fähnchen waren die Stellen markiert, wo man die Opfer gefunden hatte. »Vor ein paar Wochen, hat er gesagt. Vermutlich um die Zeit, als man Hollis Templeton gefunden hat. Und wenn er das Auto vor kurzem nachts in der Nähe der Stelle gesehen hat, wo Samantha Mitchell gefunden wurde …« Er deutete auf die Fähnchen, die am engsten beieinander steckten. »Nicht mehr als drei Meilen auseinander. Eindeutig das, was für Joey innerhalb des Viertels wäre. Ja, er könnte da auf etwas gestoßen sein.«

Andy stand auf. »Dann würde ich sagen, wir suchen in der Kfz-Datenbank nach einem schwarzen Caddy.«

»Was für ein Modell, glauben Sie? *Alt* kann ja alles Mögliche bedeuten.«

Quentin kam zurück an den Tisch, die Stirn immer noch gerunzelt. »Joeys Vater wurde vor fünfundzwanzig Jahren getötet. Wenn ich mich recht erinnere, fuhr er einen Caddy, Baujahr 1972. Um ganz sicher zu gehen, würde ich 1970 bis mindestens 1976 abdecken.«

»Okay.« Andy verzog leicht das Gesicht. »Es kann nicht allzu viele dreißig Jahre alte Caddys geben, die immer noch fahren, jedenfalls nicht in Seattle.«

»Hoffen wir's.«

Als er sich schon abwenden wollte, sagte Andy noch: »Sie sehen schon wieder besorgt aus.«

»Ja. Sagen wir, Joey ist so feinfühlig und besonnen wie der sprichwörtliche Elefant im Porzellanladen.«

»Wenn er also den Caddy findet …«

»Dann findet er wahrscheinlich verteufelt viel mehr, als er verkraftet«, beendete Quentin den Satz grimmig.

»Dann sollten wir ihn lieber vor ihm finden.« Andy verließ den Raum.

Quentin blieb mit seinen Gedanken allein zurück, und keiner dieser Gedanken war angenehm. Er hatte keine Ahnung, von wo aus Joey ihn angerufen hatte, und die Chancen standen schlecht, dass er auf Joey stieße, ehe der womöglich auf Schwierigkeiten stieß. Üble Schwierigkeiten. So sehr Quentin den Vergewaltiger finden und festnehmen wollte, so sehr hoffte er auch, dass Joeys Spur wenigstens Joey nicht in die richtige Richtung führte.

Quentins gesamte Kenntnisse und Erfahrungen sagten ihm, dass Joey mit seiner schlichten Gerissenheit und rohen Kraft kein ebenbürtiger Gegner für das Böse wäre, das er zu finden versuchte. So schlecht er sein mochte, war Joey doch nicht annähernd schlecht genug, um etwas erfolgreich bekämpfen zu können, das er gar nicht begreifen würde. Wenn er nicht sehr viel Glück hatte, würde er diesen Kampf verlieren. Das Problem war, Glück hatte Joey noch nie gehabt.

Und auf Quentins Gewissen lasteten ohnehin schon zu viele Tode.

»Scheiße«, sagte er noch einmal, diesmal ganz sanft. Er

warf einen ruhelosen Blick zum Telefon und wünschte, Joey
würde ihn nochmals anrufen, doch er war sicher, dass der
das nicht tun würde. Das war keine Vorahnung, sondern das
Wissen, dass Joey ganz versessen darauf war, den Vergewaltiger zu finden und somit etwas zu tun, um Quentin zu helfen und eine alte Schuld zu begleichen. Eine Schuld, die
Quentin seither nie gezögert hatte einzusetzen, um Joey bei
der Stange und aus größerem Ärger herauszuhalten.

Allmählich wünschte er sich wirklich, er hätte das nicht
getan.

Quentin wollte sich nicht wegen etwas grämen, das er
nicht ändern konnte. Er zog eine neue Akte zu sich heran und
versuchte wieder herauszufinden, was ihn da nicht ruhen
ließ. Doch ehe er sich richtig in die Akte vertiefen konnte,
kam Andy zurück.

»Der Bericht des Gerichtsmediziners über Samantha Mitchell«, verkündete er nicht ohne Befriedigung. »Ein paar
Stunden eher als erwartet.«

»Irgendwas, das wir noch nicht wussten?«, fragte Quentin, nahm die Mappe entgegen und schlug sie auf.

»Nee, eigentlich nicht. Zumindest nicht, soweit ich sehe.«

Quentin begann, den Bericht zu lesen, und erstarrte gleich
zu Anfang. *Scheiße.*«

Von Quentins Tonfall beunruhigt fragte Andy: »Was ist?«

»Sie ist da gestorben? Samantha Mitchell ist da gestorben,
wo man ihre Leiche gefunden hat?«

»Ja. Das wussten wir doch schon.«

Quentin griff nach seinem Handy und tippte hastig eine
Nummer ein. Grimmig sagte er: »Nicht jeder wusste das.«

John hätte nicht sagen können, warum er ein so ungutes Gefühl hatte. Vielleicht lag es schlicht daran, dass es ihm immer
noch schwer fiel, sich auch nur vorzustellen, was Maggie tat,
wie es sein mochte, die Sinneswahrnehmungen und Gefühle
ganz real zu spüren, die andere Tage oder gar Wochen zuvor

gespürt hatten, einfach indem sie den Ort beging, an dem sie erlebt worden waren. Vielleicht war es auch dieses dunkle, eisige und unleugbar unheimliche Gebäude. Oder womöglich war es seine eigene wachsende Sensibilität für Gefühle. Seine eigenen.

Und ihre.

»Unheimlich, dieses Haus, sogar mit nur fünf Sinnen«, bemerkte er, hauptsächlich um den Kontakt zu Maggie aufrechtzuerhalten.

Er sah, wie sie ihm kurz den Kopf zuwandte, dann jedoch wieder zu jenem dunklen Türrahmen am Ende des Korridors sah, auf den sie zuging.

John verspürte einen ganz starken Impuls, sie aufzuhalten, nach ihr zu greifen, damit er – ja, was könnte?

Sein Handy klingelte, und er fuhr zusammen, als das grelle Geräusch die Stille zerriss. Maggie schien es nicht einmal zu hören, sie ging weiter auf das Zimmer zu, dann trat sie durch die Tür. Er folgte ihr, doch er befand sich noch ein Stück hinter ihr, als er sein Telefon hervorkramte und das Gespräch annahm. Noch ehe er das Gerät am Ohr hatte, hörte er bereits etwas.

»John? Geht da raus.« Quentins Stimme war schneidend, gebieterisch.

»Was? Was willst du …«

»Hör mir zu. Geht da raus. Bring Maggie da raus. Sofort. Sie ist da drin gestorben, John. Samantha Mitchell ist da drin gestorben, in dem Zimmer. Und wenn Maggie zu nahe da rangeht …«

John hörte einen dumpfen Aufprall, sah, dass Maggies Taschenlampe zu Boden gefallen war, und richtete seine eigene Taschenlampe auf sie. Er stand ein Stück hinter ihr und sah zuerst nur die rote Mähne, lang und ein wenig zerzaust. Doch dann wandte sie sich langsam um und gab einen sonderbaren erstickten Laut von sich.

Sie hatte die Hände an die Kehle gelegt, das Gesicht darüber war leichenblass, und ihr Mund stand offen, als wollte sie ihm etwas sagen.

Einen unendlichen Augenblick lang war John wie gelähmt und starrte sie nur an. Dann nahm Maggie die Hände von der Kehle und betrachtete sie, als gehörten sie jemand anderem.

Ihre Hände waren voller Blut.

Ihre Kehle ebenfalls.

Jennifer ging zurück zu Kendra, die neben dem Wagen stand, und zuckte mit den Achseln. »Hier in der Gegend gibt es fürchterlich viele Obdachlose, insofern kann ich es den Kollegen von der Streife eigentlich nicht verübeln, dass sie nicht auf einen ganz bestimmten geachtet haben. Verdammt.«

»Wir könnten noch mal die Asyle abklappern.«

»Ich weiß. Aber da wird es erst heute Abend voll.«

Kendra nickte. »Und mir ist aufgefallen, dass ein paar Jungs, die wir wahrscheinlich gerne befragt hätten, sich sozusagen einfach in Luft aufgelöst haben, als wir ankamen.«

»Klar. Die Kollegen von der Streife sagen, hier in der Gegend sind alle höllisch nervös. Und natürlich fürchten ein paar von den Obdachlosen, dass wir uns einen von ihnen schnappen, wenn wir den echten Vergewaltiger nicht finden.« Sie seufzte. »Ich kann ihnen ihr Misstrauen wirklich nicht verübeln, aber es erleichtert uns die Arbeit nicht gerade.«

»Nein.« Bedächtig fügte Kendra hinzu: »Hat ihr Freund, der Streifenpolizist, nicht gesagt, man hätte Robson wegen Störung der öffentlichen Ordnung hopsgenommen?«

»Doch. Dem Bericht über die Festnahme zufolge hat er Leute belästigt, die aus dem Spirituosengeschäft dahinten gekommen sind, hätte irgendwas geplappert von wegen, der Geist seines alten Feindes sei hinter ihm her. Und er hat immer wieder zu dem Gebäude da drüben gesehen, wo man Hollis Templeton gefunden hat.« Jennifer schüttelte den

Kopf. Unter dem ruhigen, scharfäugigen Blick der anderen Frau wurde ihr plötzlich mulmig zumute. »Das hier bringt wahrscheinlich überhaupt nichts. Ich weiß gar nicht, warum ich das für eine echte Spur gehalten habe. Das war bestimmt einfach ein betrunkener Schwätzer.«

»Irgendetwas muss Ihre Aufmerksamkeit darauf gelenkt haben. Irgendwas, das Ihren Instinkt geweckt hat.«

Jennifer suchte nach einem Zahnstocher und zwang sich zu sagen: »Vielleicht war es einfach die pure Verzweiflung. Vielleicht bilde ich mir Spuren ein, wo keine sind.«

Kendra lächelte schwach. »Das bezweifle ich. Sie sind eine zu gute Polizistin, um sich so etwas einzubilden. Sie vertrauen dem Freund, der Ihnen den Hinweis gab, stimmt's? Deshalb sind Sie dem ursprünglich nachgegangen.«

»Ja.«

»Aber da war noch etwas, stimmt's? Vielleicht etwas, das Sie in dem Bericht über die Festnahme gelesen haben?«

Jennifer wollte schon verneinen, doch als sie sich im Einzelnen wieder an den Bericht erinnerte, wurde ihr bewusst, was ihre Aufmerksamkeit erregt hatte. Sie spürte den vertrauten Adrenalinstoß wie immer, wenn sie ein Puzzleteilchen anlegen konnte. »Ja, da war etwas. Das meiste, was er dahergeplappert hat, ergibt keinen Sinn – wenn Sie mich fragen, ist der eher schizophren als manisch-depressiv –, aber etwas, das Robson gesagt hat, ist mir doch aufgefallen.«

»Was?«

»Er hat gesagt, der Geist seines alten Feindes hätte einen Sack über der Schulter getragen – einen Sack mit jungen Hunden darin. Robson war sich sicher, der Geist würde die Welpen ertränken und dann zurückkommen, um ihn zu holen.«

Kendra nickte langsam. »In dem Sack befand sich etwas Lebendiges, das hat er gesehen. Etwas, das sich bewegte.«

»Ja. Das plus die Tatsache an sich, dass dieser Geist, von dem er da sprach, etwas mit sich herumgetragen haben sollte, das schien mir alles ein bisschen zu detailliert, um reine Einbildung zu sein.«

Kendra wandte sich um und musterte das Gebäude in der Ferne, vor dem man Hollis gefunden hatte. Dann meinte sie: »Ich könnte mir vorstellen, dass bei schlechtem Wetter bestimmt ein paar Obdachlose das halb verfallene Lagerhaus da an der Ecke als Unterschlupf benutzen. Es war kalt, als man Hollis fand, nicht wahr?«

»Ja, richtig kalt.«

»Irre ich mich, oder kann man die Rückseite des Hauses zumindest von einer Seite des Lagerhauses aus sehen?«

»Finden wir es heraus.«

Zehn Minuten später standen die beiden Frauen vorsichtig auf einem verrosteten alten Steg, der immer noch verbunden war mit einer Innenwand dessen, was von dem Lagerhaus übrig war. Im Gebäude befand sich nicht viel, doch was dort lag, war der eindeutige Beweis dafür, dass das Haus zumindest einigen Menschen noch vor kurzem als Unterschlupf gedient hatte. In einer Ecke standen alte Möbelstücke – ein modriges Sofa und ein zerlumpter Stuhl –, und eine zerschlissene Plane bildete eine dritte Wand, sodass wenigstens ein Großteil des Windes abgefangen wurde. In einer alten Mülltonne in der Mitte dieses Bereichs war Feuer gemacht worden, wohl um sich daran zu wärmen.

Mit der Schuhspitze stupste Jennifer einen Haufen alter Zeitungen und Lumpen an, die offensichtlich als Bett auf dem Steg gedient hatten. »Ein gruseliger Schlafplatz, finde ich.«

»Aber vielleicht sicherer als da unten.« Kendra deutete auf den Betonboden unter ihnen. »Zumindest aus Sicht eines Paranoid-Schizophrenen. So wie das Ding da quietscht, warnt es ihn auf jeden Fall, wenn er Gesellschaft bekommt.«

»Ja. Und vielleicht hat er aus demselben Grund unterm Fenster geschlafen – weil er paranoid ist und die Dinge im Auge behalten wollte.« Jennifer sah zu dem Fenster oberhalb des provisorischen Bettes. Es war das einzige, bei dem sich in den meisten Feldern noch Milchglas befand, doch zwei Scheiben fehlten. Und durch die Öffnungen hatte sie einen erstklassigen Blick auf die Rückseite des Gebäudes, vor dem man Hollis gefunden hatte. »Und sehen Sie hier – Sie hatten Recht.«

Kendra beugte sich vor, um durchs Fenster zu sehen. »Soweit ich sehe, ist das vermutlich der einzige Beobachtungspunkt hier in der Gegend, von dem aus dieser Eingang ungehindert zu sehen ist. Ist das nicht eine Straßenlaterne da hinten an der Ecke?«

»Ja. Also hätte Robson – falls er das hier oben war – sogar in einer dunklen Nacht sehen können, wenn jemand in das Gebäude ging, und er hätte auch erkennen können, wenn derjenige etwas in einer Plane oder einem Sack getragen hätte, etwas, das sich bewegt.«

»Ein Geist. Vielleicht maskiert, unheimlich in dem Licht. Oder vielleicht jemand, den er wirklich aus seiner eigenen Vergangenheit wiedererkannt hat.« Mit einem feinen Lächeln sah Kendra Jennifer an. »Wenn Sie mich fragen, ist das hier kein fruchtloses Unterfangen. Ich würde sagen, wir suchen weiter nach David Robson.«

Jennifer bemerkte den vertrauten Adrenalinstoß. Sie nickte. »Das finde ich auch.«

Erst ein paar Minuten später, als sie schon wieder ins Auto stiegen, fügte sie hinzu: »Woher wussten Sie eigentlich, dass in dem Bericht etwas steht, das hätte wichtig sein können? Sie haben den Bericht doch gar nicht gesehen, oder?«

»Nein.«

»Also?«

Kendra lächelte. »Nennen Sie es eine Eingebung.«

»O Gott, John, es tut mir Leid«, sprach Quentin in den Telefonhörer. »Weil dieser Kerl die Frauen bisher immer einfach irgendwo abgeladen hat, nachdem er sie woanders gequält und verstümmelt hat, und dann abgehauen ist, war ich davon ausgegangen, dass er auch mit Samantha Mitchell so verfahren ist. Dass er ihr die Kehle durchgeschnitten und den Bauch aufgeschnitten hatte, *bevor* er sie in dieses Gebäude gebracht hat, und sie dann einfach so schockierend wie möglich da hindrapiert hat. Wenn ich mir die Fotos vom Tatort genauer angesehen hätte, hätte ich es gesehen; dass die Matratze blutgetränkt war, besonders um Kopf und Schultern herum. Mir hätte einfach auffallen müssen, dass er sie in diesem Raum getötet hat.«

»Du kannst nichts dafür, Quentin.« John seufzte. »Wir waren alle ein bisschen abgelenkt von den … weniger körperlichen Aspekten dieser ganzen Geschichte.«

»Dafür gibt es keine Entschuldigung, nicht für mich. Wie geht's Maggie?«

»Wenn ich ehrlich sein soll – sie verkraftet es besser als ich. Die Blutung hat aufgehört, sobald ich sie aus dem Gebäude raus hatte, und als ich sie ins Auto gesetzt und das Blut ein bisschen abgewischt hatte, war da nur noch eine zornig wirkende rote Linie, wo vorher … eine offene Wunde gewesen war.«

»Wo ist sie jetzt?«

»Sie schläft. Sobald sie den Schock halbwegs überwunden hatte, wollte sie offenbar nur noch schlafen. Also habe ich sie hierher zurückgebracht und ins Bett gesteckt.«

»Dann kommt sie wieder in Ordnung. Sie war nicht lange genug da drin, um einen vollständigen Kontakt zu dem herzustellen, was mit Samantha Mitchell geschehen war.«

»Was wäre denn sonst passiert? Willst du damit sagen, es hätte sie töten können?«

Quentin zögerte, dann sagte er: »Das ist möglich, zumindest in diesem Fall. Ich glaube, ganz so weit ist sie noch nicht, aber wenn ihre Wahrnehmungsfähigkeit sich weiter steigert, könnte sie, glaube ich, eine Vollempathin werden.«

»Vollempathin?«

»Ja. Ihr Organismus würde körperlich wie emotional so sensibel werden, dass er die Verletzungen oder Krankheiten anderer im wörtlichen Sinne absorbieren würde. Wenn du dir in die Hand schneidest, und sie berührt dich, dann verheilt der Schnitt an deiner Hand – und erscheint auf ihrer Hand. Ein echter, blutender Schnitt mit Schmerzen und allem Drum und Dran, genau wie der, den du gehabt hättest.«

»Mein Gott.«

»Tja. Ich weiß bloß nicht genau, ob sie die Schmerzen anderer nur teilt oder ob sie eine heilende Empathin ist. Wenn sie eine heilende Empathin ist, würde sie jede Wunde, die sie absorbiert – bis auf tödliche jedenfalls –, auch heilen können. Dein Schnitt würde also verschwinden, und der, der an ihrer Hand auftaucht, würde auch verschwinden, sobald sie ihn heilen könnte, also vermutlich innerhalb von Minuten.«

»Das … kann nicht sein«, widersprach John. »Die körperlichen Verletzungen eines anderen durch Berührung heilen?«

»Oh, dieser Teil der Angelegenheit ist definitiv möglich, glaub mir. Ich kenne eine so talentierte Heilerin, dass sie einen Mann wahrhaftig aus dem Tod zurückgeholt hat, nachdem er erschossen worden war. Bei ihr ist es aber eine andere Begabung, sie ist keine Empathin, sondern einfach eine Heilerin. Es verlangt ihr große Kraft ab, aber sie absorbiert dabei nicht die Wunden desjenigen, den sie zu heilen versucht.«

»Aber Maggie würde das. Wenn sie eine Vollempathin ist.«

»Darauf würde ich tippen.«

»Und wenn sie keine heilende Empathin ist … kann sie sich selbst nicht heilen? Sie würde einfach nur die Verletzungen und die Schmerzen absorbieren und mit dem anderen mitleiden?«

Quentin zögerte erneut. »Ich bin mir nicht sicher, John. Wir haben bisher noch keinen Vollempathen gefunden, wir haben nur Theorien dazu aufgestellt. Aber wenn man bedenkt, wie schnell die klaffende Wunde an Maggies Kehle

›geheilt‹ ist, würde ich sagen, sie ist vermutlich eine heilende Empathin. Interessant wäre noch zu wissen, ob es bei ihr eine automatische Fähigkeit ist, die einfach durch Berührung ausgelöst wird, oder ob sie sich darauf konzentrieren muss. Hoffen wir Letzteres, denn dann hat sie eine gewisse Kontrolle darüber.«

John atmete tief durch. »Und jetzt erklär mir mal, wie sie eine aufgeschlitzte Kehle von einem leeren Zimmer absorbieren konnte, ja?«

»Samantha Mitchell ist in diesem Zimmer gestorben. Vor kurzem – und auf grauenvolle Weise. Sie muss höllische Schmerzen und Qualen gelitten haben – von der panischen Angst ganz zu schweigen. Diese Gefühle, diese Energie hing noch in dem Raum. Maggie konnte dazu in Verbindung treten, sie hat wirklich angefangen mitzuerleben, was diese sterbende Frau durchgemacht hatte.« Seufzend fügte Quentin hinzu: »Ob sie sich nun zu einer Vollempathin entwickelt oder nicht, ich glaube, Maggies Organismus ist ganz besonders empfänglich für just diese Todesfälle, weil sie mit ihnen in Verbindung steht, auf eine ganz … grundlegende Weise.«

»Schicksal. Vorsehung.«

»Ja. Ob diese Opfer allesamt Seelen sind, die Maggie früher gekannt hat, oder ob sie vielmehr mit seiner abscheulichen Seele in Verbindung steht, das kann ich nicht sagen. Vielleicht weiß sie es.«

John saß in Maggies stillem Wohnzimmer und betrachtete das Bild über dem Kamin. Er sagte: »Vielleicht frage ich sie. Aber ich hoffe, sie schläft noch ein paar Stunden. Hör mal, ich glaube, sie sollte jetzt nicht allein sein, deshalb bleibe ich erst mal hier. Wenn irgendwas vorfällt, wenn sich irgendwas ändert oder euch Jungs was einfällt, was wir unbedingt wissen müssen, ruf mich an, ja?«

»Mache ich. Das Wetter wird schlechter, ich erwarte Kendra und Jennifer also jede Minute zurück, und Scott auch. Wenn schon sonst nichts, haben wir immer noch die Liste der

Kfz-Behörde mit den schwarzen Caddys, die wir durchgehen können. Irgendwo gibt es bald einen Durchbruch, das weiß ich. Ich habe da dieses Kribbeln im Nacken, und das bedeutet normalerweise, dass das Ende einer Sache kurz bevorsteht.«

»So oder so?«

»Ja. So oder so.«

Nachdem sie sich verabschiedet und das Gespräch beendet hatten, ging John zum Kamin und betrachtete das Gemälde aus nächster Nähe. Die Signatur in der unteren Ecke war ein Krakel, doch er konnte ihn entziffern. Rafferty. Beau Rafferty. Ein Werk ihres Bruders.

Kein Wunder, dass der Stil des Gemäldes ihm bekannt vorgekommen war. Er besaß selbst zwei Raffertys. So jung er noch war, galt der Mann bereits als einer der talentiertesten Künstler, die das Land in den letzten hundert Jahren hervorgebracht hatte. Beinahe im Alleingang hatte er dafür gesorgt, dass impressionistische Malerei in der Kunst des zwanzigsten und einundzwanzigsten Jahrhunderts wieder eine wichtige Rolle spielte.

Ein Künstler, der Meisterwerke malte, welche die ganze Welt begeisterten, und eine Künstlerin, die gütig mit traumatisierten Verbrechensopfern sprach und danach von den Tätern gespenstisch akkurate Skizzen anfertigte, mit denen die Polizei sie zur Strecke bringen konnte.

Zwei talentierte Künstler mit ein und derselben Mutter, beide einzigartig begabt. Er fragte sich, was für ein Mensch ihre Mutter gewesen sein mochte. Eine Person mit starken übersinnlichen Fähigkeiten wie auch eine begabte Künstlerin? Waren übersinnliche Fähigkeiten überhaupt erblich?

Er kam zu dem Schluss, dass er sich hier selbst etwas vormachte. Das alles hatte ihn sehr aus dem Gleichgewicht gebracht. John sah aus dem Fenster in den zunehmend grauen trüben Nachmittag und begab sich daran, es sich gemütlich zu machen. Er schaltete das künstliche Kaminfeuer ein, und als das Feuer im Kamin fröhlich prasselte, stellte er auch den Fernseher leise an: eine Nachrichtensendung, mehr zur Gesellschaft und als Hintergrundgeräusch denn aus einem echten Bedürfnis nach Nachrichten heraus.

Für den Augenblick hatte er genug Neuigkeiten erlebt.

Er kochte Kaffee, wobei er beinahe auf Anhieb mit Maggies altmodischem Kaffeefilter zurechtkam, dann inspizierte er ihre Tiefkühltruhe und fand eine große Dose offenbar selbst gemachter Suppe. Das schien ihm das ideale Essen. Er konnte es auftauen und auf dem Herd köcheln lassen, bis Maggie aufwachte, also tat er das.

Während die Suppe heiß wurde, überprüfte er zum zweiten Mal Türen und Fenster und vergewisserte sich, dass alles verschlossen und gesichert war. Normalerweise war er nicht so ängstlich, doch was Maggie geschehen war, hatte ihn mehr erschüttert, als er sich selbst eingestehen mochte, und so wollte er möglichst vorsichtig sein.

Vielleicht konnte er sie nicht vor »übersinnlichen Schwingungen« schützen, die ihr Schmerzen und Verletzungen bereiteten, doch er konnte verdammt noch mal dafür sorgen, dass nichts Greifbareres sie verletzen konnte.

Wie zum Beispiel ein Serienvergewaltiger, der womöglich die Polizeiwache überwacht und dabei genauso leicht Maggie wie Jennifer oder Kendra gesehen haben mochte. Ein Vergewaltiger und Mörder, der beschlossen haben könnte, die Bedrohung durch eine Polizeizeichnerin auszuschalten, die mit genügend Zeit sehr wohl irgendwann in der Lage sein mochte, ihn zu sehen, wie seine Opfer es nicht gekonnt hatten.

Ruhelos ging John zu Maggies Schlafzimmertür und öffnete sie behutsam. Der Raum war völlig still. Die Lampe auf ihrem Nachttisch war gedimmt. Er sah, dass sie noch schlief, anscheinend friedvoll.

Mehrere Minuten blieb er in der Tür stehen und betrachtete sie einfach nur, lauschte auf ihren Atem. Er hatte ihr nur die Jacke und die Schuhe ausgezogen und sie mit einer Decke zugedeckt, als er sie hier hereingetragen hatte. Sie war zu schläfrig gewesen, um zu protestieren, erschreckend schwach und wehrlos in seinen Armen. Soweit er sah, hatte sie sich nicht einen Zentimeter bewegt, seit er sie hier allein gelassen hatte.

Er trat ins Zimmer und nahm ihre Flanelljacke von der gepolsterten Bank am Fußende ihres Bettes. Sogar in diesem schwachen Licht konnte er die Blutflecken erkennen, und als er mit dem Daumen darüberstrich, fühlten sie sich immer noch feucht an.

Blut. Echtes Blut. Er konnte es riechen.

Er hatte die klaffende Wunde in ihrer Kehle gesehen, schrecklich, nur allzu real. Maggie hatte hinterher nicht geweint oder auch nur irgendein Geräusch von sich gegeben, doch er hatte auch das Leiden in ihren Augen gesehen.

Behutsam legte John die Jacke wieder zurück auf die Bank und ging aus dem Zimmer, wobei er die Tür ganz sachte schloss. Systematisch überprüfte er erneut das restliche Haus, dann sah er nach der Suppe. Danach kehrte er ins Wohnzimmer zurück, trank Kaffee und schaute grübelnd den Wetterbericht, der Seattle eine nasse, stürmische Nacht vorhersagte.

18

Am späten Nachmittag war das Wetter noch schlechter geworden. Dennoch entschieden sich Jennifer und Kendra dafür, weiter nach David Robson zu suchen, statt auf die Wache zurückzukehren. In einem kleinen Café machten sie Pause, um einen Kaffee zu trinken. Sie meldeten sich telefonisch bei Andy und Quentin und erfuhren zu ihrer Freude, dass es möglicherweise einen weiteren Hinweis bei der Suche nach dem schwarzen Caddy gab, der vielleicht dem Vergewaltiger gehörte. Allerdings klang Quentin eher deprimiert denn hoffnungsvoll, als er seiner Partnerin berichtete, wie wenig Informationen sie bisher hatten.

»Knapp fünfzig alte schwarze Caddys in der Stadt, verdammt. Allein schon die ganzen Namen durch den Computer zu jagen, damit wir was haben, womit wir anfangen können, wird dauern.«

Kendra kannte ihren Partner, deshalb sagte sie rundheraus: »Es ist nicht deine Schuld, dass Joey beschlossen hat, die Sache in die Hand zu nehmen.«

»Ach nein? Wessen Schuld ist es dann?«

»Er ist schon groß, Quentin. Sehr groß.«

Quentin lachte nicht. »Und er würde nie nach diesem Kerl suchen, wenn ich ihn nicht darauf gebracht hätte.«

»Du hast ihn gebeten herauszufinden, wer hinter dieser angeblichen Entführung steckt, das ist alles. Alles andere ist Joeys Entscheidung, nicht deine.«

»Ja, ja.« Quentin seufzte. »Hör mal, du und Jenn seid bitte vorsichtig heute Abend da draußen, ja? Passt gut auf euch auf.«

»Weißt du etwas?«, fragte Kendra rundheraus.

»Nein. Ich habe für heute Abend einfach nur ein ganz schlechtes Gefühl.« Er klang rastlos.

Kendra, die vor seinen »Gefühlen« ebensolchen Respekt hatte wie vor seinen Vorahnungen, hatte hier eher den Eindruck, dass seine Sorgen um Joey die Oberhand gewannen. Doch sie sagte bloß: »Wir werden vorsichtig sein. Zwei Obdachlose, mit denen wir vor etwa einer Stunde gesprochen haben, schwören, dass sie David Robson kennen und dass er heute Abend in die Fellowship Rescue Mission kommt. Wahrscheinlich werden wir also dort sein.«

»Okay. Meldet euch regelmäßig, ja?«

»Verlass dich drauf.« Kendra beendete das Gespräch und steckte das Handy wieder in ihre Schultertasche. Dann gab sie die relevanten Informationen an Jennifer weiter.

»Ihr Partner klingt ein bisschen nervös«, bemerkte Jennifer.

Kendra nickte. »Ja, ich gebe ihm noch eine Stunde, dann ist er selbst hier draußen und sucht nach Joey.«

»Sind sie befreundet?«

»Das kann ich Ihnen beim besten Willen nicht sagen. Ich weiß nur, dass Quentin sich für den Typ verantwortlich fühlt, vielleicht, weil sie sich als Kinder gekannt haben.«

»Altlasten. Tragen wir wahrscheinlich alle mit uns herum.« Jennifer trank einen Schluck Kaffee.

»Wohl wahr.« Kendra sah hinaus auf die trüben Straßen und fügte hinzu: »Es wird schon dunkel. Ich denke, jetzt kommt langsam Betrieb in die Asyle.«

»Ja. Warten wir noch ein paar Minuten, dann gehen wir rüber, okay?«

»Mir recht.«

Es regnete, als sie das Café verließen, der Wind kam in Böen, schwoll an und ab, und die Temperatur war auf wenige Grad über dem Gefrierpunkt gesunken. Von daher war es kein Wunder, dass die Fellowship Rescue Mission an diesem Abend ziemlich begehrt war.

»Ja, wir sind heute ausgebucht«, erzählte ihnen Nancy Frasier. »Ich habe schon die Räume im Obergeschoss geöffnet
und sämtliche Feldbetten und Schlafsäcke rausgeholt.«

»Wir suchen immer noch nach David Robson«, meinte
Jennifer. »Was dagegen, wenn wir rumlaufen und mit den
Leuten reden?«

»Von mir aus gern, solange Sie höflich bleiben. Manche
dieser Leute werden ein bisschen nervös, wenn Polizei in der
Nähe ist, denken Sie daran.«

»Wir halten uns zurück«, erwiderte Kendra lächelnd.

»Danke, das weiß ich zu schätzen.« Frasier seufzte. »Wir
hatten heute schon ein paar Auseinandersetzungen. Ich weiß,
die Atmosphäre auf den Straßen war heute angespannt, aber
langsam merkt man es auch hier drin.«

»Wegen dem Vergewaltiger?«, fragte Jennifer.

»Größtenteils. Weil man zwei der Opfer hier in der Gegend gefunden hat. Weil die Frauen Angst haben und die
Männer es satt haben, wie die Frauen sie ansehen. Weil es
auf die Feiertage zugeht. Weil das Wetter wirklich lausig ist.«
Sie seufzte erneut. »Suchen Sie sich was aus.«

Jemand rief nach Nancy, sie solle kommen, um bei irgendetwas zu helfen, und sie ließ die beiden Polizistinnen mit einem bedauernden Gesichtsausdruck stehen.

»Wenn wir uns trennen«, schlug Jennifer vor, »sind wir
hier schneller durch.«

Kendra dachte sowohl an die Warnung ihres Partners als
an den Grund, weshalb sie bei Jennifer war, und erwiderte
daher: »Vielleicht, aber ich bin dafür, dass wir zusammen-
bleiben. Wenn die Jungs hier wirklich so nervös sind, wie die
Leiterin sagt, dann sind einige von denen womöglich streit-
lustiger als sonst.«

»Und es ist weniger wahrscheinlich, dass sie sich mit uns
beiden anlegen?« Jennifer nickte. »Ja, Sie mögen Recht haben. Sollen wir hier unten oder oben anfangen?«

»Hier unten, finde ich. Sieht aus, als wäre der Haupt-

316

schlafsaal für Männer schon voll.« Sie hörten plötzlich Gelächter und ein paar deftige Flüche aus dem Raum, und Kendra fügte hinzu: »Regeln hin oder her, irgendwer schafft es immer, eine Flasche reinzuschmuggeln.«

»Meine Lieblingsbeschäftigung«, murrte Jennifer sarkastisch, als sie auf den Männerschlafsaal zugingen. »Mit ein, zwei Betrunkenen streiten.«

»Vielleicht haben wir Glück und finden David Robson schnell«, warf Kendra ein.

Doch niemand war überraschter als sie, als sie ihn zehn Minuten später tatsächlich fanden. Ein anderer Mann erzählte ihnen, Robson wolle sich oben ein Bett suchen, um etwas mehr seine Ruhe zu haben.

»Er hält sich für was Besseres«, sagte ihr Informant naserümpfend. Er klang ziemlich beleidigt.

Der Mann, der auf dem nächsten Feldbett saß, war anderer Meinung. »Nee, der hält sich nich' für was Bess'res, der is' bloß tierisch schreckhaft. Vor 'ner Weile hat wer 'nen Schuh fallen lassen, da wär' er beinah' rückwärts wieder zur Tür rausgerannt.«

»Warum ist er denn so schreckhaft?«, fragte Kendra.

Der Mann gluckste mit belegter Stimme. »Er sagt, 'n Geist wär' hinter ihm her. Also sagen Sie besser nich' ›buh‹ zu ihm, Ladys.« Vergnügt lachte er keckernd über seinen eigenen Witz.

Jennifer und Kendra wechselten einen Blick, dann dankten sie den Männern, verließen den Schlafsaal und gingen zur vorderen Treppe.

»Nach all dem wäre ich wirklich verdammt sauer, wenn sich rausstellt, dass der Kerl einfach Wahnvorstellungen hat.«

»Ich weiß, was Sie meinen.«

Sie stiegen die Treppe ins Obergeschoss hinauf. Im Korridor trafen Sie die Leiterin. Als sie ihr berichteten, was die Männer im Erdgeschoss ihnen erzählt hatten, sagte sie:

»Wenn er seine Ruhe haben will, hat er sich vielleicht eins der kleinen Schlafzimmer hinten im Haus ausgesucht. Von denen sind mehrere noch ziemlich leer.«

In zwei dieser kleinen Schlafräume sahen Jennifer und Kendra vergeblich hinein: In einem schnarchte ein Mann, auf den die Beschreibung, die ihnen vorlag, auch nicht ansatzweise passte. Der andere war noch leer. Im dritten Raum, in den sie schauten – dem abgelegensten des ganzen Hauses – fanden sie David Robson.

Jennifer begriff sofort, warum Terrys Beschreibung so wenig hilfreich gewesen war. Robson sah aus wie zwei Drittel der Männer, die sich gegenwärtig im Obdachlosenasyl aufhielten; man hätte sie praktisch gegeneinander austauschen können. Sein Alter lag vermutlich irgendwo zwischen dreißig und fünfzig. Er war ein krummer, dünner Mann, trug schäbige Kleidung, die nicht warm genug war für dieses Wetter, und sowohl sein reichlich zerzaustes Haar als auch sein dichter Bart waren von einem Allerweltsbraun mit grauen Strähnen. Seine Augenlider waren dick, die Augen trübbraun und mehr als nur ein wenig blutunterlaufen.

Und wie so viele andere Männer in diesem Haus fühlte auch er sich unwohl in der Gegenwart der Polizei. Er wich wahrhaftig in eine Ecke des kleinen Zimmers zurück und drückte einen alten Matchbeutel an die Brust, der offenbar alle seine Habseligkeiten enthielt.

Die beiden Frauen arbeiteten instinktiv zusammen. Als sie den Raum betraten, trennten sie sich ein wenig voneinander. Kendra ging einige Schritte zu einer Seite, lehnte sich ungezwungen an eine niedrige Kommode und überließ es Jennifer, sich Robson zu nähern. Diese Taktik sollte bewirken, dass er sich weniger bedroht fühlte, doch sie funktionierte nur teilweise. Beinahe ununterbrochen schossen seine Augen nervös von einer zur anderen.

»Ich habe nichts getan«, protestierte er, sobald Jennifer ihm gesagt hatte, wer sie waren.

»Das wissen wir, David«, erwiderte sie beschwichtigend. »Wir würden Ihnen nur gern ein paar Fragen stellen, das ist alles. Zu diesem Geist, den Sie vor ein paar Wochen gesehen haben.«

Er erstarrte und zog sich noch weiter in seine Ecke zurück. »Ich habe nichts gesehen. Wer das gesagt hat, ist ein Lügner.«

Jennifer hatte nicht erwartet, dass es leicht sein würde, doch nun unterdrückte sie einen Seufzer. »Sie sind nicht in Schwierigkeiten, David, das kann ich Ihnen versichern. Niemand will Ihnen was tun. Wir möchten nur wissen, was Sie in jener Nacht gesehen haben. Sie haben in dem alten Lagerhaus übernachtet, nicht wahr? Auf dem Steg? Und Sie haben aus dem Fenster gesehen, stimmt's?« Da sie sich nicht im Gerichtssaal befand, musste sie sich nicht darum kümmern, dass sie ihren Zeugen in eine bestimmte Richtung lenkte. Alles, was sie wollte, war etwas – irgendetwas –, das ihnen helfen würde, den Vergewaltiger zu finden oder doch wenigstens zu identifizieren.

Er schluckte deutlich sichtbar, und seiner Kehle entwich ein leises Geräusch, ein angsterfüllter Laut. »Er wollte die jungen Hunde ertränken. Das weiß ich. Er wollte sie ertränken, und jetzt sucht er nach mir.«

»Wir sorgen dafür, dass er Sie nicht findet«, versicherte ihm Jennifer. »Hier sind Sie sicher. Hat er die Welpen in einem Sack getragen, David?«

Er nickte ruckartig. »Ja, ein Sack. Den hat er über der Schulter getragen.«

»Und Sie haben gesehen, wie sie sich bewegt haben?«

»Die armen Dinger. Arme kleine Dinger. Er hatte ihnen schon wehgetan, sie haben nämlich geblutet. Ich hab das Blut auf dem Sack gesehen. Er hat Hunde noch nie gemocht. Überhaupt nich'. Bestimmt, weil die ihn auch nicht mögen. Hunde wissen, wer gut ist. Hunde wissen das.«

Jennifer bemühte sich darum, trotz ihrer Erregung den ungezwungenen, harmlosen Tonfall beizubehalten. »Es war nachts, David, und Sie waren ein Stück entfernt. Woher wussten Sie, dass es Blut war?«

»Ich habe es gesehen! Ich habe es gerochen!«

Sie wollte nicht, dass er sich zu sehr aufregte, deshalb versuchte sie es anders. »Haben Sie ihn gesehen, als er bei dem Haus ankam, David? Haben Sie sein Auto gesehen?«

Mit einer Hand drückte Robson seinen Matchbeutel noch enger an die Brust, während er die freie Hand hineinsteckte und einen rostigen Schlüsselbund herauszog. »Glauben Sie, die hat er fallen lassen? Ich glaube, er hat die hier fallen lassen. Ich werd' sie ihm geben, wenn er mich holen kommt, und vielleicht lässt er mich dann in Ruhe. Glauben Sie, er lässt mich dann in Ruhe? Er mag Schlüssel.«

Jennifer warf Kendra einen Blick zu. Die FBI-Agentin hatte leicht die Stirn gerunzelt und betrachtete Robson. Jennifer wandte ihre eigene Aufmerksamkeit wieder dem Mann zu, während sie sich fragte, ob sie die richtigen Fragen stellte. Das wusste man nie, nicht bei einem Zeugen wie diesem.

»Das Auto, David. Haben Sie es gesehen?«

Er starrte die Schlüssel in seiner Hand an, dann ließ er sie wieder in die Tasche fallen und wühlte nochmals darin. »Sie war hier, genau hier, das weiß ich.«

»David, haben Sie das Auto gesehen?«

»Was? Oh. Er hat die jungen Hunde aus dem Kofferraum geholt.«

»Das haben Sie gesehen? Welche Farbe hatte das Auto, David?«

»Schwarz. Schwarz wie das Innere der Hölle. Und verdammt groß war die Karre. Vielleicht ein Lincoln, ich weiß nicht.«

Jennifer atmete tief durch und hakte vorsichtig nach. »Also hat er den Sack mit den jungen Hunden ins Haus getragen. Hatte er den Sack noch bei sich, als er wieder herauskam, David?«

»Den Sack hatte er. Aber der war leer. Er hatte die kleinen

Hunde ertränkt und sie dagelassen. Hab ich Ihnen doch gesagt!«, fuhr er sie unvermittelt an.

»Tut mir Leid, David, das hatte ich vergessen.« Sie hielt inne, dann fuhr sie fort: »Sie wissen, wer das war, oder? Sie wissen, wer der Geist war?«

Aus den Tiefen seiner Kehle drang erneut ein leiser Angstlaut. »Tot. Sie haben gesagt, er ist tot, aber der Teufel kann nicht sterben. Ich weiß, dass er der Teufel ist. Ich weiß es! Ich hab ihn ein Mal gesehen. Hab gesehen, wie er sie angesehen hat, und da war nichts in seinen Augen. Nichts. Warum war das so?«, wollte er plötzlich von Jennifer wissen, Verzweiflung in der Stimme. »Warum war da nichts?«

»Ich weiß es nicht, David. Vielleicht wenn Sie mir sagen, wer er ist ...«

»Nein! Wenn ich Ihnen das sage, wird er es wissen. Er hat es immer gewusst, immer. Hat mich immer beobachtet und gelächelt. Hat immer gewusst, wenn ich den Code verwechselt hatte.« Der Blick seiner glanzlosen Augen sprang hin und her zwischen Jennifer und Kendra, besorgt, furchtsam, zunehmend verängstigt. »Ich bin ein guter Programmierer. Jawohl. Er wusste das, auch wenn er dafür gesorgt hat, dass man mich feuert.«

»David ...«

»Sie werden ihm sagen, dass ich hier bin, stimmt's? Sie werden ihm helfen, mich zu erwischen.«

»Nein, David, wir wollen nur ...«

Es geschah entsetzlich unvermittelt. Der Matchbeutel fiel zu Boden, und Robson hielt eine Pistole in seiner stark zitternden Hand. Es war reiner Zufall, dass sie überhaupt auf etwas gerichtet war, als sie losging.

Jennifer reagierte, instinktiv warf sie sich ihm entgegen und war sich dabei verschwommen bewusst, dass auch Kendra sich bewegte. Doch sie waren beide um ein weniges zu weit von ihm entfernt und um einen Herzschlag zu langsam in ihren Reaktionen.

Die Kugel durchbohrte den Ärmel von Jennifers Mantel und warf Kendra rückwärts gegen die Wand.

Gegen acht hörte John die Dusche, und als Maggie wieder herauskam, hatte er die Suppe fertig. Sie schien ihm zerbrechlicher denn je, hatte auch nach dem Schlafen noch schwach sichtbare violette Schatten unter den Augen, und die Schultern wirkten viel zu angespannt.

Er konnte immer noch eine dünne rote Linie quer über der Kehle sehen.

»Sie hätten nicht bleiben müssen«, sagte sie irgendwann.

»Essen Sie Ihre Suppe auf.«

Maggie blickte ihn an, die goldenen Katzenaugen ernst, dann tat sie schweigend, wozu er sie aufforderte.

»Jetzt verstehe ich, warum sie nach Christinas Tod nicht durch ihre Wohnung gegangen sind«, sagte er plötzlich. »Weil sie dort gestorben ist. Weil Sie das gespürt hätten.«

»Ja. Ich war mir nicht sicher, ob das passieren würde, ob ich alles fühlen würde, aber die Möglichkeit bestand, zumal ich … ich sowieso schon etwas von dem gespürt hatte, was sie gespürt hatte, als sie erschossen wurde. Und auch ohne meine besondere Verbindung zu Christina war das, was ich spürte, mit jedem Tag so viel stärker geworden, so viel … intensiver.« Sie zuckte ruckartig mit den Achseln. »Ich war schon vor ihrem Tod immer vorsichtiger bei Tatorten geworden, einfach vorsichtshalber.«

»Das hätten Sie mir sagen sollen.«

»Sie hätten mir nicht geglaubt.«

John wusste, dass das stimmte, deshalb konnte er es wohl kaum leugnen. Er schwieg, während sie aufaß. Nachher räumte er ab, schickte sie mit Kaffee ins Wohnzimmer und gesellte sich wenige Minuten später dort zu ihr. Sie hatte sich in eine Ecke der Couch gekauert, ihr übergroßer schwarzer Pulli und die dunkle Trainingshose ließen ihre Haut noch blasser und ihr Haar noch prächtiger als sonst erscheinen.

Als John sich zu ihr auf die Couch setzte, betrachtete sie ihre Hände und sagte geistesabwesend: »Ich komme mir vor wie Lady Macbeth. All das Blut an meinen Händen, ich kann es immer noch riechen.«

Gelassen erwiderte er: »Ich rieche nur Lavendelseife.«

Sie steckte ihre Hände zwischen die Knie und wandte ihm das Gesicht zu. »Er soll beruhigend und entspannend wirken, dieser Duft. Normalerweise tut er das auch.«

»Maggie, vielleicht sollten Sie wieder ins Bett gehen.«

»Nein. Ich … möchte nicht allein sein. Macht es Ihnen etwas aus?«

»Natürlich nicht. Aber Sie sind noch nicht richtig ausgeruht.«

»Einstweilen reicht es. Zum ersten Mal seit Tagen konnte ich richtig schlafen. Wahrscheinlich weil ich wusste, dass Sie hier sind. Habe ich Ihnen übrigens schon gedankt?«

»Wofür? Dass ich geblieben bin? Ich wollte es, Maggie.«

»Dass Sie geblieben sind. Und dass Sie mich aus diesem Haus gezerrt haben. Ich weiß nicht, ob ich es nach draußen geschafft hätte, wenn Sie nicht gewesen wären.«

»Versprechen Sie mir, dass Sie das nie wieder tun. Allein an einen solchen Ort gehen.«

»Nein, das werde ich nicht.« Ihr Lächeln war ein wenig zittrig. »Ich würde es nicht wagen, nach dem, was passiert ist. Das war sehr unheimlich.«

John hätte ein anderes Wort dafür gewählt, doch er sagte nur: »Für mich auch.«

»Es tut mir Leid.« Sie hob die Hände und betrachtete sie erneut, als könnte sie nicht anders.

»Das Blut ist weg, Maggie.«

»Ja. Ich weiß.« Sie ließ die Hände sinken, ließ sie auf ihren Schenkeln ruhen, wandte jedoch den Blick nicht von ihnen.

Er zögerte, war sich nicht sicher, ob er hierfür bereit war. In jeder Hinsicht. »Wir müssen nicht darüber reden.«

Maggie lächelte wieder, und ganz schief diesmal. »Okay.«

»Ich wollte nicht – Maggie, es ist nicht so, dass ich an dem zweifle, was Sie können.«

»Ich weiß. Ihnen ist nur sehr ... unbehaglich zumute dabei.«

Er bemühte sich um einen leichten Tonfall. »Hören Sie auf, meine Gefühle aufzufangen, ja?«

Da sah sie ihn endlich an, das schwache Lächeln war noch da. »Einer der größeren Nachteile, wenn man ... einer Empathin zu nahe kommt, fürchte ich.«

»Damit habe ich nicht gerechnet«, gestand er.

»Ich will mich nicht in ihre Intimsphäre mischen. Es tut mir Leid.«

Er schüttelte den Kopf. »Ich habe keine Betreten-verboten-Schilder aufgestellt, nicht was Sie betrifft. Es dauert bloß, bis ich mich daran gewöhnt habe, das ist alles.«

»Ich weiß. Ich weiß das.«

Er sagte nichts von dem, was er sagen wollte, und seine eigene Unzulänglichkeit verstörte ihn. Er war sich nur allzu bewusst, dass die falschen Worte sie verletzen würden, wusste immer noch nicht, ob er bereit war für dies, und beobachtete, wie sich ihr ruheloser Blick dem Fernseher, der ohne Ton lief, zuwandte.

»Noch mehr Regen«, murmelte sie. »Immer Regen. In Seattle werden die Leute nicht braun ...«

»Sie rosten«, beendete er den Satz.

»Ich vergesse immer wieder, dass Sie hier aufgewachsen sind.«

»Ich habe schon daran gedacht, wieder hierher zu ziehen. Seltsamerweise vermisse ich den Regen.«

In diesem Augenblick setzte er wieder ein, die Tropfen trommelten auf das Dach von Maggies kleinem Haus, und sie nickte. »Ich glaube, ich würde ihn auch vermissen. Es ist ein sehr wohltuendes Geräusch.«

Das Schweigen, das nun zwischen ihnen entstand, war

nicht besonders wohltuend. John benötigte keine übersinnliche Begabung, um das zu spüren. Zu vieles blieb ungesagt, und doch wusste er, dass sie sich an einem Wendepunkt befanden, an einem Kreuzweg, auf den sie beide völlig unvorbereitet gestoßen waren.

»Maggie ...«

»Wir brauchen wirklich nicht darüber zu reden«, sagte sie. »Über nichts davon. Zu viel ist passiert, als dass wir beide uns im Augenblick noch irgendeiner Sache sicher sein könnten.«

Diesmal zögerte er nicht. »Ich bin mir meiner Gefühle sicher. Ich bin mir bloß nicht sicher, was Sie empfinden. Ich meine ...« Sie sah ihn an. Er schüttelte den Kopf und war sich schmerzlich bewusst, wie linkisch er agierte – wie ein Teenager, der zum ersten Mal dem Mädchen gegenübersteht, das ihm so wahnsinnig wichtig ist, dass jedes ausgesprochene Wort eine beängstigende Bedeutung erlangt. »Maggie, sie spüren die Gefühle anderer, den Schmerz anderer so stark. Ich kann nicht anders, ich frage mich, ob Sie noch genug Kraft übrig haben für ... Ihre eigenen Gefühle.«

Sie war sichtlich überrascht, ein wenig verwirrt, wenn nicht gar beunruhigt. Doch sie wich der Frage nicht aus. »Manchmal ist es leichter, allein zu sein.«

»Weil da zu viele fremde Gefühle sind? Weil Sie Frieden finden, wenn Sie allein sind?«

»Ist das so falsch?«

John zögerte, dann beugte er sich vor und strich ihr eine Haarsträhne aus dem Gesicht, wobei er seine Hand ein wenig an ihrem Gesicht verweilen ließ. »Gott weiß, ich kann Ihnen das nicht verdenken. Aber es ist ein unausgewogenes Leben. Sie haben es selbst gesagt, Maggie – im Leben geht es ums Gleichgewicht. Wie können Sie unentwegt von sich geben, Ihre Energie und Ihr Mitgefühl – und Ihre Empathie – geben, ohne sich wenigstens manchmal auch selbst etwas zu nehmen?«

»Weil es nicht so einfach ist.« Ihr Blick war fest, doch sie hatte einen verletzlichen Zug um den Mund.

»Ich möchte Sie bitten, zu geben *und* zu nehmen.«

Sie nickte halb, zum Zeichen der Zustimmung, doch auch, weil sie offensichtlich die Berührung seiner Hand auf ihrer Haut bei dieser Bewegung genoss. »Menschen tun das. Es ist nur gerecht. Ich weiß … ich weiß bloß nicht, wie viel ich im Augenblick geben kann.«

»Und wenn ich sage, was Sie auch geben, es genügt?«

»Das würde ich Ihnen wohl nicht glauben.« Sie atmete tief durch. »Es spielt sowieso keine Rolle. Wir würden gar nicht so hier beieinander sitzen, wenn Sie das, was heute passiert ist, nicht so erschüttert hätte.«

»Von wegen!« John ließ ihr keine Gelegenheit zu widersprechen. Er zog sie einfach in seine Arme und küsste sie.

Maggie hatte sich beinahe von dem Tage an, an dem sie John kennen gelernt hatte, gesagt, wenn es hierzu käme, würde sie in der Lage sein, dem ein Ende zu setzen. Ganz leicht – sie würde einfach nein sagen. Ihm sagen, dass sie das nicht wollte, ihn nicht wollte. Ihm sagen, dass sie nicht im Mindesten daran interessiert war, sich einen Geliebten zuzulegen, vielen Dank. Selbst wenn es gar nicht Liebe wäre, selbst wenn es nur Begehren wäre. Leidenschaft war sehr eindeutig und sehr sicher etwas, das sie in ihrem Leben nicht benötigte.

Sie war sich dessen total sicher gewesen.

Sie hatte sich total geirrt.

Zu ihrer Überraschung ging es dabei ebenso sehr um Wärme wie um Leidenschaft, um die für einen Menschen lebenswichtige Berührung von Haut an Haut. Ihr so häufig und so lange von den Schmerzen anderer Menschen gemarterter Körper sehnte sich nach der heilenden Wärme seines Körpers, nach dem Vergnügen, das er ihr bereitete, indem er sie einfach nur berührte. Und ihre müde Seele sehnte sich nach der Nähe, der Intimität, die er ihr bot.

Darin lag kein Schmerz, keine Furcht, keine Dunkelheit. Hier war nichts als freudige Erregung und das sichere Wissen, dass manche Dinge wirklich vorherbestimmt waren.

Sie wusste nicht, ob sie sich selbst bewegt hatte oder er – sie fand sich auf seinem Schoß wieder, die Knie zu beiden Seiten seiner Hüften. Sein Haar fühlte sich seidig an, sie spürte seinen Mund hungrig und drängend auf ihrem Mund. Sie spürte seine Hände, die unter ihren Pulli schlüpften und ihre Haut berührten, spürte sie langsam aufwärts gleiten. Als sie sich auf ihre Brüste legten, entwich ihr ein leiser Laut des Begehrens, der sie beinahe verlegen machte. Beinahe.

John beugte sich gerade so weit zurück, dass er sie ansehen konnte, seine Augen hatten sich zu Smaragdgrün verdunkelt, sein Blick war so intensiv, dass sie nicht wegsehen konnte. »Gib einfach, was du kannst, Maggie«, sagte er mit rauer Stimme. »Ich schwöre dir, ich werde dich nicht verletzen.«

Sie berührte sein Gesicht mit beiden Händen, beinahe so, als wäre sie blind und wäre auf ihre empfindsamen Fingerspitzen angewiesen, um zu »sehen«. Sie berührte seinen Mund, dann folgte sie mit den Lippen, reizte ihn, eroberte seine Lippen. »Das habe ich auch nicht befürchtet.«

Donnerstag, 8. November

Wie vorhergesagt nahm der Regen nach Mitternacht noch an Heftigkeit zu, und der Wind heulte und stöhnte wie etwas Einsames und Verlorenes.

Maggie hatte nichts dagegen. Ihr von Lampen erhelltes Schlafzimmer war warm und friedlich – zumindest im Augenblick –, und sie entdeckte gerade für sich, wie gut es sich anfühlte, in einem vertrauten, friedvollen Bett neben jemandem zu liegen. Es fühlte sich sehr gut an. Sie wollte daran festhalten, wollte, dass dieser Augenblick ewig währen möge, und das Wissen, dass dies unmöglich war, verlieh ihm eine schmerzliche Süße.

John drehte sich auf die Seite, stemmte sich auf einen Ellenbogen hoch und blickte auf sie hinab. »Du bist sehr still.«

Sie lächelte. »Ich höre dem Regen zu. Ich wünschte, die Nacht könnte ein bisschen länger dauern, als sie dauern wird.«

»Da ist er wieder, dieser Fatalismus«, sagte er, in absichtlich leichtem Tonfall.

»Tut mir Leid. Ein Charakterfehler, fürchte ich. Aber ... der Morgen kommt bestimmt, John.«

»Und danach der nächste Morgen, und der danach. Der Morgen ist nicht das Ende, Maggie.«

»Manchmal schon.«

»Nicht diesmal.« Er ließ sich zurückfallen und umschlang sie mit den Armen, sodass er seine Finger in ihrem langen, dichten Haar vergraben konnte. »Ich habe nicht vor, dich zu verlieren.«

Maggie gehorchte ihrem Körper, als sie auf seinen Kuss reagierte – ihre Arme schlangen sich um seinen Hals, ihr Mund war um nichts weniger drängend als seiner. Es war ziemlich beängstigend, dachte sie verschwommen, dass er eine solche Wirkung auf sie hatte, obwohl sie ihn kaum eine Woche kannte. Andererseits – manchmal lag ein ganzes Leben in einer Woche, und manchmal hatte Wissen nichts mit Zeit zu tun.

Zwischen ihnen war nichts von der linkischen Art, die ein neues Liebespaar normalerweise auszeichnete. Keine Fummelei, keine Unsicherheit. Ohne zu fragen, wusste er, was ihr gefallen würde, ebenso wie sie wusste, was ihm Vergnügen bereiten würde. Sie wusste, dass sie einen Schauder des Begehrens hervorrufen würde, wenn sie mit den Fingerspitzen sein Rückgrat entlangfuhr. Doch da waren auch die noch unvertrauten Empfindungen, ausgelöst von der Berührung dieses unerwartet harten und starken Körpers.

Sie wusste, er war ein schweigsamer, leidenschaftlicher Liebhaber, doch daneben entdeckte sie, dass ihre Stimme, die seinen Namen murmelte, ihn ebenso erregte wie eine körperliche Liebkosung. Und gerade, als sie sicher war, dass er ihr unmöglich noch größere Lust bereiten konnte, tat er genau das.

»Für mich ist klar«, murmelte sie viel später, »dass du nicht deine *gesamte* Zeit mit dem Aufbau deines Geschäftsimperiums verbracht hast.«

John lachte in sich hinein und zog sie enger an sich. »Ein Mann braucht seine Hobbys.«

»Aha. Und du hast dich diesen *Hobbys* natürlich mit der dir eigenen Energie und Hingabe gewidmet.«

»Natürlich.«

»Tja, das war nicht vergeblich.«

»Danke. Du bist aber auch nicht schlecht.« Er zögerte nur einen Augenblick. »Maggie?«

»Sag es nicht, okay?« Sie sprach leise.

Er schwieg einen Moment, dann murmelte er: »Weil du es schon weißt.«

»Weil ich es nicht hören muss. Nicht jetzt. Später ... wenn alles vorbei ist. Sag es mir dann, okay?«

Zur Antwort schlang John einfach seine Arme um Maggie und hielt sie fest. Hellwach lauschte er dem Wind, der draußen heulte.

19

»Ich finde wirklich, ich sollte John und Maggie anrufen«, sagte Andy.

»Nein, lassen Sie sie schlafen.« Quentin sah auf die große Wanduhr. Ruhelos wechselte er die Sitzposition auf der bequemen Couch im Wartezimmer des Krankenhauses. »Es ist gleich drei. Außerdem können sie sowieso nichts tun.«

Andy beobachtete ihn. »Sie kommt wieder in Ordnung. Sie haben den Arzt doch gehört. Ihr Zustand ist stabil genug für die OP, und er rechnet nicht mit Komplikationen.«

»Und warum dauert das dann so lange?« Quentin sah wieder auf die Uhr und runzelte die Stirn. Er sah abgespannt aus, die Sorge in seinen Augen deutlich sichtbar.

»Er hat gesagt, es könnte Stunden dauern, Quentin, das wissen Sie doch.«

»Ja. Ja.«

Jennifer kam in den Warteraum und fragte sogleich: »Irgendwas Neues?«

»Noch nicht«, erwiderte Andy. »Die OP läuft noch. Was ist mit Robson?«

Sie setzte sich neben ihn auf die Couch gegenüber derjenigen, auf der Quentin saß. »Fixiert und sediert. Der wird uns in nächster Zeit nicht weiterhelfen, jedenfalls nicht verbal. Aber bei der Überprüfung seiner Fingerabdrücke haben wir herausgefunden, dass er vor etwa vier Jahren bei einem der Seattler Elektronikunternehmen angestellt war, bei einem großen. Die arbeiten da in drei Schichten, aber den Personalchef musste ich aus dem Bett holen. Er hat mir eine Liste der Angestellten gemacht, die zur selben Zeit bei dem Unternehmen gearbeitet haben. Wir gleichen sie mit Kendras Liste aller Personen ab, die auch nur entfernt mit den Opfern oder den Ermittlungen in Verbindung stehen.«

»Also taucht dieser *Geist*, vor dem er solche Angst hat, vielleicht doch noch auf.«

»Vielleicht.« Sie zuckte mit den Achseln, ihr Blick schweifte zu Quentin. »Konkret hat er gesagt, der Geist hätte dafür gesorgt, dass er gefeuert wurde, und er hat erwähnt, dass er Programmierer war. Und ich glaube, er hat gesehen, wie jemand in dieses Haus ging – jemand, der etwas in einem Sack trug, das sich bewegte. Also war die Spur es vielleicht doch wert, dass wir ihr nachgegangen sind.«

Quentin regte sich und sagte: »Sie war es wert. Hören Sie auf, sich Vorwürfe zu machen.«

»Ich hätte wenigstens prüfen müssen, ob er bewaffnet ist«, erwiderte sie streng. »Wir wussten, dass er paranoid ist, höllisch schreckhaft, und so, wie er den Matchbeutel an sich gedrückt hat, hätte ich ihm den einfach wegnehmen müssen.«

»Sie konnten es nicht wissen.«

Jennifer sah aus, als wollte sie weitere Einwände erheben, doch dann schüttelte sie nur schweigend den Kopf.

Quentin wiederholte: »Sie konnten es nicht wissen. Niemand kann immerzu auf der Hut sein vor dem Unerwarteten. Und Sie waren zu zweit, vergessen Sie das nicht. So wie Sie es uns erzählt haben, war es reiner Zufall, dass er Kendra getroffen hat.«

»Er hat Recht«, meinte Andy.

Sie verzog das Gesicht. »Das macht es nicht einfacher.«

»Ja, das weiß ich.« Andy sah wieder zu Quentin. »Sollten Sie sich nicht bei Ihrem Boss melden? Wir haben versucht, es geheim zu halten, aber Sie wissen so gut wie ich, dass die Medien morgen früh erfahren haben werden, wie während einer Zeugenbefragung auf eine FBI-Agentin geschossen wurde.«

»Ich erstatte Bericht, wenn wir etwas wissen. Wo zum Teufel bleibt dieser Arzt?«

»Er hat gesagt, er spricht gleich nach der OP mit uns«, antwortete Andy geduldig.

»Ach ja. Richtig.«

Ein Schweigen senkte sich herab, das niemand von ihnen brechen mochte, und die Minuten verrannen lautlos im Takt der Uhr. Um kurz nach halb vier kam der Arzt endlich in den Warteraum, erschöpft, aber zufrieden.

»Sie ist noch nicht über den Berg, aber alles sieht gut aus«, erzählte er ihnen. »Wir konnten die Kugel entfernen und den Schaden reparieren. Sie wird ein Weilchen kürzer treten müssen, aber es sollte eigentlich keine Komplikationen geben. Und wir verfügen über einen ausgezeichneten Traumatherapeuten hier im Haus. Der wird ihr später helfen, die Tatsache, dass auf sie geschossen wurde, auch emotional zu verarbeiten.«

»Kann ich sie sehen?«, fragte Quentin.

»Erst wenn sie aus dem Aufwachraum kommt, und das dauert noch Stunden.« Er sah sie alle an und fügte hinzu: »Ich würde Ihnen raten, erst einmal ein bisschen zu schlafen und später wiederzukommen. Glauben Sie mir, hier können Sie nichts tun, und wir rufen Sie an, wenn sich irgendetwas ändert.«

»Danke, Doktor.« Als sie wieder allein waren, sagte Andy widerstrebend: »Wir sollten alle zurück ins Büro. Die Suche nach dem Caddy verengt sich, und die Spur, der Jenn und Kendra nachgegangen sind, könnte sich jetzt jeden Moment auszahlen.«

»Ich weiß.« Quentin rollte die Schultern, als wollte er eine Verspannung lindern, die trotz der guten Neuigkeit nicht verschwinden wollte. »Und mit jeder Stunde, die vergeht, verschlechtern sich unsere Chancen, Tara Jameson zu finden, ehe er sie umbringt. Sie beide fahren zurück zur Wache. Ich will noch einmal mit dem Arzt sprechen, bevor ich in Quantico anrufe und Bericht erstatte.«

»Sind Sie sicher?«

»Ja, machen Sie schon. Ich komme dann in ein paar Minuten nach.«

Als sie fort waren, benötigte er keine fünf Minuten, um den Aufwachraum und Kendra zu finden. Die späte Stunde wie auch seine angeborene Fähigkeit, unbemerkt zu bleiben, halfen ihm, zu ihrem Bett zu gelangen, ohne dass ihn jemand aufhielt.

Entweder war sie noch betäubt, oder sie schlief tief und fest, und er versuchte auch nicht, sie zu wecken. Er stand lediglich da und betrachtete sie lange mit freudlosem Blick, reglos.

»Sir? Sie sollten nicht hier sein.« Die Stimme der Krankenschwester war leise, doch voller Autorität.

Quentin sah sie an, sah, wie sie einen halben Schritt zurückwich, und bemühte sich, die Wildheit, die sie, wie er fürchtete, in seiner Miene gesehen hatte, abzumildern. Er lächelte beruhigend. »Ja, ich weiß. In Ordnung. Ich gehe schon.«

Zögernd meinte die Schwester: »Sie kommt in Ordnung, Sir.«

»Ja. Danke, Schwester.« Er warf einen letzten Blick auf Kendra, dann ging er wortlos aus dem Zimmer.

Er ging direkt zu seinem Mietwagen auf dem Parkplatz in der Nähe der Notaufnahme. Er ließ den Motor an, fuhr jedoch noch nicht los. Lange saß er so da, dann nahm er sein Handy und tippte Bishops wohlvertraute Nummer ein.

Jennifer goss sich noch eine Tasse Kaffee ein. Sie hatte Angst, innezuhalten und sich auszurechnen, wie viele Tassen sie in den vergangenen Tagen zu sich genommen hatte. Es war gerade sechs Uhr morgens an diesem kalten, trüben Donnerstag im November, und sie hatte genügend Koffein intus, um bis Weihnachten wach zu bleiben.

Sie rechnete ohnehin nicht damit, bis dahin zum Schlafen zu kommen.

Scott kam herein, er sah ebenso erschöpft aus wie die anderen, allerdings beträchtlich staubiger. »Wenn ich nie mehr eine Akte sehen muss«, verkündete er, »ist das noch viel zu früh.«

Jennifer verspürte Gewissensbisse. »Ich hätte dir helfen sollen, Scott. Entschuldige.«

»Mach dir keine Sorgen.« Er grinste. »Ich revanchiere mich schon noch.«

»Die Frage ist doch«, schaltete sich Andy ein, »hast du irgendwas Brauchbares gefunden?«

Triumphierend antwortete Scott: »Ich habe endlich herausgefunden, was 1894 passiert ist. Na ja, in gewisser Weise zumindest.«

Quentin, der am Konferenztisch vor Kendras Laptop saß, sah ihn voller Respekt an. »Wie zum Teufel haben Sie das gemacht? Die Datenbanken haben überhaupt nichts ausgespuckt.«

»Geben Sie mal Boston ein«, riet Scott.

»Kendra ist die Expertin für dieses Teil«, versetzte Quentin und starrte finster auf den Laptop. »Aber ich versuch's.«

Andy fragte: »Was hast du rausgefunden, Scott? Und wie?«

Scott runzelte die Stirn. »Das Wie war ziemlich einfach. Ich habe diesen Karton durchsucht, in dem alle möglichen verschiedenen Akten waren. Da drin habe ich den Polizeibericht über das siebte Opfer von 1934 gefunden.« Er schlug die Mappe auf, die er bei sich trug, und zog ein Foto einer jungen Frau mit dunklen, lockigen Haaren und eindrucksvollen dunklen Augen heraus. Ein kurzer Blickwechsel genügte, um zu bestätigen, dass sie ihnen allen völlig unbekannt war.

Andy seufzte. »Warum habe ich bloß gehofft, wenigstens einer von uns würde das Gesicht des nächsten potenziellen Opfers erkennen und wir könnten irgendwas tun, bevor er sie sich schnappt?«

334

»Wunschdenken«, meinte Jennifer. »Es war halt ziemlich un-
wahrscheinlich, Andy, das weißt du doch.«

»Ja.« Er beobachtete, wie Scott das Foto an der Pinnwand
an die entsprechende Stelle in der Reihe der Opfer von 1934
heftete, dann fragte er: »Aber sie wurde hier umgebracht,
stimmt's, in Seattle? Und wie hast du dann etwas über Boston und 1894 rausgefunden?«

»Einer der in den 1934er-Fällen ermittelnden Polizisten
hat eine Notiz zu den Akten getan, offenbar mehr aus Frust
als aus irgendeinem anderen Grund. Er schreibt, er hätte alles versucht, was ihm eingefallen sei, um das Schwein zu finden, das die jungen Frauen von Seattle umbringt. Er hätte sogar sämtliche Angehörigen der Opfer überprüft, obwohl
keiner ein Motiv gehabt hätte – weil nämlich sein Vater, der
auch Cop gewesen war, ihm von ein paar Morden vierzig
Jahre vorher in Boston erzählt hatte. Diese Bostoner Morde
sahen denen hier geradezu unheimlich ähnlich, zumindest im
Hinblick auf das, was den Opfern angetan worden war.«

Quentin sah ihn stirnrunzelnd an. »Und warum hat der
Cop sich dann auf die Angehörigen kapriziert?«

»Weil der Bostoner Mörder offenbar der Bruder zumindest
eines Opfers gewesen war.« Scott zuckte mit den Achseln.
»Er geht da nicht weiter ins Detail, er schreibt nur, es hätte
da auch Unterschiede gegeben, aber er war verzweifelt, er
war willens, alles zu versuchen, also hat er die Angehörigen
überprüft.«

»Und?«

»Tja, nichts mehr in dieser Akte. Da sind noch mehr, die
ich durchsehen muss, und wir wissen noch nichts über das
achte Opfer. Vielleicht steht in der Akte mehr – vorausgesetzt, wir finden sie.«

Quentin betrachtete den summenden Laptop. »Das Ding
hier wird ein Weilchen brauchen, bis es die Datenbanken mit
den historischen Fällen noch mal durchsucht hat, auch wenn
wir jetzt eine Stadt und ein Datum haben.«

»Ich suche dann weiter nach der Akte über das achte Opfer«, sagte Scott. »Vielleicht finden wir da auch noch was Brauchbares.«

»Geh erst mal duschen und frühstücken«, schlug Andy vor. »Und vielleicht schläfst du auch mal ein paar Stunden, mindestens.«

»Mach ich, wenn du das auch machst«, versetzte Scott trocken und verließ den Konferenzraum, ehe Andy antworten konnte.

Seufzend sagte Jennifer: »Wir zehren alle nur noch von Koffein, Adrenalin und unseren Nerven. Bald ist keiner von uns mehr zu gebrauchen.« Sie stand auf. »Ich sehe mal nach, ob wir schon was Brauchbares über dieses Unternehmen haben, für das Robson gearbeitet hat.«

Als sie ging, klingelte Andys Telefon. Er nahm das Gespräch mit hoffnungsvoller Miene an, blickte jedoch rasch grimmig drein. Nach einer Weile sagte er: »Okay, ja, sagen Sie ihnen, wir sind unterwegs.« Er hielt den Hörer in beiden Händen und fluchte kaum hörbar.

Quentin hob fragend eine Augenbraue. »Sie haben Tara Jameson gefunden?«

»Nein.« Andy zögerte, dann sagte er: »Aber sie haben jemand gefunden, Quentin. Zumindest klingt es nach …«

»Joey«, ergänzte Quentin rundheraus.

»Ja. Ich fürchte schon.«

Auf der Fahrt mit Andy ins Hafenviertel sagte Quentin kein Wort. Nach einem Blick auf sein Gesicht versuchte Andy auch gar nicht, ein Gespräch zu beginnen. Ihm schoss durch den Kopf, dass der scheinbar unbeschwerte, humorvolle Mann neben ihm ein sehr, sehr gefährlicher Gegner wäre. Er war froh, dass sie beide auf der gleichen Seite standen. Das dachte er nicht zum ersten Mal.

Also schwieg er, bis er den Wagen in der Nähe einer Ansammlung von Polizeiwagen nicht allzu weit von dort entfernt abstellte, wo die Interstate 90 von Mercer Island aus kommend den Lake Washington überquert. Die Gegend ist ziemlich dicht bevölkert, daher war es nicht besonders überraschend, dass ein Jogger die Leiche so früh am Morgen entdeckt hatte.

Andy sagte: »Wegen der Gezeiten kann man nicht sagen, wo die Leiche ins Wasser geworfen wurde. Vermutlich am südlichen Ufer des Lake Washington, aber damit kommt ein ziemlich großes Gebiet infrage.«

Quentin nickte, sagte jedoch nichts, während sie auf den abgesperrten Bereich am Wasser zugingen.

Andy blieb stehen, um mit dem leitenden Detective zu sprechen, doch Quentin ging weiter, bis er auf die Leiche hinabsehen konnte, die halb im Wasser, halb an Land auf den Felsen lag. Mit dem Gesicht nach oben.

Die Todesursache war offensichtlich. In der Mitte der Brust befand sich ein Einschussloch, zwischen den Augen ein weiteres. Quentin musste nicht auf den Bericht des Gerichtsmediziners warten, um zu wissen, dass der erste Schuss in die Brust gegangen war – und Joey nicht hatte aufhalten können. Quentin hatte nicht viele Menschen kennen gelernt, die einer solchen, eigentlich tödlichen Wunde standhalten konnten, doch er zweifelte nicht daran, dass sie Joey nicht hatte aufhalten können. Dazu hatte es einer zweiten Kugel bedurft.

»Ach, Joey«, murmelte er.

Andy gesellte sich zu ihm. »Er hatte Ihre Visitenkarte dabei, deshalb haben sie mich angerufen.« Er zuckte mit den Achseln, als Quentin ihn fragend ansah. »Es hat sich eben herumgesprochen, dass das FBI uns bei den Ermittlungen in den Vergewaltigungsfällen hilft, deshalb wussten sie, wen sie anrufen mussten.«

»Wie lange ist er schon tot?«, fragte Quentin in sachlichem Tonfall.

»Die vorläufige Schätzung lautet acht bis zehn Stunden, plus minus zwei. Irgendwann gestern Nacht.«

Quentin wandte seinen Blick dem See vor ihnen zu und

runzelte die Stirn. »Also hat er nicht lange gebraucht, um zu finden, was immer er gefunden hat. Vielleicht stand er nahe am Wasser, als man ihn erschossen hat, vielleicht auch nicht.«

»Ja. Das schränkt die Möglichkeiten nicht gerade ein.«

»Es sei denn, wir finden den alten schwarzen Caddy irgendwo in Wassernähe.«

»Glauben Sie, er hat ihn gefunden?«

»Sie nicht?«

Andy verzog das Gesicht. »Ich glaube, das wäre zu viel Zufall, wenn man davon ausginge, dass ihn ein Unbeteiligter umbringt, kurz nachdem er angefangen hat, nach dem Caddy zu suchen.«

»Eben.« Quentins Mund war ein dünner, grimmiger Strich. »Also lassen Sie uns dieses gottverdammte Auto finden!«

Offensichtlich immer noch unter der Wirkung des Koffeins stehend, traf Jennifer sie im Konferenzraum wieder und verkündete: »Maggie hat gerade angerufen. Sie und John sind auf dem Weg hierher. Und der Computer hat die Informationen über dieses Elektronikunternehmen gesichtet, aber bisher nichts. Kein Name passt zu einem von denen auf unserer Liste der Angehörigen, Freunde und Bekannten der Opfer. Jetzt gehe ich die Liste selbst durch. Ich traue diesen verdammten Maschinen nicht.«

In diesem Augenblick piepste die verdammte Maschine auf dem Konferenztisch. Quentin ging hin und betrachtete den Bildschirm. »Okay, wir haben ein paar ganz kurze Artikel aus einer Bostoner Zeitung von 1894. Ein Mann namens Graham wird verdächtigt, seine gesamte Familie ermordet zu haben.« Er sah hoch. »Sieben Schwestern. Und seine eigene Frau.«

»Sind da vielleicht noch mehr Einzelheiten?«, wollte Andy wissen.

Quentin nickte und sah wieder auf den Bildschirm. »Ein paar. Das war damals eine ziemlich große Story, besonders, weil niemand eine Ahnung hatte, warum er es getan hatte, und weil er bereits verschwunden war, als man die Leichen fand. Damals war es nichts Ungewöhnliches, dass viele Geschwister noch als Erwachsene in der Familienwohnung wohnten, besonders, wenn sie unverheiratet waren. Grahams Schwestern waren alle unter fünfundzwanzig. Offenbar war keine von ihnen verheiratet, und sie gingen auch keiner Arbeit nach. Er hat für ihren Unterhalt gesorgt. Die Eltern waren übrigens ... erst im Jahr zuvor gestorben, offenbar während einer Grippeepidemie.

Man ging damals davon aus, dass die Morde über einen Zeitraum von mindestens drei Tagen hinweg verübt wurden. Dass er sie vermutlich alle irgendwie gefesselt und geknebelt hatte und sich dann Zeit ließ mit dem Töten, wobei er mit ... mit seiner Zwillingsschwester begonnen haben soll. Sie glaubten, seine Frau sei die Letzte gewesen. Wie es scheint, hatte er sie gleich zu Anfang an ihr Bett gefesselt und sie da gelassen, während er die anderen umbrachte. Kann sein, dass sie mitbekommen hat, was da passierte, kann auch nicht sein.«

»Mein Gott«, murmelte Andy.

»Tja. Leider keine Beschreibungen der Opfer und auch nur sehr wenige Einzelheiten dazu, was er tatsächlich mit ihnen gemacht hat – aber als man sie fand, hatten sie alle die Augen verbunden, entweder mit Teilen ihrer eigenen Kleidung oder zerrissenen Laken, Handtüchern, irgendwas in der Art.«

Jennifer atmete tief durch. »Also hat er seine eigene Familie umgebracht – nicht so wie diesmal, wo die Opfer untereinander nicht verwandt sind. Aber er wollte nicht, dass sie ihn sehen oder beobachten – und das ist eindeutig wie bei unserem Mann und offenbar auch bei dem Mörder von 1934.«

Quentin setzte sich an den Tisch, rieb sich kurz mit beiden Händen das Gesicht und sagte: »Angehörige. Vielleicht war der Cop von 1934 da auf etwas gestoßen.«

Andy wandte ein: »Aber wie Jenn gesagt hat, unsere Opfer sind nicht verwandt.«

»Nicht untereinander, ja. Aber vielleicht war ja wenigstens eine mit ihrem Mörder verwandt.«

»Alle Angehörigen haben Alibis für zumindest einen Zeitraum, von dem wir *wissen*, dass der Kerl sich da gerade eine weitere Frau geschnappt hat oder dabei war, eine zu quälen«, wandte Jennifer ein. »Jeder Einzelne. Das haben wir drei Mal überprüft.«

»Was entgeht uns hier?«, murmelte Quentin. »Da ist etwas … ein Anhaltspunkt oder eine Frage, wodurch all das hier einen Sinn ergeben würde.«

Andy sah Jennifer an. »Die Liste der Angestellten des Elektronikunternehmens ist zwar überprüft worden, aber der Computer hat natürlich nur nach Verbindungen zu Angehörigen, Freunden oder Bekannten der Opfer gesucht, stimmt's?«

»Ja.«

»Was ist mit den Opfern selbst? Waren ihre Namen auch dabei?«

»Klar. Der Computer hat gesagt, es gibt keine Verbindung.«

Er seufzte. »Scheiße.«

Quentin rieb sich nochmals das Gesicht und sagte: »Sie haben gesagt, Sie wollen die Liste selbst durchsehen, Jenn, und ich sage, gute Idee. Vielleicht entdecken Sie etwas, das der mathematischen Logik eines Computers entgeht.«

»Eben.« Sie machte sich unverzüglich ans Werk.

»Andy, haben wir eine Kopie von dieser Liste der Kfz-Behörde mit den schwarzen Caddys in der Gegend?«

»Ja – da liegt sie.«

»Mal sehen, ob uns einer der Namen anspringt.«

340

»So viel Glück kann man gar nicht haben«, meinte Andy, doch er reichte trotzdem die Hälfte der Liste an Quentin weiter.

Sie waren alle erschöpft, zu erschöpft für das, was sie gerade taten. Nicht dass sie das aufgehalten hätte, natürlich nicht. Aber die Erschöpfung ließ Andy infrage stellen, was er beinahe eine halbe Stunde später zu sehen glaubte. »Gestohlen gemeldet«, murmelte er.

Quentin sah ihn über den Tisch hinweg an. »Was?«

»Vor zwei Jahren wurde ein schwarzer Caddy als gestohlen gemeldet. Wurde nie gefunden.«

»Vermutlich nicht sehr ungewöhnlich«, bemerkte Quentin.

»Nein. Der Teil nicht. Aber wer ihn als gestohlen gemeldet hat. Wem er gehört hatte.«

»Wem?«

Ehe Andy antworten konnte, sagte Jennifer: »Hey. *Hey.* Wisst ihr, wer für dasselbe Elektronikunternehmen gearbeitet hat wie David Robson? Wer sogar sein Boss war in der Abteilung Software-Entwicklung?«

Langsam sagte Andy: »Simon Walsh.«

Sie starrte ihn an. »Woher weißt du das?«

»Geraten. Er hat den alten schwarzen Caddy seines Vaters vor etwas mehr als zwei Jahren als vermisst und vermutlich gestohlen gemeldet. Ich liebe schöne Zufälle, aber das kann keiner sein.«

»Christinas Ehemann«, sagte Jennifer. »Christinas Ehemann war David Robsons Boss *und* hat dafür gesorgt, dass er gefeuert wurde, genau wie Robson gesagt hat. Und er hatte mal einen schwarzen Cadillac?«

»Ja.«

»Aber er ist tot.«

»Den Aufzeichnungen nach schon.« Andy sah Quentin an. »Das erklärt, warum der Computer nichts gefunden hat. Wir hatten seinen Namen nicht mal auf unseren Listen, weil

Christina Witwe war – vielmehr angeblich war. Es war ein Segelunfall, oder? Bei dem er angeblich ums Leben kam?«

»Ja. Weil ich Christina und John kannte, bin ich sogar zu dem Gedenkgottesdienst für ihn gegangen.«

Quentin schüttelte den Kopf.

»Er ist für sein Leben gern gesegelt, oft ist er sogar bei schlechtem Wetter allein raus. Diesmal gewann der Sturm. Und in gewisser Weise gab es sogar einen Zeugen. Jemand in einem anderen Boot war so nah dran, dass er sehen konnte, wie Walsh mit der Ausrüstung kämpfte, wie der Baum herumschwang und ihn traf, sodass er über Bord ging. Der andere hat die Stelle genau bestimmt, es gab eine ziemlich große Suchaktion, und sein Boot haben sie auch größtenteils intakt aufgebracht – aber ihn hat man nicht gefunden. Ich erinnere mich noch, dass John erfahrene Seeleute und Rettungsleute angeheuert hat, um nach ihm zu suchen, nachdem die offizielle Suche eingestellt worden war, aber die hatten nicht mehr Glück als die Küstenwache.«

Jennifer tastete nach einem Zimtzahnstocher und sehnte sich nach einer Zigarette.

»Aber Andy – sie war doch seine *Frau*. Willst du sagen, er hat das seiner eigenen Frau angetan? Die Vergewaltigung? Die Säure?«

Sanft, aber mit unüberhörbarem Abscheu in der Stimme sagte Quentin: »Gelöbnisse bedeuten einem Soziopathen nichts, Jenn. Sie haben doch gesehen, was er macht, wie können Sie glauben, dass er davor zurückschrecken würde, eine treue, liebende Ehefrau brutal zu foltern?«

Andy warf ein: »Und war Walsh nicht so was wie ein Computergenie?«

Quentin nickte.

»Elektronische Sicherheitssysteme wären ein Kinderspiel für ihn gewesen.«

Jennifer hatte immer noch Einwände. »Wenn ihr Recht habt, war Christina sein zweites Opfer. Warum hätte er sie

342

erst heiraten und dann ein paar Jahre später seinen eigenen Tod inszenieren sollen? Und Laura Hughes hat er erst eineinhalb Jahre später überfallen.«

Quentin meinte: »Womöglich fühlte er sich zu Christina hingezogen, ohne genau zu wissen, warum, und hat geglaubt, er liebt sie. Soziopathen fühlen nicht wie wir, aber sie täuschen oft Gefühle und ein normales Leben vor. Mag sein, dass er wirklich vorhatte, dieses normale Leben zu leben, als er sie heiratete. Und dann hat er sich eingeengt gefühlt oder das Spiel auf einmal satt gehabt. Seinen Tod vorzutäuschen war eine hübsch dramatische Methode, sich aller Bindungen zu entledigen. So hat er seine Freiheit zurückbekommen, ohne sich irgendwelchen chaotischen, gefühlsbeladenen Auseinandersetzungen stellen zu müssen.

Dann sieht er eines Tages Laura Hughes«, fuhr Quentin fort, »und irgendetwas in ihrem Gesicht löst die Psychose aus. Wir können mit großer Wahrscheinlichkeit davon ausgehen, dass es das Aussehen der Frauen ist, nach dem er sie auswählt, auch wenn wir nicht genau wissen, was genau an ihrem Aussehen. Er sieht Laura – und holt sie sich. Sobald er sie überfällt, sobald er anfängt, seine Bedürfnisse, sein Verlangen zu erkunden und zu befriedigen, schwinden sämtliche Hemmungen dahin, die er vielleicht gehabt hat. Jetzt weiß er nicht nur, wie es sich anfühlt, sondern versteht möglicherweise auch, was ihn an Christina anzieht, warum ihr Gesicht ihn angezogen hatte. Und deshalb wird sie sein nächstes Opfer.«

Das klang alles erschreckend logisch, selbst in Jennifers Ohren. Sie erhob keine Einwände mehr.

Andy atmete tief durch. »Okay, wir müssen jetzt nach einem toten Mann suchen. Und wir müssen noch etwas tun.«

»Ja«, sagte Quentin. »Wir müssen es John sagen.«

Hollis schob die Sonnenbrille auf ihrer Nase zurecht. Sie fühlte sich ungewohnt locker an. Lockerer als die Verbände.

»Wir lassen das Licht hier drin aus, Hollis«, sagte der Arzt. Seine Stimme klang zugleich beruhigend als auch enttäuscht. »Wir wollen Sie nicht noch mehr strapazieren. Vielleicht braucht es nur ein bisschen Zeit, mehr nicht. Die Muskeln arbeiten richtig, die Pupillen auch. Der Sehnerv sieht gut aus. Die Augen selbst sind vom Aussehen her ziemlich blutunterlaufen, aber das ist völlig normal.«

Hollis dachte, es mache ihm mehr aus als ihr. »Es ist schon in Ordnung, Doktor. Wir wussten beide, wie die Chancen standen.«

»Bitte geben Sie die Hoffnung nicht auf, Hollis. Bei Augenoperationen gibt es nun einmal häufig eine Anpassungsphase, wenn der Verband ab ist. Geben Sie ihnen ein bisschen Zeit, okay?«

»Ich habe keine dringenden Verabredungen«, sagte sie leichthin.

Er seufzte. »Ich komme in ein paar Stunden wieder, dann untersuchen wir Sie noch mal.«

»Klar.«

Als sie wieder allein war, wandte Hollis ihr Gesicht dem Fenster zu. Auf die stürmische Nacht war den Schwestern zufolge ein trister Tag gefolgt. Nass, trübe, kalt. Insofern verpasste sie nicht viel, zumindest was den Blick aus dem Fenster betraf.

Aber sie hätte es gern gesehen.

Sie hätte es wirklich gern gesehen.

Hollis?

»Hallo, Annie. Warst du in der Nähe, als der Arzt hier war? Ich bin immer noch blind, weißt du.« Ihre Stimme klang genauso wie im Gespräch mit dem Arzt: ruhig und gelassen, beinahe zu ruhig.

Hollis, hör mir zu. Hörst du mir zu?

»Klar. Natürlich höre ich dir zu.«

Du musst sehen.

»Ich kann nicht.«

344

*Doch, du kannst. Das sind jetzt deine Augen, Hollis. Sie ge-
hören dir. Sie waren ein Geschenk, damit du wieder sehen
kannst. Du musst sehen.*

»Aber ich kann nicht. Da ist nur Dunkelheit. Mehr sehe
ich nicht.«

Möchtest du Maggie helfen?

Hollis saß ganz still, ihre Hände krampften sich um die
Armlehnen. »Du weißt, dass ich das will.«

Dann musst du sehen, Hollis.

»Aber ...«

Du musst sehen.

20

Wortlos hörte John sich ihre Erläuterungen an. Doch in seinem Gesicht änderte sich etwas, und Maggie, die ihn beobachtete, spürte seinen Schmerz.

»Es tut mir Leid, John«, sagte Quentin. »Wir könnten uns auch irren.«

Mit einem schiefen Lächeln erwiderte John: »Das hoffe ich. Aber irgendwie … kommt es mir vor, als ob das einen Sinn ergibt. Es würde so vieles erklären, nicht wahr? Wie er in hoch gesicherte Häuser hineinkommt, zum Beispiel. Eine Kleinigkeit für dieses Computergenie.«

Widerstrebend warf Maggie ein: »John, es könnte auch Christinas Tod erklären.«

Er sah sie an, und sie spürte eine neue Welle des Schmerzes. Rasch und kompromisslos schob er ihn beiseite. »Ja, könnte sein. Von allen seinen Opfern war bei Christina die Chance, dass sie ihn identifiziert, am größten – wenn sie nur genug Zeit gehabt hätte. Das muss er gewusst haben. Als sie den Überfall überlebte, ist ihm wohl klar geworden, dass er sie nicht am Leben lassen kann. Zumal falls er in ihre Wohnung eingedrungen war und gesehen hatte, was sie alles unternahm, um ihren Vergewaltiger zu finden. Das war vielleicht auch der Grund, weshalb er sich nicht die Mühe gemacht hat, Hollis Templeton und Ellen Randall noch mal zu überfallen, als die seinen ersten Überfall überlebt hatten. Er glaubt wohl, sie könnten ihn nicht identifizieren, deshalb hält er sie nicht für eine Bedrohung.«

Maggie dachte, wenn sie beide dies hier überlebten, müsste sie etwas wegen dieser seiner Neigung, Schmerz zu verdrängen, unternehmen. Doch im Augenblick konnte sie nur sa-

346

gen: »Wenn ich in der Lage gewesen wäre, die Wohnung zu begehen, hätte ich das alles sehen können.«

»Es hätte dich umgebracht«, sagte er rundheraus.

Andy, der bisher sehr schweigsam gewesen war, meinte: »John, ich schwöre Ihnen, ich habe wirklich geglaubt, dass Christina Selbstmord begangen hat.«

»Das weiß ich. Sie müssen sich für nichts entschuldigen.«

»Und warum fühle ich mich dann so beschissen deswegen?«

»Machen Sie sich nichts draus. Jetzt müssen wir rausfinden, wo Simon sein könnte.«

Quentin sagte: »Damit haben wir schon angefangen. Da er vor seinem angeblichen Tod Zugang zu einem erklecklichen Sümmchen Geldes hatte, können wir wohl davon ausgehen, dass er alles sorgfältig geplant hat. Ich glaube, wir werden Beweise dafür finden, dass er einige Vermögenswerte und Anlagen flüssig gemacht und wahrscheinlich Grundstücke verkauft hat, bevor er mit diesem Boot in den Tod gesegelt ist.«

John runzelte die Stirn. »Wenn ich so darüber nachdenke – ich war schon ein bisschen überrascht, dass so wenig Geld da war. Völlig ausreichend, dass Christina bequem davon hätte leben können, aber dafür, was er mit dieser innovativen Software verdient hat, hätte ich mehr erwartet.«

»Da war auch mehr«, verkündete Jennifer, die soeben wieder den Konferenzraum betrat. »Während ein paar von den Jungs nach Grundstücken gesucht haben, die er vielleicht verkauft hat, habe ich mich an einen anderen Computer gesetzt und habe seine Finanzen in den Monaten vor seinem angeblichen Tod überprüft. Quentin hatte Recht – Simon Walsh hat eine Menge Geld bewegt. Die einzelnen Beträge waren nicht so groß, dass sie aufgefallen wären, aber zusammengenommen wird ziemlich deutlich, dass er eine ansehnliche Portion seines Reinvermögens irgendwohin verschoben hat – wohin, konnte ich noch nicht herausfinden.«

»Er hat es unter einem anderen Namen angelegt«, meinte Quentin. »Er hat sämtliche Grundlagen für sein Verschwinden lange vorher geschaffen.«

Andy meinte: »Mir ist immer noch nicht klar, warum er sich solche Mühe gibt, sein Gesicht zu verbergen, wenn er seine Opfer doch blendet. Ich meine, ich verstehe, warum er sich bei Christina besonders viel Mühe gegeben hat, aber bei den anderen? Keine von ihnen kannte ihn, oder?«

Quentin antwortete: »Ich glaube, er blendet sie aus demselben Grund, aus dem er eine Maske und eine Perücke trägt. Er will nicht, dass sie ihn sehen, aber darüber hinaus will er auch nicht, dass sie merken, wer er ist. Und er ist überzeugt davon, dass sie es wissen würden, wenn sie ihn sehen könnten, sein Gesicht berühren könnten, auch nur einen Hauch seines Körpergeruches wahrnehmen könnten. Weil er ihre Gesichter irgendwie wiedererkennt oder glaubt, sie zu erkennen. Und weil er glaubt, dass er sie kennt, glaubt er, sie würden ihn auch erkennen.«

»Das klingt logisch, finde ich«, sagte Andy. »Allerdings ist das eine ziemlich kranke Logik.«

»Also, wie wollen wir ihn finden?«, wollte Jennifer wissen.

Maggie hörte nur mit halbem Ohr zu, ohne etwas dazu zu sagen, während die anderen verschiedene Möglichkeiten diskutierten, wie man Simon Walshs geheime Folterkammer finden könnte. Was müsste man tun, fragte sie sich, um einen gefährdeten Verstand noch weiter in den Wahnsinn zu treiben? Um ihn vielleicht sogar … ein für allemal zu zerstören? Könnte man das Böse zerstören, indem man den Verstand, der es beherbergte, so zersplitterte, dass nicht einmal sein Wille ihn noch zusammenhalten könnte?

»Maggie?«

Sie blinzelte John an. »Hm?«

Er beugte sich zu ihr und legte ihr eine warme Hand auf den Oberschenkel. »Geht's dir gut?«

»Ja.« Sie brachte ein Lächeln zustande. »Ich habe mich bloß gefragt … warum ich das alles nicht gesehen habe. Ihn nicht gesehen habe. Christina hatte natürlich Fotos von ihm. Sie hat sie mir gezeigt.«

»Du konntest ihn nicht sehen, weil keines der Opfer ihn gesehen hatte. Dafür hat er ja gesorgt.«

»Ich weiß. Trotzdem.«

Sanft drückte er ihren Schenkel, dann lehnte er sich zurück und fing quer über den Tisch Quentins Blick auf. »Glaubst du, wir finden ihn, indem wir herausfinden, welche Grundstücke er verkauft hatte, bevor er seinen Tod inszeniert hat?«

»Ich glaube, damit haben wir eine reelle Chance. Für das, was er tut, braucht er Abgeschiedenheit und Ungestörtheit. Und er muss sich dort sicher fühlen, er muss sicher sein können, dass ihn da niemand findet.«

Andy meinte: »Wisst ihr, vielleicht hält er Tara Jameson immer noch da fest. Wir haben ihre Leiche noch nicht gefunden, und er hatte bisher gerade mal achtundvierzig Stunden. Außerdem können wir davon ausgehen, dass er unterbrochen worden ist, wenn Quentins Informant ihn tatsächlich gefunden hat oder ihm nahe genug gekommen ist, um seine Aufmerksamkeit zu erregen. Also ist er vielleicht noch nicht … fertig mit ihr.«

Maggie, der das Gemälde wieder einfiel, meinte: »Ich glaube nicht, dass sie noch lebt … aber möglich wäre es schon.«

»Und das heißt«, meinte Quentin, »er hat vielleicht eine Geisel. Falls wir also darauf kommen, wo er sich verkrochen haben könnte, müssen wir uns verdammt vorsichtig heranpirschen.«

Andy verzog das Gesicht. »Ja. Bloß keine Scheiß-Spezialeinheit. Wenn wir da reinplatzen und die Frau deshalb stirbt …«

Er musste den Satz nicht beenden, weil sie das alle an seiner Stelle hätten tun können.

Eine halbe Stunde später hatten sie den Ausdruck einer Liste mit Grundstücken, die Simon Walsh in den Monaten vor seinem Tod verkauft hatte. Es war eine lange Liste.

»Bis jetzt«, meinte John, »sieht es nach verschiedenen Käufern aus. Aber mindestens ein Dutzend Grundstücke wurden offenbar an Holdinggesellschaften verkauft. Es kann ein Weilchen dauern, bis wir herausfinden, wem die in Wirklichkeit gehören.«

»Von uns allen bist du derjenige, der mit größter Wahrscheinlichkeit etwas über Unternehmen herausfinden kann, ohne Zeit zu verlieren«, bemerkte Quentin.

»Wenn ich ein paar Anrufe tätigen darf«, erwiderte John. »Ich habe immer noch viele Kontakte hier in Seattle.« Er trug seine Kopie der Liste zu den Telefonen am anderen Ende des Raumes.

»Ich hole einen Stadtplan«, sagte Jennifer. »Da können wir die alle eintragen.«

Maggie las die Liste durch in der Erwartung, ihr werde irgendetwas auffallen. Dennoch war sie überrascht, als das tatsächlich geschah.

Sie kannte diese Stadt, kannte sie gut. Dennoch wusste sie nicht genau, warum die Anschrift eines bestimmten Lagerhauses im Hafenviertel ihr so ins Auge sprang. Warum? Es war eines von einem halben Dutzend Lagerhäuser auf der Liste, von denen mindestens drei ziemlich abgelegen oder abgeschieden lagen. Warum also fühlte sich dieses eine so … richtig an?

Weil man Quentins Freund Joey dort im Wasser gefunden hatte?

Oder … wegen des Geräusches?

… Ich weiß, dass ich noch ein Geräusch gehört habe, etwas, das mich irgendwie gestört hat. Weil ich es wiedererkannt habe oder dachte, ich müsste es wiedererkennen …

Hollis hatte das gesagt. Und Ellen hatte auch so etwas gesagt. Sogar Christina hatte davon gesprochen, dass sie etwas gehört hätte, etwas, an das sie sich nicht erinnern konnte. Was hatten sie gehört?

Maggie hatte die Augen halb geschlossen, konzentrierte sich, versuchte, dieses schwache, mit halbem Ohr gehörte, halb erkannte Geräusch aus dem Mischmasch der Eindrücke, Geräusche und Gerüche herauszuhören, die nach all den Gesprächen mit den Opfern in ihrem eigenen Unterbewusstsein gespeichert waren.

Wasser.

Wasser, das gegen Pfähle schwappte.

Maggie blickte sich im Raum um. John telefonierte und machte sich auf einem Block Notizen. Jennifer, Andy und Quentin waren über einen Stadtplan gebeugt und markierten darauf sorgfältig die Adressen auf der Liste.

Maggie sah auf die Liste, dann legte sie sie auf ihren Skizzenblock. Nur eine der Adressen am Ufer lag so, dass die Abgeschiedenheit und Ungestörtheit, die er benötigte, gewährleistet waren. Sie sollte den anderen Bescheid geben. Sie wusste das. Es gab wirklich keine Entschuldigung dafür, dass sie es ihnen nicht sagte.

Ihr Auto stand hier an der Polizeiwache. John hatte sie an diesem Morgen zurück zu jenem Haus gefahren, damit sie es holen konnte. Sie waren beide überrascht gewesen, als sie feststellten, dass das Auto nicht nur unversehrt, sondern auch unberührt war und der Skizzenblock noch drinnen lag. Sie hatte es hierher gefahren, wo es vermutlich sicher war.

Sie stand auf. Sie wusste bereits, dass die Kaffeekanne leer war, nahm sie achselzuckend und verließ damit den Konferenzraum, vorgeblich, um Wasser für Kaffee zu holen.

Auf dem Weg hinaus stellte sie die Kanne auf jemandes Aktenschrank ab.

»Tja«, meinte Jennifer und blickte auf den Stadtplan, der nun mit zahlreichen roten Fähnchen gespickt war, »wenn wir all die Orte ausschließen, die nicht abgelegen oder abgeschieden genug sind für seine ... Bedürfnisse ..., dann bleiben sechs Kandidaten übrig. Allesamt Lagerhäuser oder etwas in der Art.«

John gesellte sich zu ihnen und sagte: »Nur drei der Anschriften auf dieser Liste sind nicht mehr in Gebrauch, zumindest meinen Informanten zufolge.« Er beugte sich über den Stadtplan und zeigte sie den anderen. »Hier. Diese drei. Angeblich stehen sie entweder leer oder beherbergen irgendwelche lange vergessenen Ausrüstungsgegenstände oder Maschinen.«

Quentin betrachte den Stadtplan stirnrunzelnd. »Zwei Lagerhäuser und ein Depot. Aber nur die beiden Lagerhäuser liegen abgeschieden genug für seine Bedürfnisse, schätze ich, und sie liegen mehrere Meilen auseinander.«

»Welches überprüfen wir also zuerst?«, fragte Jennifer.

Ehe jemand einen Vorschlag machen konnte, fragte Scott mit gepresster Stimme von der Tür her: »Wo ist Maggie?«

John sah sich rasch im Raum um und merkte erst jetzt, dass sie schon viel zu lange fort war. »Sie ist ...« Irgendetwas in Scotts Miene führte dazu, dass es ihn eiskalt vor Angst durchfuhr. Mit bemüht fester Stimme sprach er weiter. »Sie ist Wasser für Kaffee holen gegangen, glaube ich. Warum?«

»Ich habe die Akte über das letzte Opfer von 1934 gefunden.«

Quentin sah ihn stirnrunzelnd an. »Und?«

Scott schlug die Mappe auf, die er bei sich hatte, und hielt schweigend das Foto einer Frau hoch, die alle sofort erkannten. Ohne jeden Zweifel.

Die letzte 1934 ermordete Frau hätte Maggies Zwillingsschwester sein können.

»O mein Gott«, hauchte John. Und er wusste, ohne nach ihr gesucht zu haben, dass Maggie nicht mehr im Haus war, dass sie wusste oder ahnte, wo Simon sein würde, und hinausgeschlüpft war, um ihn zu stellen.

Verantwortung. Buße.

352

»Sie ist zu ihm«, erklärte er den anderen, und seine Stimme war heiser vor Angst um sie.

»Allein?« Andy starrte ihn an. »In Gottes Namen, warum?«

John schüttelte den Kopf. Er war jetzt nicht in der Lage, irgendetwas zu erklären. »Vertraut mir einfach. Sie ist da hin.«

Quentin vergeudete keine Zeit mit weiteren Fragen, sondern sagte nur: »Sie hat keinen großen Vorsprung, aber wenn wir sie noch rechtzeitig einholen wollen, müssen wir uns aufteilen, damit wir beide Lagerhäuser zugleich überprüfen können.«

»Keine Spezialeinheit«, sagte John sofort und wiederholte damit Andys frühere Aussage. »Wenn da ein Haufen Cops auftaucht und sie da drin ist, könnte er ...« Er konnte diesen Gedanken nicht zu Ende denken.

Quentin sagte: »Ganz meine Meinung.«

Andy stöhnte. »Scheiße.«

»Haben *Sie* noch jemanden, dem sie zutrauen, sich da mit Maggie in die Schusslinie zu stellen?«, fragte ihn Quentin.

»Nein. Verdammt.«

»Dann eben nur wir. John, bist du bewaffnet?«

»In meinem Wagen.«

Andy blickte ihn finster an. »John, was soll das!«

John schlüpfte in seine Jacke. »Keine Sorge, Andy, ich habe einen Waffenschein. Und ich bin ein guter Schütze.«

»Hören Sie. Wenn Sie den Mann erschießen, der Ihre Schwester umgebracht hat, dann wird es dafür zwar viel Verständnis geben, aber ...«

»Wenn ich ihn erschieße, dann nur, weil ich absolut keine andere Wahl habe. Nicht aus Rache. Vertrauen Sie mir.« Er sah Andy fest in die Augen.

»Scheiße. Okay, Jenn und Scott, ihr kommt mit mir.« Er blickte auf den Stadtplan, auf die beiden verbleibenden Fähnchen. »Sollen wir eine Münze werfen?«

353

Quentin warf nur einen kurzen Blick auf den Stadtplan. »John und ich nehmen das Lagerhaus am Wasser.«

Andy sah ihn an. »Wegen Joey?«

»Ja. Wegen Joey.«

»Dann los«, meinte John.

Erst als Maggie das Lagerhaus erreichte, kam ihr in den Sinn, dass es vielleicht gesichert sein könnte. Doch als sie sich dem Haus zu Fuß näherte, nachdem sie ihren Wagen knapp hundert Meter weiter die ausgefahrene Straße hinab abgestellt hatte, wurde ihr auch klar, dass er nichts getan hätte, was ihm unerwünschte Aufmerksamkeit hätte eintragen können. Die Abgelegenheit allein würde ihn schützen – die Abgelegenheit und der Zaun, über den Maggie geklettert war, gleich nachdem sie das Auto abgestellt hatte.

Der Tag war immer noch grau, trübe und kalt. Es konnte jeden Moment anfangen zu regnen. Nichts knisterte unter ihren Füßen, nichts verriet, dass sie sich näherte. Das Lagerhaus, auf das sie zuging, war ein sehr großes klobiges altes Gebäude, teils aus Beton, teils aus verrottendem Holz, mit einem Schieferdach und nur wenigen Fenstern. Die Tür des Gebäudes hatte Maggie schnell gefunden, doch mit der Hand auf dem Knauf hielt sie nochmals inne und schloss kurz die Augen.

Es war sinnlos, sich nicht einzugestehen, dass sie völlig verängstigt war. Weil er nämlich dort drin war. Und weil vielleicht eine sterbende oder tote Frau bei ihm war, eine Frau, die Maggie unbedingt retten wollte, wenn sie konnte. Wenn sie konnte.

Die Tür zu ihrer inneren Wahrnehmung durfte sie nicht aufstoßen. Das würde ihr zwar einen Vorteil verschaffen – aber sie möglicherweise auch zerstören. Es würde ihr helfen, ihn zu finden – oder die tödlichen Verletzungen einer anderen würden Maggie umbringen, ohne dass er Hand an sie legen musste.

Also schirmte sie diese innere Wahrnehmung ab, so gut sie konnte, verschloss sie tief in sich drin, damit sie so inaktiv wie möglich war. Sich dieser Sinne nicht zu bedienen erforderte beinahe ebenso viel Konzentration wie das Gegenteil, und ihr war nur allzu bewusst, dass sie dies nicht unbegrenzt durchhalten würde. Einige Minuten, vielleicht.

Vielleicht.

Sie atmete tief durch, dann zog sie die schwere Tür auf. Sie quietschte nicht. Drinnen herrschte Dunkelheit, doch als sie eintrat und die Tür sachte wieder hinter sich zuzog, gewöhnten sich ihre Augen rasch daran. Es roch nach alten Maschinen und Staub.

Und Blut.

Sie blieb stehen, doch nur einen Augenblick. Vorsichtig bahnte sie sich einen Weg zwischen zersplitterten Lattenkisten und undeutlich erkennbaren rostigen Maschinen hindurch und bekam so allmählich ein Gespür für die Größe des Gebäudes. Schließlich sah sie in der Ferne ein Licht.

Behutsam bewegte sie sich darauf zu. Ihr fiel auf, dass er nicht in einem geschlossenen Raum ... arbeitete. Vielleicht war er ja klaustrophobisch. Früher war er das gewesen, erinnerte sie sich nun. Hatte geschlossene Räume gehasst, schlichtweg gehasst.

Wann war das gewesen? 1934? Ganz am Anfang, 1894? Sie war sich nicht sicher. Ihre Erinnerungen an frühere Leben bestanden nur aus Instinkten, aufblitzenden Wissensfetzen, prekären Gewissheiten. Das Universum weigerte sich, es ihr leicht zu machen.

Er hatte ein Lagerhaus mit schwindelerregend hohen Decken gewählt und seinen ... seinen Arbeitsplatz ... in einem offenen Raum mit Wänden aus alten Lattenkisten und ungebrauchten Maschinen auf der Seite des Gebäudes eingerichtet, die zum Wasser hin lag. Ein Arbeitstisch mit verschiedenen Werkzeugen, Seilen und Flaschen mit undefinierbaren Flüssigkeiten. An einer Seite stand eine Bahre, vermutlich, damit er seine Opfer hinaus zu seinem Transportmittel schieben konnte.

Und in der Mitte des offenen Raumes ...

Es sah obszön aus. Ein Doppelbett, dessen Kopf- und Fußenden aus Eichenholz mit Schnitzereien verziert waren. Und daneben ein Sessel. Ein wunderschöner gepolsterter Ohrensessel. Mit Fußhocker.

Von ihrem Standort aus konnte Maggie die Handgelenke einer Frau sehen, die über ihren Kopf erhoben und an den Seiten des Kopfendes festgebunden waren, doch sie konnte nicht erkennen, ob Tara noch lebte oder schon tot war.

Obwohl sie ihre innere Wahrnehmung abgeschottet hatte, fühlte sie die Schmerzen. Die Schmerzen dieses Opfers und derer, die ihr vorangegangen waren, fernes Flüstern von Todesqualen, so heftig, dass sie in die Substanz dieses Gebäudes, in die Teilchen, die es real machten, eingesickert waren. Maggie musste einen Moment innehalten und sich die Hände auf den Mund drücken, sich darauf konzentrieren, all das abzublocken, auszuschließen, verschlossen zu halten.

Als sie schließlich die Augen wieder öffnete, sah sie ihn.

Er war aus dem Schatten getreten und tat irgendetwas an seinem Arbeitstisch. Sogar von wo sie stand konnte sie ganz schwach ein wortloses Summen hören, beinahe ein Gurren. Als er sich dem Bett zuwandte, sah sie, dass er eine Plastikmaske trug, keine Gruselmaske, sondern eine mit makellosen, glatt polierten Zügen wie denen einer Statue, weiß und leblos. Weiblichen Gesichtszügen. Und die Haare der schwarzen Perücke, die er trug, fielen zu beiden Seiten seines maskierten Gesichts herab, sodass er das unheimliche Aussehen einer Schaufensterpuppe hatte.

Sie sah auch, dass er ein Messer in der Hand hielt.

Maggie trat einen Schritt vor, doch dann erstarrte sie. Eine schattenhafte Gestalt war zwischen zwei großen Lattenkisten ganz in ihrer Nähe erschienen, hatte kurz innegehalten, um Maggie zuzuwinken, und war dann auf den Arbeitsbereich zugeschwebt. Eine schmale kindliche junge Frau mit herzförmigem Gesicht, zarten Gesichtszügen und langem dunklem Haar.

Annie.

»Bobby … Bobby …«

Ruckartig blieb er stehen, das gespenstisch hübsche weiße Gesicht fuhr herum.

»Bobby …«

Maggie begriff und schlich an die Seite, um sich ihm aus einer anderen Richtung zu nähern. Dann ging sie auf ihn zu und hoffte, ihre eigene Stimme würde nicht zu zittrig und dennoch genauso schaurig wie Annies klingen. Sie rief: »Bobby … Es tut mir Leid, Bobby, so Leid. Was ich gesagt habe, war nicht so gemeint …« Sie wusste nicht, woher die Worte kamen. Erinnerung. Instinkt.

Sein Messer fiel klappernd auf den Steinboden, und er wich einen Schritt zurück. Seine Körperhaltung drückte Anspannung und Unbehagen aus, während das weiße Gesicht ausdruckslos blieb. Er tastete hinter sich auf dem Tisch, dann hielt er eine Pistole in der schwarzbehandschuhten zitternden Hand.

Maggie fragte sich, ob dies die Waffe war, mit der er Quentins Freund Joey erschossen hatte.

»Bobby«, murmelte Annie traurig, »du hast mir wehgetan, Bobby. Warum hast du mir wehgetan?« Sie glitt ins Licht, ihm gegenüber. Trat ihm entgegen. Sie trug ein Nachthemd aus feinem, dünnem Leinen, ihre Füße waren nackt. »Warum hast du mir wehgetan, Bruder?«

Hinter seiner Maske stieß er einen sonderbaren, schroffen Laut aus.

»Bobby«, rief Maggie und bewegte sich langsam auf die beiden zu. »Bobby, ich habe es nicht so gemeint, als ich gesagt habe, du bist kein Mann. Ich wollte dich nicht auslachen.« Sie warf einen raschen Blick aufs Bett und zuckte zusammen beim Anblick der blutgetränkten Matratze, des bleichen, schmalen Körpers, der völlig zerschunden war. Der fehlenden Augen.

Sie konnte nicht sagen, ob Tara lebte oder tot war.

Für einen Augenblick entglitt ihr die Kontrolle über ihre Abschirmung, und sie verspürte einen stechenden Schmerz, der so heftig war, dass sie ums Haar zusammengeklappt wäre. Verzweifelt kämpfte sie darum, ihre inneren Schutzwälle zu verstärken, dieses Leiden auszuschließen, das sie sich diesmal nicht leisten konnte zu teilen.

»Bobby.« Annie glitt noch einige Schritte auf ihn zu und streckte flehentlich die Hände aus, um seine Aufmerksamkeit von Maggie abzulenken. »Ich habe lange versucht, dich zu finden. Ich vermisse dich so sehr …«

Er stieß einen erstickten Laut aus, und nun riss er sich die Maske vom Gesicht und die Perücke vom Kopf. Maggie erkannte ihn von den Fotos, die Christina ihr gezeigt hatte. Er war ein gewöhnlicher Mann mit braunem Haar, hoher Stirn und blassgrauen Augen. Schlank, doch mit breiten Schultern und jenen sonderbar unpassenden übergroßen Händen, deren Kraft auch mit Handschuhen unübersehbar war. Besonders mit Handschuhen.

Doch ansonsten ein ganz gewöhnlicher Mann.

»Du bist tot«, sagte er mit heiserer Stimme zu Annie.

Maggie trat ins Licht. »Wir sind beide tot, Bobby. Du hast uns getötet. Du hast uns vor langer Zeit getötet.« Sie hatte schreckliche Angst, sich zu irren. Schreckliche Angst, dass sie nicht stark genug war, um dieses Böse zu zerstören. Schreckliche Angst zu sterben.

Er schluckte heftig und starrte jetzt sie an. »Deanna … Ich habe dich getötet. Warum bleibst du nicht tot?« Seine Stimme brach. »Warum zum Teufel bleibst du nicht *tot*?«

Annie ließ ein süßes Lachen hören. »Wir sind stärker als du, Bobby. Wir waren immer schon stärker. Wusstest du das nicht?« Er zerriss die Stille, indem er zwei Mal direkt auf sie schoss.

Die Kugeln trafen die Lattenkiste hinter ihr, Holz splitterte. Sie lächelte ihn an. »Wir sind stärker, Bobby. Wir werden immer stärker sein.«

»Nein! Ich bin stärker! Ich kann euch töten. Ich kann euch alle umbringen!«

»Mich hast du nicht getötet, Bobby«, sagte Hollis und trat aus dem Schatten, wenige Schritte rechts von Maggie.

Er stieß eine Art Geheul aus und wich zurück, bis er mit dem Rücken am Arbeitstisch stand und nicht weiter konnte. »Nein. Nein, ich kann dich töten. Ich *habe* dich getötet ...«

Unwillkürlich sagte Maggie: »Und es nutzt nichts, uns zu blenden, Bobby. Wir sehen dich. Wir sehen dich immer.«

»Immer«, wiederholte Hollis und trat einen weiteren Schritt auf ihn zu. Ihre Augenlider waren gerötet, die Narben des Überfalls in ihrem Gesicht nur halb verheilt, doch sie blickte ihn aus blauen Augen an. Ihr Blick war klar und fest, und auf ihrem Gesicht lag ein verächtliches kleines Lächeln. »Hast du wirklich geglaubt, du könntest mir die Augen nehmen, Bobby?«

»Ich habe es getan«, murmelte er. Plötzlich lachte er auf, in seinen eigenen Augen glänzten Tränen, vielleicht auch Wahnsinn. »Ich habe es getan. Ich habe sie entfernt. Ich habe sie rausgeschnitten. Ich habe sie in eine Schüssel gelegt und beobachtet, wie sie auf dem Wasser trieben. Ich habe dir die Augen genommen, Audra. Ich habe – es waren braune Augen. Ich erinnere mich daran. Braune Augen. Und ich habe sie genommen. Und du konntest mich nicht sehen.«

»Ich sehe dich jetzt.« Ihre Stimme war ausdruckslos, kalt. »Ich sehe dich, Bobby. Wir alle sehen dich. Du wirst dich nie mehr vor einer von uns verstecken können.«

»Nein«, murmelte er, die Pistole zitterte, er zog seine breiten Schultern hoch. »Nein, bitte.«

»Wir sehen dich«, wiederholte Annie.

»Wir sehen dich«, tat Maggie es ihr nach.

Er lachte – ein seltsamer, hoher Laut. Maggie beobachtete

ihn genau, und sie sah, wie seine Augen sich veränderten. In deren ausdruckslosen grauen Tiefen ging etwas entzwei, zersetzte sich. Sie hatte ein ganz eigentümliches Gefühl, als wäre eine elementare Kraft, ein Energiestoß an ihr vorbeigefegt, weniger wie Luft, eher wie Druck auf den Ohren, der schlagartig nachgelassen hatte.

Alles spielte sich innerhalb von Sekunden ab. Ehe sie sich bewegen oder reagieren konnte, war die zitternde Pistole auf sie gerichtet, seine Hand wurde ruhiger, und er wimmerte: »Nein …«

Maggie blieb der Bruchteil einer Sekunde, um in diese Augen zu blicken, in denen nichts zurückgeblieben war außer einem dumpfen Hass. Dann hallte ein dritter Schuss durchs Lagerhaus.

Sie erwartete Schmerz, wappnete sich dafür. Doch die Pistole in Simon Walshs Hand war klappernd zu Boden gefallen und er selbst beinahe lautlos zusammengebrochen.

Es war vorbei. Es war endlich vorbei.

Ehe Maggie mehr tun konnte, als einfach wieder zu Atem zu kommen, war John da und zog sie mit einem Arm unsanft an sich, während die Pistole in seiner anderen Hand immer noch auf Walsh zeigte.

»Maggie …«

»Eine Minute lang«, hörte sie sich erstaunlich ruhig sagen, »habe ich gedacht, du kommst zu spät.«

»Wäre er auch beinahe«, bemerkte Quentin, der aus dem Schatten nahe der Stelle trat, an der Annie geschwebt hatte. Argwöhnisch ging er zu Walsh, um nach einem Puls zu tasten. Seine eigene Waffe hielt er solange schussbereit. Als er keinen Puls fand, entspannte er sich. »Ich hatte von meinem Standort aus keine gute Sicht, deshalb hing alles von ihm ab.«

»Tara …«

Doch Quentin ging bereits zum Bett. Sekunden später blickte er sie grimmig an. »Sie lebt, aber nur so gerade eben.«

360

Er holte sein Handy hervor, um rasch einen Rettungswagen zu rufen. Hollis half ihm auf der anderen Bettseite, Tara Jameson behutsam loszubinden. Zugleich redete sie beruhigend auf die schrecklich verletzte Frau ein.

»Ihr zwei habt es verdammt darauf ankommen lassen«, sagte John mit verkrampfter Stimme. »Mensch, Maggie ...«

Maggie ließ ihre Blicke flüchtig durch den Raum schweifen. Sie war nicht überrascht, dass Annie nicht mehr da war. Dann sah sie lächelnd zu ihm hoch. »Ich weiß. Ich hatte einfach das Gefühl, ich ...«

»Du müsstest das tun. Ja, schon klar.« Er sicherte seine Waffe, steckte sie in die Jacke und legte ihr beide Hände auf die Schultern. Zwar schüttelte er sie nicht, doch der Wunsch, dies zu tun, war in seinem festen Griff zu spüren. »Erzähl doch mal, wie du diese kleine Auseinandersetzung gewinnen wolltest! Du hattest ja nicht mal so was wie einen dicken Knüppel!«

Sie schüttelte den Kopf. »Ich wusste, mein Gesicht würde mir einen Vorteil verschaffen, weil es ihn völlig unvorbereitet treffen würde, mich hier zu sehen. Dadurch hatte *ich* die Situation unter Kontrolle, wenigstens für kurze Zeit. Ich dachte ... mir fiel nur ein einziger Weg ein, das Böse in ihm zu bekämpfen: Man musste versuchen, es zu zertrümmern – oder zumindest den Verstand, in dem es wohnte. Indem eines seiner Opfer ihm entgegentritt und alle seine Geheimnisse kennt. Es war das Einzige, was mir einfiel. Ich musste es versuchen, John.«

»Tu mir so etwas nie wieder an.«

»Keine Angst, das werde ich nicht.« Sie blickte ihn forschend an.

»Ich werde keine Albträume haben, weil ich ihn umgebracht habe«, versicherte ihr John. »Und ich werde es nicht bereuen. Wenn man einen tollwütigen Hund von seinen Leiden erlöst, tut man ihm nur einen Gefallen.«

»Du hattest keine Wahl«, sagte sie dennoch.

»Ich weiß.« Er nahm sie in die Arme. »Geht es dir gut? Selbst ich kann die Schmerzen in diesem Haus spüren.«

Maggie dachte darüber nach, dann lächelte sie ihn an. »Wenn du mich berührst, spüre ich nur dich.«

»Gut«, meinte John und küsste sie.

Eine knappe Stunde später stand Andy mit den anderen vor dem Lagerhaus und wartete auf das Team der Spurensicherung. Er meinte: »So hat also das Böse ausgesehen. Hat mich nicht beeindruckt.«

»Nein«, sagte Maggie.

Er sah sie mit erhobenen Augenbrauen an. »Nein?«

»Nein. Das war nur die äußere Hülle, in der das Böse eine Zeit lang gewohnt hat.«

»Sie meinen, weil er jetzt tot ist?«

»Weil das Böse diesmal vor dem Leib zerstört wurde.«

Andy blinzelte, sah John und Quentin an und schüttelte dann den Kopf. »Macht nichts. Ich glaube, ich will eigentlich gar nicht wissen, was da genau passiert ist.«

»Kluge Entscheidung«, murmelte Quentin.

Scott gesellte sich zu ihnen. »Der Caddy steht in dem Schuppen da drüben. Ein 72er, wie's aussieht. Genau wie Ihr Freund ihn beschrieben hat, Quentin.«

Der lächelte schwach. »Ja. Mit Autos hat er sich immer schon ausgekannt.«

Jennifer fragte: »Wie zum Teufel ist Hollis Templeton hierher gekommen?« Da Hollis mit Tara Jameson im Krankenwagen mitgefahren war, musste sie die anderen fragen.

Maggie zuckte mit den Achseln. »Sie hat gesagt ... eine Stimme hätte ihr gesagt, sie sollte hier sein. Also ist sie gekommen. Wie, hat sie nicht gesagt.«

»Junge, Junge«, meinte Scott.

Andy sah ihn an, schien etwas sagen zu wollen, überlegte es sich dann jedoch offenbar anders. Mit der Miene eines Mannes, der Entscheidungen trifft, straffte er die Schultern.

»Tja, soweit es uns betrifft, hat Simon Walsh Frauen vergewaltigt und ermordet. Er war der Augenausreißer.«

»Was anderes hat auch niemand gesagt, Andy«, entgegnete
Quentin mild.

»Nein?«

»Nein.«

Andy stieß einen Seufzer aus. »Gut. Würde mir jetzt bitte
jemand sagen, was ich in meinen Scheiß-Bericht schreiben
soll?«

Quentin grinste ihn an. »Sie könnten es mit der Wahrheit
versuchen. Natürlich ist die Wahrheit ein bisschen heikel. Ich
meine, wenn man an Maggie und Hollis denkt, von Annie
ganz zu schweigen.«

»Annie?«

»Die Stimme, die Hollis gehört hat«, erklärte Quentin
ernst. »Sie war hier. Na ja, in gewisser Weise.«

John sah ihn an. »Du hast sie auch gesehen?«

»O ja.«

»Gut. Ich hab schon befürchtet, nur ich hätte sie gesehen.«

Andy starrte die beiden an. Nach einer Weile kam er ganz
offensichtlich zu dem Schluss, dass er auch dies nicht wissen
wollte. Dann hörten sie Sirenen, die sich näherten, und er
stöhnte. »Entweder bekomme ich 'ne Medaille, oder ich
werde eingeliefert.«

»Willkommen im Club«, bemerkte Quentin.

Epilog

10. November 2001

Kendra hatte sich in ihrem Krankenhausbett aufgesetzt, um sich besser mit ihren Besuchern unterhalten zu können. Sie sagte zu Hollis: »Also war Annie Robert Grahams Zwillingsschwester – die Erste, die er umgebracht hat?«

»Offenbar. Ich habe ihre Stimme seit dem Überfall in meinem Kopf gehört, aber erst in den letzten Tagen hat sie mir erzählt, wer sie war. Und was sie von mir wollte.«

»Ich bin froh, dass Sie da waren«, gestand ihr Maggie. »ich glaube, Sie waren unser Trumpf. Wie Sie da standen und ihn angesehen haben, obwohl er dachte, er hätte sie ein für alle Mal geblendet.«

»Ich wusste nicht genau, was ich tun sollte«, gestand Hollis. »Ich habe … einfach gesagt, was mir in den Sinn kam.« Sie schüttelte den Kopf. »Annie hatte mir gesagt, ich müsste da sein, das sei die einzige Möglichkeit, Ihnen zu helfen. Als sie mir das gesagt hat, als sie mir gesagt hat, ich *müsste* sehen oder er würde ungehindert weiter Frauen umbringen, da … plötzlich konnte ich sehen. Den Polizisten vor meiner Tür abzulenken war ganz einfach. Es war leicht, mich hinauszuschleichen. Und irgendwoher wusste ich auch, wo ich hinmusste.«

»Sie und Maggie«, sagte Quentin. Er blickte Maggie an. »Danke fürs Bescheidgeben.«

»Seien Sie nicht so«, bat sie ihn schwach lächelnd. »Von John habe ich mir schon genug anhören müssen. Es tut mir Leid, dass ich Ihnen nicht gesagt habe, was ich wusste – oder was ich glaubte zu wissen. Es ist einfach so, dass so vieles fürchterlich vage oder unklar war. Ich hatte einfach Angst, dass alles noch grässlicher schief geht, wenn ich zu viel sage.«

»Wir kennen das«, erklärte Kendra ihr mitfühlend. »Manchmal wandeln wir auf einem sehr schmalen Grat zwischen dem, was wir glauben zu wissen, und dem, was tatsächlich vor sich geht.«

Maggie nickte. »Das ist manchmal ziemlich knifflig. Ich meine, da waren blitzartig aufscheinende Erinnerungen und fragmentarische Informationen, von denen ich nicht wusste, ob ich ihnen trauen kann. Aber ich *wusste* mit völliger Sicherheit, dass ich am Ende dort sein und mich ihm entgegenstellen musste.«

John warf ein: »Weil du vor so langer Zeit seine Frau warst und ihn nicht vom Morden abhalten konntest.«

Maggie sah die anderen mit leicht erhobenen Augenbrauen an. »Das macht ihm schwer zu schaffen.«

»Nein, stimmt nicht«, leugnete John. Man blickte ihn allseits höflich an, und schließlich räumte er seufzend ein: »Okay, stimmt wohl.«

»Er wird sich daran gewöhnen«, versicherte Quentin Maggie. »Unter uns gesagt: Diese Hochglanzschicht aus Logik und rationalem Denken, die er früher hatte, hat sich schon fast abgenutzt.«

Hollis sah John an. »Sind Sie dafür nicht dankbar?«

»Oh, wahnsinnig. Es wirkt schon fast normal, wenn die Welt auf den Kopf gestellt ist.«

»Es geht immer ums Gleichgewicht«, murmelte Maggie.

Mit entschlossener Miene nahm John ihre Hand. Zu den anderen gewandt, sagte er: »Sie werden entschuldigen, wir haben etwas zu besprechen.«

»Danke für den Besuch«, sagte Kendra lächelnd.

»Wir kommen morgen wieder«, kündigte ihr Maggie an.

»Ich freue mich schon.«

Als sie das Krankenzimmer verließen, hörten sie noch, wie Quentin zu Hollis sagte: »Hören Sie, unser Boss müsste jeden Augenblick hier sein, und er kann es kaum erwarten, Sie kennen zu lernen …«

Maggie fragte: »Glaubst du, sie macht das? Zu Bishops Einheit gehen, meine ich.«

»Du kennst sie besser als ich«, erwiderte John. »Aber nach dem, was ich gesehen habe, würde ich sagen, Hollis Templeton ist sich bewusst, dass ein völlig neuer Lebensabschnitt vor ihr liegt, und ich bezweifle, dass sie nach alledem noch darauf erpicht ist … sich wieder mit Gewöhnlichem zu bescheiden.«

»Sehr poetisch.«

»Danke.«

»Und vermutlich die Wahrheit«, fügte Maggie hinzu. »Es gibt gewisse Grenzen, die, wenn man sie einmal überschritten hat, unsere Sicht der Welt für immer verändern.«

Als sich die Aufzugstüren schlossen und sie nach unten fuhren, blickte John sie ernsthaft an. »Das kannst du wohl sagen.«

Sie lächelte schwach. »Du denkst ernsthaft darüber nach, stimmt's? Beim Aufbau einer zivilen Organisation ähnlich der Einheit von Bishop zu helfen?«

»Quentin hatte schon schlechtere Ideen«, räumte John ein.

»Gib's zu – du genießt es langsam, dass deine Welt auf den Kopf gestellt ist, das ist es doch.«

»Nun, das ist es zum Teil. Und da bist natürlich du. Du wirst nicht einfach aufhören, das zu tun, was du am besten kannst, nur weil das große Böse diesmal begraben ist. Und so viel Hochachtung ich auch vor Andy und den anderen Polizisten habe, ich glaube, wir wissen beide, dass deine Talente eine … größere Leinwand verdienen.«

»Deine übrigens auch«, sagte sie. »Eine Organisation aufzubauen wie die, von der Quentin gesprochen hat, wird nicht leicht sein. Da sind eine Menge Hindernisse aus dem Weg zu räumen, angefangen bei dem Unbehagen, das die meisten Leute befällt, wenn sie an Hellsehen denken.«

»Und genau deshalb bin ich ideal für diese Aufgabe. Ich weiß, wie man aus dem Nichts Organisationen aufbaut, und ich habe so wenig außersinnliche Fähigkeiten, wie man nur irgend haben kann.«

Sie verließen den Aufzug und gingen den betriebsamen Korridor entlang zum Ausgang. Erst als sie draußen an der klaren, frostigen Luft standen, blieb Maggie stehen, sah lächelnd zu ihm hoch und sagte: »Es geht immer ums Gleichgewicht.«

»Also darf ich es jetzt sagen?«, fragte er lächelnd, aber entschlossen.

»Das musst du immer noch nicht.« Sie schlang ihm die Arme um den Hals, als er sie an sich zog. Beide waren blind für die Menschen, die an ihnen vorübergingen. »Wir ergänzen einander perfekt. Ich liebe dich, John.«

Just bevor seine Lippen die ihren berührten, murmelte John: »Mehr brauche ich nicht zu wissen.«

Das Werk einschließlich aller seiner Teile ist urheberrechtlich geschützt.
Jede Verwertung außerhalb des Urhebergesetzes ist ohne Zustimmung
des Verlages unzulässig und strafbar. Dies gilt insbesondere für
Vervielfältigungen, Übersetzungen, Mikroverfilmungen und die
Einspeicherung und Verarbeitung in elektronischen Systemen.

Deutsche Erstausgabe 2006
Weltbild Buchverlag –Originalausgaben–
Copyright © 2001 by Kay Hooper
Copyright © der deutschsprachigen Ausgabe 2006 by
Verlagsgruppe Weltbild GmbH, Steinerne Furt 67, 86167 Augsburg
Sonderauflage
Alle Rechte vorbehalten

This translation is published by arrangement with
The Bantam Dell Publishing Group, a division of Random House, Inc.

Redaktion: Christine Schlitt
Übersetzung: Alice Jakubeit
Umschlag: Hauptmann & Kompanie Werbeagentur GmbH, München
Umschlagabbildung: © zefa / masterfile / Robert Karpa
Satz: AVAK Publikationsdesign, München
Druck und Bindung: CPI Moravia Books s.r.o.,
Brnenská 1024, CZ-69123 Pohorelice

Gedruckt auf chlorfrei gebleichtem Papier

ISBN 3-89897-588-6